Seit dem Ende des großen Coups genießen Monsieur Lipaire und seine fünf Gaunerfreunde die französische Sonne und das Leben. Doch die Vicomtes haben zwischenzeitlich das Fürstentum Port Grimaud ausgerufen. Pompöse Staatsbesuche und repräsentative Audienzen vor jubelnden Adelsfans inklusive. Als Erstes stellen sie die Wassertaxis ein, und Karim wird arbeitslos. Dann soll auch noch Delphines Handyladen dichtgemacht werden, was ihre ganze Familie in finanzielle Schieflage bringt. Doch die Freunde halten zusammen und entwickeln einen Plan: Sie wollen die Urkunde, die die Vicomtes als Besitzer von Port Grimaud ausweist, wieder in ihren Besitz bringen. Dabei haben sie keine Ahnung, wie man einen solchen Coup überhaupt aufziehen könnte.

VOLKER KLÜPFEL und MICHAEL KOBR kennen sich schon länger, als sie sich nicht kennen: seit ihrer gemeinsamen Schulzeit im Allgäu-Gymnasium in Kempten. Nach dem Studium wurde Klüpfel Journalist, Kobr Realschullehrer. Inzwischen sind sie beide Vollzeit-Autoren und vor allem durch die Krimis mit Kommissar Kluftinger bekannt. Doch die beiden haben auch ohne den grantigen Allgäuer reüssiert: mit dem Urlaubsroman *In der ersten Reihe sieht man Meer* und mit dem Thriller *Draußen*.

Volker Klüpfel / Michael Kobr

DIE UNVERBESSERLICHEN

Die Revanche des Monsieur Lipaire

Ullstein

Besuchen Sie uns im Internet:
www.ullstein.de

Wir verpflichten uns zu Nachhaltigkeit
- Klimaneutrales Produkt
- Papiere aus nachhaltiger
  Waldwirtschaft und anderen
  kontrollierten Quellen
- ullstein.de/nachhaltigkeit

MIX
Papier | Fördert
gute Waldnutzung
FSC® C021394

Ungekürzte Ausgabe im Ullstein Taschenbuch
1. Auflage Juni 2024
© Ullstein Buchverlage GmbH, Berlin 2023 / Ullstein Verlag
Wir behalten uns die Nutzung unserer Inhalte für Text und
Data Mining im Sinne von § 44b UrhG ausdrücklich vor.
Umschlaggestaltung: zero-media.net, München
Titelabbildung: © FinePic®, München (Composing aus
verschiedenen Motiven: Himmel, Horizont,
Palmen-Steg-Strand-Vektor-Illustration,
Pistolen-Hand-Illu, Mann, Boot, Schnabel, Frame)
Satz: Pinkuin Satz und Datentechnik, Berlin
Gesetzt aus der Quadraat Pro
Druck und Bindearbeiten: Scandbook, Litauen
ISBN 978-3-548-06907-4

Prolog

»Wenn Sie bitte mitkommen würden, *mesdames et messieurs!*«

Guillaume Lipaire erstarrte. Sie hatten sie erwischt. Er kniff die Augen zusammen und blickte in die Richtung, aus der die tiefe Männerstimme gekommen war. Doch er konnte kaum etwas erkennen, weil er direkt in die grellen Lichtkegel von drei mächtigen Taschenlampen schaute. Nur schemenhaft zeichneten sich dahinter Schatten ab, zwei von beängstigender Größe und Breite. Guillaume fühlte, wie das Blut aus seinem Kopf in die Beine sackte. Er hatte Mühe, zu atmen. Wahrscheinlich würde ihn gleich eine Ohnmacht übermannen.

Doch er durfte jetzt nicht bewusstlos werden, die anderen brauchten ihn. Er wandte langsam den Kopf und sah in die Gesichter seiner Komplizen: Die Augen weit aufgerissen, starrten sie in Richtung der Taschenlampen. In ihren Mienen spiegelte sich der Gedanke, der auch ihm durch den Kopf fuhr: Aus! Vorbei! Sie, die Unverbesserlichen, waren am Ende.

Paul Quenot, der muskelbepackte Ex-Legionär, stand vor der offenen, zerbeulten Tür des Geldschranks und hielt die Dynamitstangen fest in seiner Hand. Lipaire sah ihm an, dass er im Geiste alle möglichen Szenarien durchspielte, um sie aus dieser Situation zu befreien – und hoffte, dass diese weder mit Sprengstoff noch mit sonstigen Waffen zu tun hatten. Gewalt würde alles nur noch schlimmer machen. Lieber gingen sie alle für ein paar Jahre ins Gefängnis, als hier und jetzt den Heldentod zu sterben.

Neben Paul kauerte Delphine Berté. Ihr Mund stand offen, als wollte sie schreien, aber kein Laut kam heraus. Nur ihre Lippen bebten. Er mochte sich gar nicht ausmalen, was gerade in ihr vorging. Was würden die zwei kleinen Mädchen sagen, die zu Hause auf sie warteten, wenn ihre Mutter nicht zurückkam? Am liebsten wäre er jetzt zu ihr gegangen und hätte sie tröstend in den Arm genommen, hätte gesagt, dass das alles seine Schuld war, dass er für alles die Verantwortung übernehmen würde – doch neben den Taschenlampen waren sicher auch Waffen auf sie gerichtet, und niemand hatte etwas davon, wenn er gleich von Kugeln durchsiebt wurde.

Lizzy Schindler schien am wenigsten beeindruckt davon, dass sie aufgeflogen waren. Sie blickte fragend in die Runde, als warte sie darauf, dass sich die ganze Situation von selbst löste. So war es in den fünfundachtzig Lebensjahren der Österreicherin wohl immer gewesen. Irgendwie war es weitergegangen. Bis heute jedenfalls.

Guillaumes Aufmerksamkeit wurde von einem leisen Schluchzen abgelenkt. Es kam von Jacqueline Venturino. Die Tochter des Bürgermeisters war sonst lebensfroh und nie um einen Spruch verlegen, doch nun hatte es auch ihr die Sprache verschlagen. Karim Petitbon legte ihr den Arm um die Schulter. Die beiden hatten, ganz im Gegensatz zur betagten Österreicherin, ihr Leben noch vor sich. Vielleicht sogar ein gemeinsames, wenn es nach Karim ging. Lipaire seufzte. Es schmerzte ihn, dass er als Ziehvater für den Jungen derart versagt hatte.

»Na los, wird's bald?«, polterte die Männerstimme jetzt.

Lipaire schloss die Augen. Wo würde die Sache nur für sie enden? Im Hafengefängnis von Marseille, inmitten von Ratten, Kakerlaken und brutalen Drogenhändlern? Oder als Leichen in irgendeinem Steinbruch im Hinterland von Port Grimaud? Oder drohte ihm gar die Abschiebung nach Deutschland, seine alte Heimat? Ein Schauder lief ihm über den Rücken. Zurück nach Deutschland, das war vielleicht der schrecklichste Gedanke von allen.

»Und für dich, Jacqueline, gibt es eine Sonderbehandlung«, hörte er da eine weitere Stimme brummen. »Du bist das?« Jacky wimmerte verzweifelt.

Lipaire ballte die Fäuste. Nein. Er würde nicht zulassen, dass dem Mädchen etwas angetan wurde. Und wenn es das Letzte war, was er in seinem Leben tat. Er nahm seinen ganzen Mut zusammen, hob drohend die Fäuste und zischte: »Ach ja? Das glaube ich nicht!« Damit wollte er die Aufmerksamkeit auf sich lenken, vielleicht konnte er den anderen so eine Chance zur Flucht bieten.

Die Schatten hinter den Lichtkegeln bewegten sich. Wirkte seine Drohung bereits? Oder würde er gleich das Mündungs-feuer einer Pistole sehen?

Schweiß rann ihm übers Gesicht. Wie hatten sie nur in diese ausweglose Situation geraten können? Vor seinem inneren Auge zogen die letzten Tage vorbei. Alles hatte angefangen an diesem strahlenden Morgen, als er in seinem goldfarbenen Speedster saß, das Verdeck offen, den Wind in seinen Haaren und in sei-nem Kopf der feste Vorsatz, sich auf keinen Fall unterkriegen zu lassen ...

TEIL 1: DAS WIEDERSEHEN

1

Wenige Tage zuvor ...

»Ein Guillaume Lipaire lässt sich nicht unterkriegen!« Erschrocken blickte er sich um: Hatte er das wirklich laut gesagt? Glücklicherweise war niemand in der Nähe, der es hätte hören können. Auch ein Kontrollblick in den Rückspiegel seines Oldtimers, ein schnittiger Porsche 356 Speedster mit offenem Verdeck, zeigte ihm, dass er allein war. Lipaire entspannte sich etwas und beugte sich nach rechts, bis sein Konterfei im kleinen Rückspiegel erschien. Ähnlich wie der Sportwagen, in dem er saß, war auch er kein ganz neues Modell mehr. Und trotzdem noch immer ein Hingucker, und mit seinem dichten silbergrauen Haar, dem sonnengebräunten Gesicht und diesem unwiderstehlichen Lächeln hatte er – wie das Auto – mit den Jahren sogar an Attraktivität zugelegt. Manchmal war ihm seine Aura ein bisschen unheimlich, aber seine Wirkung auf andere, vor allem natürlich auf Frauen, war nun einmal geradezu legendär ...

»Was gibt's zu grinsen, Alter?«

Eine spöttische Stimme durchbrach seine Gedanken. Irritiert hob er den Kopf und blickte in die Augen zweier Mädchen, die auf Elektrorollern an ihm vorbeisurrten.

»Die dürft ihr doch noch nicht mal fahren!«, rief er ihnen hinterher, zornig darüber, bei diesem kurzen Moment der Selbstzufriedenheit ertappt worden zu sein. Die Mädchen schien das nicht zu kümmern, sie waren schon um die nächste Ecke verschwunden. Kopfschüttelnd steckte Guillaume Lipaire den Schlüssel ins Zündschloss. Vielleicht überschätzte er seine Wirkung inzwischen ja auch ein bisschen. Aber wie würde dann seine Zukunft aussehen? Um gar nicht erst düstere Gedanken aufkommen zu lassen, startete er den Motor und fuhr los.

Sobald ihm der Wind durch die Haare fuhr, kehrten sein Lächeln und mit ihm die Leichtigkeit zurück. Es war ein wundervoller Tag – wie beinahe jeder um diese Jahreszeit: Der Himmel leuchtete blau, und die Luft war jetzt, am Anfang der Sommersaison, noch frisch und unverbraucht. Die bunten, niedrigen Reihenhäuschen der Stadt säumten einträchtig die Kanäle, auf denen Motorboote und Segeljachten im sanften Rhythmus der Wellen schaukelten. Er liebte diesen besonderen Ort, und all die Jahre hatte diese Liebe nicht nachgelassen, auch wenn ihm das Schicksal bisweilen übel mitgespielt hatte. Doch dafür konnte ja dieses malerische Fleckchen Erde nichts.

Zufrieden ließ er sich ein bisschen tiefer in die Ledersessel des Wagens sinken, genoss den kernigen Klang des Boxermotors und lenkte den Porsche über die Brücke der *Rue de l'Octogone* direkt auf den Marktplatz des Örtchens Port Grimaud. Gern ließ er sich dort die neidvollen Blicke der Menschen, die auf das Wassertaxi warteten, gefallen. Er ging etwas vom Gas, winkte huldvoll der Bedienung im *Café Fringale* zu, die irritiert zurückblickte, fuhr über die große Brücke und wollte gerade durchs Stadttor steuern, als seine Fahrt unsanft beendet wurde.

Einer der Sicherheitsmänner, die die Zufahrtswege zu diesem gänzlich privat verwalteten Ort kontrollierten, stand mit erhobener Hand vor einer rot-weiß gestreiften Absperrung. Mit tuckerndem Motor blieb Guillaume Lipaire vor ihm stehen und wartete darauf, dass man ihn durchlassen würde. Die Abgasschwaden, die dabei zu ihm auf den Fahrersitz zogen, störten ihn nicht im Geringsten. Das gehörte dazu, wenn man einen solchen Klassiker fuhr. Doch der Aufpasser machte keinerlei Anstalten, die Absperrung beiseitezuräumen. Lipaire drückte einmal kurz aufs Gas, denn das Motorengeräusch des Boxers reichte normalerweise aus, um Hindernisse aus dem Weg zu räumen. Die Miene des bulligen Mannes verfinsterte sich dadurch aber noch mehr.

»Verschwinde mit deiner klapprigen Karre! Hier geht's nicht weiter, siehst du doch«, brummte er.

»Aber wieso denn nicht?«, rief ihm Lipaire über das Knattern des Motors zu.

Der Mann zuckte nur mit den Schultern. Ob er nicht wusste, weshalb der Weg gesperrt war, oder schlicht keine Lust hatte, es ihm zu erklären, vermochte Guillaume nicht zu sagen. Da fuhr auf der anderen Seite des Tors ein Reisebus vor, die Türen öffneten sich, und eine ganze Horde Kinder stürmte brüllend und lachend heraus. Als Letztes kam eine streng dreinblickende Frau die Treppe herunter, offenbar die Lehrerin der Schreihälse. Sie drückte jedem ein buntes Fähnchen in die Hand, auf dem ein Wappen prangte: grün-weiße Rauten mit einer stilisierten Burg. Lipaire kannte dieses Emblem nur zu gut. »Kann man diesen Vicomtes denn nirgends mehr entkommen?«, seufzte er.

»Guck mal, Herbert, da fahren vielleicht gleich die Fürsten vorbei!«

Guillaume musterte eine Frau, die vor dem Absperrgitter stand und aufgeregt auf die Kinder deutete, die sich inzwischen links und rechts der Straße postiert hatten. Neben ihr stand ein älterer Mann.

»Ist das nicht toll? Vielleicht sehen wir Ihre Hoheit Marie. Oder Isabelle Vicomte de Grimaud!«

Lipaires Bedürfnis, diesen beiden »Hoheiten« zu begegnen, hielt sich in Grenzen, nachdem sich ihre Wege vor einem Jahr auf ziemlich unangenehme Weise gekreuzt hatten. Doch Herberts Frau, die offensichtlich aus Lipaires alter Heimat kam – er meinte, einen Kölner Akzent zu erkennen –, schien das ganz anders zu sehen. Sie zuppelte ihre Kleider zurecht und machte immer wieder Fotos mit dem Handy, obwohl außer den Kindern mit den Fähnchen noch nichts zu sehen war.

Wenigstens war Guillaume nicht der Einzige, den dieses Verhalten befremdete. An der Absperrung kamen eben zwei ältere Männer mit Baskenmütze an. Sie gehörten zur Boulegruppe, die sich für einen kleinen Obolus engagieren ließ, um auf dem Marktplatz klassische Frankreich-Atmosphäre zu verbreiten. Auch die beiden schienen wenig erfreut darüber, dass ihr Weg hier zu Ende sein sollte.

»Soll ich jetzt einen Kilometer mehr laufen, nur weil ich rauswill?«, fragte der eine und warf empört seine Zigarette weg.

»Dein Problem«, knurrte der Sicherheitsmann. »Und die Kippe sammelst du ganz schnell wieder ein, sonst gibt's Ärger.«

Widerwillig bückte sich der Alte und hob den Zigarettenstummel auf.

»Ihr könnt gern hierbleiben, sind eh noch nicht genügend Claqueure da für den Staatsbesuch nachher. Nur die Kinder, ein paar Touristen und der Deutsche da.« Er zeigte auf Guillaume, der sich noch mehr darüber ärgerte, trotz seines quasi akzentfreien Französisch als Deutscher identifiziert worden zu sein, als über die Tatsache, dass er den vermeintlichen Hoheiten Applaus spenden sollte.

»Staatsbesuch, dass ich nicht lache«, brummte der andere Boulespieler und spuckte aus. »Wird alles nur komplizierter, seit die Vicomtes sich hier breitgemacht haben.«

»Und teurer«, ergänzte sein Freund.

Lipaire musste ihnen recht geben. Das neue Auftreten der Adeligen hatte das Leben im Ort verändert. Und seiner Ansicht nach nicht zum Guten. Allerdings war es auch nicht ganz so schlimm gekommen, wie er befürchtet hatte, nachdem er letztes Jahr mit der Familie aneinandergeraten war. Es gab sogar ein paar positive Entwicklungen zu verzeichnen: Der Tourismus beispielsweise brummte. Denn seit sich die Vicomtes mit Verweis auf ein lange verschollenes, historisches Dokument, an dessen Auffinden Guillaume nicht ganz unbeteiligt gewesen war, zu Fürsten erklärt hatten, stürzte sich die Presse auf sie. Schließlich hatte man endlich nicht nur die langweilig gewordenen Grimaldis im nahen Monaco zum Ablichten. Die Menschen strömten inzwischen aus aller Welt herbei, um etwas von diesem »Glanz« zu erhaschen.

Wobei niemand dieses Brimborium so richtig ernst nahm, schließlich hatte kein vernünftiges Land das neue Fürstentum anerkannt. Sogar von offizieller Seite aus ließ man sie gewähren, sah das Ganze als eine Art Disneyland-Dynastie an, die belächelt statt ernst genommen wurde. Im Ort gab es hingegen einige, die davon profitierten: Die Immobilienpreise stiegen, die Restaurants brummten. Bei Lipaire lief es immerhin noch ganz passabel. Natürlich hatten die Vicomtes dafür gesorgt, dass er nicht mehr als offiziell angestellter *gardien* der Eigentümergemeinschaft tätig sein durfte. Aber das hatte sich sogar als nützlich erwiesen, denn nun kümmerte er sich als selbstständiger Wächter um die Ferienhäuser anderer Bewohner Port Grimauds und war niemandem mehr Rechenschaft schuldig. Auch wenn seine inoffiziellen Vermietungen der Häuser, deren Besitzer gerade nicht da waren, dadurch komplizierter geworden waren – anderes Klientel, kürzere Mietabstände, Objekte von minderer Qualität. Aber ein Guillaume Lipaire wusste eben jede Lage zu meistern.

Bis auf diese hier, denn die lächerlichen Staatsbesuche, für die das neu gegründete Postamt sogar Sonderbriefmarken herausgab, sorgten jedes Mal für unerwartete Sackgassen und Chaos im Ort.

»Ich weiß gar nicht, was ihr habt«, raunzte der Sicherheitsmann die Alten an. »Seit wir Fürstentum sind, ist in diesem Nest wenigstens was los.«

»Ach, dieser Zirkus?« Abfällig zeigte der Boulespieler auf die Menschen, die nun immer zahlreicher herbeiströmten.

»Was kümmert's dich?«

Kopfschüttelnd suchten die Männer das Weite. Das war auch für Guillaume das Signal zum Aufbruch, schließlich wollte er keinesfalls noch hier sein, wenn die Möchtegern-Monarchen Hof hielten. Womöglich müsste er ihnen noch winken – und würde schmerzlich daran erinnert werden, dass er und seine Freunde nicht unschuldig an dieser Entwicklung waren. Streng genommen waren sie sogar die Hauptverantwortlichen, denn ohne sie wären die Vicomtes niemals in den Besitz des Dokuments gekommen, das ihren Anspruch auf den Ort legitimierte.

Schnell legte er den Rückwärtsgang ein, wendete und fuhr davon, als könne er dadurch auch dem Gedanken an seine Mitschuld entkommen. Außerdem hatte er einen Termin, den er nicht verpassen durfte. Doch wohin er auch fuhr, immer landete er wieder vor einer Absperrung, die ihn am Verlassen des Lagunenstädtchens hinderte.

»Putain!« Er stellte den Motor ab und zündete sich einen Zigarillo an. Als er den Rauch ausblies, fiel sein Blick auf ein Plakat an einer Hauswand. Es zeigte Marie Vicomte und ihren Vater, den alten Chevalier. Er trug eine Art Uniformjacke mit Dutzenden Abzeichen – Fantasieorden, da war sich Guillaume sicher. In den Haaren der Tochter steckte ein Diadem wie eine Krone. Lipaire wollte sich schon angewidert abwenden, da schlich sich ein Gedanke in seinen Kopf. Sicher, das war kindisch, und wenn er erwischt wurde, hätte er ein Problem.

»Egal«, knurrte er, öffnete das Handschuhfach, zog einen dicken Filzstift heraus und ging zu dem Poster. Verschwörerisch schaute er sich um: Niemand nahm Notiz von ihm, die Menschenmenge am Kanal blickte erwartungsvoll in die Richtung, aus der der Konvoi kommen würde. Also machte sich Guillaume an die Arbeit.

Als er fertig war, trat er einen Schritt zurück und betrachtete sein Werk. Vielleicht sollte er in Zukunft als Künstler sein Glück versuchen. Das Plakat der selbst ernannten Hoheiten war jetzt, mit den Teufelshörnern, die aus Maries Stirn sprossen, und dem Hitlerbärtchen auf Chevaliers Oberlippe, viel aussagekräftiger. Zufrieden verstaute er den Stift wieder und wollte sich gerade auf den Weg machen, um nicht doch noch erwischt zu werden, da entdeckte er in der Menschenschlange, die den Weg entlang des Kanals säumte, Madame Lizzy. Er hatte die alte Dame schon monatelang nicht mehr gesehen, und sofort überkam ihn ein schlechtes Gewissen. Hätte er sich bei ihr melden sollen? Sie fragen, ob sie etwas brauchte? Irgendwie hatten sich auch die restlichen Mitglieder ihrer bunten Truppe etwas aus den Augen verloren. Nach ihrem missglückten Coup letzten Sommer hatte es zwar noch ein paar Treffen gegeben, irgendwann aber waren auch die eingeschlafen. Das war schade, doch jeder hatte eben seine eigenen Probleme, auch wenn sie sich eigentlich fest vorgenommen hatten, regelmäßig zusammenzukommen.

Er überlegte, ob er Lizzy rufen sollte, doch sie schien derart in ihrem Element, dass er sie nicht stören wollte. Mit ihren dünnen Beinchen in den Leoparden-Leggings und dem paillettenbesetzten T-Shirt stakste die Österreicherin, inzwischen weit in den Achtzigern, resolut durch die Reihen. Ihren Pudel Louis Quatorze im Schlepptau erzählte sie allen, dass sie die Fürsten persönlich kenne – ob die das nun wissen wollten oder nicht. Vor allem in jüngster Vergangenheit habe sie viel mit den Adligen zu tun gehabt, brüstete sie sich.

Das war nicht einmal gelogen, und Lipaire grinste über die Art, wie sie die Wahrheit zu ihren Gunsten zurechtbog – ganz nach seinem Geschmack. Doch es machte ihn auch ein bisschen traurig zu sehen, wie die alte Dame noch immer dem Glamour vergangener Tage nachjagte.

Als er mit dem Vorsatz zurücksetzte, sich in den nächsten Tagen bei ihr zu melden, kreuzte Paul Quenot mit einer Schubkarre seinen Weg. Lipaire hupte, weil der Belgier ihn nicht gleich sah, worauf der Hüne drohend die Hand hob, sie aber schnell sinken ließ, als er ihn erkannte.

»Guillaume?«, kiekste er mit seiner viel zu hohen Stimme, die so gar nicht zu dem muskelbepackten Ex-Legionär passen wollte. »Auch ein bisschen den Hoheiten zujubeln?«

»Nicht mal, wenn sie mich dafür bezahlen würden. Und du? In diesem Viertel hast du doch gar keine Gärten zu pflegen, oder, *mon ami*?« Lipaire freute sich jedes Mal, dass er diesen Zusatz im Zusammenhang mit Paul wieder benutzen konnte. Viele Jahre hatten sie nicht miteinander gesprochen, doch ihre gemeinsame Unternehmung letztes Jahr hatte sie wieder zusammengebracht.

»Man kommt ja nirgends durch. Und über den Marktplatz darf ich nicht mehr.«

»Wegen dem *Staatsempfang* heute?«, wollte Lipaire wissen.

»Nein, sonst auch.«

»Sonst auch nicht?«

Paul nickte. »Beschluss des Verwaltungsrates. Keine Leute in Arbeitskleidung mehr im Zentrum nach neun Uhr. Stört das Gesamtbild.«

Guillaume schüttelte den Kopf und blickte sich um. Für ihn hatte es immer den Reiz des Örtchens ausgemacht, dass zwischen all diesen pittoresken Fischerhäuschen nicht nur Touristen flanierten, sondern auch diejenigen, die hier arbeiteten. »Das haben sich doch bestimmt wieder diese Aushilfsfürsten ausgedacht«, schimpfte er.

Quenot zuckte nur die Achseln. »Kann aber sonst nicht klagen. Die *Résidents* haben harte Auflagen für ihre Gärten gekriegt. Alles muss tipptopp sein – auf ihre Kosten. Da hab ich viel zu tun.«

Noch einer, der sich nicht von ein paar kleinen Veränderungen unterkriegen lässt, dachte Lipaire.

»Ein guter Zeitpunkt für eine eigene Gärtnerei.«

Lipaire wusste, dass das der große Lebenstraum seines Freundes war. Und mit dem Geld, das sie letztes Jahr bei ihrem gemeinsamen Coup »erwirtschaftet« hatten, war er diesem ein schönes Stück näher gekommen. »Hast du schon was Bestimmtes im Auge?«

Der Belgier nickte.

»Schön für dich.«

»Dir geht's doch auch gut.« Paul Quenot zeigte auf den Oldtimer.

»Ach, der ... jaja«, gab Guillaume zähneknirschend zurück und senkte den Blick.

»Ist er kaputt?«

»Nein, mit dem Wagen ist alles in Ordnung.«

»Und sonst?«

»Ach Paul, das ist eine längere Geschichte. Erzähle ich dir ein andermal. Wie komme ich denn jetzt hier raus?«

Der Belgier blickte sich um und kratzte seinen kahl rasierten Schädel. »Im Moment gar nicht, wenn du mich fragst. Musst wohl warten.«

»*Merde.* Na dann, *à bientôt, mon ami!*«, rief Guillaume und blickte auf die Uhr. Die Zeit wurde knapp. Nun konnte nur noch einer helfen. Er zog sein Handy heraus und drückte die Schnellwahltaste. Schon nach dem zweiten Klingeln wurde abgenommen.

»*Oui, j'écoute?*«

»Karim, ich brauch dich.«

»Ich weiß.«

»Ich meine, sofort.«

»Auch das hab ich schon mal gehört.«

»Junge, es eilt. Hier ist kein Durchkommen. Mal wieder ein *Staatsbesuch.*« Das letzte Wort betonte er, als spreche er von einer schlimmen Krankheit.

»Wird dich nicht umbringen, wenn du mal nicht mit dem Auto fährst. Früher bist du sowieso viel mehr gelaufen!«

»Darum geht es nicht. Besser gesagt: Genau darum geht es. Kommst du jetzt endlich? Ich steh am Kai. Und bring das Transportboot mit, hörst du?« Ohne eine Antwort abzuwarten, legte er auf.

2

»Junge, Junge, das hat ja mal wieder gedauert! Pünktlichkeit ist dir wirklich nicht in die Wiege gelegt.« Lipaire hatte den Porsche bereits rückwärts am Rand des Kais an der *Capitainerie*, der Hafenmeisterei, geparkt und erwartete ungeduldig seinen fast vierzig Jahre jüngeren Freund, der eben den unförmigen Lastenkahn mit dem kleinen Kranausleger zur Anlegestelle bugsierte.

»Reg dich nicht schon wieder auf«, rief Karim Petitbon von seinem offenen Führerstand aus. »Ist schlecht für dein Herz. Und das hier ist nicht gerade ein Rennboot. Wie du, Wilhelm!«

»Ich heiße Guillaume.«

»Aber du benimmst dich gerade mal wieder wie ein Wilhelm.«

»Weil ich in Eile bin.«

Für Lipaires Zwecke war das Boot, mit dem sonst Baumaterialien oder Maschinen zum Unterhalt der Kanäle transportiert wurden, zwar etwas langsam, aber ansonsten genau richtig: Es bot die momentan einzige Möglichkeit, den Sportwagen aus den Gässchen der Stadt zu bekommen. Karim warf ihm ein dickes Tau zu, das er zwar fing, dann aber skeptisch in seiner Hand wiegte, als habe er keine Ahnung, was er damit anstellen solle.

»Du musst uns schon festmachen, nicht dass es mich wegtreibt, während du dein Schmuckstück aufs Boot fährst.«

»Fahren? Kannst du den Porsche nicht mit dem Kran draufheben?«

Karim schüttelte den Kopf. »Dazu ist der viel zu schwach. Ich hab zwei Rampen, über die fährst du drauf. Und jetzt mach das Tau fest, Matrose.«

Lipaire kratzte sich am Kopf und schlang das Seil umständlich um einen Metallpoller.

Karim grinste spöttisch. »Ein Seemann wird nicht mehr aus dir.«

»Das hatte ich auch nie vor«, gab Guillaume zurück. »Obwohl, wenn man dich mit deiner schnieken Matrosentracht so anschaut ...«

»Hör mir bloß damit auf!« Karim schaute an seiner blauen Fantasieuniform herab, die zusammen mit der lächerlichen Seemannsmütze ein wenig an das Outfit von Donald Duck erinnerte. Nur die rote Fliege fehlte. »Haben sich die Vicomtes so gewünscht, damit wir schicker aussehen, auf unseren Wassertaxis.«

»Wir müssen wohl alle Opfer bringen, Kleiner.«

»Vor allem du.« Karim blickte demonstrativ auf den Porsche. Dann stellte er den Motor auf Leerlauf und schob unter Guillaumes skeptischen Blicken zwei schmale Metallrampen über den Spalt zwischen Kai und Ladefläche. Allein der Höhenunterschied betrug gut und gern einen halben Meter. Wie um alles in der Welt sollte man über diese wackligen Planken den Oldtimer heil an Bord bekommen? Ein paar Zentimeter daneben, und der Bolide landete im Wasser oder blieb zwischen Betonwand und Boot hängen.

»Karim, wir müssen das woanders machen. Hier ist es viel zu gefährlich, die Mauer ist zu hoch.«

»Wo denn dann?«

Lipaire blickte auf den betonierten Platz, in dessen Zentrum ein Denkmal für die Landung der Alliierten am Strand von Grimaud stand. Daneben wehte die Trikolore. Der Abstand zum

Wasser war tatsächlich überall gleich. Und hinter dem flachen, lang gezogenen Gebäude der Hafenverwaltung begann bereits der Sandstrand. Der Junge hatte wohl recht, es gab keine vernünftige Alternative.

»Also, los geht's. Ich dirigiere dich auf die Rampen«, vermeldete Karim Petitbon, nachdem er die Auffahrhilfen mit dem Fuß geprüft hatte. »Du musst nur tun, was ich sage. Auch wenn's dir schwerfällt.«

»Das sagt sich so leicht.« Lipaire ließ den Motor an und setzte zurück. Zentimeterweise und stets mit dem Fuß über dem Bremspedal, um im Notfall sofort stoppen zu können. Dabei achtete er peinlich genau auf Karims Anweisungen, was wirklich eine ungewohnte Rolle für ihn war.

Nach zehn Minuten hatten sie es tatsächlich geschafft: Der goldmetallic glänzende Porsche stand wie eine überdimensionierte Galionsfigur auf der Ladefläche des Kahns.

Karim löste die Leine am Poller. »Und, wohin geht's jetzt?«

Lipaire, dem der Angstschweiß noch auf der Stirn stand, hatte sich erst einmal einen Zigarillo angezündet und sah seinen jugendlichen Freund mit großen Augen an. »Na, diese Frage solltest du mir eigentlich beantworten. Du weißt ja wohl am besten, wo wir den Wagen außerhalb des Städtchens wieder entladen können.«

»Ich?« Karim zog erstaunt die Brauen hoch.

»Du hast mir ja deine Dienste als Fährmann angeboten, also dachte ich auch, du hättest einen Plan.«

»Angeboten? Du hast mich herzitiert, ohne dass ich überhaupt wusste, warum.«

»Also, weißt du irgendwas oder nicht?«

»Jetzt lass mich doch mal überlegen. Wenn wir Richtung Marines de Cogolin rüberfahren würden, hätten wir keine allzu lange

Strecke übers offene Meer. Ansonsten bliebe uns höchstens die alte Mole auf halbem Weg nach Sainte Maxime. Aber ob wir da mit dem Oldie sauber draufkommen, weiß ich nicht. Und es könnte sein, dass die eine oder andere Welle über deine Chromfelgen schwappt, wenn wir so weit in den Golf rausfahren. Dieser Pott hier ist nicht für Seegang gebaut.«

»Dann lieber Variante eins. Auf geht's, ich hab nicht ewig Zeit.«

Sichtlich entnervt setzte Karim das Boot zurück, drehte bei und fuhr auf die Hafenausfahrt zu. »Und dieser ganze Aufwand nur, weil Monsieur Lipaire mit dem historischen Porsche eine kleine Ausfahrt machen will! Wo geht denn deine Spritztour heute hin? Doch nicht schon wieder ins Casino, oder?«

»Die Casinos der Gegend müssen die nächste Zeit wohl oder übel ohne mich auskommen. Aber sie sind trotzdem der Grund für unsere Fahrt.«

Karim sah ihn fragend an.

»Es könnte sein, dass es mir durch die eine oder andere Verkettung ungünstiger Zufälle während der Spiele in besagten Etablissements inzwischen am nötigen Kapital für weitere Besuche dort mangelt.«

»Du meinst, du bist pleite.«

»Pleite? Was für ein grässliches Wort. Ich bevorzuge den Ausdruck *vorübergehender finanzieller Engpass*.«

Karim schüttelte lachend den Kopf. »Du bist einfach unverbesserlich! Aber was hat das alles jetzt mit dem Wagen zu tun?«

»Der ist so was wie mein Sparbüchlein, das ich heute schweren Herzens auflösen werde.«

Karim fiel die Kinnlade nach unten. »Du willst den Speedster verkaufen?«

»Ich will nicht, ich muss. Ich habe mir unvorsichtigerweise

ein wenig Geld geliehen, weil ich fest davon überzeugt war, vor einer Glückssträhne im Blackjack zu stehen. Aber mein Gefühl hat mich wider Erwarten getäuscht. Und jetzt sitzen mir die verdammten Gläubiger im Nacken. Mir bleibt keine andere Wahl, man setzt mir bereits das Messer auf die Brust.«

Inzwischen hatten sie das offene Meer erreicht, was Lipaire zu einem besorgten Blick auf die Wellen veranlasste, die unaufhörlich gegen das flache Deck schlugen.

»Das Messer? Mit wem hast du dich denn da eingelassen?«

»Nur so eine deutsche Redensart. Keine Sorge. Diese Leute sind ganz ...«, Lipaire hüstelte, »... umgänglich, eigentlich.« Er merkte, dass ihm der Junge kein Wort glaubte. »Nur der Aufkäufer für den Wagen ist ein bisschen ungeduldig.« Hastig schaute er auf die japanische Quartzuhr an seinem Handgelenk. Die schöne Rolex Oyster, die für ein paar Monate an ihrer Stelle geprangt hatte, befand sich seit mittlerweile zehn Tagen im Besitz eines Antiquitätenhändlers aus Saint-Tropez. »Aber wenn du ein bisschen draufdrückst, könnten wir es gerade noch schaffen.«

»Mann, Guillaume, ich hab dir doch immer gesagt, du sollst vorsichtig sein mit deiner Zockerei.« Karim klang in Lipaires Ohren ein wenig altklug. War es nicht an ihm, dem väterlichen Freund, weise Ratschläge zu geben? Gut, schränkte er ein, in Sachen Sparen und Vermögensverwaltung war er wohl kein Vorbild.

»Ich zum Beispiel hab meiner Mama zwei, drei kleinere Wünsche erfüllt und das restliche Geld aus unserem Coup letztes Jahr gespart. Gib's zu, das war viel vernünftiger.«

Lipaire zuckte die Achseln. »Das vielleicht. Macht aber längst nicht so viel Spaß.«

»Bist du nicht traurig wegen dem Auto?«

Guillaume schnippte die Kippe seines Zigarillos ins Meer und blies den letzten Rauch aus seinen Lungen. Dann seufzte er. »Letztlich bin ich sogar froh, wenn das Ding wieder weg ist. Ökologisch ist der nicht mehr zeitgemäß, für meine Fitness sind Fußmärsche besser, Tanken ist teuer, und ich bin obendrein alle Parkplatzprobleme los. Hätte ich's besser erwischen können?«

»Deine Gelassenheit möchte ich haben.«

»Dazu braucht es über sechzig Jährchen Übung in der harten Schule des Lebens. Dir fehlt also noch eine ganze Menge. Aber ich glaube, du bist auf einem guten Weg. Achtung, Gegenverkehr!«

»Heilige Scheiße!«, schrie Karim. Ganz offensichtlich hatte er nicht bemerkt, dass die *Gipsy IX*, das grün-weiße Linienboot zwischen Port Grimaud und Saint-Tropez, mit voller Fahrt auf sie zuhielt. Er drehte wild am Steuerrad, doch der träge Lastkahn machte keine merklichen Anstalten, seinen Kurs zu ändern. Schon ertönte das Signalhorn der *Gipsy*, und das gesamte Schiff neigte sich nach links, um eine Kollision zu vermeiden. Die Touristen an Bord liefen neugierig an die Reling und sahen mit offenen Mündern dabei zu, wie die beiden Boote mit nur einer Handbreit Abstand aneinander vorbeiglitten. Lipaire konnte erkennen, wie der Kapitän des Linienschiffs mit der Faust aus seinem Seitenfenster drohte, dann traf sie die Bugwelle mit voller Wucht. Wie eine Nussschale wurde der Transportkahn hochgehoben und bekam gefährlich Schlagseite. Lipaires Blick flog zum Porsche, der bereits ein bedrohliches Stück zur Seite gerutscht war. Nicht auszudenken, wenn sie ihn hier, direkt in der Fahrrinne vor dem Hafen, versenken würden. Kurz erwog er, die Karosse festzuhalten, dann jedoch wurde ihm klar, dass er dabei mit seinen knapp achtzig Kilo nicht den Hauch einer

Chance hätte. Nun half nur noch Beten, denn eine weitere Welle rollte bereits über Deck und ergoss sich über Lipaires lederne Mokassins.

»Merde!«, schimpfte er und sah zu Karim. Der stand blass am Ruder und bewegte mit weit aufgerissenen Augen stumm die Lippen. Offenbar betete er tatsächlich, und zwar mit Erfolg, denn die Wellen wurden wieder niedriger. Der Porsche stand zwar noch immer etwas schräg, aber stabil auf der Ladefläche des Metallkahns.

»Ich … wir … pardon, Guillaume. Ich war so in unser Gespräch vertieft, dass ich Rémy mit seiner Gipsy gar nicht habe kommen sehen.«

»Ist ja noch mal gut gegangen. Um das Salz auf den Chromteilen muss sich von nun an sowieso jemand anderes kümmern. Ist eh nur passiert, weil unsere Aushilfsfürsten mal wieder einen ihrer Staatsbesuche angesetzt haben.«

»Den Leuten scheint's zu gefallen.«

»Ja, denen, die von woanders herkommen, vielleicht.«

Karim nickte. »Stimmt. Wer kümmert sich noch drum, wie es uns geht? Wir müssen schließlich jeden Tag hier leben.«

»Dürfen, Karim. Dürfen«, korrigierte Lipaire mit erhobenem Zeigefinger. »Auch wenn die Zeiten rauer geworden sind: Wir sind noch immer privilegiert, Junge. Andere wohnen in irgendwelchen Hochhaussiedlungen und sehen nichts als Beton von ihrem Fenster aus.«

»Ich weiß schon. Immer das Positive sehen«, seufzte Karim. »Aber heute Morgen musste ich zum Beispiel über eine halbe Stunde früher anfangen, um das Wassertaxi mit diesen grün-weißen Fantasiefahnen zu beflaggen. Das nervt. Und die Uniform …«

»… kommt doch bei den Mädels sicher an, oder?«

Karim grinste. »*Touché!* Trotzdem komme ich mir übelst verkleidet vor damit.«

»Apropos Mädels: Wie läuft es denn mit Jacky?« Lipaire wusste, dass Karim sich bei ihrem großen Coup im vergangenen Sommer über beide Ohren in Jacqueline Venturino, die Tochter des Bürgermeisters von Grimaud, verknallt hatte – auch wenn sie nie explizit darüber geredet hatten.

Karim schnaubte genervt. »Gar nichts läuft. Man hört und sieht nichts von ihr, weil Mademoiselle ja in New York weilen.«

»Immer noch an dieser Schauspielakademie?«

»Anscheinend. Na ja, kann man nix machen«, seufzte Karim.

»Ihren Vater sieht man dafür ja ziemlich oft in letzter Zeit.«

»Absolut. Und meistens hat er diese affige Schärpe mit den Landesfarben an. Man könnte meinen, er hält sich für Miss Frankreich oder den *Président de la République*.«

Lipaire lächelte. »Stimmt. Wie hat er das neulich im Zeitungsinterview gesagt: Er möchte seine Rolle als Repräsentant der französischen Nation im Fürstentum Port Grimaud ernst nehmen. Dafür nimmt *ihn* kaum noch jemand ernst. Der ist doch nur eine Puppe im Kasperltheater der Vicomtes.«

»Was für ein Theater?« Karim lenkte nach links, weil sie sich allmählich der Anlegestelle im Hafen von Cogolin näherten. Während in Saint-Tropez mächtige Jachten dominierten, dümpelten hier vor allem einfache Segeljollen. Guillaume liebte diese schlichteren Boote. Die Gischt spritzte auf und erfüllte die Luft mit glitzernden Tropfen. Für einen Augenblick vergaß er den Grund ihrer Fahrt, atmete tief ein und genoss einfach den Moment. »Nicht so wichtig. Ich habe mich ja auch noch nicht endgültig entschieden, in welche Kategorie ich das, was die Vicomtes aufführen, einordnen soll: Tragödie, Komödie oder Farce.«

Der Junge warf ihm einen fragenden Blick zu.

»Die grundlegenden Dramenformen sind dir doch ein Begriff, oder?«

»Die ... was?«

»Warst du nie im Theater?«

»Doch, klar! Zweimal sogar. Das erste Mal bei einer Schulaufführung von *Le Petit Prince*, da hatte sich dann allerdings der Junge, der den Fuchs gespielt hat, auf der Bühne den Arm gebrochen, und deshalb ging es nach der Pause nicht mehr weiter. Und das zweite Mal war eine englische Gruppe bei uns am *Collège*.«

»Und was gab's? Shakespeare?«

»Keine Ahnung. Ich weiß aber noch, dass ich mir damals ein geniales Blasrohr gebaut hab, mit dem ich Papierkügelchen bis zur Bühne spucken konnte.«

Lipaire schüttelte den Kopf. »*O tempora, o mores!*«

»Nee, so hieß das Stück nicht.«

»Lassen wir das lieber.«

»Viel sieht man die Vicomtes ja nicht mehr«, sagte Karim, offenbar froh, das Thema zu wechseln.

»Ja, sie machen sich rar. Aber untätig sind sie nicht. Wie man hört, kaufen sie so ziemlich alle Häuser auf, die auf den Markt kommen.«

»Würde mich mal interessieren, woher sie das Geld haben.«

»Na ja, es gibt viele Investoren, die sich für Grundbesitz in Port Grimaud interessieren. Und seitdem die Vicomtes ins Immobiliengeschäft eingestiegen sind, werden die Banken ihnen das Geld geradezu aufdrängen, könnte ich mir denken. Schließlich hätten sie bei einer Pleite guten Gegenwert für ausgefallene Kredite.«

»Hm. Kann sein, mit so was kenn ich mich nicht aus. Aber

vielleicht läuft ja auch der Briefmarken- und Fahnenverkauf so gut.«

Lipaire stieß verächtlich die Luft aus. »Lächerlich!«

»Wo sie die schon überall gehisst haben: auf dem Turm ihres Hauses, an sämtlichen Plätzen, nicht mal mehr ihre *Comtesse* fährt unter französischer Flagge.«

Lipaire nickte. Auch er hatte das grün-weiße Rautenfähnchen mit der stilisierten Burg am Heck der stattlichen Mahagoni-Segeljacht *Comtesse* wehen sehen.

Ansonsten bekam man im täglichen Leben nicht mehr viel von den Vicomtes mit: Zu ihrem Anwesen, dem markantesten Haus, das einst dem Gründer von Port Grimaud, dem Architekten Gilbert Roudeau gehört hatte, hatten sie noch einige angrenzende Gebäude gekauft. Das ganze Ensemble war inzwischen von einem hohen Zaun umgeben. Die Fenster, in die man früher vom Kanal aus hineinsehen konnte, waren verspiegelt, das gesamte Grundstück wurde mit Kameras überwacht, im Garten und an den Eingängen patrouillierten Mitarbeiter eines privaten Sicherheitsunternehmens. Hätten Lipaire und die anderen sich unter solchen Umständen Zugang zum Haus verschaffen müssen, sie wären an diesen Hürden kläglich gescheitert.

Ob ihre Gruppe sich noch einmal zusammenfinden würde? *Die Unverbesserlichen* hatten sie sich genannt, waren mit der Zeit eine eingeschworene Gemeinschaft geworden und hatten einem vermeintlichen Schatz hinterhergejagt. Dabei waren sie allerdings nur auf ein verschollenes historisches Dokument gestoßen, das den Vicomtes ihrer Ansicht nach die Unabhängigkeit vom französischen Staat zusicherte – die Grundlage für das Ausrufen des Fürstentums nach dem Vorbild von Kleinstaaten wie Monaco. Nur, dass eben niemand ihre Quasi-Staatsgründung ernst nahm. Zum Glück.

»Was überlegst du?«, riss ihn Karim aus seinen Gedanken.

»Ach, dies und das. Letztlich nichts.«

»Sehr philosophisch.«

Lipaire zuckte die Achseln. Sein Blick fiel auf den Porsche. Nun fühlte er doch einen Anflug von Melancholie in sich aufsteigen. Eigentlich hängte er sein Herz längst nicht mehr an materielle Werte. Zu oft hatte es dabei schon Narben davongetragen. Er versuchte, die aufkeimende Sentimentalität sofort wieder niederzukämpfen. Aber dieses goldene Cabriolet machte es ihm schwer. Es war so etwas wie das Symbol seines Wiederaufstiegs, nachdem er, wie die anderen der Gruppe auch, durch den Coup zu einer hübschen Summe Geld gekommen war. Kein ganzes Jahr hatte es gedauert, dass er nun mit noch weniger dastand als zuvor.

»Mir kannst du nix vormachen: Es wurmt dich, dass du dich von deinem Goldstück verabschieden musst. Stimmt's?«

Guillaume seufzte.

»Kopf hoch, alter Mann! Das Ding hat nie wirklich zu dir gepasst.«

»So, worin wäre ich denn dann deiner Meinung nach passender unterwegs gewesen?«

Karim dachte nach. »Hm, in einem Méhari vielleicht? Oder einem Renault 4?«

»Sehr schmeichelhaft.«

»He, das war als Kompliment gemeint. Du bist schließlich kein Poser. Oder jedenfalls nicht so einer.«

Lipaire schmunzelte. Er hätte, ohne lange zu überlegen, zwei Dutzend Leute aufzählen können, die in dieser Frage gänzlich anderer Meinung waren. Aber es freute ihn dennoch, dass Karim ihn so einschätzte. Richtig einschätzte, vervollständigte er im Geiste.

Als sie den Sportwagen nach einer ähnlich waghalsigen Aktion wie beim Aufladen ohne Schrammen und sonstige Schäden wieder an Land hatten, verabschiedeten sich die beiden. Lipaire versprach, dem Jungen eine Stunde Extralohn zu bezahlen, wenn er wieder liquide war, was der mit einem »Ich werde dich dran erinnern!« quittierte.

Bevor er einstieg, holte Guillaume noch einen Kamm aus der Hosentasche, drehte den winzigen verchromten Außenspiegel nach oben und begann, seine durch den Ausflug aufs Meer derangierten grauen Locken wieder in Form zu bringen.

»Ah, ist also eine Frau, die dein Auto kauft«, rief Karim ihm mit verschmitzter Miene zu.

»Das nicht. Aber man soll doch nicht den Eindruck bekommen, ich *müsse* verkaufen«, erklärte Guillaume, steckte den Kamm weg und ließ sich mit generösem Winken ein letztes Mal in den bequemen ledernen Fahrersitz fallen.

3

»Nicht gerade ein Schmuckstück.«

Guillaume Lipaire fuhr herum. Er hatte die Tür nicht gehört, so sehr war er damit beschäftigt gewesen, die Wohnung, in der er sich gerade befand, in ein gutes Licht zu rücken. Wenn man heutzutage als Vermieter erfolgreich sein wollte, musste man auch virtuos auf der digitalen Klaviatur spielen, und das hieß: Schöne Fotos vom Objekt machen und diese ein bisschen nachbearbeiten, damit die Leute Lust bekamen, dort ein paar entspannte Tage zu verbringen. Früher war das einfacher gewesen, da hatte der Nimbus des Ortes in direkter Nachbarschaft zu Saint-Tropez locker ausgereicht, um die Wohnungen im fliegenden Wechsel auszulasten. Aber heutzutage wollten die Leute immer erst »Beweisfotos« sehen – und am besten auch noch Dutzende von Bewertungen über die Vermieter und deren Objekte lesen. Als ob das in seinem Fall überhaupt möglich gewesen wäre. Sollte er die Besitzer vielleicht bitten, ein paar schöne Zeilen zu verfassen, damit er ihr Hab und Gut hinter ihrem Rücken leichter vermieten konnte?

»Gut, dass du da bist, Paul«, sagte er, erleichtert, dass Quenot endlich aufgetaucht war. Denn was gab es Besseres, um den Eindruck einer gepflegten Wohnung zu erwecken, als diese mit ein paar schönen Pflanzen aufzuhübschen?

»Das Gefühl hab ich auch. Ich hab ein paar meiner Lieblinge dabei.« Der Belgier blickte auf die Blüten der Pflanzen, die er in einer Kunststoffbox vor sich hertrug. »Hast du Übertöpfe?«

»Übertöpfe?«

»Na, in diesen Plastikdingern willst du sie ja wohl nicht auf dem Foto haben, oder?«

»Hm, stimmt, das würde nicht so gut aussehen.« Guillaume schaute sich suchend um. »Die Goosens werden doch ein paar verdammte Übertöpfe haben, immerhin sind sie ...«

»Holländer?«

»Belgier.« Guillaume zwinkerte seinem Freund zu. »Das mit den Pflanzen liegt doch in eurer Natur, oder ist das ein Geburtsfehler bei dir?«

»Halt die Klappe, und hilf mir lieber.« Der Ex-Legionär stellte die Blumen auf dem runden Esstisch ab. »Wo sollen die hin?«

Lipaire ließ den Blick durch die Wohnung schweifen. So schlimm, wie vom Belgier vermutet, sah sie gar nicht aus. Da hatte er schon ganz andere gesehen. Sie war auch nicht so vollgestopft wie einige seiner Objekte. Er hasste das, denn das unbestreitbare Schmuckstück jeder Wohnung in Port Grimaud waren die großen verglasten Terrassen- oder Balkontüren auf den Kanal hinaus. Mit dem Blick aufs Wasser, in dem sich der Himmel spiegelte, wenn nicht gerade eine Segeljacht oder ein Motorboot vorbeiglitt, konnte keine noch so gut ausgesuchte Einrichtung konkurrieren.

»Fangen wir doch hier an«, sagte der Belgier und deutete auf das Beistelltischchen neben dem Sofa.

»Gute Idee, wollte ich auch gerade vorschlagen.«

»Hast du jetzt Übertöpfe oder nicht?«

»Genau, die Übertöpfe!« Während Guillaume die Einbauschränke durchsuchte und froh war, dass es hier in den Häusern wegen des allgegenwärtigen Wassers nicht auch noch Keller gab, in denen er auch hätte nachschauen müssen, kümmerte sich Paul um die harmonische Verteilung der Blumendekoration. Er hatte ein Händchen dafür, das wusste Lipaire, weswegen er sich nicht einmischte.

»Wie kommt's eigentlich, dass du immer noch in der *gardien*-Wohnung haust?«, fragte Quenot.

Guillaume grinste. »Das haben die Vicomtes wohl nicht auf dem Schirm gehabt. Ich bin zwar meine Anstellung los, aber dass ich eins der Dienstapartments belege, haben sie nicht bedacht. Der Vertrag läuft also erst mal weiter. Na ja, die kümmern sich ja jetzt um Wichtigeres. Bilaterale Staatstreffen und so. Ah, da sind ja die Übertöpfe.« In einem der zahlreichen Schränke war Lipaire endlich fündig geworden. Er nahm sie heraus und setzte die Pflanzen, die Quenot bereits drapiert hatte, in jeweils einen der bunten Töpfe. »Hast du eigentlich was vom Staatsempfang heute mitbekommen?«

Paul schüttelte den Kopf. »Hat mich auch nicht interessiert.«

»Ach komm, du hast doch ein Faible für Prinzessinnen, oder? Na ja, vielleicht eher für Prinzen.«

Quenot ignorierte die Bemerkung. »Es war sogar eine echte da, heute. Die Prinzessin von Seborga.«

»Seborga? Nie gehört.«

»Ich auch nicht. Das ist wohl auch so ein selbst ernanntes Fürstentum.«

»Die nehmen hier allmählich überhand.«

»Nicht hier. In Italien.«

»Ja dann ...«

»Jedenfalls haben sie die Seborgerin ... oder Seborghese, oder was weiß ich, wie man das sagt, im offenen Cabrio durch den Ort kutschiert, und die Leute mussten ihr zuwinken.«

»Das ist ja mal eine echte Attraktion. Schade, dass ich nicht dabei sein konnte.«

»Dein Spott wird dir bald im Hals stecken bleiben, Liebherr.«

Guillaume mochte es nicht, wenn sein Freund ihn bei seinem eigentlichen Namen nannte, der eindeutig seine Herkunft verriet. Da er darin aber eine Retourkutsche für seine vorige Spitze vermutete, ließ er es durchgehen. »Aha, und wieso?«

»Weil sie angeblich dran sind, jemanden von den Grimaldis aus Monaco herzuholen.«

»Soso. Da bin ich gespannt. Wird bestimmt wieder so 'ne Pleite wie mit diesem ... angeblichen König oder Prinzen da.«

Quenot richtete seinen massigen Körper auf und wischte sich mit dem Handrücken über die Stirn. »König?«

»Na, der von diesem afrikanischen Zwergstaat. Er wäre doch der Erste gewesen, der das Fürstentum offiziell anerkennt. Aber dann kam raus, wie es um die Menschenrechte steht, bei denen. Der hat nicht mal eine Einreisegenehmigung nach Frankreich bekommen.«

Paul nickte wissend. »Die Vicomtes brauchen bald einen eigenen Flughafen.«

»Mal den Teufel nicht an die Wand«, gab Guillaume mit erhobenem Zeigefinger zurück. »Der Heliport ist schon nervig genug.«

»Ich hätte ja auch gern was Eigenes«, erklärte Paul auf einmal.

»Natürlich, das hast du vorhin ja schon erwähnt. Eine Gärtnerei, richtig?« Zum Glück erinnerte er sich an die Bemerkung seines Freundes heute Morgen.

»Genau.«

Guillaume atmete tief durch. Es war aber auch wirklich nicht leicht, mit dem wortkargen Belgier eine Unterhaltung zu führen. »Klingt toll.«

»Wird es auch. Jedenfalls hab ich einen Plan.«

»Das ist das Wichtigste.«

»Du kannst bei mir einsteigen, wenn du magst.«

Lipaire gefror mitten in der Bewegung, einen Übertopf in der einen, eine rosa blühende Pflanze in der anderen Hand. »Ich ... also ...« Er wusste nicht recht, was er darauf antworten sollte. Es war eines, dass sein Freund seinen Traum verfolgte, aber in Guillaumes Träumen kamen definitiv weder Gewächshäuser noch Pflanzenschutzmittel vor. »Ich? Teilzeit, im Management?«, flüchtete er sich in einen Witz.

»Wie wär's mit Vollzeit im Beet?«

Guillaume tippte sich an die Stirn. »Das ist nicht mein Metier, wie du eigentlich wissen solltest.«

»Aber deine illegale Vermieterei, das hat doch keine Zukunft.« Demonstrativ schaute sich der Belgier in dem Wohnraum um.

»Vielleicht mehr als deine Blümchen. Es läuft übrigens gar nicht so schlecht«, verteidigte sich Lipaire. »Klar, mir stehen nicht mehr die allerbesten Objekte zur Verfügung, und sie sind ein bisschen weit über den Ort verstreut ...«

»... und liegen manchmal auch an den eher unbeliebten Ecken ...«

»Jaja, das weiß ich selbst. Aber es reicht mir immer noch, um über die Runden zu kommen. Und irgendeiner muss es schließlich machen.«

Quenot verzog die Lippen zu einem Grinsen und kiekste: »Klar, was würden die Eigentümer nur ohne dich tun?«

»Ich könnte meinen Hausbesitzern ja deine Dienste empfehlen – gegen eine kleine Provision, versteht sich.«

»Du bist einfach unverbesserlich.«

»Hast du's endlich begriffen!«

Nachdem sie wieder eine Weile still ihren Tätigkeiten nachgegangen waren, sagte Paul plötzlich etwas, das Lipaire zunächst gar nicht verstand: »Hast du mal darüber nachgedacht, mit ihnen Kontakt aufzunehmen?«

»Mit wem? Den Vicomtes?«

»Nein mit ... du weißt schon.«

Er wusste nicht, doch es beschlich ihn eine Ahnung, worauf sein Freund hinauswollte. Und falls es das war, was er vermutete, überschritt der Belgier gerade eindeutig eine Grenze. Sie hatten sich in diesem *Jahr der Annäherung*, wie Lipaire es innerlich getauft hatte, wiedergefunden, ihre alte Freundschaft wieder aufleben lassen, aber es war längst nicht alles wie früher. Denn noch sparten sie alle Themen aus, die sie an die Zeit erinnerten, als sie sich hier kennengelernt hatten. Als Lipaire noch mit Hilde verheiratet war. Als sie ihr kleines »Business« aufgezogen hatten, das bald schon gar nicht mehr so klein war und das, wenn man es genau nahm, nichts anderes war als ein florierender Handel mit – aus Lipaires Sicht – harmlosen Drogen. Darüber, und vor allem, wie alles zerbrochen war, schwiegen sie, und er hatte nicht vor, das zu ändern. »Nein, weiß ich nicht.«

Der Belgier ließ nicht locker: »Na, mit deinen Kindern. Vielleicht können die dir helfen, die haben doch ...«

»Stopp!« Mit schneidender Stimme unterbrach Lipaire ihn. »Darüber will ich nicht reden. Und schon gar nicht mit dir.« Er wusste nicht, warum er den letzten Satz gesagt hatte, und er tat ihm sofort leid. Doch er kam nicht dazu, sich zu entschuldigen, denn die Tür wurde aufgestoßen. Karim stürmte herein.

»Ich ... stellt euch vor, die ...« Er hatte Mühe, die Worte hervorzupressen, so außer Atem war er. Sein Körper bebte so sehr, dass die schwarzen Locken auf seinem Kopf zitterten.

»Junge, was ist denn los mit dir?«, fragte Guillaume besorgt. Er hatte Karim selten so aufgelöst gesehen. Dann fiel ihm etwas ein: »Hast du nicht gesagt, dass du Schicht hast und mir deswegen nicht helfen kannst?«

»Hätte ich auch«, keuchte der junge Mann.

»Was? Mir helfen wollen?«

»Nein. Schicht.«

»Und warum bist du dann hier?«

»Weil … es gibt keine Wassertaxis mehr!«, gab Karim atemlos zurück.

Jetzt entspannte sich Lipaire etwas. Der Junge schien einfach nur nach einer guten Ausrede zu suchen, warum er ihn hatte hängen lassen. »Karim, ehrlich, fällt dir nichts Besseres ein? Gerade vorhin ist mir eins begegnet!« Er schüttelte den Kopf, halb amüsiert, halb wütend darüber, dass er so eine Geschichte aufgetischt bekam.

»Nein, du verstehst nicht. Natürlich gibt es die noch. Aber wir dürfen sie nicht mehr fahren.«

»Wer?«

»Na, wir Wassertaxifahrer.«

Guillaume stellte die Pflanze, die er gerade in der Hand hielt, auf das Küchenbuffet. Auch Quenot wandte sich dem Jungen zu.

»Wir dürfen unseren Beruf nicht mehr ausüben, stellt euch das vor.«

»Wer sagt das?«, wollte der Belgier wissen.

»Die Vicomtes?«, vermutete Lipaire.

»Nein, die Verwaltung. Hat man uns gerade mitgeteilt.« Jetzt ließ sich der Junge in einen Sessel fallen.

»Das muss ein Irrtum sein. Wer soll die denn sonst fahren?«

Karim zuckte die Achseln. »Wir jedenfalls nicht, Guillaume. Wir sind alle entlassen.«

»Ent… ach du meine Güte.« Er setzte sich ebenfalls.

Sie schwiegen eine Weile, dann sagte Quenot: »Kannst ja bei mir anfangen.«

Karim hob den Kopf. »Bei dir? Marihuana verkaufen?«

»Nee, ganz legal. In meiner Gärtnerei.«

Der junge Mann warf Lipaire einen fragenden Blick zu, doch der rollte nur mit den Augen.

»Was zahlst du denn?«, fragte Karim.

»Also ... noch kann ich nichts zahlen. Aber bald, wenn es läuft ...«

»Danke, Paul. Aber ich bin Seemann. Erde ist nicht mein Element.«

»Verstehe«, antwortete der Belgier und presste seinen massigen Körper zu Lipaire auf die kleine Couch.

»Also, so geht das nicht«, erklärte Lipaire.

»'tschuldigung«, sagte Quenot, »aber ich kann mich auch auf den Stuhl ...«

»Das auch. Aber ich meine vor allem die Sache mit den Fahrern. Morgen gehen wir zur Verwaltung und klären das.«

Karims Miene hellte sich auf.

Davon befeuert, schob Lipaire nach: »Oder gleich zum Bürgermeister. Wir kennen schließlich seine Tochter.«

4

»Guten Morgen, *messieurs*. Was kann ich für Sie tun?«

Die Sekretärin sah Lipaire und Karim fragend an, als sie ihr Reich, das Vorzimmer des Gemeindechefs von *Grimaud Village*, betraten. Sie saß hinter einem riesigen Schreibtisch und machte keinerlei Anstalten, aufzustehen. Irgendetwas an ihr wirkte bedrohlich, fand Lipaire.

»Wir ... ich ... also«, begann Karim, doch die Frau, eine Mittvierzigerin mit streng wirkender Kurzhaarfrisur, fuhr ihm sofort in die Parade: »Falls Sie eine Aufenthaltsgenehmigung brauchen: Das Einwohneramt befindet sich im Erdgeschoss.«

»Das wissen wir natürlich, sehr verehrte *Mademoiselle* ... Wie war doch gleich Ihr wundervoller Name?«, versuchte es Lipaire auf die gute alte Schmeicheltour. Die würde auch bei der eisernen Lady vor ihnen verfangen.

»Mein Name ist Collard, der ist nicht besonders wundervoll, stammt nämlich noch von meinem Ex-Mann. Die Zeiten von *Mademoiselle* sind also längst vorbei«, erklärte die Sekretärin wenig beeindruckt von Lipaires Charmeoffensive. »Noch was?« Sie hatte sich bereits wieder ihrem Computerbildschirm zugewandt.

»Ja, wir würden gern ein paar Worte mit unserem verehrten Bürgermeister wechseln, wenn das möglich wäre.«

Madame Collard lachte ungläubig auf. »Dazu brauchen Sie schon einen Termin. Meinen Sie etwa, hier kann jeder reinspazieren und mit *Monsieur le Maire* reden, wie es ihm gerade gefällt?«

»Eigentlich schon, ja«, antwortete Karim frei heraus. »Drum sind wir ja hier.«

Jetzt schüttelte die Frau den Kopf. »Wenn Sie um einen Termin nachsuchen möchten, können Sie draußen ein Formular mit Ihren Kontaktdaten ausfüllen und in den Briefkasten werfen. Dann wird Ihnen, nach Prüfung Ihres Anliegens, möglicherweise ein Datum zugeteilt. So läuft das hier.«

»Das ist ja ein ganz wunderbar ausgeklügeltes Verfahren«, fuhr Lipaire in seiner Schmeichelstimme fort. »Aber vielleicht hat unser viel beschäftigter *Maire* zufälligerweise eine Lücke im Kalender, jetzt, wo wir schon mal vor Ort wären?«

Ohne nachzusehen, schnarrte die Sekretärin: »Sie wären gut! Heute gibt es da bestimmt keine Lücke. Wie die nächste Zeit auch. Tagesaktuelle Terminanfragen sind bei uns nicht vorgesehen. Ich habe Ihnen doch gerade erklärt, wie das hier funktioniert. Haben Sie das womöglich nicht verstanden? Sie sind kein Franzose, oder?«

Lipaire stieß die Luft aus. Es war ihm ein Rätsel, wie sie das trotz seiner akzentfreien Aussprache und des durch und durch mediterranen Erscheinungsbilds erkannt hatte. »Wir dachten eben, wenn *Monsieur* schon im Haus wäre …«

»Ist er aber nicht. Im Moment müssen Sie sich auf Wartezeiten von ungefähr einem Monat einstellen. Und jetzt *au revoir et bonne journée*. Ich habe zu arbeiten.«

Karim riss die Augen auf. »Einen Monat? Das ist viel zu spät!«

Guillaume startete einen letzten Versuch. »Vielleicht könnten wir da eine klitzekleine Ausnahme machen, Mademoiselle Collard?«

Die Augen der Dame verengten sich zu Schlitzen. »*Madame!*«, zischte sie.

»Natürlich, verzeihen Sie. Aber wenn man Sie so sieht …«

Jetzt blickte sie immerhin von ihrem Monitor auf. Anscheinend begann sie nun doch noch, Feuer zu fangen. »Worum geht's denn?«

Na also. Wäre auch die erste Frau seit Langem gewesen, die sich dauerhaft resistent gegenüber seinen Komplimenten gezeigt hätte. Guillaume schenkte ihr ein strahlendes Lächeln. »Um die Wassertaxis von Port Grimaud.«

»Nicht unsere Zuständigkeit. Wenn Sie überhaupt eine Audienz bekommen, können Sie da noch mal drei Wochen Wartezeit obendrauf rechnen. *Au revoir, messieurs.*«

Sie wandte sich ab und machte damit unmissverständlich klar, dass die Sache für sie erledigt war.

Ratlos standen Karim und Lipaire wieder draußen vor der *Mairie*. Es war inzwischen kurz nach zehn, und obwohl die Sonne von einem wolkenlosen Himmel schien, ließ die südliche Wärme heute auf sich warten. Der Mistral, der berüchtigte Wind aus dem Rhonetal, hatte die Gegend noch immer in seinem eisigen Griff. Die beiden lehnten sich an die steinerne Brüstung, die den kleinen Vorplatz begrenzte. Das Städtchen Grimaud mit seinen mittelalterlichen Gassen lag einem hier oben zu Füßen, dahinter hatte man einen Panoramablick über Port Grimaud und auf den gesamten Golf bis ins mondäne Saint-Tropez.

»*Merde*«, brummte Lipaire.

»Wenn nicht mal du mit deiner angestaubten Kavaliersmasche mehr durchkommst, ist da wohl nix zu machen.«

»Ich geb dir gleich *angestaubt*!« Guillaume drehte sich um und sah hinauf zum Fenster des Bürgermeisterbüros. Es lag direkt über dem Eingangsportal mit der Aufschrift *Hôtel de Ville*, eine Bezeichnung, die für ein Örtchen dieser Größe in seinen Augen ein wenig überzogen war. Neben den Fensterflügeln wehte die

Trikolore, rechts eine Fahne mit dem Stadtwappen von Grimaud, das die stilisierte Burg zeigte. Der Blick von dort oben
gehörte mit Sicherheit zu den schönsten weit und breit. Ein
solcher Arbeitsplatz hätte auch Lipaire gefallen.

Das typische Klacken von Boulekugeln lenkte seine Aufmerksamkeit zurück auf den Platz. Im Vorbeigehen hatte er ein paar
Spieler unter den Platanen gesehen, aber nicht wirklich auf sie
geachtet. Jetzt erst erkannte er zwei der älteren Herren und hob
eine Hand zum Gruß. Die Rentner waren früher, vor der un-
glückseligen Ausrufung des Fürstentums, auf dem Marktplatz
von Port Grimaud regelmäßig ihrem Hobby nachgegangen,
bezahlt und engagiert vom Verwaltungsrat, um für mehr Pro-
vence-Atmosphäre zu sorgen. In letzter Zeit hatte Lipaire sie
allerdings nicht mehr in der Lagunenstadt gesehen.

»Na, Männer, ihr lasst euch ja gar nicht mehr bei uns blicken!«, rief er in die Runde.

Mathieu, ein dicker Mann mit Schiebermütze, Schnurrbart
und selbst gedrehter Zigarette im Mundwinkel, kam auf ihn und
Karim zu. In der Hand hielt er Maßband und Senklot, offenbar
hatte er in der aktuellen Runde die Rolle des Schiedsrichters
inne.

»Stimmt, aber wir sind da unten ja nicht mehr erwünscht.
Statt dem Bouleplatz gibt es jetzt die neue Champagnerbar.
Und bezahlen will uns schon lange niemand mehr. Wir sind
ein Schandfleck, haben sie gesagt. Müssen wir eben mehr
Taschengeld von unseren Frauen erbetteln, damit wir uns die
paar Pastis pro Tag noch leisten können.« Mathieu lachte keh-
lig auf. »Und was verschlägt euch zwei Wasserratten zu uns in
die Berge? Ist es euch zu bunt geworden in eurem Disneyland
da unten?«

Lipaire zuckte die Schultern. »Wir müssen zum Bürgermeister, aber der scheint ja rund um die Uhr eingespannt zu sein. Es braucht Wochen, bis man bei ihm einen Termin bekommt.«

Der andere schüttelte energisch den Kopf. »Ich sag euch: Wenn hier einer nicht eingespannt ist, dann ist es Venturino. Der kommt jeden Vormittag erst um halb elf in die *Mairie*. Zehn Minuten später geht oben das Fenster auf, und er trinkt erst mal in aller Ruhe seinen *Café Noir*. Um spätestens halb eins geht er nach Hause zum Mittagessen und zur ausgiebigen *sieste*, wie man hört.«

»Interessant«, murmelte Lipaire. »Und er kommt immer durch den Haupteingang?«

»*Exactement.*«

»*Merci*, Mathieu, du hast uns sehr geholfen.«

»Na, ihr könnt euch für diese Information ja mit einer kleinen Spende in unsere Vereinskasse erkenntlich zeigen. Das wäre Jean-Jacques' alte Zigarrenkiste, vorn auf der Bank.«

»Schon mal einem Nackten in die Tasche gelangt?«

Sein Gegenüber sah ihn stirnrunzelnd an.

»Nur so eine Redensart. Aber wir sind im Moment gerade selber ein wenig klamm.«

»Aber für den Porsche hat's gereicht ...«

»Der kleine goldene Wagen ist leider Geschichte«, erwiderte Guillaume Lipaire mit einem Seufzen.

»He, Mathieu! Halt keine Volksreden, wir brauchen dich zum Nachmessen!«

Der Mann zuckte die Achseln und kehrte zu seinen Mitspielern zurück, die ihn bereits wild gestikulierend erwarteten.

Nachdem Guillaume und Karim eine angenehm ruhige halbe Stunde auf einer windgeschützten Parkbank mit Blick auf den Bouleplatz verbracht hatten, bog, wie vom alten Mathieu vorausgesagt, Bürgermeister Pierre Venturino um die Ecke und überquerte den Platz. Er trug einen blaugrauen Anzug, die Füße steckten in edlen Ledertretern, auf der Nase hatte er eine randlose Sonnenbrille. Sein neuerdings exakt geschnittener Bart und das obligatorische Smartphone am Ohr vervollständigten das Bild. Karim und Lipaire sprangen auf. Das war ihre Chance. Zielstrebig näherten sie sich dem Gemeindechef. Der sprach derart laut in sein Handy, dass Lipaire gut verstehen konnte, was er sagte: »Madame Collard, wenn Sie mir bitte schon mal einen *café* machen würden, ich bin gleich oben. Irgendwelche Termine heute? Nein? Umso besser. Bis gleich.«

Lipaire zwinkerte Karim zu. Der nickte grinsend.

»Lieber, sehr geehrter *Monsieur le Maire*«, trällerte Lipaire, als sie Venturino erreichten.

Der Mann sah ihn irritiert an und steckte sein Handy ein. »*Enchanté, messieurs*. Ich wünsche Ihnen beiden einen angenehmen Tag in meiner wundervollen Gemeinde!«, sagte er, ohne seinen Schritt zu verlangsamen.

»Wenn Sie vielleicht nur ein paar Minuten Ihrer kostbaren Zeit opfern könnten, um mit zwei Bürgern über ein Anliegen zu reden ...«

Venturino hob eine Hand und wedelte damit herum, als wolle er eine lästige Fliege vertreiben. »Lassen Sie sich gerne einen Termin geben, aber mein Kalender ist zum Bersten voll, wie Sie sich denken können.«

»Hat Madame Collard da am Telefon nicht gerade etwas anderes gesagt?«, insistierte Lipaire.

Venturino lief einfach weiter.

»Schöne Grüße von Ihrer Tochter übrigens. Na ja, Sie werden sich bestimmt nicht für Neuigkeiten von ihr interessieren!«, rief Karim auf einmal.

Wie aufs Stichwort blieb Venturino stehen, machte kehrt, kam auf sie zu und schob sich die Sonnenbrille in die gerunzelte Stirn. »Sie stehen in Kontakt mit meiner Tochter?«

Karim lächelte ihn an. »Das kann man so sagen, ja.«

»Wie geht es ihr denn?«

Lipaire grinste in sich hinein. Venturino hatte Feuer gefangen.

»Jacky? Ach, wo soll ich da anfangen? Und da Sie ja keine Zeit haben ...«

Man sah Pierre Venturino an, wie er innerlich mit sich rang. Doch die Neugier, vielleicht auch die Sorge um seine Tochter im fernen Amerika, gewann schließlich gegen die Fassade des vielbeschäftigten Politikers die Oberhand. »Nun, für einen kleinen Kaffee könnte es gerade so reichen.«

»Chef, ich habe den beiden schon mehrmals gesagt, dass Sie keinen Termin frei haben. Tut mir leid, dass sie Sie jetzt auch noch persönlich behelligen. Soll ich die Polizei rufen?« Madame Collard war sofort von ihrem Tisch aufgesprungen, als sie zu dritt ihr Vorzimmer betreten hatten.

»Nicht nötig, die beiden Herren sind meine Gäste. Kaffee?«

Karim nickte, und Guillaume erklärte: »Da sagen wir nicht Nein, *Monsieur*. Zwei kleine Tässchen mit etwas Zucker wären wunderbar.«

Madame Collard stand mit offenem Mund da. »Aber ... so geht das nicht. Sie müssen sich schon auch an unsere Vereinbarungen halten, Chef.«

»Sicher. Für mich einen *grand noir*, wie immer. Und dreimal Wasser, danke.« Er bedeutete den beiden, ihm in seinen Amtsraum zu folgen.

»Aber *Monsieur*, ich ...«, begann die Sekretärin, bevor Lipaire sie unterbrach: »Und bitte schnell, wir haben heute noch schrecklich viele Termine!«

Das Interieur des Bürgermeisterbüros hielt, was es von außen versprach: Der große Raum, in dessen Zentrum ein mächtiger, antiker Schreibtisch samt Stuhl stand, der eher wie ein barocker Thron aussah, verdiente das Prädikat *repräsentativ*. Das alte Parkett mit opulentem Muster war auf Hochglanz poliert, die Stuckdecke erstrahlte in Weiß und Gold. Neben einer bequem aussehenden, edlen Ledersitzgruppe befand sich ein kleiner Besprechungstisch mit massiver Holzplatte und gedrechseltem Fuß.

Pierre Venturino öffnete die Fenster. Von unten drangen das Klacken der Boulekugeln und die Gespräche der Männer herauf, und eine angenehm frische Brise wehte ins Zimmer. Für eine Weile verharrte der Bürgermeister dort, was Lipaire nutzte, um sich weiter im Raum umzusehen. An den Wänden hingen statt alter Gobelins zeitgenössische Fotos im Großformat: Sie zeigten fast ausnahmslos Pierre Venturino, meist bei repräsentativen Aufgaben im Ort, oft neben Marie Vicomte oder weiteren Mitgliedern ihrer Familie. Daneben Wimpel und Schärpen mit dem grün-weißen Rautenmuster. Im Vergleich dazu nahmen sich die Trikolore hinter dem Schreibtisch und das Porträt des französischen Staatspräsidenten eher klein aus.

Als Venturino sich umdrehte, traf sein Blick den von Guillaume Lipaire. »Interessant, nicht wahr?«, sagte er und deutete auf das gerahmte Dokument, das Guillaume eben studierte. Es wies Venturino als Repräsentanten der *République Française* im Fürstentum Port Grimaud aus und war vom greisen Familienoberhaupt, Chevalier Vicomte, unterzeichnet. »Was diese wieder aufgetauchte Urkunde der Familie Vicomte doch für Umwälzungen in unserer Gegend mit sich gebracht hat.«

Lipaire runzelte die Stirn. Wusste der Bürgermeister etwa, dass sie am Auffinden des besagten Dokuments schuld waren? Das konnte eigentlich nicht sein.

»Sicher keine einfache Aufgabe, Diener zweier Herrn zu sein – des Fürstentums einerseits und der ganz normalen Bevölkerung des Dorfes andererseits.«

»Ich sehe es als Chance«, gab sich Venturino staatsmännisch. »Es geht ja vor allem um den touristischen Nutzen dieser ganzen Sache. Nach wie vor fühle ich mich natürlich dem französischen Volk als Souverän verpflichtet und trage meine blauweiß-rote Amtsschärpe, die mir die Republik verliehen hat, mit Stolz. Dennoch schadet es nicht, beim Fürstentum einen Fuß in der Tür zu haben. Deshalb habe ich beispielsweise schon seit zwanzig Jahren ein kleines Zimmer unten im *Tour des Célibataires* in Port Grimaud. Zwölf Quadratmeter, die mir die Tür zu allen Versammlungen der Eigentümergemeinschaft öffnen, zu der ich als Bürgermeister sonst keinen Zutritt hätte.«

Lipaire nickte. »Falls Sie jemanden brauchen, der hin und wieder danach sieht, sagen Sie Bescheid. Ich würde mich freuen, Ihnen für einen Wartungsvertrag ein Angebot zu machen, das Sie nicht ablehnen können.«

Venturino winkte gönnerhaft ab. »Ich habe meine Leute, danke. Und nun nehmen Sie doch bitte Platz. Lassen Sie uns zum Thema Ihres Hierseins kommen.« Er deutete auf die beiden Besucherstühle gegenüber seinem Schreibtischthron. Die beiden setzten sich.

Guillaume warf einen schnellen Blick auf die Akte, die aufgeschlagen auf dem Schreibtisch lag. Es handelte sich offenbar um den Entwurf einer Neuregelung der Hafenrechte in

Port Grimaud. Er wunderte sich. Gehörten die Anlegestege nicht automatisch zu den Grundstücken? Falls sich diesbezüglich etwas verändern sollte, würde das mit Sicherheit für einen Aufschrei der Anwohner sorgen. War das das Nächste, was die Vicomtes sich unter den Nagel reißen wollten? Als Pierre Venturino die Neugier seines Besuchers bemerkte, klappte er den Aktendeckel hastig zu und schob ihn unter seine Schreibtischunterlage.

»Also gut«, begann Karim nach einem prüfenden Seitenblick zu Guillaume aufgeregt, »ich bin jetzt schon seit über vier Jahren Wassertaxifahrer und hab mir nie was zuschulden kommen lassen.«

Guillaume zwickte die Augen zusammen, als könne er so die Lüge ungeschehen machen, die der Junge da eben von sich gegeben hatte.

»Das ist ja ganz wunderbar.«

»Nein, das ist es eben nicht, weil ...«

»Doch, doch. Ehre, wem Ehre gebührt.« Venturino sah den Jungen forschend an. »Bist du nicht der Sohn unseres treuen Gemeindearbeiters Antoine? Tragisch, dass er uns so früh verlassen hat.«

Karim schluckte.

Lipaire wusste, dass dieses Thema dem Jungen regelmäßig die Tränen in die Augen trieb, auch jetzt noch, nach all den Jahren, die seit dem tragischen Tod seines Vaters vergangen waren. Daher redete er an Karims Stelle weiter. »Wir haben gestern erfahren, dass ...«

»Sind wir endlich beim Thema? Was gibt es Neues von meiner Tochter?«

»Ihre Tochter? Also, die ... ist ja in Amerika. In Chicago. Stimmt's, Karim?«

Der Junge schüttelte den Kopf und murmelte: »New York.« Noch immer waren seine Augen feucht.

»Das weiß ich doch. Aber sonst?«, gab sich Venturino ungeduldig.

»Sonst ... war sie anscheinend neulich mal so richtig ...« Guillaume überlegte. Er hatte keinen blassen Schimmer, womit er fortfahren sollte.

»Ja?« Venturino hing an seinen Lippen.

»Richtig ... gut essen war sie.«

Man konnte die Enttäuschung im Gesicht des Bürgermeisters sehen.

»Jedenfalls geht es Karim heute drum, dass die Wassertaxis abgeschafft und alle Fahrer entlassen werden sollen.«

»Was hat denn das mit meiner Jacqueline zu tun?«

Guillaume und Karim sahen sich an.

»Das ... also, na ja ... sie fährt ja auch immer so gern mit den *Coches d'Eau*«, stammelte Petitbon.

Der Bürgermeister blickte skeptisch. »Ach ja, ist das so?«

»Natürlich«, bekräftigte Lipaire. »Und stellen Sie sich vor, Ihre Jacky kommt aus Amerika zurück und kann nicht mehr auf den Kanälen fahren. Diese Enttäuschung!«

Venturino zuckte die Achseln. »Geht es ihr denn ansonsten gut?«

Karim nickte eifrig. »Richtig super. Sie ... macht den ganzen Tag echt interessante Sachen.«

»Hm. Mich würde ja interessieren, ob sie an dieser Filmakademie auch wirklich vorankommt.«

»Ja, sie ist viel mit so Filmsachen beschäftigt, geht ins Kino und so.«

»Ins Kino?«

»Ja, ganz oft. Um filmmäßig ... voranzukommen.«

Lipaire beschloss, nun endlich wieder zu ihrer eigentlichen Agenda zurückzukehren. »Also, können Sie denn nun etwas unternehmen, wegen der Wassertaxis? Von dieser Institution profitiert ja letztlich die Attraktivität des gesamten Ortes. Die Feriengäste, an die ich vermiete, schätzen den kostenlosen Service zum Strand. Wenn das wegfällt, hätte es sicher negative Auswirkungen, und das, wo mein Wohnungsportfolio sowieso schon geschrumpft ist.«

»Ach, Sie vermieten? Ich dachte immer, Sie wären Hausmeister.«

Lipaire stockte. Er hatte sich im Eifer des Gefechts verplappert.

»Monsieur Lipaire ist sich nicht zu schade, auch mal unterzuvermieten. Im Auftrag der Hauseigentümer, versteht sich.«

»Versteht sich«, wiederholte Lipaire murmelnd.

»Nun, mir sind da die Hände gebunden. Bekanntlich ist Port Grimaud selbstverwaltet, mein Einflussbereich endet also de facto am Stadttor. Aber heute Abend gibt es eine große Eigentümerversammlung, zu der ich im Übrigen geladen bin, um ein paar Sätze zu sprechen. Vielleicht können Sie da Ihr Anliegen vorbringen. Da ich mir keine weiteren bahnbrechenden Neuigkeiten über meine Tochter erwarte, bedanke ich mich für den Besuch und wünsche noch einen angenehmen Tag.«

In diesem Moment ging die Tür auf. Madame Collard stand mit bitterbösem Gesicht und einem Tablett voller Tassen und Gläser da. Pierre Venturino jedoch winkte von seinem Thron aus ab. »Die beiden Herren wollten gerade gehen.«

»Also, wir hätten schon noch Zeit«, sagte Lipaire achselzuckend.

»Ich nicht. Die Amtsgeschäfte rufen. Aber Sie können Ihren Kaffee gern noch im Vorzimmer trinken.«

Die Sekretärin schüttelte erschrocken den Kopf, doch Lipaire sagte mit gewinnendem Lächeln: »Es wäre uns eine ganz besondere Ehre, Ihnen noch ein wenig Gesellschaft zu leisten, *Mademoiselle*.«

Der erneut auffrischende Mistral vor dem Rathaus war nichts gegen die Eiseskälte, die Karim und Guillaume im Vorzimmer des Bürgermeisters entgegengeweht war.

»Das war ein Griff ins Klo.«

Lipaire hob mahnend den Zeigefinger. »Nicht immer so negativ, Karim!«

»Hat uns doch überhaupt nix gebracht, außer dem Kaffee bei seinem Bürodrachen.«

»So würde ich das nicht sehen: Erstens wissen wir, dass Jacqueline nicht nur deine, sondern auch Venturinos Achillesferse ist.«

»Was für 'ne Ferse?«

»Junge, Junge, deine Bildung … Zweitens haben wir erfahren, dass wir heute Abend zur Versammlung in Port Grimaud müssen.«

»Ob wir da weiterkommen?«

»Kopf hoch, das wird schon. Hast du übrigens gesehen, was er da so schnell auf seinem Schreibtisch umgedreht hat?«

Karim schüttelte den Kopf.

»Es ging um die Rechte an den privaten Anlegestellen. Sieht aus, als würde die Gemeinde eine Neuregelung planen. Wer weiß, ob uns dieses Wissen nicht noch mal helfen kann. Und jetzt ab nach Hause, ich habe heute einen Mieterwechsel, davor möchte ich mich wenigstens noch ein, zwei Stündchen aufs Ohr legen.«

5

Guillaume Lipaire war etwas außer Atem, als er zusammen mit Karim auf das Gebäude im Zentrum von *Port Grimaud Sud*, dem neueren, dafür aber nicht ganz so gepflegten Teil des Lagunenstädtchens, zuhastete. Alles an diesem Plätzchen wirkte hier etwas weniger liebevoll arrangiert, nicht ganz so herausgeputzt, mit Zweckbauten und weniger aufwendig kaschiertem Beton. Für südfranzösische Verhältnisse zumindest. Im Vergleich zu den meisten nichtssagenden Kleinstädten seiner früheren Heimat war es aber immer noch ein architektonisches Kleinod. Obwohl der Abend durch den unerbittlich wehenden Mistral recht frisch war, standen ihm Schweißperlen auf der Stirn.

»Hast dich ein bisschen gehen lassen in letzter Zeit, hm?«, kommentierte Karim grinsend die schlechte Kondition seines väterlichen Freundes.

»Warten wir mal ab, wie fit du bist, wenn du in mein Alter kommst.«

»Tja, so leid es mir tut: Das wirst du wohl nicht mehr miterleben.«

Guillaume hob scherzhaft drohend die Faust. »Allein die Aussicht, dir in vierzig Jahren ein ›Siehst du!‹ zurufen zu können, wird mich am Leben erhalten.«

Sie lachten, doch als Karims Blick auf das Schild mit dem Namen des Platzes fiel, verfinsterte sich seine Miene. »Ausgerechnet.«

Guillaume las halblaut vor: »*Place Gilbert Roudeau.*« Er wusste sofort, warum Karim das als schlechtes Omen wertete. Der Architekt war schließlich schuld an dem ganzen Schlamassel. Hätte er damals die Urkunde vernichtet, die angeblich bewies, dass die Vicomtes einen Anspruch auf die Ländereien hier hatten, und hätte er nicht diese dämliche Schnitzeljagd daraus gemacht, wäre alles noch wie früher. Aber Lamentieren half nichts, deswegen sagte Lipaire: »Ist doch ein gutes Zeichen.«

»Ein was?«

»Ja, immerhin hat uns der große Architekt posthum zu etwas Wohlstand verholfen.«

»Mir, meinst du wohl. Bei dir ist ja nichts mehr davon übrig.«

»Benimm dich lieber, schließlich sind wir deinetwegen hier.«

»Ich weiß nicht, ist vielleicht eine blöde Idee«, gab sich Karim zögerlich.

»Wieso?«

»Die Verwaltung wird ihren Fehler mit den Wassertaxis sowieso bald rückgängig machen müssen. Die Leute brauchen das Fortbewegungsmittel doch. Und wenn ich mich jetzt aufrege, dann ...«

»... kannst du wenigstens am Abend noch in den Spiegel schauen. Ich glaube nicht, dass die das so schnell zurücknehmen. Bis die einsehen, dass sie eine Dummheit begangen haben – das kann dauern!«

»Also können wir eh nichts tun, oder? Lass uns wieder gehen.«

»Nein, so leicht geben wir nicht auf. Es ist ja ein Unterschied, ob man gegen die Mühlen staatlicher Bürokratie ankämpft oder gegen ein privates Selbstverwaltungsgremium wie hier. Da muss doch noch was zu machen sein.«

Karim schien nicht überzeugt. »Aber jetzt, wo der Bürgermeister es weiß, greift er vielleicht doch noch ein.«

»Ach, du hast es doch gemerkt: Dem ist Port Grimaud reichlich egal! Der hat mit seinem *Grimaud Village* genug zu tun. Manchmal hab ich das Gefühl, es ist ihm ganz recht, dass das hier alles von den Eigentümern geregelt wird. Hat er schon weniger Arbeit.«

»Da bin ich mir nicht so sicher.«

»Jedenfalls steht hier einiges auf dem Spiel. Wir wollen weiterleben wie bisher, das war schließlich für alle das Beste. Dafür müssen wir auch eintreten. So, und jetzt Brust raus und auf in den Kampf.«

Er zog den Jungen am Arm auf das Haus zu, vor dem eine kleine Menschenmenge stand und aufgeregt diskutierte. Sie drängten sich an den Leuten vorbei die geschwungene Freitreppe hinauf zu dem herrschaftlich anmutenden Gebäude, in dem sich der Versammlungssaal des Ortes befand. Als sie das Eingangsportal durchschritten hatten, war es mit der Herrlichkeit allerdings vorbei: Feuchter, muffiger Geruch empfing sie, und der Saal verströmte mit seinem löchrigen Linoleumbelag und den herabhängenden Styroporverkleidungen eher den Charme einer Vorstadtturnhalle. Aber so war das nun einmal in Port Grimaud: Vieles war hier nur Fassade – eigentlich die ganze Stadt, wenn man es genau nahm. Immerhin gab sie vor, ein altes provenzalisches Fischerdorf zu sein, während sie in Wirklichkeit in den 6oer- und 7oer-Jahren auf dem Reißbrett von Gilbert Roudeau entstanden war.

Zur stickigen Luft hier drin trug auch bei, dass der Saal bereits gerammelt voll war und die Menschen lauthals miteinander palaverten. Guillaume war gespannt, wie die Versammlung angesichts der aufgeheizten Stimmung ablaufen würde. Er konnte sich nicht vorstellen, dass dieser Termin, der von der Verwaltung angesetzt worden war, um die Gemüter zu beruhigen, dieses Ziel auch nur annähernd erreichen würde. Forschend blickte er sich um und entdeckte viele bekannte Gesichter. Die meisten waren alteingesessene Einwohner, deren Häuschen oder Wohnungen oft schon seit Generationen in Familienbesitz waren. Doch es waren auch viele Leute hier, die Geschäfte im Städtchen betrieben, einige Handwerker, ja sogar den Fischer machte Lipaire in der Menge aus ...

»Oje, ganz schön was los hier«, kommentierte Karim, der noch immer ein wenig eingeschüchtert wirkte.

Lipaire versuchte, ihm Mut zuzusprechen: »Ist doch gut. Je mehr von uns mit den aktuellen Entwicklungen nicht einverstanden sind, desto besser.«

Sie drängten sich durch die Menge, um einen Platz zu suchen, von dem man eine gute Sicht aufs Podium hatte. Dabei schnappten sie immer wieder Wortfetzen auf, Teile von Unterhaltungen, die ziemlich genau ihre eigene Gefühlslage widerspiegelten. »Sechs Euro für eine Stunde parken! Da kommt doch niemand mehr zum Einkaufen! Das darf man sich nicht gefallen lassen«, schnaubte etwa ein vollbärtiger Mann mit beeindruckendem Kugelbauch. Eine Frau schimpfte: »Die laden uns Eigentümern immer mehr Pflichten und Gebühren auf, aber wir kriegen immer weniger Rechte!« Wieder ein anderer knurrte: »Man schnürt uns die Luft ab mit diesen neuen Vorschriften, wie soll man da noch seinem Geschäft nachgehen? Tagsüber nicht mehr in Arbeitsklamotten auf den Marktplatz, wo sind wir denn?« In einer Ecke ging es besonders laut zu, man hörte eine Frau mit einer ganzen Horde von Männern streiten. »Die Kosten sind nicht mehr tragbar«, rief einer, worauf die Frau erklärte: »Jetzt mach ich endlich mal gute Geschäfte, dann wollt ihr das gleich wieder zerstören.«

Als sich Lipaire durch den Pulk gezwängt hatte, der ihm die Sicht versperrte, erkannte er, dass es sich bei den Streithähnen allerdings nicht um eine Frau und ein paar Männer handelte, sondern um Paul Quenot, der sich trotz seiner Piepsstimme gegen die Bässe seiner Kontrahenten durchzusetzen versuchte. »Man muss nicht gleich immer alles miesmachen«, erklärte er gerade, doch die Männer um ihn herum machten nur abfällige Handbewegungen.

»*Salut*, Paul.« Karim und Guillaume winkten dem Belgier, doch der dachte gar nicht daran, sich dem Streit zu entziehen, nickte nur kurz zurück und vertiefte sich wieder in das Gespräch.

»Dann eben nicht«, sagte Lipaire und zeigte auf zwei Stühle mit guter Sicht aufs Rednerpult. Sie hatten sich kaum gesetzt, da scheppere aus einem zerschrammten Lautsprecher daneben Musik. Lipaire brauchte eine Weile, um zu erkennen, dass es sich dabei um die neue Hymne von Port Grimaud handelte. Er hatte sie schon ein paarmal gehört, sie sei im Auftrag der Vicomtes von einem berühmten Musiker komponiert worden, der seit Neuestem angeblich hier wohnte, hieß es. Gesehen hatte diesen Musiker zwar noch niemand, doch das Anwesen, drei zusammengefasste Fischerhäuschen mit beeindruckend großen Palmen im Garten, sorgte seit einiger Zeit für Aufsehen. *Der Rockstar* wohne dort, hieß es hinter vorgehaltener Hand. Welcher, das wusste allerdings niemand so genau.

Besonders erfolgreich konnte er Guillaumes Meinung nach ohnehin nicht sein, denn die Hymne war eine Beleidigung für die Ohren jedes halbwegs musikbegabten Menschen. Ihre Wirkung verfehlte sie aber nicht, die Gespräche verstummten, und alle blickten gespannt nach vorn, wo sich nun eine Tür öffnete, die der Bürgermeister huldvoll durchschritt. Er trug wieder die blau-weiß-rote Amtsschärpe, was offensichtlich niemanden wunderte. Alle wussten, dass er pompöse Auftritte liebte.

Doch kaum erkannten ihn die Leute, brach erneut Tumult los. »Was will der denn hier?«, riefen die einen. »Bei uns herrscht Selbstverwaltung!«, die anderen. »Der hat in Port Grimaud nichts zu sagen«, brüllte schließlich der Fischer und erntete dafür Applaus von den Umstehenden, von seiner Frau jedoch einen Rempler in die Nieren.

Doch Pierre Venturino ließ sich dadurch nicht aus der Ruhe bringen. Er wartete stoisch lächelnd ab, bis sich die Gemüter etwas beruhigt hatten, klopfte dann auf das Mikrofon und brummte mit sonorer Politikerstimme: »Liebe Mitbürgerinnen und Mitbürger, werte Repräsentanten der Selbstverwaltung von Port Grimaud, liebste Mitglieder unserer Fürstenfamilie Vicomte de Grimaud! Ich freue mich, dass sich so viele von Ihnen heute Abend hier eingefunden haben.«

Wieder riefen die Leute durcheinander, beschwerten sich, dass sie ja keine andere Wahl hätten, man habe sie schließlich vor vollendete Tatsachen gestellt. Doch Venturino ging gar nicht darauf ein.

»Mir als *Maire de Grimaud* kommt die große Ehre zu, als Gastredner diese Veranstaltung zu eröffnen. Danke Ihnen allen für diese Ehrenbezeugung! Unser, nein, Ihr wunderschönes Port Grimaud ist auf einem guten Weg, einem Weg, der in die Zukunft führt.« Es folgten einige Zwischenrufe, dann ging es weiter. »Und alles wird noch schöner werden, das verspreche ich Ihnen.«

Das Scheppern des Lautsprechers und die Unruhe im Saal sorgten dafür, dass die Worte des Bürgermeisters von einem feinen Rieseln bröckelnden Putzes begleitet wurden.

»Natürlich muss jeder von uns auch ein paar Opfer bringen, aber es ist letztlich zum Wohle aller ...« Weiter kam er nicht, denn nach dem Wort »Opfer« war es im Auditorium derart laut

geworden, dass nichts mehr zu verstehen war. Schließlich winkte der Bürgermeister in die Menge und deutete wie der Mode-
rator einer Fernsehshow, der den Stargast des Abends auf die
Bühne bittet, auf die Tür, in der nun wie auf Kommando eine
Frau erschien. Sie war groß gewachsen, schlank und steckte
in einem dunkelblauen Businesskostüm. Der Blick aus ihren
kühlen blauen Augen wanderte durch den Saal, bevor sie mit
großen Schritten zum Rednerpult lief, wobei ihr langes blondes
Haar hinter ihr wehte. Sie schüttelte dem Bürgermeister die
Hand und drängte ihn dann vom Podium.

»Ist das Madame Arnaque?«, fragte Karim.

Guillaume nickte. Ja, das war sie. Michelle Arnaque, die Vor-
sitzende oder, wie sie immer wieder betonte, die »Präsidentin«,
des Selbstverwaltungsgremiums von Port Grimaud. Gewählt
von den Bewohnern und gefürchtet für ihre Kaltschnäuzigkeit,
gleichzeitig jedoch genau dafür geschätzt. Weil sie nicht vor Po-
litikern kuschte, sondern immer ihre eigenen Ziele und damit
die der Eigentümergemeinschaft im Blick hatte.

»Bonsoir, liebe Eigentümer, werte Bewohnerinnen und Bewohner, liebe Ladenbesitzer, Handwerker, Bedienstete ... ach,
machen wir es uns einfacher: *Bonsoir à toutes et à tous!*« Erneut
schaute sie mit strenger Miene ins Auditorium, und wer auch
immer von ihrem Blick getroffen wurde, senkte seine Stimme
oder verstummte ganz. »Ihr wisst, dass ich mich stets dem Man-
dat verpflichtet fühle, das ihr mir verliehen habt, und dass ich zu
jeder Zeit eure Interessen vertrete«, fuhr sie fort, worauf das Ge-
murmel wieder anschwoll. »Dafür habt ihr mich gewählt. Weil
ich das große Ganze sehe, weil ich über den nötigen Weitblick
verfüge und nicht jedem nach dem Mund rede.«

»Und wegen deiner großen Möpse!«, rief eine Stimme aus der
Menge, was johlendes Gelächter einiger Männer zur Folge hatte.

Ein vernichtender Blick aus Michelle Arnaques Eisaugen ließ das Lachen des Rufers sofort verstummen.

»Ach ja? Warum habt ihr dann nicht mich genommen?«, meldete sich plötzlich eine Frauenstimme zu Wort. Eine Stimme, die Guillaume gut kannte. Er blickte zu Karim, der still vor sich hin grinste und mit seinen Lippen lautlos einen Namen formte: *Delphine.*

Ja, das war unverkennbar die patente Inhaberin des örtlichen Handyladens, die sich da so nonchalant zu Wort gemeldet hatte, auch wenn er sie nicht gleich erkannt hatte, weil sie auf einmal strohblond statt brünett war. Wenn die Oberweite das Kriterium für die Wahl gewesen wäre, hätte sie tatsächlich gute Chancen gehabt. Denn die kleine, stämmige Frau verfügte über einen recht fülligen Körperbau. Das war es jedoch nicht, was Guillaume so an ihr schätzte, seit sie sich letztes Jahr bei ihrem Coup näher kennengelernt hatten. Er mochte ihren Pragmatismus, ihren unbeirrbar positiven Blick auf das Leben, auch wenn sie es mit zwei Töchtern, einem Geschäft und einem nichtsnutzigen Ehemann nicht leicht hatte. Doch ihre Eigenschaften blieben demjenigen verborgen, der nur auf ihr Äußeres schaute, so wie auch er das lange getan hatte. Nun, da er sie kannte, fand er, dass sie tatsächlich eine bessere Verwaltungsleiterin gewesen wäre als die schreckliche Arnaque. Und für ein repräsentativeres Äußeres müsste sie sich einfach ein wenig mehr um sich selbst kümmern.

»Ist was?«, fragte Karim plötzlich und stieß ihn in die Seite.

»Wieso, was soll sein?«

»Du grinst so komisch …«

Guillaume fühlte sich ertappt, räusperte sich und setzte wieder eine ernste Miene auf. »Sei doch still, sonst kriegen wir nicht mit, was sie sagt.«

Seine Konzentration galt nun wieder der Rede von Madame Arnaque, die gerade von einem wütenden Mann unterbrochen wurde, der damit drohte, sie aus dem Amt zu jagen, sollte sie nicht einige Entscheidungen der letzten Monate rückgängig machen.

»Du weißt, dass das nicht möglich ist, Gabriel«, konterte sie. »Ich bin für die nächsten zwei Jahre im Amt, komme, was da wolle. Und selbst wenn: Meine Bilanz ist untadelig, sonst hättet ihr mich letztes Jahr nicht mit so großer Mehrheit wiedergewählt.«

Das Brummen der Menge nahm nun einen etwas milderen Ton an.

»Aber was soll das mit den Wassertaxis?«, rief neben Guillaume auf einmal Karim so unvermittelt, dass der Deutsche zusammenzuckte.

»Eine gute Frage, danke«, erwiderte Madame Arnaque. »Wir mussten die Dienste vorerst aussetzen, es gibt wettbewerbsrechtliche Schwierigkeiten diesbezüglich. Es drohte sogar eine Klage vor dem Europäischen Gerichtshof, darauf mussten wir reagieren. Aber es wird schon an einem neuen, richtlinienkonformen Konzept gearbeitet, mit dem wir bald an die Öffentlichkeit gehen werden.«

Damit schien sie die Leute tatsächlich zu besänftigen, stellte Guillaume überrascht fest. Wahrscheinlich lag es daran, dass die meisten gar nicht verstanden, was sie eigentlich gesagt hatte.

Dennoch waren nicht alle überzeugt: »So was Ähnliches hast du auch gesagt, als ihr von einem Tag auf den anderen meine Elektroboot-Vermietung dichtgemacht habt«, rief eine Frau, die Lipaire kannte. Er hatte sich des Öfteren bei ihr ein Bötchen geliehen, um damit mögliche Vermietungsobjekte auszuspionieren. Bisher hatte er gar nicht mitbekommen, dass diese auch nicht mehr fahren durften.

»Das ist etwas anderes«, zischte Michelle Arnaque wütend, hatte sich aber gleich wieder im Griff und schob sanft nach: »Du weißt, dass es zahlreiche Klagen von Anwohnern gab, die sich beschwert haben, die Boote würden vor allem dazu benutzt, um in die Privathäuser zu spähen oder sie sogar zu filmen.«

Demonstrativ schüttelte der Deutsche den Kopf. »Wer macht denn so was?«

»Aha, und wer hat geklagt?«, blieb die Frau hartnäckig. »Das war einer von den Neuen, oder? Die machen uns hier das Leben schwer, immer wieder.«

»Du weißt, Louise, dass es in Port Grimaud stets einen regen Wechsel gegeben hat, schon zu Roudeaus Zeiten.«

»Das waren auch nicht solche *connards*!«

Die Eisaugen der Verwaltungspräsidentin verengten sich. »Jetzt wollen wir doch nicht ausfällig werden, Louise. Wir müssen in die Zukunft blicken, nicht zurück. Wenn Roudeau damals keine Vision gehabt hätte, gäbe es das hier alles gar nicht.«

Dafür erntete sie zum ersten Mal Applaus. Sie hatte die Meute in den Griff bekommen, bemerkte Guillaume anerkennend.

»Da wir gerade von der Zukunft reden: Der Garagenpark muss geräumt werden, sieht ja aus wie ein Nomadenlager. Die Wellblechbaracken werden demnächst abgerissen und durch neue Modulgaragen ersetzt, die Platz für moderne Fahrzeuge bieten. Die bestimmen längst das Straßenbild, darauf müssen wir reagieren. Ihr könnt euch in eine Liste eintragen, um einen neuen Stellplatz zu beantragen. Allerdings werden das deutlich weniger sein als bisher. Womöglich entscheidet hier das Los.«

Damit hatte sie ihre Sympathien gleich wieder verspielt, und die Menschen im Saal riefen empört durcheinander. »Wir haben die doch gekauft, die kannst du uns nicht wegnehmen«, empörte sich einer.

»Die Garagen gehören euch«, erwiderte Madame Arnaque ruhig. »Aber nicht der Grund, auf dem sie stehen. Ihr könnt die Blechteile also abbauen und mit nach Hause nehmen. Ansonsten werden wir euch ein Angebot für eine kostengünstige Entsorgung machen. Es eilt ja auch nicht. Ihr habt drei Monate Zeit, das Gelände zu räumen. Diese lange Zeitspanne habe ich für euch rausgeholt.«

Guillaume fand es dreist, dass die Frau das auch noch als ihren Erfolg verkaufte. Offenbar sah dies die Mehrzahl der Anwesenden ähnlich, denn nun brach ein Tumult los, in dem man sein eigenes Wort nicht mehr verstand. Auch Madame Arnaque schien klar zu sein, dass jedes weitere Argument vergebens wäre, also winkte sie in die Menge und verließ dann schnellen Schrittes den Saal, den Bürgermeister im Schlepptau.

Den Menschen war es egal, dass sie nicht mehr da war, sie diskutierten wild gestikulierend miteinander, der Geräuschpegel war kaum noch auszuhalten. Lipaire hatte genug gehört, blickte zu Karim und deutete mit dem Kopf auf den Ausgang. Der junge Mann nickte. Doch gerade, als sie sich in Bewegung setzten, baute sich Delphine Berté vor ihnen auf. »Die spinnt doch, die Alte, oder was meint ihr?«, schäumte sie, die Hände in die Hüften gestützt. Sie erwartete offenbar keine Antwort, denn es sprudelte weiter aus ihr heraus: »Mein Laden läuft längst nicht mehr wie früher. Für jeden der Alteingesessenen, der von hier verschwindet, kommt ein Neuer, der sich mit Handyreparaturen nicht mehr aufhält. Da wird gleich ein neues Gerät gekauft. Aber nicht bei mir, versteht sich.«

»Liebe Delphine, *bonsoir*. Schön, dass wir uns endlich einmal wiedersehen«, flötete Lipaire, was die Frau für einen Moment aus dem Konzept brachte. »Neue Haarfarbe? Steht dir ausnehmend gut.«

»Jaja, spar dir das Gesäusel«, gab sie zurück.

»Man muss sich eben mit Veränderungen arrangieren, die Zeit bleibt nicht stehen«, dozierte der Deutsche. »Ich habe das geschafft, dann ist es für dich doch ein Klacks. Und du, Karim«, er legte seine Hand auf die Schulter des jungen Mannes, »wirst es ebenso hinbekommen. Außerdem ist die Sache mit den Wassertaxis ja nur ausgesetzt, wie wir gerade gehört haben.«

»Der Schnepfe kann man doch nicht trauen«, wandte Delphine ein.

»Ist ja nicht für alle schlecht.« Paul Quenot stand hinter ihnen. »Bis auf das mit den Garagen. Die brauche ich für meine Gerätschaften.«

Es war fast so etwas wie eine inoffizielle Wiedervereinigung ihrer alten Truppe, dachte Guillaume.

»Kannst bei mir anfangen«, bot der Belgier nun auch Delphine an. »Die anderen denken auch schon drüber nach.«

»Also, das ist eine sehr einseitige Auslegung der tatsächlichen Reaktionen auf dein Angebot, das …«, begann Lipaire, wurde aber von Delphine unterbrochen: »Von wegen! Dein Unkraut kannst du selber jäten. Ich schick dir höchstens meinen Alten, dann kannst du dich mit dem rumschlagen, und mir ist er nicht mehr im Weg.«

Doch Paul gab nicht auf. »Überleg's dir.«

Sie bahnten sich mühsam ihren Weg durch die Menge. Als sie nach draußen traten, sogen sie alle die frische Luft in ihre Lungen. Der Abend hatte sich über Port Grimaud gelegt, alles wirkte friedlich und mit den unzähligen Lichtern, die die Gässchen und lauschigen Plätze erhellten, fast feierlich. Etwas betreten standen sie auf der Treppe, niemand schien so recht zu wissen, was er noch hätte sagen können. Lipaire wollte sich gerade verabschieden, da fragte Paul: »Was macht ihr morgen denn so?«

Sie blickten sich überrascht an und zuckten einer nach dem anderen die Achseln.

»Wenn ihr nichts zu tun habt: Könntet ihr mir vielleicht beim Aufräumen in meiner Gärtnerei helfen? Man müsste die alten Gewächshäuser ausräumen, Scheiben ersetzen, Müll entsorgen und ein bisschen umgraben. Ich hab das Gelände nämlich gekriegt.« Freudestrahlend sah er sie an, doch niemand gratulierte ihm oder fragte auch nur nach.

»Mal schauen, je nachdem, was im Laden los ist«, gab Delphine wenig begeistert zurück.

»Ich weiß auch nicht so recht. Eigentlich habe ich diverse Termine wichtiger Art«, erklärte Guillaume, dem auf die Schnelle keine bessere Ausrede einfiel. »Aber vielleicht kann ich da was schieben.«

»Und du?«, wandte sich der Belgier an Karim. »Du hast doch gerade eh keinen Job.«

»Ich?« Karim schien ebenfalls nach einem Ausweg zu suchen, den er aber nicht fand: »Meinetwegen.«

»Gut, dann morgen um acht.«

Lipaire und die anderen sahen sich irritiert an.

»Okay, dann eben um zehn.«

Delphine schüttelte energisch den Kopf. »Halb elf. Frühestens. Im Laden ist mittags eh nichts los.«

»Hast du dir das mit der Gärtnerei auch gut überlegt, *mon ami*?«, fragte da Lipaire.

»Hab ich. Meinst du, ich hätte sonst das ganze Geld da reingesteckt?«

»Das ganze? Also: alles?«

Quenot nickte.

»Und du meinst, das ist wirklich eine solide und sichere Investition?«

Der Belgier grinste. »Mindestens so solide und sicher wie deine Spieleinsätze.«

Jetzt musste auch Lipaire grinsen. »*Touché*, mein Lieber. *Touché!*«

TEIL 2: DER HUND

6

Es war schon später Vormittag, als Guillaume pfeifend von der Hauptstraße Richtung Grimaud auf das staubige Gelände der heruntergekommenen Gärtnerei abbog, die sich sein Freund Paul kürzlich gekauft hatte. Da niemand Zeit gehabt hatte, ihn in seiner *gardien*-Wohnung abzuholen, hatte er sich bei Kunden, deren Haus er betreute, ein E-Bike »geborgt«. Lieber hätte Guillaume sich natürlich ein Auto geliehen, aber da er sich inzwischen eher um günstigere Objekte kümmerte, war auch sein Leih-Fuhrpark proportional zum Portemonnaie seiner Kunden kleiner geworden. Dass er im letzten Jahr einen Rolls-Royce in einen Haufen Schrott verwandelt und dann nur notdürftig zusammengeflickt hatte, ging ihm ohnehin noch im Traum nach.

Guillaume betätigte die Klingel des Damenrads und lehnte es gegen das lang gezogene Gebäude, über dem auf bröckeligem Putz das rostige Schild der ehemaligen Gärtnereibetreiber hing: *Frères Martin – Pépinière à Grimaud*. Hinter den verstaubten Fensterchen hatte sich früher wohl mal das Büro des kleinen Betriebs befunden, mutmaßte er. Die Eingangstür stand halb offen, dahinter sah man im Korridor alle Arten von Blumentöpfen und Werkzeugen. Neben einem der Gewächshäuser, denen gut und gern die Hälfte der Scheiben fehlten, entdeckte er Karim und Paul auf einem Feld.

Guillaume hatte beschlossen, ein wenig später zu kommen und auch nicht lange zu bleiben. Schließlich war er nicht für körperliche Arbeit gemacht, zumal draußen, in der prallen Sonne. Der lästige Wind der letzten Tage hatte sich zum Glück gelegt. Somit war es wieder einmal Zeit für den hellbeigen Leinenanzug, den Panamahut und die Bootsschuhe. Ein Outfit, das Quenots Freiwilligentruppe als klares Signal dienen sollte, dass er eher Koordinations- und Organisationsaufgaben als irgendwelche schweißtreibenden Tätigkeiten zu übernehmen gedachte. Er nahm die Sonnenbrille ab und ging auf seine beiden Freunde zu, die angesichts der schweren Arbeit in der sengenden Sonne erbärmlich schwitzten.

»Na endlich, Herr Liebherr! Ist das deine sprichwörtliche Pünktlichkeit?«, begrüßte ihn Quenot und musterte ihn dabei von oben bis unten. »Im Büro hängen ein paar von meinen alten Kampfoveralls aus Legionsbeständen. Nicht dass du dir deinen Anzug dreckig machst.«

Sowohl der Belgier als auch Karim steckten in olivgrünen Tarnstramplern, dazu hatten sie beige Wüstenstiefel an.

»Lieber Paul, ich glaube, ich kann dir mit meinen planerischen Fähigkeiten viel mehr helfen als mit bloßer Muskelkraft. Hat ja auch zugegebenermaßen ein bisschen nachgelassen mit den Jahren.«

Karim grinste. »Was vor allem nachgelassen hat, ist deine Motivation, ernsthaft zu arbeiten.«

»Nicht nur körperliche Arbeit zählt«, erklärte Lipaire erhobenen Hauptes, dann sah er sich um: Das Gelände war größer, als er vermutet hatte. Es durfte sich um gut drei Hektar handeln. Während sich hier im vorderen Bereich die ramponierten Gewächshäuser, die teilweise nur noch Metallskelette waren, mit langen Beetreihen abwechselten, standen dahinter einige Olivenbäume und Palmen in Reih und Glied, um die sich offensichtlich schon viele Jahre niemand mehr gekümmert hatte.

»Was macht ihr denn da?«, wollte er von den beiden wissen, die sich wieder ihrer Arbeit widmeten.

»Wonach sieht's aus?«, fragte Quenot zurück, ohne aufzusehen.

»Nach Sklaverei, wenn du mich fragst.«

»Wir entfernen die Glassplitter der Gewächshausscheiben aus den Beeten. Dabei jäten wir gleich Unkraut. Geht nur von Hand wirklich gut. Sonst kann ich nicht einsäen.«

Lipaire nickte desinteressiert.

»Du kannst ja vielleicht die Glasreste aus den Rahmen kratzen. Dazu musst du dich noch nicht mal bücken.«

»Keine Sorge, ich finde schon einen Platz, an dem ich mich einbringen kann.«

Wenig später saß er auf einem Klappstuhl im Schatten eines der Treibhäuser und hatte ein Klemmbrett mit Blättern auf dem Schoß, auf denen er sich immer wieder notierte, was aus seiner Sicht in den nächsten Tagen und Wochen auf dem Gelände zu tun war. In kürzester Zeit hatte er so einen Masterplan erstellt, den er Quenot bei nächster Gelegenheit unterbreiten würde. Zwar hatte er keinen blassen Schimmer vom Gärtnern, was er jedoch eher als Vor- denn als Nachteil ansah: Ein unverstellter Blick auf das zukünftige Unternehmen des Belgiers konnte für den von unschätzbarem Wert sein.

»Malst du uns, während wir arbeiten, oder was soll das werden?«, wollte der Belgier wissen, doch Lipaire ignorierte die Frage. Stattdessen machte er sich an sein nächstes Projekt: Er vermaß mit einem Lineal aus dem verstaubten Schreibtisch die Glasscheiben, die zu Bruch gegangen waren, und legte dann damit eine Tabelle für den Glaser an.

»Soll ich euch was vorlesen?«, fragte er, als er damit fertig war. »In den kubanischen Zigarrenmanufakturen hat man damit gute Erfahrungen gemacht.«

Quenot winkte mürrisch ab. »Auf eine Märchenstunde kann ich verzichten. Bei mir geht's hier um alles oder nichts. Mein ganzes Kapital steckt in dieser Gärtnerei.«

»Dann bist du jetzt also auch pleite? Mann, ich hab vielleicht schöne Freunde ...« Lachend wischte sich Karim den Schweiß von der Stirn.

»Ich hab sogar noch ordentlich Geld aufnehmen müssen. Aber wenn mein Plan aufgeht, ist das bald wieder drin.«

Im Folgenden ließ sich Quenot noch ein paar Einzelheiten zum Kauf des Anwesens entlocken: Eine holländische Immobilienfirma mit Niederlassung in Saint-Tropez hatte es von den ursprünglichen Besitzern gekauft, mit dem Plan, eine Ferienanlage samt Pool und Minigolfplatz darauf zu errichten. Aus irgendwelchen Gründen waren sie davon aber wieder abgerückt und hatten das Grundstück erneut angeboten. Quenot, der schon vor Jahren ein Auge auf den Betrieb geworfen hatte, hatte sofort zugeschlagen. Erst nach mehrmaligem Nachhaken nannte er ihnen auch die Summe, die er dafür auf den Tisch gelegt hatte. Lipaire trieb es angesichts der Höhe fast die Tränen in die Augen. Er hätte nicht gedacht, dass der Ex-Legionär über so viel Geld verfügte, bei allem Fleiß, den der beim illegalen Hasch-Anbau auch an den Tag legen mochte.

»War das nicht ein bisschen zu teuer, *mon ami?*«

Paul richtete sich auf und stemmte die Fäuste in die Hüften. »Hätte ich dir den Preis bloß nicht gesagt! Jetzt darf ich mir ständig deine schlauen Kommentare anhören. Als ob du der große Finanzguru wärst.«

»Von einer temporären Kassenflaute kann man ja nicht auf die Gesamtsituation schließen.«

»Ach, findest du?« Quenot machte einen Schritt auf Lipaire zu, der abwehrend die Hände hob.

»Ich mache mir nur Sorgen um dich.«

»Nur, weil du keine Visionen hast. War schon immer so. Außerdem war alles, was ihr hier seht, im Kaufpreis eingeschlossen.« Dabei machte er eine ausladende Handbewegung über das Gärtnereigelände. »Sogar ein alter Citroën HY. Der Wellblechtransporter.«

Lipaire sah sich demonstrativ um. »Wahrscheinlich stehen mir, um die große Vision zu erkennen, zu viele marode Gebäude, Chemiefässer, Schrott und verwilderte Bäume im Weg.«

»Du kannst auch wieder gehen.«

»Ich möchte dir nur mit meiner Erfahrung helfen. Willst du dich denn auf irgendwas Bestimmtes spezialisieren?«

»Blumen, das weißt du doch.« Auf einmal machte sich wieder ein Strahlen auf Quenots Gesicht breit. »Vielleicht kann ich als Florist arbeiten. Onlinehandel sag ich nur. Außerdem will ich alle Pflanzen, die ich in den Gärten der Leute brauche, selber ziehen. Kostet weniger und erhöht meinen Gewinn.«

»Und deine Hanfpflanzen?«, mischte sich Karim ein.

Quenot grinste. »Das letzte Gewächshaus in der hintersten Reihe ist schon reserviert. Ist alles mit Graffitis verschmiert, was die Pflänzchen vor neugierigen Blicken schützt. Ideal.«

»Wer weiß, vielleicht kannst du das ja schon bald völlig legal machen, wenn sich die Gesetze bei uns genauso rasant ändern wie in unseren Nachbarländern«, überlegte Karim.

»Hoffentlich nicht. Das wär schließlich der Tod für mein Geschäft!«

Von der Einfahrt her hörte man das Knirschen von Autoreifen auf Kies, kurz darauf wurde eine Wagentür zugeschlagen, dann tauchte Delphine Berté zwischen zwei Gewächshäusern auf. In der linken Hand trug sie einen Picknickkorb, in der rechten eine Kühlbox.

Darauf hatte Guillaume insgeheim gehofft: Schon bei ihren letztjährigen gemeinsamen Aktionen hatte Delphine stets aufs Beste für das leibliche Wohl der Truppe gesorgt. Er lief ihr entgegen, um ihr die Sachen abzunehmen, nicht jedoch, ohne sie vorher mit drei gehauchten Küsschen auf die Wange zu begrüßen.

»Ich wäre schon früher gekommen, aber irgendwas ist mit der Zündung. Das neue Auto ist der gleiche Schrott wie meine vorherige Mühle.« Keuchend ließ sie sich auf Lipaires Klappstuhl sinken.

»Du hast ein neues Auto?«, fragte Paul überrascht.

»Ein neues altes. Wieder ein Twingo, diesmal in Hellgrün. Gleiches Baujahr, gleicher Blechkübel. Bin ganz schön reingefallen damit.« Mit der Handfläche fächelte sie sich Luft zu.

»Ach ja?«, gab sich Guillaume interessiert. »Wie viel hast du denn bezahlt?«

»Fast fünfhundert Euro. Da kann man ja wohl was Solides erwarten, oder?«

Die Männer warfen sich vielsagende Blicke zu.

»Wobei du doch Geld für eine richtige Familienkutsche gehabt hättest. Für deinen Mann und deine Kinder wird es schon recht eng in der kleinen Knutschkugel, oder?«

Delphine schüttelte den Kopf, was auch ihr Doppelkinn mächtig wackeln ließ. »Erstens fährt mein Alter so gut wie nie mit. Zum Glück. Und zweitens habe ich fast alles fest für die Ausbildung meiner beiden Mädels angelegt. Und zwar so, dass auch mein Göttergatte garantiert nicht rankommt. Der versäuft es sonst nur.«

Es nötigte Guillaume Bewunderung ab, wie pragmatisch

diese Frau mit ihren alles andere als leichten Lebensumständen umging. Sie als Alleinverdienerin mit dem eigenen kleinen Laden, einem Mann, der ihr nur auf der Tasche lag – und dennoch fand sie immer Zeit, sich um ihre Töchter und ihre Freunde zu kümmern.

»Habt ihr überhaupt schon genügend gearbeitet für eine Mittagspause?«, fragte sie schließlich, als sich ihr Atem wieder normalisiert hatte.

»Wir schon!«, tönte Karim und blickte dabei demonstrativ zu Lipaire.

Kurze Zeit später saßen sie zu viert entspannt im Schatten und genossen Delphines herrliche Sandwiches, die sie mit Thunfisch und Tomate, Ziegenkäse und Feigen und – Lipaires Lieblingsvariante – Pesto, Schinken und Käse belegt hatte. Dazu gab es diverse Softdrinks, die sie offensichtlich liebte und denen Lipaire einen Gutteil ihres Übergewichts zuschrieb. Zusätzlich hatte sie aber auch drei Flaschen recht passablen und vor allem eiskalten Rosé im Gepäck.

»Schön, dass wir mal wieder zusammensitzen«, fand Delphine und schob sich ein großes Stück Wassermelone in den Mund.

»Ja, jetzt fehlt eigentlich nur noch Jacky«, fügte Karim seufzend hinzu und starrte versonnen ins Nichts.

»Streng genommen fehlt ja noch jemand ...«, erklärte Delphine, wurde aber vom Bellen eines Hundes unterbrochen. Guillaume bückte sich gerade nach der Weinflasche, da lief ein schwarzer, etwas altersschwacher Pudel auf ihn zu. Noch einmal ließ er freudiges Gebell vernehmen.

»Oh, schaut mal! Ist das nicht Louis Quatorze?«

»Klar«, bestätigte Delphine nickend. »Das ist sein Halsband.«

Der Hund lief schwanzwedelnd von einem zum anderen.

»Sitz, Louis!«, piepste Paul, zog ein Stück Käse aus seinem Sandwich und warf es dem Tier hin. Lipaire sah in die Richtung, aus der Louis Quatorze gekommen war, und tatsächlich: Eine alte Dame in Turnschuhen, Paillettenleggings und einer Baseballkappe mit der glitzernden Aufschrift SEXY stakste mit dürren Beinchen auf sie zu: Madame Lizzy, die Fünfte im Bunde.

»Salut zusammen«, rief sie. Der Akzent der Österreicherin, die ein Leben mit vielen Liebhabern und fast ebenso vielen Höhen und Tiefen in Port Grimaud hinter sich hatte, war unverwechselbar. »Na, ihr seid mir ja saubere Freunde. Trefft euch hier und sagt mir kein Wort? Bin ich denn jetzt nicht mehr dabei, bei den Unverbesserlichen? Habt ihr jemand Jüngeres?«

»Wunderschönen guten Tag, liebste Lizzy«, erwiderte Lipaire. »Natürlich bist du nicht nur dabei, sondern sogar ganz eminent wichtiger Bestandteil der Gruppe. Was wären wir denn ohne dich!« Er hauchte einen Kuss in die Luft und machte Karim ein Zeichen, woraufhin der von seinem Klappstuhl aufstand und Lizzy Schindler seinen Platz anbot.

»Ach ja? Und wieso muss ich dann von der Straße aus sehen, dass es sich meine angeblichen Freunde hier ohne mich gut gehen lassen?«

»Magst du ein Sandwich?«, fragte Delphine.

»Das wäre ein Anfang. Und was ist mit Wein?«

Guillaume goss einen Plastikbecher voll und reichte ihn der alten Dame, was diese sichtlich besänftigte.

»Kann auch jemand ein bisschen Wasser für meinen kleinen Louis holen, bitte?« Der Hund schnüffelte ein Stück entfernt von ihnen aufgeregt herum und hob immer wieder ein Bein, um alle Ecken der Gewächshäuser zu markieren. Dann begann er, ein tiefes Loch zu buddeln, als bekäme er Akkordlohn dafür.

»So viel, wie der pinkelt, dürfte er bald leer sein«, sagte Paul grinsend und erhob sich. »Ich hol ihm eine Schüssel.«

»Also, jetzt sagt schon, bin ich euch zu alt?«

»Unsinn, Lizzy«, protestierte Karim. Delphine und Lipaire schüttelten vehement die Köpfe.

»Wir wollten dich nur nicht belasten, weil es sich hier doch um einen Arbeitseinsatz handelt«, erklärte Guillaume. »Und bei dieser Hitze, unter der sengenden Sonne kann körperliche Aktivität sehr anstrengend sein, gerade für ältere Menschen.«

Karim grinste. »Ach, deshalb hast du dich so zurückgehalten?«

»Ich gehöre jedenfalls nicht zum alten Eisen, dass das klar ist«, beharrte Lizzy. »Auch wenn ich bald fünfundachtzig werde, bin ich noch ganz gut in Form. Das findet Joseph übrigens auch.«

»Joseph?«, hakte Delphine ein. »Wer ist das denn?«

»Ach, das ist ein alter ... Bekannter von mir. Er hat einen Hof, auf halbem Weg ins obere Dorf. Seine Frau ist verstorben, und seitdem haben wir unsere Bekanntschaft wieder aufleben lassen. Bei ihm klappt's mit den Beinen nicht mehr so, deswegen lauf ich mehrmals die Woche hin. Aber ansonsten funktioniert noch alles.«

Guillaume wechselte schnell das Thema: »Und sonst, Lizzy?«

»Sonst? Erzählt ihr's mir. Steht was an? In meiner Kasse herrscht beängstigende Ebbe.«

»Wem sagst du das!«, stimmte Lipaire zu.

»Wir sollten den Vicomtes noch mal ordentlich in die Suppe spucken, findet ihr nicht?«

Er nickte. »Wenn wir nur wüssten, wie, meine Liebe. Wenn wir das nur wüssten.«

7

Nach der ausgiebigen Mittagspause war die Arbeitslust der Halbfreiwilligen nicht mehr in Schwung gekommen. Lizzy saß auf einem Klappstuhl und schlief in der Sonne, wobei sie kehlige Schnarchlaute ausstieß. Auf diese folgten immer wieder lange Pausen, was Guillaume angstvoll auf den nächsten beruhigenden Schnarcher warten ließ. Er selbst hatte sich ein paar Meter weiter einen Platz im Schatten gesucht, während Karim unmotiviert mit der Schaufel in der harten Erde herumstocherte. Die Sonne brannte inzwischen erbarmungslos vom wolkenlosen Himmel. Delphine hatte auf einer ausgedienten Holztruhe Platz genommen und malte mit einem Ast Kreise in den Staub. Nur Paul ackerte weiter wie ein Berserker, ihm schien die Nachmittagssonne nichts anhaben zu können. Irgendwann, Guillaume wusste selbst nicht, warum ihm das auf einmal aufgefallen war, sagte er: »Wo ist eigentlich Louis?«

»Wer?«, fragte Paul.

»Echt jetzt?«, antwortete Karim. »Er meint den Hund.«

»Ach, stimmt. Wo ist der eigentlich?«

Der Deutsche seufzte. Vielleicht hatte die Sonne doch ihre Spuren bei dem Belgier hinterlassen. Er trug nicht einmal einen Strohhut auf dem kahl geschorenen Schädel. »Ich hab ihn schon ... ziemlich lange nicht mehr gesehen.«

Sie schauten zu Lizzy, die noch immer mit offenem Mund döste.

»Meint ihr, wir sollten ihn suchen?«, fragte Karim. Er klang, als hoffe er, so die Schaufel endlich aus der Hand legen zu können.

»Ja, lasst uns mal nach ihm sehen«, stimmte Delphine zu. »Aber leise, wenn Lizzy aufwacht, macht sie sich nur unnötig Sorgen.«

Erst blieben sie noch im Schatten der Gewächshäuser, aber als sie den Vierbeiner dort nicht fanden, vergrößerten sie ihren Suchradius. Je weiter sie sich von der schlafenden Lizzy entfernten, desto lauter wurden ihre Rufe. Vom Hund jedoch fehlte jegliche Spur.

»Der kommt wieder, wenn er Hunger hat«, sagte Paul.

»Ach, woher weißt du das?«, konterte Delphine. »Schließt du da etwa von dir auf den Hund?«

Karim und Guillaume nahmen die Aussage des Belgiers aber zum Anlass, die Suche kurzerhand einzustellen. Als Lipaire auf dem Rückweg eines der lädierten Gewächshäuser passierte, blieb er kurz stehen und lugte hinein.

»Ich gucke nur noch hier nach, ob ...« Er verstummte mitten im Satz, denn er hatte Louis Quatorze gefunden. Der Hund lag ein paar Meter rechts vom Eingang, aus seiner schwarzen Schnauze troff weißer Schaum. Er rührte sich nicht. Guillaume war kein Experte, was Haustiere anging, aber dieses hier sah ziemlich leblos aus. »Leute?«, rief er.

»Hast du meinen Louis gefunden?«, hörte er Lizzy fragen.

»Merde«, zischte er. Sie konnten der alten Dame ihren Liebling auf gar keinen Fall so präsentieren, sonst würde sie womöglich in kürzester Zeit ebenso daliegen wie der Hund. Fieberhaft schaute er sich um, da bog glücklicherweise Delphine um die Ecke des Gewächshauses.

»Was ist los?« Sie sah ihm offenbar an, dass etwas nicht stimmte. Wie empathisch sie doch war.

»Wir haben ihn«, zischte Guillaume und zeigte ins Gewächshaus.

Sie schaute hinein und hielt sich erschrocken eine Hand vor den Mund. »Das darf sie fürs Erste nicht erfahren. Ich lass mir was einfallen.«

Er nickte nur, und sie gingen zusammen zurück.

»Habt ihr ihn?«, fragte Lizzy sofort.

»Wir ... glauben, dass wir ihn dahinten gesehen haben«, fabulierte Delphine und wies genau in die entgegengesetzte Richtung des Gewächshauses. Guillaume ließ sie machen, sie schien schließlich einen Plan zu haben. »Aber das ist sehr unwegsames Gelände. Ich würde vorschlagen, dass ich dich jetzt erst mal heimfahre, hier in der Hitze wird es dir doch sicher allmählich zu viel. Wir bringen dir den Hund dann später, ja?«

Lizzy blickte sie erst zweifelnd an, willigte dann aber schulterzuckend ein.

»Komm aber bitte gleich zurück, Delphine, ja?«, rief Lipaire den beiden Frauen noch hinterher. »Folgt mir«, zischte er Paul und Karim zu, als die beiden Frauen ins Auto gestiegen waren, dann lief er zurück zum Gewächshaus. Dort angekommen sahen ihn seine Freunde fragend an. Lipaire zeigte mit dem Daumen hinein.

Quenot ging die paar Schritte zum Eingang, dann entfuhr ihm ein: »Nein.«

»Doch.«

»Oh!«

»Herrje, was machen wir denn jetzt?« Die Stimme des Belgiers klang noch höher als sonst.

Karim sagte nichts, starrte nur wie die beiden anderen auf den leblosen Hundekörper.

»Ist er sicher tot?«, fragte der Belgier.

»Die Situation kommt mir irgendwie bekannt vor«, erklärte Karim.

Tatsächlich erinnerte das Ganze an damals, als sie einen Toten im Haus der Vicomtes gefunden hatten, was ihr Abenteuer überhaupt erst in Gang gebracht hatte. Auch damals waren sie sich zunächst nicht sicher gewesen, ob der Mann noch am Leben war oder nicht.

»Vielleicht müsste er in eine Tierklinik.« Paul war kreidebleich geworden.

Wie hatte sich dieser Mann, den schon ein Hundekadaver aus dem Gleichgewicht brachte, als Soldat behaupten können? »Müsste schon die Lazarus-Klinik sein«, antwortete Guillaume deshalb, auch wenn er sich ziemlich sicher war, dass sein Freund die biblische Anspielung nicht verstehen würde.

»Aber warum ist er denn auf einmal …?« Karim hielt inne. »Das Wasser, das du ihm hingestellt hast, war schon frisch, oder?«

Paul riss entsetzt die Augen auf. »Klar, also, das war … aus der Leitung eben. Bin ich jetzt schuld, oder was?«

»Vielleicht hat er auch irgendein Gift erwischt, das in einem der Gewächshäuser noch rumliegt? Pflanzenschutz oder so«, mutmaßte Guillaume.

»Dann wäre ja wieder ich der Verursacher!«

Karim hob die Hände. »Lasst uns nicht streiten, wo der arme Louis tot vor uns liegt!« Er schnalzte mit der Zunge. »Das wird Lizzy nicht verschmerzen.«

Wieder blickten sie eine Weile das Tier an. »Aber er war ja wirklich nicht mehr der Jüngste. Und vielleicht ist sie ganz froh, dass sie nicht mehr ständig Gassi gehen muss«, mutmaßte Paul, klang aber selbst nicht recht überzeugt.

»Was machen wir jetzt mit ihm?«, fragte Karim. »In der Bucht versenken?«

»Das hat ja schon einmal so toll funktioniert«, konterte Lipaire. »Nein, wir begraben ihn einfach hier auf dem Gelände. Dann dient er wenigstens noch als Dünger.«

»Aber wir müssen was tun«, beharrte der junge Mann. »Wenn Louis nicht bald zurückkommt, wird Madame Lizzy misstrauisch.«

Paul nickte. »Ja. Ist leider nicht so wie bei Pflanzen. Da könnte man einfach eine neue einsetzen. Auch wenn es immer schrecklich ist, wenn eine aus dieser Welt scheiden muss.«

»Sicher. Ganz schrecklich«, ätzte Guillaume. »Aber das hilft uns ... Moment!« Er schlug sich mit der flachen Hand an die Stirn. »Rudi!«

Sie sahen ihn an, als habe er den Verstand verloren.

»Erinnert ihr euch nicht? Ich hab doch mal die Geschichte erzählt, wie ich einem meiner Mieter einen neuen Papagei besorgt habe, weil ich den alten ... na, das tut ja jetzt nichts zur Sache.«

Quenot kratzte sich am Kopf. »Aber vielleicht mag Madame Lizzy gar keine Papageien. Lieber eine Schildkröte?«

»Danke für diesen wertvollen Beitrag. Natürlich müssen wir ihr einen neuen Hund bringen.«

Karim schien nicht überzeugt. »Ich wäre da vorsichtig. Bestimmt braucht sie eine Weile, um sich vom Verlust ihres geliebten Louis zu erholen.«

»Sie soll das ja gar nicht merken.«

Jetzt verstanden sie endlich. »Aber ... ein Hund, das ist ja kein Papagei. Ich meine, die sind doch nicht so leicht austauschbar«, wandte Karim ein.

»Papperlapapp. Das ist viel einfacher, weil Hunde nicht reden können«, wischte Guillaume den Einwand beiseite. »Vorschläge, wo wir einen herkriegen?«

»Tierheim?«, mutmaßte Paul.

»Gute Idee«, lobte der Deutsche. »Endlich fängst du an mitzudenken.«

Doch ein Blick auf die Homepage des örtlichen Tierheims enttäuschte ihre frisch aufgekeimte Hoffnung gleich wieder: Es gab zwar einige kleinere Hunde, aber keinen Pudel, und das war doch so etwas wie die Minimalanforderung. »*Merde*. Sieht nicht gut aus.« Guillaume fuhr sich durch die grauen Haare. »Wir brauchen mehr Zeit.«

»Bringen wir ihr einfach ein paar von den Schnapspralinen, die sie so gern mag«, schlug Paul vor.

»Ach, meinst du nicht, dass sie den Unterschied bemerken wird?«

Paul ignorierte Guillaumes Einwand. »Wir sagen ihr, es geht Louis gut, aber er muss ... auf Kur oder so, und wir bringen ihn bald.«

»Finde ich gar nicht schlecht«, erklärte Karim. »Und inzwischen sehen wir uns anderweitig um.«

Lipaire zuckte die Achseln. »Na, dann los.«

Nach Delphines Rückkehr zwängten sie sich in ihren Twingo und fuhren zusammen zum großen Supermarkt am Kreisverkehr nach Saint-Tropez. Sie hofften, dass Lizzy beim Anblick ihrer Schweizer Lieblingspralinen die Welt um sich herum vergessen würde. Als sie auf den Parkplatz einbogen, stieß Paul einen schrillen Schrei aus: »Dahinten!«

Delphine trat reflexartig auf die Bremse, und sie wurden alle unsanft in die Gurte gedrückt.

»Himmel, was ist denn los?«, schimpfte Guillaume und rieb sich die vom Gurt schmerzende Brust.

»Der Pudel!« Paul zeigte auf den Eingang des Geschäfts.

Wie bestellt stand dort, mit der Leine an einem Haken festgemacht, ein Hund. Er sah dem von Madame Lizzy sogar ziemlich ähnlich, fand Guillaume. Wenn man den Blick fürs Wesentliche besaß jedenfalls.

»Der hat doch keinerlei Ähnlichkeit mit Louis Quatorze, Gott hab ihn selig«, kommentierte Delphine.

»Auf den ersten Blick vielleicht nicht«, räumte Guillaume ein. Im Gegensatz zum durchgängig schwarzen Fell von Louis war dieser hier schwarz-weiß gescheckt. Aber der Rest stimmte: Größe, Haarschnitt. »Meine Liebe«, säuselte er, »wenn man dich zur Blondine machen kann, dann kann man auch einen bunten Hund in einen schwarzen verwandeln.«

Alle lachten, und Delphine erwiderte: »Du bist einfach …«

»… unverbesserlich, ich weiß.«

»Da hast du noch was«, zischte Karim und zeigte auf Guillaumes Hand, auf der ein schwarzer Fleck von der Farbe prangte, mit der sie den Hund vom Supermarkt behandelt hatten.

Ihn einzufärben war einfacher gewesen als gedacht. Der Hund hatte es brav über sich ergehen lassen, als sei er ständig beim Friseur und das Haarefärben für ihn nichts Neues. Anschließend wurde das Ergebnis mit ein paar Handyfotos verglichen, auf denen das Original, meist allerdings nur klein und im Hintergrund, zu sehen war. Zum Glück war dann Delphine noch eingefallen, dass sie auch Louis' Halsband brauchten, weswegen sie noch einmal zum Gärtnereigelände gefahren waren, um es dem verstorbenen Tier abzunehmen. Quenot war dortgeblieben und hatte versprochen, Louis Quatorze mit allen militärischen Ehren zu bestatten – was immer das auch heißen mochte.

Doch nun galt es, noch eine letzte Hürde zu überwinden. Sie standen vor Madame Lizzys Tür. Wenn die alte Dame öffnete, würde sich schnell zeigen, ob ihr Schwindel aufflog. Aber ihre Sorgen schienen unbegründet: Die Österreicherin riss ihnen den neuen Louis förmlich aus den Armen, küsste ihn überschwänglich auf die Schnauze, was bei Guillaume einen sofortigen Würgereiz auslöste, und setzte den Vierbeiner, der ob der stürmischen Begrüßung etwas verstört wirkte, wieder ab. Als er sich jedoch nicht von der Stelle bewegte, beugte sich Lizzy zu ihm hinunter: »Ja, was hat denn mein kleines Louisilein? Hat er denn keinen Hunger? Fressifressi ist fertig.« Sie zeigte auf einen Napf, in dem Trockenfutter lag, gemischt mit etwas, von dem Lipaire vermutete, dass es die Reste des Abendessens der alten Dame darstellte: ein paar Scheiben Schmelzkäse, etwas Knäckebrot, ein paar Brocken *Tarte Tropézienne*.

Ratlos blickte Lizzy auf ihren Hund. »Sonst frisst er immer sofort, wenn was im Napf liegt.« Zu Guillaumes Erleichterung schien sie in der Aufregung gar nicht zu bemerken, dass sich ihr Liebling äußerlich … nun ja, ein wenig verändert hatte. Das Schwarz seines Fells war jetzt so tief, dass es einen leichten Stich ins Blaue hatte.

»Er ist vielleicht ein bisschen eingeschüchtert«, versuchte sich Delphine an einer Erklärung. »Da war nämlich so ein großer, böser Schäferhund auf Pauls Gelände, der hat ihm wohl ziemlich Angst gemacht. Vor dem hat er sich auch … versteckt.«

Die anderen nickten, um Delphines Worte zu bestätigen.

Lizzy nahm den Hund erneut auf den Arm und schmuste mit ihm, als seien sie ein altes Liebespaar. Guillaume wollte lieber nicht darauf warten, wie sich der Vierbeiner in der für ihn ungewohnten Umgebung benahm, und verabschiedete sich zusammen mit den anderen.

Als sie unten vor dem Haus standen, sagte Karim: »Wir sind zurück.«

»Wo?«, fragte Delphine.

»Nein, ich meine: die Unverbesserlichen. Wir haben einen coolen neuen Coup gelandet. Wie letztes Mal. Das haben wir super hinbekommen, alles ist gut.«

»Also genau genommen war beim letzten Mal ja gar nicht alles gut«, wandte Delphine ein. »Genauso wenig wie diesmal: Wir haben einen toten Hund, Flecken vom Färbemittel, die nie mehr aus unseren Klamotten rausgehen, Hundebesitzer, die sich wahrscheinlich die Augen nach ihrem kleinen Freund ausweinen, dazu Madame Lizzy, die einen Schock bekommen wird, wenn sie herausfindet …«

»Wir haben verstanden, glaube ich«, bremste Guillaume sie.

»Ihr wisst doch genau, was ich meine«, erklärte Karim, beleidigt darüber, dass er so missverstanden worden war. »Wo die Unverbesserlichen hinlangen, wächst kein Gras mehr. Oder so ähnlich.«

Guillaume schüttelte lachend den Kopf. »Das mit den Redensarten überlässt du besser mir, Kleiner, d'accord?«

8

»Jetzt entspann dich doch mal, Junge!« Guillaume Lipaire nippte an seinem Pastis und blickte demonstrativ aufs Wasser, wo gerade ein wunderschönes Holzboot mit zwei gebräunten Bikini-Schönheiten an Bord vorbeiglitt. »Man muss auch mal die Seele baumeln lassen können. Bewusstes Nichtstun kann wie ein Jungbrunnen wirken.«

»Du klingst wie eine dieser bescheuerten Achtsamkeits-Apps!«, schnaubte Karim und trank seine Cola aus. Schon die ganze Stunde, während der er sie hier im *Café Fringale* auf halbem Weg zwischen Marktplatz und Kirche saßen und auf den Kanal sahen, hibbelte er auf seinem Stuhl herum. Seit er seinen Job als Wassertaxifahrer verloren hatte, war er ein regelrechtes Nervenbündel.

Lipaire zuckte die Achseln. »Das Prinzip der Achtsamkeit kann einem gerade in schwierigen Lebensphasen eine große Hilfe sein.«

»Hör auf mit deinen Weisheiten! Ich bin Mitte zwanzig und arbeitslos, muss meine Mutter unterstützen und hab als Wassertaxifahrer nicht gerade einen Beruf, mit dem man überall unterkommt. Du hast leicht reden als Rentner. Ich mach mir aber echt Sorgen um meine Zukunft, *putain!*«

Beschwichtigend hob Guillaume die Hand. Er konnte nachvollziehen, wie es seinem jungen Freund ging, auch wenn er selbst es durchaus zu schätzen wusste, dass der jetzt mehr Zeit hatte und ihm deshalb beim aufwendigeren Vermietgeschäft helfen konnte. Seinen Ärger über den Begriff Rentner schluckte er deswegen hinunter. Es würde sich bestimmt bald eine Gelegenheit für eine verbale Retourkutsche bieten.

»Nicht schon wieder fluchen. Vielleicht ist Pauls Angebot mit der Gärtnerei ja doch keine so schlechte Idee.«

Karim riss die Augen auf. »Geht's noch? Ich hab Muskelkater, dass ich kaum laufen kann, und Blasen an den Händen. Für Paul mach ich nicht den Sklaven. Darauf hast du doch selber keine Lust.«

»Auch wieder wahr. Aber du wirst sehen: Die von der Verwaltung machen das bald rückgängig und stellen dich wieder ein. Du fährst dein *Coche d'Eau* schließlich wie kein Zweiter!«

»Ach, hör doch auf.« Karim sah sich hastig um, wie um sich zu versichern, dass niemand sie belauschte, dann zischte er: »Das Ding ist so lahm und simpel, das könnte jeder Idiot fahren. Sogar du!«

»Sag mal ...«

»*Pardon.* Du weißt schon, was ich meine. Vorwärts, rückwärts, links und rechts. Das war's.«

»Aber den Leuten gefällt es, wenn du fährst. Weil du nett bist. Und die Touristen werden für unser Städtchen auch weiterhin wichtig sein. Das wird man bald verstehen, wirst schon sehen. Sonst machen irgendwann alle Läden dicht, und niemand kommt mehr her.«

»Apropos Läden, kommst du mal kurz mit zu Delphine? Meine Handyhülle hat den Geist aufgegeben. Vielleicht hat sie ja was Billiges im Angebot, ich muss jetzt sparen.«

Sie schlenderten über den Marktplatz, auf dem ein paar Handwerker, die sie noch nie gesehen hatten, an der Stelle des früheren Bouleplatzes eine metallisch glänzende Bar aufbauten, vorbei am Tabak- und Andenkenladen zur großen Brücke.

»Rialto« nannten sie alle, was neben ihrer Form auch mit dem gleichnamigen Restaurant zu tun hatte, in dem man ordentliche Pizza bekam, die man direkt am Kanal, ohne Geländer, an kleinen Tischchen aß. Der eine oder andere Gast des italienischen Lokals, der zu tief ins Chianti- oder Lambruscoglas geschaut hatte, war bereits ins Wasser gekippt und dann unter großem Hallo von einem der Kellner mittels Rettungsring und Boothaken wieder auf den Kai gehievt worden.

Die Eisdiele im Durchgang hinter der Rialto-Brücke, in der früher ihre Freundin Jacqueline Venturino aushilfsweise gearbeitet und unterm Ladentisch Gras vertickt hatte, ließen sie links liegen und bogen auf den *Place des Artisans* ab. Hier lag neben einigen Schuh- und Kleidergeschäften und der Bäckerei, der kleine, bis oben hin mit Zubehör vollgestopfte Handyladen von Delphine Berté. Auf dem Plätzchen war wenig los, nur ein paar Touristen hatten im Schatten der Bäume Platz genommen und schleckten Eis.

»Das wird Ihnen noch leidtun!«, hörten sie auf einmal eine Männerstimme rufen, dann rannte direkt vor ihnen ein Mann in blauem Anzug aus Delphines Laden, als sei der Teufel hinter ihm her. Unter seinem Arm klemmte eine lederne Aktentasche. Als ihn ein altes Tastenhandy am Rücken traf, zog er den Kopf ein. Vor Schreck ließ er seine Tasche fallen, aus der sich mehrere Blätter über den Asphalt verteilten. Hastig raffte der Mann alles wieder zusammen.

Verwundert schaute Karim zu Guillaume. »Meinst du, Delphine braucht Hilfe?«

»Sieht eher so aus, als müsse man dem Mann beistehen!«

Noch bevor Lipaire weiterreden konnte, erschien Delphine im Türrahmen. Ihre blonden, schulterlangen Haare standen in alle Richtungen, an ihrem hochroten Kopf sah man, wie aufgeregt sie war. Ihr Körper bebte unter den Leggings und dem mintgrünen T-Shirt, das deutliche Schweißflecken zeigte. Sie hielt mehrere Handys in der Hand, die sie jetzt in schneller Folge auf den am Boden kauernden Mann feuerte.

»Au, hören Sie auf, Madame Berté! Ich kann doch nichts dafür ... au!«

»Verschwinde, du elender *bâtard*! Lass dich ja nie wieder in meinem Laden blicken, sonst kannst du was erleben, kapiert?«

Erneut traf den Mann ein Telefon, diesmal anscheinend ziemlich schmerzhaft im Nacken.

»Au! Lassen Sie das doch, Sie machen sich ja unglücklich. Auf Dauer wird es Ihnen nichts nützen, dass Sie sich den Tatsachen nicht stellen. Und Gewalt ist schon gar keine Lösung!«

»Noch einen Ton, und ich raste aus!«

Erschrocken sah sich der Anzugträger noch einmal um, rappelte sich dann auf und suchte schnell das Weite. In seinen Augen konnte man die nackte Panik erkennen.

Guillaume und Karim blickten sich schulterzuckend an und gingen auf Delphine zu.

»*Putain*! Dieser *connard* soll sich ja nicht noch mal hier blicken lassen. Was wollt ihr?«, blaffte sie die beiden an.

»Wunderschönen guten Morgen, liebe Delphine! Was werden wir in deinem herrlichen und gut sortierten Lädchen wohl wollen, hm?« Kaum einer wusste besser als Lipaire, wie man die schlechte Laune verärgerter Frauen elegant und effizient konterte.

»Wahrscheinlich Wein«, brummte sie mit einem tiefen Schnaufer und betrat nach ihnen das Geschäft, wobei sie die Tür offen stehen ließ, wahrscheinlich wegen ihres erhöhten Sauerstoffbedarfs.

Guillaume runzelte die Stirn. »Wein? Wie kommst du denn

darauf, meine Liebe? Erweiterst du das Geschäft um eine *cave à vin*?«

»Ich und Weinhandlung? So weit kommt's noch.«

»Wäre aber vielleicht gar keine so schlechte Idee. Ich könnte dir ab und zu eine gute Flasche aus einem der Vorräte meiner Kunden zuschanzen, und wir machen halbe-halbe.«

Delphine winkte ab und stapfte hinter ihren Verkaufstresen. »Wisst ihr, was? Lasst mich einfach zufrieden mit euren bescheuerten Ideen!«

»Besonders zufrieden wirkst du nicht, meine Liebe.«

»Wollt ihr was kaufen? Ansonsten hab ich zu arbeiten.«

»Ich bräuchte ein neues Cover.« Karim legte sein Mobiltelefon auf den Tresen.

»Na, wenn's weiter nix ist«, brummte sie. »Davon hab ich so viele, dass ich sie sogar verkaufe.« Sie deutete auf die Wände, an denen Hunderte von Handyhüllen in allen Farben und Ausführungen hingen. Der junge Mann betrachtete die Auswahl.

»Magst du uns nicht sagen, was passiert ist?«, fragte Guillaume ruhig.

»Nein, mag ich eigentlich nicht. Weil ich mich dann gleich wieder aufregen muss. Aber hilft ja nix, ihr gebt eh keine Ruhe!« Noch einmal wurde das Rot ihrer Backen kräftiger. »Eine noble Weinbar wollen sie machen, hier drin. Mit edlen Tropfen, hat er gesagt, dieser *crétin*. Edle Tropfen, wenn ich das schon höre!« Sie schnaubte. »Man hat mir den Mietvertrag gekündigt. Ein Laden wie meiner passt nämlich nicht mehr ins neue Marketingkonzept der Stadt.«

»Das hat man dir gesagt?«, fragte Karim von der Wand aus verwundert.

»Das hat man mir gesagt, *exactement*. Aber das ist noch nicht alles. Wird jetzt nämlich einigen so gehen. Die Verwaltung wünscht Boutiquen mit exklusivem, hochwertigem Sortiment und höherer Kundenbindung, hat er gemeint. Etwas, das zum gediegenen Ambiente passt. Kein schnelles Tagesgeschäft, dafür mehr Wertschöpfung. So ein Blödsinn! *Merde*, was für Idioten!« Sie kam so in Fahrt, dass Lipaire angesichts ihrer feuchten Aussprache instinktiv einen Schritt zurückwich.

»Wer war denn der Typ eben?«

»Der? Das war ein Erfüllungsgehilfe meiner neuen Eigentümer. Die Vicomtes haben nämlich das Haus hier gekauft und damit auch meinen Mietvertrag übernommen.«

Karim kam zurück zum Tresen. »Aber die können doch nicht so einfach kündigen, es gibt doch da Bestimmungen und Kündigungsfristen, die ...«

»Bestimmungen! Ich hab damals einen Laden gebraucht, also hab ich unterschrieben, was man mir hingelegt hat. Die können machen, was sie wollen.«

»*Merde!*«

»Ganz genau, Kleiner. *Merde.* Aber letztlich hat das Arschloch schon recht: Das Publikum hier hat sich verändert, das merke ich jeden Tag in meiner Kasse.« Sie zog die Schublade auf, in der sie die Einnahmen des Tages aufbewahrte. »Da herrscht schon seit Monaten Ebbe!«

»Aber warum?«

»Weil die Reichen ihre Hüllen bei Hermès und Chanel drüben in Saint-Tropez kaufen, nicht hier bei Berté. Versteht ihr?«

Die beiden nickten.

Delphine setzte sich auf den Barhocker hinter dem Tresen. »Was soll ich denn bloß machen, wenn sie mir das alles wegnehmen?«, wimmerte sie plötzlich, packte Lipaires Arm, zog ihn zu sich und vergrub ihr Gesicht darin.

Guillaume warf einen hilflosen Blick zu Karim, während Delphine von einem Weinkrampf geschüttelt wurde, untermalt von einem herzzerreißenden Schluchzen. Er wusste nicht recht, was er machen sollte. Zwar hatten schon mehrere Frauen in seinem Beisein Zusammenbrüche erlitten, aber das hatte meist mit dem Ende ihrer Liebesbeziehung zu tun gehabt.

Mit einem auffordernden Nicken gab Karim ihm zu verstehen, dass er etwas tun müsse, um Delphine zu trösten. Lipaire schaute auf die zitternde Frau: Wo sollte er sie anfassen, was sollte er sagen? Er bemerkte, dass ihr Körper schweißnass war, was seine Bereitschaft, sie in den Arm zu nehmen, nicht gerade erhöhte. Doch Karims Gesten wurden energischer, und so musste er wohl tun, was ein Mann in einer solchen Situation tun musste. Er nahm all seine Willenskraft zusammen, ging um den Tresen herum und umfasste sie, heldenhaft die Rinnsale aus Schweiß und Tränen ignorierend, die an ihr hinunterliefen. Es war keine Überraschung für ihn, dass sich ihr Zustand sofort besserte. Außerdem fiel ihm auf, dass sie trotz ihres desolaten Zustandes sehr gut roch – ihr Duft erinnerte ihn entfernt an Mandarinen mit einem Hauch Vanille.

»Meine Liebe, du bist nicht allein, hörst du? Du hast uns, deine Freunde. Wir alle helfen dir. Die Unverbesserlichen halten zusammen, das haben wir uns schließlich geschworen.«

Ein erneutes, etwas leiseres Schluchzen, dann ein Kopfnicken. »Danke, Guillaume«, flüsterte sie.

»Du könntest ja meine Wohnungen und Häuser putzen und Endreinigung machen«, bot er an. »Und wer weiß, vielleicht suchen die einen oder anderen Vermieter auch mal eine Köchin, die ihnen ...«

Delphine löste sich energisch aus seiner Umklammerung und versetzte ihm einen Stoß gegen die Brust. »Geht's noch, oder wie? Ich soll deine Putze und Köchin machen, während du dir die Sonne auf den Pelz brennen lässt? Bloß, weil ich eine Frau in einer Notlage bin? Das kenn ich schon von euch Kerlen!«

Guillaume fand es interessant, wie schnell sich ihre Gemütslage änderte.

»Ich glaub, er hat's nicht böse gemeint«, gab Karim in ruhigem Ton zu bedenken.

»Ach, ihr Typen seid doch alle gleich!«

»Nein, das stimmt nicht. Wir werden eine Lösung finden, bestimmt.« Lipaire hob feierlich die Hände, als könne er so dem Gesagten mehr Nachdruck verleihen.

»Ach ja? Habt ihr denn schon eine Idee?« Sie sah herausfordernd zwischen den beiden hin und her.

»Das nicht. Noch nicht. Dafür müssen wir erst mal die Lage analysieren und mögliche Alternativen zur jetzigen Situation in Erwägung ziehen.«

»Du klingst wie ein windiger Unternehmensberater.«

»Das mag sein, aber es passt in dem Fall doch ganz gut zur Lage. Also, wann musst du raus? Vielleicht ist noch genügend Zeit, alles abzuverkaufen und dann mit einer neuen Geschäftsidee ...«

»Ende des Monats.« Delphine wirkte jetzt wieder gefasster.

»Verstehe. Das wären also immerhin noch ...« Lipaire begann zu rechnen.

»*Putain*, nur noch vierzehn Tage!«, entfuhr es Karim.

Guillaume ließ den Blick über die vollgestopften Regale schweifen. »Hm, der Plan mit dem Abverkauf könnte schwierig werden, bei dem breiten Angebot, das du hier hast.«

»Hilft mir doch nix! Selbst, wenn ich alles auf die Schnelle verkaufe, geht es danach trotzdem nicht weiter für mich. Ich muss auf Dauer Geld verdienen, verdammt!«

»Ich sagte ja: alternative Geschäftsideen.«

»Wer soll denn die haben?«

»Na wir, wer sonst?«, gab sich Karim zuversichtlich. »Wir müssen uns treffen und uns zusammen was überlegen. Das hat doch bisher immer was gebracht!«

»Die einen sagen so, die anderen so«, brummte Delphine, nach wie vor skeptisch.

Lipaire legte den Arm um ihre Schultern. »Der Junge hat recht: Probieren sollten wir's. Vielleicht fällt uns eine Lösung ein. Das hier ist unsere Stadt!«

Sie zuckte unentschieden die Achseln.

»Wirst sehen, wenn wir alle erst mal die Köpfe zusammenstecken, fällt uns was ein.« Lipaire nickte ihr zu.

»Alle, von wegen! Wenn Jacky nicht dabei ist, fehlt doch unser *brain*«, entgegnete Karim.

»Also, ich weiß nicht, ob man das so sagen kann. Meistens kamen die entscheidenden Impulse ja von mir.« Guillaume zog ein Stofftuch aus der Tasche seiner Shorts und hielt es Delphine hin. »Hier, jetzt trockne dir mal die Tränchen ab, und dann werden wir schon sehen, wie es weitergeht.«

Sie sah das Taschentuch prüfend an.

»Ist so gut wie frisch.«

Sie nickte, griff danach und schnäuzte heftig und lange hinein. Dann knüllte sie es zusammen und wollte es Guillaume zurückgeben. Der sah es mit großen Augen an, überlegte kurz, ob er es ihr einfach großzügig überlassen sollte, nahm es dann aber wieder und ließ es mit spitzen Fingern in seine Tasche gleiten.

»Wo wollen wir denn unsere Vollversammlung abhalten?«, fragte er, nachdem er sich die Hände notdürftig an der Hose abgewischt hatte.

»Bei mir. Ich koch uns was«, bot Delphine an. »Essen tröstet am besten.«

»Du willst kochen, hier im Laden?«, fragte Karim verwundert.

»Im Laden? Unsinn! Bei mir zu Hause. Ich erwarte euch zum Abendessen in Cogolin. Und seid pünktlich, nicht dass mein Alter euch alles wegfrisst!«

9

Guillaume war schon lange nicht mehr im gerade mal fünf Kilometer entfernten Cogolin gewesen, wo Delphine »in einem kleinen Häuschen mit Gartenanteil« wohnte, wie sie ihnen geschildert hatte. Und er fand, dass er auch nicht wirklich etwas versäumt hatte. Vielleicht lag es daran, dass er auf seinem Platz hinten in der Fahrradrikscha zu viel Zeit hatte, die nichtssagenden Zweckbauten zu betrachten, die die Straße säumten.

»Könntest du nicht ein bisschen schneller treten? Die Aussicht hier ist nicht gerade berauschend«, rief er Karim zu, der vor ihm in die Pedale trat.

»Schneller?«, japste der. »Dir ist schon klar, dass ich das alles mit Muskelkraft mache!«

»Du wolltest damit ja unbedingt dein Geld verdienen. Hättest ja auch für mich oder Paul arbeiten können.«

»Ich bleib lieber im Transportgewerbe. Und sei froh, dass wir überhaupt einen fahrbaren Untersatz haben.«

»Froh? Ich bin erst wieder froh, wenn wir zurück sind. Für einen Bewohner von Port Grimaud gibt es keinen guten Grund, sich in Cogolin aufzuhalten.«

»Du hast immer was zu motzen, was?« Karim hielt an.

»Was ist denn los? Wir sind doch noch gar nicht da.«

»Nein, aber ich finde, es wäre Zeit, dass du auch mal fährst.«

»Ich?«, fragte Lipaire ungläubig.

»Ja. Warum soll ich mich die ganze Zeit abstrampeln? Immerhin hab ich das Fahrzeug besorgt.«

»Rein von der Fitness her wäre das natürlich kein Problem, aber …«

»Na also.« Der junge Mann zeigte auf den Fahrradsattel.

»Gut, aber unter einer Bedingung.«

»Ich hab kein Geld.«

»Für wen hältst du mich eigentlich?« Guillaume stemmte empört die Fäuste in die Hüfte. »Was ich meine, ist: Kurz, bevor wir ankommen, wechseln wir wieder.«

Karim grinste. »Verstehe, du willst nicht, dass die anderen mitbekommen, wie beschwerlich dein Leben geworden ist.«

»Es gilt, den Schein zu wahren, mein Lieber. Eine wichtige Lektion, die du dir merken solltest.«

Etwa zehn Minuten später hatten sie das schmucklose Reihenhäuschen am Ortsrand erreicht. Das Treten hatte Guillaume trotz der Anstrengung sogar Spaß gemacht, auch wenn er Karim das nicht verriet. Wie vereinbart hatten sie vor der letzten Kurve aber wieder gewechselt.

»Kutscher, halt er an, wir sind da«, rief der Deutsche seinem jungen Fahrer lächelnd zu.

»Jawohl, eure Fürstlichkeit.«

»Na, bitte nicht ausfallend werden!«

Als sie abstiegen, knatterte gerade Pauls in Tarnfarben lackiertes Quad um die Ecke. Der bullige Belgier saß geduckt auf dem Fahrersitz, dahinter Madame Lizzy mit einem Helm, der wohl aus Quenots nahezu unerschöpflichem Militärfundus kam, und auf ihrem Schoß der neue Hund mit heraushängender Zunge.

»*Bonjour*, Madame Lizzy«, tönte Guillaume und bot ihr seine Hand zum Absteigen.

»Ein Deutscher mit Manieren, da schau her«, spottete sie und legte ihre Hand in seine. Als sie ausgestiegen war, hob Guillaume den Pudel heraus. »Sag mal: Siehst du das auch?«, fragte Lizzy. »Er bekommt so komische graue Stellen. Das ist ganz neu.«

Lipaire zog seine Hand schnell zurück. Es waren leichte Farbspuren darauf zu erkennen, wenn man genau hinsah. Offenbar hatte das Färbemittel, das sie besorgt hatten, an Hundehaaren nicht dieselbe Haftkraft wie auf menschlichen Köpfen. »Ach, das hat doch nichts zu bedeuten. Schau mich an, mein graues Haar gibt mir erst das besondere Etwas – sagen die Frauen jedenfalls. Und es kommt ja auch immer aufs Licht an, wie es gerade wirkt. Das ist hier im Hinterland natürlich ganz anders als bei uns an der Küste.« Er bemerkte die skeptischen Blicke, die ihm Karim und Paul zuwarfen, ignorierte sie aber, da Lizzy sich mit der Erklärung zufriedengab.

Sie klingelten an der schlichten Tür, an der ein offensichtlich von den beiden Kindern gebasteltes tönernes Schild mit dem Namen *Berté* befestigt war.

»Hallo, Onkel Guillaume!« Die beiden Töchter von Delphine hatten die Tür geöffnet und hüpften aufgeregt herum. Sofort bekam Lipaire ein schlechtes Gewissen: Er mochte die aufgeweckten Kleinen, und sie mochten ihn, aber er hatte schon viel zu lange nichts mehr mit ihnen unternommen. Dabei hatte er sich nach ihrem Coup vorgenommen, ihnen mit einem Ausflug oder einem Kinobesuch immer mal wieder einen schönen Tag zu bescheren, was ihrem Vater, wie man hörte, im Traum nicht einfiel.

Die beiden rannten den Hausgang entlang und brüllten in die Wohnung: »*Maman, l'Allemand* ist da. Und die anderen auch.«

L'Allemand – der Deutsche? So wurde er also im Hause Berté genannt? Er war drauf und dran, seine Vorsätze gleich wieder über Bord zu werfen.

Da die Kinder nicht zurückkamen und sich auch sonst niemand blicken ließ, der sie an der Tür empfangen hätte, zuckte Guillaume die Achseln und trat ein. Die anderen folgten ihm. Sie passierten einen engen Flur und kamen an der Küche vorbei, von der ein so betörender Duft ausging, dass er augenblicklich Hunger bekam. Im nächsten Raum, dem Wohnzimmer, das mit Spielzeug, Schulsachen und zwei kleinen Schreibtischen vollgestopft war, lief ein riesiger Fernseher. Auf dem Sessel davor, mit dem Rücken zu ihnen, saß ein Mann und rauchte eine Zigarette. Sie grüßten freundlich hinein, doch als Reaktion hob der Mann lediglich die Hand und winkte vage. Achselzuckend blickten sie einander an und gingen weiter. Am Ende des Flurs öffnete sich eine Tür in den Garten. Guillaume atmete auf: Von der beklemmenden Atmosphäre der kleinen, dunklen Wohnung war hier draußen nichts mehr zu spüren. Ein paar steinerne Stufen führten hinab in einen hübschen, sonnendurchfluteten Garten, in dem allerlei Grünzeug wucherte. Dennoch sah man, dass er gut gepflegt wurde. Die Kinder spielten auf einem kleinen Rasenstück Federball, in einem Beet rechts davon stand Delphine vornübergebeugt und schnitt ein paar Kräuter. Als sie hörte, dass ihre Gäste eingetroffen waren, erhob sie sich und sagte strahlend: »Willkommen in meinem Lieblingszimmer.«

»Danke, sehr freundlich«, erwiderte Guillaume. »Wir haben gerade schon überaus nett mit deinem Mann geplaudert.«

Sie stieß verächtlich die Luft aus. »Und dabei hat er heute einen guten Tag. Aber setzt euch doch bitte.« Sie zeigte auf zwei Bistrotische, um die sie Klappstühle aus Plastik drapiert hatte. Das alles wirkte sehr idyllisch – idyllischer jedenfalls, als er es sich vorgestellt hatte, musste Lipaire zugeben.

Quenot übergab Delphine einen kleinen Strauß, den sie in Ermangelung einer Vase in eine Wasserkaraffe gleiten ließ.

»Vielen Dank, Paul. Ich weiß gar nicht, wann ich das letzte Mal Blumen bekommen hab«, sagte sie entschuldigend und stellte die improvisierte Vase auf das Tischchen. »Bin gleich wieder da.«

Sie setzten sich und schenkten sich von dem Wein ein, der in einer weiteren Karaffe bereitstand: ein eiskalter Roter. Auch wenn er viel zu stark gekühlt war, schmeckte er ihnen, und sie prosteten sich zu. Kaum hatten sie den ersten Schluck genommen, kam Delphine zurück in den Garten, gefolgt von ihren beiden Töchtern. Wie in einer Prozession trugen sie Platten mit Pasteten, Gemüse und Salat.

»Das wird ja ein Festessen«, sprach Paul Guillaumes Gedanken aus.

Und das war nicht untertrieben. Allein die Ratatouille, gänzlich aus selbst im Garten angebautem Gemüse, wie die Gastgeberin betonte, war eine Offenbarung, die Ofenkartoffeln mit frischem Rosmarin und einem Hauch *Fleur de Sel* ein Gedicht. Sie aßen mit Genuss, und das Essen schien gar nicht weniger zu werden. Immer wieder brachten die Kinder neue Delikatessen. Delphine war wirklich eine gute Gastgeberin, auch wenn sie wie jeden Tag in T-Shirt und den unvermeidlichen Leggings herumlief, statt sich für ihre Gäste zurechtzumachen.

»Gehört dir das Haus?«, fragte Karim irgendwann mit vollem Mund.

»Schön wär's«, antwortete sie. »Ist gemietet. Aber ich liebe es. Vor allem den Garten. Wenn ich allerdings meinen Laden zumachen muss, weiß ich nicht, wie ich das noch bezahlen soll.«

Guillaume sah, wie sich eine tiefe Sorgenfalte auf ihrer Stirn bildete. Er konnte verstehen, dass sie dieses kleine Paradies nicht aufgeben wollte. Und das sollte sie auch nicht. Er würde nicht zulassen, dass die Kinder von hier vertrieben wurden. Lächelnd blickte er auf die beiden Mädchen, die das Essen in der großen Runde ebenfalls zu genießen schienen.

»Hey, Fine«, brüllte da plötzlich eine Stimme von drinnen. Nun wussten sie immerhin, wie der Herr des Hauses klang. »Der Köter nervt. Und er färbt ab!«

Betretenes Schweigen breitete sich am Tisch aus. Alle wechselten nervöse Blicke, darauf bedacht, dass Lizzy nichts merkte. Doch die alte Dame erklärte unbekümmert: »Mit fremden Männern kann er nicht so.«

»Ganz anders als sein Frauchen, oder?«, merkte Delphine an und erntete Gelächter dafür. »Du wirst dir halt die Hände mal wieder nicht gewaschen haben«, rief sie dann zurück nach drinnen.

Sie hielten ein paar Sekunden die Luft an, ob der Mann etwas erwidern würde, doch es blieb still. Erleichtert atmeten sie aus, und Guillaume wechselte schnell das Thema: »Lasst uns mal überlegen, was wir in deiner Angelegenheit tun können, liebe Delphine.«

»Gar nichts können wir tun«, sagte sie bitter. »Ich muss raus, und damit basta.«

»Wo raus, *maman*?«, fragte Inès, die jüngere der beiden Töchter mit dem schwarzen Wuschelkopf.

»Ach, nichts, *chérie*. Geht doch rein zu *papa* und spielt was.«

Es widerstrebte Guillaume zwar, dass die beiden aus diesem Paradiesgarten vertrieben und in das verrauchte Fernsehzimmer geschickt wurden, aber in diesem Fall war es wohl das Beste. Sie hatten wichtige Dinge zu besprechen, die die Mädchen nicht hören sollten. Er wartete, bis sie weg waren, dann fragte er: »Es gibt ja jetzt in der Stadt einige Leerstände. Vielleicht können wir zusammen etwas aufziehen. Einen Handyladen mit einem kleinen Kaffee oder Bistro zum Beispiel.«

»Genau, und ich mach einen Riksha-Shuttle zum Parkplatz und bring euch die Gäste«, stimmte Karim ein.

»Die Blumendeko kann ich beisteuern, wenn ihr wollt«, bot Paul an.

Lipaire rieb sich die Hände. »Ich würde die Geschäftsleitung übernehmen und mit den Gästen plaudern. Kundenbindung und so. Also, wer hat das nötige Kapital, damit wir unser Projekt starten können?«

Darauf folgte betretenes Schweigen, was ihn nicht wunderte. Nicht jeder von ihnen hatte gut gehaushaltet. Quenot vielleicht, aber der hatte es für die Gärtnerei ausgegeben. Lizzy hatte noch einmal ihrem Lebensstil von früher gefrönt und alles durchgebracht, soweit er wusste. Und Delphine brauchte das Geld für ihre Familie, so viel stand fest.

»Du kannst doch in meiner Gärtnerei einen Raum haben, Delphine«, schlug Paul vor. »Da könntest du deinen Handyladen wieder aufmachen.«

»Und woher kommt die Laufkundschaft? Dahin verirrt sich doch keiner, der ein Handy braucht.«

»Was meint denn dein Mann dazu? Wenn er wieder anfängt zu arbeiten?«, fragte Lizzy, und wie aufs Stichwort hörte man von drinnen ein lautes Rülpsen.

»Muss ich mehr sagen?«, raunte Delphine.

Wieder schwiegen sie betreten. Die ausgelassene Stimmung von vorhin war verflogen, nun verfinsterten dunkle Wolken ihre Gedanken.

Die Gastgeberin seufzte schwer. »Vielleicht ist es das Beste, sich damit abzufinden und nach vorn zu schauen. Dann ziehen wir eben weg von hier. Ich habe eine Cousine in Lyon, die arbeitet bei der Stadtverwaltung. Vielleicht kann die uns was besorgen. Sozialwohnung oder so.«

Guillaume kam nicht dazu, etwas zu erwidern, denn plötzlich plingten gleichzeitig all ihre Handys. Das war bisher nur ein einziges Mal passiert. Damals waren sie zusammen auf einem Schiff gewesen und hatten eine Nachricht bekommen vom …

»Vom Phantom«, hauchte Karim.

Konnte das wirklich sein? Nach so langer Zeit?

Sie zogen ihre Telefone heraus und blickten auf die Displays. Guillaume las die Nachricht laut vor, die dort stand: *»Es gibt Neuigkeiten. Interesse? Melde mich morgen um 14 h. Ein Freund.«*

TEIL 3: DAS PHANTOM

10

Kurz nach halb zwei am folgenden Tag betrat Guillaume Lipaire Delphines Laden. Sie stand gerade auf einem Plastikhocker vor einem ihrer Regale, wo sie ihre Waren ausräumte und Paul reichte, der sie auf dem Tresen stapelte.

»Bonjour, meine Lieben!«, trällerte Guillaume fröhlich.

Paul hob eine Hand zum Gruß, Delphine nickte ihm zu.

»Na, seid ihr auch schon so gespannt, was wir heute erfahren werden?«

Delphine schnaubte. »Im Moment bin ich eher *ver*spannt, wenn ich sehe, was hier in den nächsten zwei Wochen noch rausmuss. Ich hab dir übrigens eine Hülle für dein Handy rausgesucht, liegt auf dem Tresen. Ihr bekommt alle eine von mir.«

Lipaire nickte lächelnd und betrachtete sein Geschenk: ein Cover aus rotem Krokodilleder-Imitat mit den goldenen Buchstaben XV in geschwungener Schrift. Er runzelte die Stirn. »Ah, vielen Dank. Sehr ... apart, meine Liebe.« Er würde sich einen guten Grund einfallen lassen müssen, warum er es nicht verwenden konnte.

»Schön, wenn es dir gefällt. Ich denke, ich hab eure Geschmäcker ganz gut getroffen.«

»Was bedeuten denn die Buchstaben?«

Sie drehte sich zu ihm und sah ihn mit hochgezogenen Brauen an. »Louis Vuitton natürlich.«

»Aber hier steht doch ein X vor dem V. Und Xavier hat er ja nicht geheißen.«

»Ach, papperlapapp! Das fällt doch niemandem auf.«

»Da bin ich fein raus«, flüsterte ihm Paul mit verschwörerischem Lächeln zu.

Guillaume verstand nicht.

»Weil ich kein Handy habe.«

Als Nächstes kam Karim ins Geschäft. »Was ist denn hier los? Macht ihr Inventur?«

»Das wäre das erste Mal. Ich muss zusehen, dass ich das Zeug alles rausbekomme, in zwei Wochen muss die Bude leer sein, wie du weißt«, antwortete Delphine und ließ einen tiefen Seufzer folgen.

»Aber warum denn? Wir kriegen das bestimmt noch hin, mit deinem Geschäft.«

Sie stieg von ihrem Hocker und wischte sich über die Stirn. »Das ist wirklich lieb von dir, Kleiner. Aber uns ist ja gestern nichts Vernünftiges eingefallen. Also muss ich mich wohl der Realität stellen. Damit bin ich schon immer am besten gefahren.«

Lipaire stimmte ihr innerlich zu. Manche Dinge im Leben waren einfach nicht zu ändern. Mit denen fand man sich besser ab, als sich vergebens an ihnen abzuarbeiten. Das kostete nur Kraft, die man doch für andere, schönere Dinge einsetzen konnte. Und in diesem Fall war es wohl wirklich das Vernünftigste, wenn sich ihre Freundin rechtzeitig um die Abwicklung ihres Geschäfts zu kümmern begann. Außerdem hätte man schon viel früher einmal aufräumen sollen.

»Möglicherweise hat Jacky ja noch eine Idee, was man machen könnte. Vielleicht könnte ich sie einfach mal anrufen oder so.«

Delphine zwinkerte Paul und Guillaume zu. »Vielleicht solltest du dich wirklich mal bei ihr melden«, fuhr sie an Karim gewandt fort, »aber ihr habt dann sicher andere Sachen zu bereden. Ich komm schon irgendwie klar. Und auch wenn wir gestern nicht die zündende Idee für meine Zukunft hatten, fand ich, dass es ein wirklich schöner Abend mit euch war.«

»Das fanden wir auch, meine Liebe! Lecker, gemütlich und mit anregenden Gesprächen.«

Die anderen beiden nickten ihm eifrig zu.

Delphine packte inzwischen diverse Handyhüllen und -kabel vom Tresen in einen Umzugskarton. »Mein Alter hat sogar Grüße an euch aufgegeben. Er fand euch richtig nett.«

»Hat man gleich gemerkt«, gab Quenot zurück, und alle lachten herzhaft.

»Wenn ihr Hunger habt: Es gibt Zucchiniküchlein und zwei Dips, alles in meinem Korb.«

Lipaire schüttelte verwundert den Kopf. »Wann machst du nur immer diese leckeren Sachen?«

»Nachts, wenn ich mal wieder nicht schlafen kann. Und Karim, für dich hab ich auch eine neue Hülle.«

Sie warf ihm eine gelbe Plastikschale mit dem Konterfei von Louis de Funès als Gendarm von Saint-Tropez zu, die er mit verwundertem Gesichtsausdruck auffing. Warum ausgerechnet dieses Design dem Geschmack des Jungen entsprechen sollte, würde ihr Geheimnis bleiben.

»Nein, Louis, jetzt reicht's aber wirklich! Du bist heut dermaßen unartig, so kenn ich dich überhaupt nicht!« Lizzy Schindler betrat den Laden und zog den Hund hinter sich her. »Salut zusammen. Tut mir leid, ich konnte nicht schneller kommen. Louis schnüffelt heute an allem und jedem rum. Er hat schon zwei Touristinnen angerammelt. Anscheinend macht er gerade seinen zweiten Frühling durch. Na ja, vielleicht auch den dritten. Und er hat irgendwas am Fell, die weiße Hose der einen Frau, die er so toll fand, hatte danach ganz schwarze Flecken.

Ich hab einen Schwächeanfall vortäuschen müssen, sonst hätte sie Geld für die Reinigung verlangt.«

Lipaire warf Delphine einen alarmierten Blick zu, den diese mit hochgezogenen Brauen quittierte. Dass die Haarfarbe weniger dauerhaft war als erhofft, hatten sie gestern schon bemerkt. Das Fell des Pudels wies an mehreren Stellen helle Flecken auf.

»Lizzy, jetzt setz dich doch erst mal und ruh dich ein bisschen aus.« Delphine schob der alten Dame einen Hocker hin. »Ich mach inzwischen noch eine kleine Extrarunde mit Louis, dann kann er sich besser austoben. Schadet mir nichts, wenn ich auch mal rauskomme aus dem Mief hier.« Sie blickte auf die Uhr an der Wand. »Ist ja noch ein bisschen Zeit, bis unser Freund sich meldet.«

»Das ist lieb von dir«, erwiderte Lizzy dankbar. »Pass bloß auf, dass er keine läufige Hündin erwischt, für Alimente könnte ich im Moment nur schwer aufkommen.«

Drei Minuten vor zwei kehrte Delphine zurück – mit einem pechschwarzen Hund im Schlepptau. Anscheinend hatte sie unterwegs noch einmal ordentlich nachgefärbt, vermutlich mit der Tube Schuhcreme, die sie nun in einer Schublade unter dem Tresen verschwinden ließ, wie Lipaire bemerkte. Lizzy, die während Louis' Abwesenheit über dessen Verhaltensauffälligkeiten lamentiert hatte, erhob sich, kam zum Tresen und legte ihr Handy neben die der anderen. Alle waren gespannt, was für eine Nachricht gleich auf den Displays erscheinen würde.

Delphine schob ihr ein dezentes Cover aus hellem Leder hin. Es war viel schöner als alle anderen, die sie heute verschenkt hatte. »Für dich, Lizzy. Aus meinem Altbestand.«

Die alte Dame besah es sich skeptisch, schüttelte dann den Kopf und legte es zurück. »Ich weiß deine Großzügigkeit wirklich zu schätzen, aber dafür hab ich keine Verwendung im Moment. Meine Hülle ist ja noch glückgut.« Sie zeigte auf ihr Telefon, das in einem Schutz aus rosa Silikon mit der glitzernden Aufschrift *Glamour* steckte.

»Was das Phantom uns wohl mitteilen will?«, sprach Karim die Frage aus, die allen auf den Nägeln brannte. Inzwischen war es eine Minute vor zwei. »Wisst ihr noch, seine letzte Nachricht vom vergangenen Jahr: *Das Spiel ist noch nicht zu Ende* oder so. Vielleicht erfahren wir dazu jetzt mehr.«

Lipaire zuckte die Achseln. »Oder er will uns helfen. Weil er mitbekommen hat, dass es einigen von uns gerade nicht so gut geht.«

»Aber woher soll er wissen, was wir untereinander besprechen?« Lizzy sah die anderen fragend an.

»Wo sie recht hat, hat sie recht«, stimmte Quenot ihr nickend zu. »Wird ja keiner von uns sein«, raunte er dann.

Erschrocken musterten sie einander, schüttelten dann aber die Köpfe.

»Na, wir werden es ja gleich sehen.« Delphine kratzte sich am Kinn. »Womöglich hat er gehört, wo es günstig einen Laden zu mieten gibt, und das will er uns mitteilen. Also … mir.«

»Oder er weiß, wer einen guten Skipper braucht«, meldete sich Karim.

»Oder er sucht ein sicheres Investment und will deshalb bei mir in der Gärtnerei als stiller Teilhaber einsteigen?«

Lipaire grinste. »Wir wissen mehr in zehn, neun, acht, sieben …«

Alle starrten gebannt auf die Displays, doch auch als Guillaume bei null angekommen war, passierte nichts. Nach einer Minute der Stille warfen sie sich erstaunte Blicke zu.

»Was ist denn los mit dem? Der war doch sonst so überpünktlich. Als wäre er ein Landsmann von dir, Wilhelm«, sagte Paul mit breitem Grinsen.

Lipaire winkte ab. »Klischees, alles nur Klischees, *mon ami.*«

Als sich fünf Minuten später noch immer nichts getan hatte, wurde auch Guillaume stutzig.

»Meinst du, da kommt gar nichts mehr?«, fragte Karim.

Delphine schüttelte den Kopf. »Wieso hätte er dann gestern geschrieben? Oder sie, mein ich.«

»Ihm ... oder ihr kann ja was dazwischengekommen sein«, gab Guillaume zu bedenken. »Dürfte ich mal kurz deine Nasszelle benutzen?« Damit ging er auf die Toilettentür zu. Er war noch keine Minute darin, da piepsten die Handys.

»Endlich!«, riefen die anderen, und Guillaume eilte zurück zum Tresen. »Was schreibt er denn?«, fragte er und wischte sich die nassen Hände an seinen Shorts ab.

»Also, pass auf: *Nur nicht ungeduldig werden, Freunde!*«, zitierte Karim. »Was soll das denn bitte? Macht der sich jetzt über uns lustig, oder wie?«

Da pingten die Handys erneut.

Diesmal las Lipaire die Nachricht vor: »*Das ist alles erst der Anfang. Für Leute wie euch ist in Port Grimaud kein Platz mehr vorgesehen. Vielleicht seid ihr die Unverbesserlichen, aber nicht die Unverzichtbaren. Ihr sollt zu den Untragbaren gemacht werden. Höchste Zeit also, die Unbesiegbaren zu werden!*«

Eine Weile blieb es still, dann verkündete Delphine in feierlichem Ton: »Das hört sich toll an. Fast wie ein Gedicht oder ein ...«

»Ein altes Theaterstück, mit Helden und so ...«, ergänzte Karim.

»Schreiben kann er, das muss man ihm lassen«, fand auch

116

Paul. Lipaire merkte ihm, dem Legastheniker, die Hochachtung darüber deutlich an. Er selbst war nicht so begeistert: »Wir sollten uns nicht vom schönen Klang der Wörter blenden lassen, sondern uns fragen, was er uns eigentlich mitteilen will. Also?«

Vier ratlose Gesichter sahen ihn an.

»Und wenn wir einfach mal nachfragen?«, schlug Karim vor.

»Gar keine so schlechte Idee«, musste Guillaume zugeben, doch da vermeldete ein mehrtöniges Klingeln bereits den Eingang einer weiteren Nachricht.

»Wenn ihr mehr erfahren wollt: Geht heute Abend ins Restaurant Relais du Pêcheur. Die Gäste an Tisch 17 dürften sich Interessantes zu erzählen haben. Solche Heimlichkeiten sind doch euer Spezialgebiet, n'est-ce pas?«

11

»Ich hab euch doch gesagt, dass wir erst abends aufmachen, und jetzt verschwindet!« Der Wirt des *Relais du Pêcheur* war noch schlechter gelaunt als sonst. Und seine schlechte Laune war legendär im Städtchen. Als die Gruppe um Lipaire anrückte, stand er gerade vor dem Eingang des Lokals, das sich etwas versteckt unterhalb einer kleinen Brücke befand. Bertrand, so der Name des Inhabers, schrieb neben einem großen Aquarium mit Hummern und anderen Krustentieren gerade die Tagesgerichte auf eine Tafel, die er stets so auf dem schmalen Gehsteig platzierte, dass man entweder ausweichen musste oder gleich im hohen Bogen darüberflog, was ihn stets wie eine Furie aus dem Gastraum rennen ließ und furchtbares Gezeter zur Folge hatte.

Nun standen sie alle vor dem für einen Restaurantbesitzer unfassbar dürren Mann, der sie lauernd musterte.

»Was wollt ihr denn von mir, hm?« Um die Mundwinkel des mürrischen Männchens hatten sich tiefe Falten gegraben, was seinen abweisenden Gesichtsausdruck noch verstärkte. Dabei war sein Restaurant wirklich gut, auch wenn er selbst sich mittlerweile zu fein zum Kochen war. Dafür hatte er, früher Küchenmanager auf einem Kreuzfahrtschiff, inzwischen gleich zwei Köche eingestellt.

»Aber, aber, Bertrand, wer wird denn gleich so unwirsch sein? Wir kommen gar nicht zum Essen. Ich wollte dich fragen, ob alles zu deiner Zufriedenheit verlief«, sagte Lipaire.

Der Wirt sah ihn stirnrunzelnd an.

Guillaume machte einen Schritt auf ihn zu und senkte seine Stimme. »Na, ob die Wohnung, die ich dir vor ein paar Monaten kostenlos überlassen habe, geeignet war für das nächtliche Treffen mit deinem Kellner? Du weißt schon, der aus Südamerika ...«

Der Blick des Mannes flackerte, huschte zu den anderen, dann fixierte er wieder sein Gegenüber. »Das ... jaja, war sehr gut für unseren kleinen Sprachkurs. Aber lass uns nicht von mir reden. Was kann ich denn für dich tun? Für euch?« Bertrand rang sich ein gequältes Lächeln ab.

»Schön, dass du fragst, mein Lieber.« Der Deutsche deutete einladend nach drinnen, als gehöre das Lokal ihm.

Bertrand verstand sofort und ging den schmalen Gang in den verwinkelten Gastraum, der an drei Seiten von Wasser begrenzt wurde. Sie ließen sich an einem großen runden Tisch nieder. Misslaunig beobachtete der Wirt dabei den Hund. Vierbeiner waren in seinem Lokal eigentlich verboten, darauf wies ein großes Schild direkt an der Straße hin. Dennoch sagte er nichts.

»Jetzt hör mal zu«, übernahm Delphine das Wort, der es offenbar nicht schnell genug ging. »Wir brauchen Infos, was die Gäste an Tisch siebzehn heute Abend zu besprechen haben.«

»Ich verstehe nicht.« Bertrand sah einen nach dem anderen an.

Delphine schnaufte. »Was gibt's da nicht zu verstehen? Wir wollen ein bisschen Mäuschen spielen.«

Empört sprang der Wirt auf. »Niemals. Das sind meine Gäste, was man von Einzelnen unter ihnen auch halten mag. Diskretion ist mein Geschäftsmodell. Das war schon auf See ehernes Gesetz.«

»Meins auch, wie du weißt«, erwiderte Guillaume ruhig. »Deswegen hat auch niemand mitbekommen, dass du dich ab und zu mit Pablo in meinen Wohnungen triffst. Bisher jedenfalls.«

Bertrand wurde bleich und setzte sich zitternd wieder. Quenot legte ihm seine Pranke auf den Unterarm und schaute ihn mitleidig an, als wolle er sagen: »*Ich weiß genau, wie es dir geht.*«

Karim hingegen grinste Lipaire an. »*Deine* Wohnungen?«

»Du weißt genau, was ich meine.«

Als der Wirt sich wieder gefangen hatte, sagte er mit belegter Stimme: »Schön. Aber sie dürfen nichts merken. Wenn etwas rauskommt, bin ich erledigt.«

»Wir sind ja auch nicht irgendwer«, bemerkte da Lizzy Schindler. »Wir sind die ...«

»... die, die unbedingt wissen müssen, was heute Abend an Tisch siebzehn gesprochen wird«, fiel Guillaume ihr ins Wort. Er wollte nicht, dass sie ihren Gruppennamen verwendete, das hätte albern gewirkt und ihre Position gegenüber Bertrand womöglich geschwächt.

»Können wir ihn mal sehen?«, fragte der Belgier.

»Wen?«, wollte der Wirt wissen.

»Na, Tisch siebzehn.«

»Was wollt ihr denn da sehen? Das ist ein stinknormaler Tisch.«

»Nein, mein Lieber, heute ist das bedeutend mehr als nur ein Tisch«, widersprach Guillaume. »Heute ist es ein Ort, an dem entscheidende Weichen gestellt werden. Vielleicht auch für dich.«

»Weichen? Bei mir im Restaurant? Ich versteh kein Wort.«

»Musst du auch nicht. Also?«

Bertrand ging erneut voraus, die anderen folgten ihm im Gänsemarsch. Er trat auf die von einer Plane überdachte, schmale Terrasse, die direkt an den Kanal grenzte. Die Tische auf der Veranda waren an der Brüstung angebracht, darunter plätscherte das Wasser. Besonders begehrt waren die Sitzplätze unter dem steinernen Bogen der Brücke, die einen Teil des Restaurants überspannte. Viel schöner konnte man in Port Grimaud nicht essen, fand Lipaire und nahm sich vor, bald wieder einmal selbst herzukommen. Bei Bertrand konnte er mit Verweis auf sein Insiderwissen sicher einen Sonderpreis aushandeln. Jetzt galt es aber, die Situation nach ganz anderen Gesichtspunkten auszukundschaften, als nach der Frage, von wo aus man den schönsten Blick auf den Kanal hatte.

Nummer siebzehn war wie die meisten Tische hier für vier Personen gedacht. An den Längsseiten standen Bänke, die Platz für je zwei Gäste boten. Direkt daran grenzten die Nachbartische, was das Ganze ein wenig wirken ließ wie ein amerikanisches Diner aus den Sechzigerjahren. Paul beugte sich weit übers Geländer und inspizierte die Wasseroberfläche, erhob sich dann wieder und nickte Guillaume zu. Der wiederum zeigte Delphine die Brückenpfeiler, während Karim Qualität und Dicke der Tischplatte in Augenschein nahm. Als er dann auch noch unter den Tisch kroch, entfuhr dem Wirt ein »Geht's noch?«, das sie jedoch ignorierten. Nur Lizzy beteiligte sich nicht an der Erkundungsaktion, sie schien etwas erschöpft, weil der Hund heute nur sehr schwer im Zaum zu halten war, und ließ sich am Nebentisch nieder.

Delphine tippte Lipaire auf die Schulter und deutete auf die alte Dame. »Das wäre doch perfekt, oder?«

Guillaume verstand, was sie meinte. »Bertrand, dieses Plätzchen hältst du heute Abend bitte für unsere geschätzte Madame Lizzy frei.«

»Das geht nicht.«

»Aber sicher.«

»Nein, da hat der Pfarrer reserviert.«

»Ach, der hat sicher Verständnis dafür, das ist ein alter Freund von uns.«

»Aber der sitzt immer da.«

»Heute nicht.«

Zähneknirschend griff sich Bertrand das Buch mit den Reservierungen, das auf einem Stehtisch lag, und radierte erst einen Eintrag aus, um dann etwas anderes hineinzuschreiben. »Wann?«, presste er hervor.

»Erwarte uns ab neunzehn Uhr, dann haben wir noch genügend Zeit für weitere Vorbereitungen. Und sag deinem Servicepersonal, man möge auf unnötige Fragen verzichten, ja?« Lipaire und die anderen strebten dem Ausgang zu. »Wir freuen uns.«

Bevor sie das Aquarium passiert hatten, hörte der Deutsche den Wirt noch sagen: »Die Freude ist ganz euererseits!«

12

Es war Viertel vor acht, als Guillaume Lipaire mit Fernglas, seiner alten Spiegelreflexkamera samt Teleobjektiv und einer gekühlten Flasche Weißwein Position auf der dem Restaurant gegenüberliegenden Seite des Kanals bezog. Er war höchstens zwanzig Meter Luftlinie davon entfernt, von dort allerdings nicht zu sehen. Sein Posten war umgeben von der Oleanderhecke eines kleinen Parks, wo er zuvor einen seiner Küchen-Klappstühle deponiert hatte – schließlich wollte er nicht auf jeglichen Komfort verzichten, während er ihre Aktion von hier aus überwachte.

Zuvor hatten sich bereits die anderen auf ihre Startpositionen begeben: Madame Lizzy saß samt Hund neben dem noch leeren Tisch mit der Nummer siebzehn. Paul hielt sich mit Schnorchel und Neoprenanzug im Wasser bereit, um einen Lauschangriff vom Kanal aus zu starten. Karim und Delphine warteten auf der Brücke über der Restaurant-Terrasse mit einem präparierten Handy an einer Teleskopangel, mit dem sie das Treffen von dort aus in Bild und Ton festhalten wollten, da sich der Wirt ja geweigert hatte, sie feste Mikrofone installieren zu lassen.

Ein bisschen kam sich Guillaume vor wie ein Ornithologe auf der Jagd nach seltenen Singvögeln. Fehlte nur noch, dass er zur Tarnung irgendwelche Tierlaute imitierte. Er lächelte über den Gedanken und nahm einen großen Schluck aus der Flasche. Nicht mal schlecht, der Tropfen, den er bei einer Familie, deren Wohnung er seit Kurzem betreute, mitgenommen hatte – Schraubverschluss hin oder her.

Guillaume wollte sich gerade einen Zigarillo anzünden, da sah er, wie zwei Personen aus dem Lokal auf die Terrasse kamen und auf Lizzy zusteuerten. Kurz vor ihr machten sie halt und setzten sich – an Tisch siebzehn. Es ging also los. Schnell steckte er den Zigarillo weg und schnappte sich seinen Fotoapparat. Als er durchs Objektiv blickte, erkannte er, wen das Phantom als ihr Zielobjekt auserkoren hatte: Mit einem ziemlich grau aussehenden Mann mittleren Alters hatte an besagtem Tisch niemand Geringeres als Madame Arnaque Platz genommen, die Präsidentin des Selbstverwaltungsgremiums der Stadt. Jene Madame Arnaque, die drei Tage zuvor der wütenden Menge im Versammlungssaal versprochen hatte, kurzfristige Lösungen für die akuten Probleme der Anwohner zu finden. Lipaire drehte am Objektivring und schoss ein erstes Foto. Das versprach ein interessanter Abend zu werden.

Nun konnte er auch sehen, dass Lizzy die beiden Neuankömmlinge bemerkt hatte. Sie drehte sich um und schien sie freundlich zu grüßen. Warum das denn? Vielleicht hätten sie die alte Dame doch mit Mikrofon und Ohrhörern ausstatten sollen, um ihr per Funk Anweisungen zu geben. Paul hatte angeboten, Equipment dafür zur Verfügung zu stellen, das er aus für Lipaire unerfindlichen Gründen besaß.

Paul, schoss es ihm in diesem Moment durch den Kopf. Guillaume gab seinem Freund, der vom Wasser aus Blickkontakt hielt, das vereinbarte Zeichen. Der Belgier hatte sich zwischen zwei Booten versteckt, nur sein Kopf schaute aus dem Kanal heraus. Sein Gesicht war mit wasserfester Tarnfarbe beschmiert, sodass er aussah wie ein US-Marine beim Einsatz im Vietnamkrieg. Er machte irgendeine albern aussehende Tauchergeste zurück, dann zog er sich Maske und Brille ins Gesicht, brachte das Mundstück seines Schnorchels in Position und tauchte ab.

Lipaire verfolgte mit den Augen den kleinen pinkfarbenen Ring, der die Mündung des Schnorchels markierte und sich jetzt langsam in Richtung des Restaurants durchs Wasser bewegte. Leider wurden auch ein paar der Restaurantgäste darauf aufmerksam, ein Kind zeigte sogar mit dem Finger darauf. Guillaume wurde es heiß und kalt zugleich. Doch dann nahm die Mutter des Kindes ein Stück Brot in die Hand, riss ein paar Krumen ab und warf sie ins Wasser.

Guillaume grinste in sich hinein. »Lass es dir schmecken, Paul.«

Er richtete das Objektiv wieder auf das Lokal, wo Lizzy, Madame Arnaque und ihr Begleiter Baguette serviert bekamen. Lipaires Blick haftete auf dem Mann: Er hatte diesen Typen schon einmal gesehen, wusste aber nicht genau, wo. Sicher würde es ihm gleich einfallen, sein Personengedächtnis war legendär, er durfte sich nur nicht verkrampfen und … *Natürlich!* Das war der Mann, der Delphine die Kündigung ihres Mietvertrags überbracht hatte. Ein Handlanger der Vicomtes. Diese Paarung machte die Sache noch interessanter.

Da drehte sich Lizzy wieder zu den beiden am Nebentisch um und sagte irgendetwas. »*Merde*«, zischte Lipaire. Dabei hatten sie ihr doch erklärt, sie solle sich möglichst unauffällig verhalten! Und nun stand sie auch noch auf. Wo wollte sie denn nur hin? Zur Toilette vielleicht? Wenn die rastlose Österreicherin so weitermachte, musste er doch noch eingreifen. Denn das hatten sie für den Notfall verabredet: Sollte etwas aus dem Ruder laufen, würde er, mit Kamera im Anschlag, ins Restaurant kommen und so tun, als sei er einer der Porträtfotografen, die in den Lokalen des Örtchens immer mal wieder ihre Dienste anboten.

Doch noch war es nicht so weit, denn nun begannen Karim und Delphine mit ihrer Observation auf der Brücke. Wie Hobbyangler sahen sie zwar nicht gerade aus, aber das war nicht weiter dramatisch. Vom Lokal aus waren sie dort oben garantiert nicht zu sehen. Und die Passanten wunderten sich schon lange nicht mehr über eigentlich verbotene Fischfang-Aktionen entlang der Kanäle.

Der Junge zog die Angel auf volle Länge aus und verband mit einem kleinen Karabinerhaken die Ösen der Handyhülle mit der Schnur, um das Telefon dann über dem roten Pergoladach des *Relais du Pêcheur* schweben zu lassen. Delphine drehte sich in die Richtung, in der sie Lipaire vermutete, und reckte den rechten Daumen nach oben. Immerhin, diese Aktion schien zu klappen – und sie war vielleicht die wichtigste von allen.

Guillaume genehmigte sich einigermaßen beruhigt einen weiteren Schluck Wein und schoss dann ein paar Erinnerungsfotos. »Putain!«, hörte er auf einmal Karim fluchen: Das Handy hatte sich aus seiner Hülle gelöst, denn an der Schnur hing es nicht mehr. Guillaume folgte dem entsetzten Blick der beiden auf der Brücke – und entdeckte das Mobiltelefon, das nun einsam und verloren oberhalb von Tisch siebzehn auf dem Stoffdach der Markise lag. Karim versuchte zwar, es mit akrobatischen Verrenkungen der Angel zu erreichen, doch ihre Länge reichte bei Weitem nicht dafür aus. Noch dazu lehnte er sich so weit über die Brüstung, dass Delphine ihn hinten am Hosenbund packen musste, um zu verhindern, dass er das Gleichgewicht verlor und in den Kanal oder – noch schlimmer – auf die Markise fiel. Das mit der Video- und Tonaufnahme konnten sie damit wohl vergessen.

Lipaire schüttelte entnervt den Kopf und stand auf. Ohne ihn ging es eben einfach nicht. Es war Zeit für Plan B. Er würde so schnell wie möglich ins *Relais du Pêcheur* marschieren, vorgeben, Lizzy fotografieren zu wollen, und so ein paar Gesprächsfetzen erhaschen. Die Gefahr, erkannt zu werden, war nicht allzu groß, allenfalls könnte Madame Arnaque annehmen, er habe durchs Fotografieren eine neue Erwerbsquelle aufgetan. Er schälte sich also aus der Hecke und ging schnellen Schrittes auf das Lokal zu. Als er auf der Brücke Delphine und Karim passierte, versuchte der Junge noch immer, mit der Angel das Telefon zu erwischen. Guillaume nickte Delphine zu, die zurückwinkte und dabei aus Versehen den Griff an Karims Hose lockerte, was diesen entsetzt aufschreien ließ. Funktioniert ja alles prächtig, dachte Guillaume bitter, betrat das Lokal und lief dem stark schwitzenden Wirt in die Hände, der über seine Anwesenheit gar nicht erfreut schien. Er ließ den nervös herumgestikulierenden Mann einfach stehen und ging direkt auf Lizzys Tisch zu.

Dort setzte er die Spiegelreflexkamera an und wollte gerade sein vorbereitetes Sprüchlein wegen der Porträts aufsagen, da musste er feststellen, dass die alte Dame nicht mehr allein war. Ihr gegenüber saß ein alter Mann mit schütterem Haar und in edlem Zweireiher. »He, hören Sie mal, könnten Sie ein bisschen leiser reden?«, rief er in Richtung von Madame Arnaque.

Die drehte sich überrascht um und warf dem Senior einen fragenden Blick zu.

»Wir versuchen uns hier zu unterhalten, und wenn es Nebengeräusche gibt, höre ich nicht mehr so gut.«

Madame Arnaque sah ihn mitleidig an, zuckte die Achseln und wandte sich wieder ihrem Gesprächspartner zu.

»Lass das, Benoît!«, zischte Lizzy und warf Lipaire einen entschuldigenden Blick zu. »Hör auf, die Leute zu behelligen. So kannst du bei mir gar nicht mehr landen. Und ich geh jetzt mal ganz unauffällig auf Toilette.«

»Schon wieder?«, rief ihr Begleiter ihr nach. »Hast du was mit der Blase?«

Lizzy winkte nur ab und flüsterte Lipaire im Vorbeigehen mit verschwörerischem Gesichtsausdruck einen Satz zu, mit dem der nicht das Geringste anfangen konnte: »Wer schön sein will, muss leiden.« Irritiert blickte er ihr hinterher. Er stand immer noch ratlos da, als sie nach ein paar Sekunden wieder aus der Toilette erschien und sich erneut an ihm vorbeidrückte. »Haben sie gerade gesagt, das mit der Schönheit.«

Lipaire seufzte. Sie hätten definitiv mehr Planung in ihre Abhöraktion stecken sollen.

Als Lizzy wieder Platz genommen hatte, lief er zum Tisch und erklärte mit einnehmendem Lächeln: »Madame, Monsieur, was für ein schönes Paar Sie doch sind.«

»Wir sind kein Paar«, mokierte sich Lizzy.

Guillaume rollte genervt die Augen und versuchte, ihr mimisch zu verstehen zu geben, dass es für ihn nur darum ging, in die Nähe des Nebentisches zu gelangen.

»Jaja, schon gut«, brummte sie, »aber nicht, dass sich der Herr hier falsche Hoffnungen macht.«

Der Alte hob die Arme. »Hoffnungen? Wer macht sich hier Hoffnungen?«

Der Verzweiflung nahe versuchte es Guillaume ein letztes Mal: »Möchten Sie nicht trotzdem ein paar schöne Porträts dieses unvergesslichen Abends? So jung kommen Sie beide schließlich nicht wieder zusammen.« Er lehnte sich dabei ein wenig zurück, konnte aber immer noch nicht hören, was am Nebentisch gesprochen wurde.

»Nein, ich denke nicht, dass wir das wollen, nicht wahr, Benoît?« Lizzy winkte ab.

»Natürlich wollen wir das – wenn es nicht zu teuer ist«, widersprach der Mann.

»Aber nein, ich finde mich gar nicht fotogen heute.«

»Ach ja? Warum zierst du dich auf einmal so? Früher warst du doch auch für Fotos in den wildesten Posen zu haben. Ich hab mir ein paar davon aufgehoben, in meinem Nachtkästchen.«

Lipaire lächelte unsicher. So kamen sie nicht weiter.

»Mein Name ist Valmer. Ich habe eine Verabredung mit Madame Arnaque«, hörte er in diesem Moment eine Stimme im Eingangsbereich des Restaurants. Mit einem Schlag wurde er kreidebleich. Valmer? Was wollte der denn hier? Mit diesem Typen hatten sie es im letzten Jahr zu tun bekommen – und das auf ziemlich unangenehme Weise. Er war einer der Royalisten, allesamt getreue Helfer der Familie Vicomte, die sich nicht zierten, sich die Finger schmutzig zu machen, wenn man es von ihnen verlangte. Wenn Valmer hier aufkreuzte, konnte man davon ausgehen, dass die Adelsfamilie nichts Gutes im Schilde führte. Und es bedeutete, dass Lipaire und Lizzy schleunigst verschwinden mussten, schließlich kannte Valmer auch sie nur zu gut. Schon betrat der die Terrasse und wurde vom Kellner zum Tisch geführt. Lipaire schaute sich nach einem Versteck um, doch da war nichts. Außer der Kamera, die er nun zur Tarnung vors Gesicht hob.

»Haben Sie die Dame nicht verstanden?«, schimpfte da der Alte. »Sie will keine Fotos.«

Lipaire begann zu schwitzen. Zu allem Überfluss rührte sich nun auch noch der Hund, als sich Madame Arnaque und ihr Begleiter erhoben, um den Neuankömmling zu begrüßen. Der Vierbeiner schnupperte am Bein von Valmer. Lizzy zog ihn schnell wieder zurück. Ob sie ihn auch erkannt hatte? Nichts deutete darauf hin.

Sie mussten schleunigst weg hier. Guillaume wagte gar nicht, sich auszumalen, was passieren würde, wenn Valmer sie entdeckte. Noch immer die Kamera im Anschlag, näherte er sich Lizzy, wobei er ständig auf den Auslöser drückte und ihr ein »Abbruch« ins Ohr zischte, als er bei ihr war.

»Schade«, erklärte sie, nickte dann aber und folgte ihm ohne Umschweife nach draußen.

»He, was soll das? Ich war als Erster da!«, rief ihnen der Alte hinterher, doch da hatten sie schon die Eingangstür erreicht.

Mit pochendem Herzen schloss Guillaume sie hinter ihnen und lehnte sich von außen dagegen. »Das war knapp«, keuchte er.

»Du hättest nicht so rennen müssen, das fällt doch nur auf.« Sie sah ihn tadelnd an.

»Ja, mag schon sein, aber da war der …«

»Valmer, ich weiß. Den hab ich schon gesehen, wie er aufs Lokal zugegangen ist. So, auf geht's, du Superagent.« Damit zog Lizzy an der Leine und stakste voraus.

Lipaire brauchte ein paar Sekunden, dann ging er ihr hinterher. Sie passierten die Brücke, wo Karim inzwischen mit einer langen Stange versuchte, das Handy vom Dach zu bekommen.

»Abbruch«, zischte Guillaume auch ihnen zu.

Delphine nickte und tippte Karim auf die Schulter, der vor Schreck den Stock herumriss und dem Telefon einen Stoß versetzte, sodass es auf dem schrägen Markisendach entlangglitt, um schließlich mit einem leisen Klicken in den freien Fall überzugehen und direkt vor der Terrasse platschend ins Wasser zu plumpsen.

Sie blickten bestürzt über die Brüstung, wo im Wasser kurz Pauls Kopf auftauchte, sich erschrocken nach allen Seiten umsah und dann wieder verschwand.

»Ich glaube, das sollten wir jetzt auch machen«, schlug Guillaume vor.

»Was denn?«, fragte Karim.

»Abtauchen! Ganz schnell abtauchen.«

13

»Trostlos hier.« Paul Quenot sah sich in Delphines halb ausgeräumtem Laden um, wo sie sich nach der Aktion im Restaurant verabredet hatten, um die weiteren Schritte zu besprechen.

»Paul, bitte«, zischte Guillaume, um dem Belgier klarzumachen, was für ein sensibles Thema das für ihre Freundin war. Doch Quenot zuckte nur mit den Schultern.

Natürlich hatte er recht. Der Laden bot ein trauriges Bild: Die Regale waren halb leer, Kisten, in denen sich Handyhüllen, Kabelknäuel und Netzteile stapelten, standen herum. Der Raum wirkte irgendwie trist, ganz im Gegensatz zu dem quirligen Eindruck, den die kunterbunte Einrichtung noch vor ein paar Tagen beim Besucher hinterlassen hatte. Das Gleiche galt für die Besitzerin: Wann immer Delphine ihren Verkaufsraum betrat, so Lipaires Eindruck, ergriff eine ungewohnte Schwermut von der sonst so lebenslustigen Frau Besitz. »Ich hab das Handy schon in eine Dose mit Reis gelegt«, sagte sie.

»Reis?«, fragte Lizzy. »Willst du es essen?«

»Nein, zum Trocknen. Wenn da noch was zu machen ist, dann so.«

»Ihr jungen Leute seid schon verrückt.«

»Hast du denn was Brauchbares mitbekommen von dem Gespräch?«, wollte Guillaume wissen.

Lizzy Schindler schüttelte den Kopf und setzte sich. »Leider waren wir da wohl auf einer falschen Fährte.«

»Falsche Fährte? Es deutet doch alles darauf hin, dass …«

Sie winkte ab. »Aber die haben nur über Kosmetik und so gesprochen.«

»Kosmetik?«

»Ja. Wenn ich das richtig verstanden habe, will die Arnaque irgendwas an sich machen lassen. Allerdings wird das nicht viel nützen bei dem Gesicht, wenn ihr mich fragt. Und leisten kann sie es sich bestimmt auch nicht.«

»Wie kommst du darauf?«, fragte Karim.

»Na, sie hat gemeint, dass das Essen im Lokal für kleine Leute wie sie viel zu teuer ist. Dann wird sie kaum eine Schönheitsoperation zahlen können. Allein die Korrektur von Schlupflidern und ein bisschen Liften kosten. Aber das führt jetzt vielleicht zu weit.«

Sie blickten einander fragend an, dann fischte Delphine das Telefon aus einem Einmachglas mit trockenem Reis heraus und legte es vorsichtig auf den Tresen. »Vielleicht erfahren wir hier ja mehr«, sagte sie.

»Mehr?«, fragte Lizzy. »Wollt ihr auch noch wissen, ob sie es doch lieber mit Botox probiert? Also, ich bin nicht davon ausgegangen, dass uns das interessiert.«

Delphine erwiderte nichts. Sie drückte stattdessen auf dem Handy herum, das allerdings keinen Mucks von sich gab. »Dem Patienten ist nicht mehr zu helfen.«

»*Merde*«, fluchte Karim.

Guillaume sparte sich einen Kommentar. Er wollte nicht, dass sich der Junge noch schuldiger fühlte als ohnehin schon. Aber ganz wollte er ihn auch nicht vom Haken lassen, immerhin hatten er und Delphine zu verantworten, dass sie nun vor einem unbrauchbaren …

»Ich probier noch schnell was«, erklärte da Delphine und machte sich nun mit klitzekleinen Werkzeugen an dem Gerät zu schaffen. Fasziniert beobachteten sie alle dabei, und Lipaire hätte gerne gewusst, ob die anderen auch deswegen so gebannt waren, weil sie mit ihren nicht gerade zarten Händen so filigran zu Werke ging. Nach ein paar Minuten stieß sie ein »Hab ich dich« hervor und hielt ein kleines Teil hoch.

»Der Speicher?«, fragte Karim, und Delphine nickte.

Sie schloss das Ding mit einem winzigen Kabel an ihrem Laptop an, worauf tatsächlich das Video erschien, das sie ein paar Stunden zuvor aufgenommen hatten. Zunächst konnte man nichts erkennen, das Bild war wackelig, zeigte mal den Himmel, mal das Pflaster, dann erschien urplötzlich eine wenig schmeichelhafte Aufnahme, die Delphines Kinn von unten abbildete. Als Nächstes wurde das Handy offenbar an die Angel gehängt, schwebte über die Brüstung der Brücke und glitt wie die Kamera eines Spielfilms nach unten auf das Lokal zu. Guillaume hielt den Atem an, als er Madame Arnaque erkannte, die auf ihrer Bank saß und an einem Stück Baguette knabberte. Alles war gestochen scharf, er war beeindruckt, mit welch geringen Mitteln man heutzutage …

Auf einmal wackelte das Bild, wurde erst dunkelrot und schließlich schwarz.

»Das ist wohl die Stelle, wo es uns von der Angel gegangen ist«, kommentierte Delphine das Offensichtliche.

»Putain«, entfuhr es Lipaire, worauf Karim sofort entschuldigend anfügte: »Ich weiß wirklich nicht, wie das passiert ist, vielleicht war es doch zu schwer, vielleicht hätte man es besser befestigen …«

»Schhhhhh!« Das Zischen von Delphine brachte sie zum Schweigen.

Dann hörten sie es. Guillaume konnte es nicht glauben, aber da war sie, glasklar: die Stimme von …

»Michelle Arnaque«, hauchte Lizzy. »Wie kann das sein?«

»Nur weil man nichts sieht, heißt das ja nicht, dass man automatisch auch schlecht hört«, erklärte Delphine lapidar. »Und jetzt Ruhe, bitte.«

Sie lauschten wieder der Aufnahme, die sich zunächst um ein paar Belanglosigkeiten wie das Wetter und die Essensbestellung drehte. Dann sagte Madame Arnaque: »Es geht hier nicht um Kosmetik, verstehen Sie? Nicht nur ein bisschen Schönheitsreparatur, ein wenig Spachtelmasse und Lack. Da muss sehr viel mehr gemacht werden.«

»Genau das hab ich doch vorher gesagt«, erklärte Lizzy, die ein wenig beleidigt schien, dass man ihrem Bericht nicht die gleiche Aufmerksamkeit entgegengebracht hatte wie nun der Aufnahme.

»Aber sicher doch«, versuchte Guillaume, sie zu beschwichtigen. »Wobei, genau genommen hast du gesagt ...«

»Ja?«

»Egal.«

»Jetzt kommt ein ganz wichtiger Punkt«, tönte in diesem Moment die Stimme von Michelle Arnaque aus dem Lautsprecher. »Sie müssen nun sehr genau zuhören«, erklärte sie, dann jedoch übertönte ein kratzendes Geräusch ihre Stimme.

»Ist die Aufnahme kaputt?«, fragte Paul.

Delphine schüttelte den Kopf. »Nein, die ist in Ordnung. Das, was ihr da hört«, begann sie, warf einen Blick über die Schulter zu Karim und fuhr dann fort, »sind die Versuche meines Assistenten, sich das Handy wieder zu angeln.«

Lipaire raufte sich die Haare. Es war zum Verrücktwerden. Hätten sie das Gerät in Ruhe gelassen, würden sie das Gespräch nun in bester Tonqualität verfolgen können. So allerdings war es unbrauchbar.

»Ich hab dir gleich gesagt, dass wir es liegen lassen sollen«, zischte Delphine ungewöhnlich scharf.

Plötzlich knackte die Aufnahme, und Delphines Stimme war zu hören. »Versuch es mit einem Stock!«

Guillaume seufzte. »Wie die Erinnerung doch täuschen kann, was? Wollen wir mal ein bisschen vorspulen, ob später noch irgendwas Vernünftiges kommt?«

Delphine tippte auf dem Laptop herum, der Bildschirm blieb schwarz, bis ...

»Halt«, rief Lipaire. »Da ist wieder was zu sehen. Lass bitte weiterlaufen.« Nun konnten sie erkennen, wie auf einmal Bewegung ins Bild kam. »Das muss gewesen sein, kurz bevor das Gerät ...« Er sprach nicht weiter, denn alle wurden Zeugen, wie das Handy vom Dach herunterrutschte, rasant nach unten segelte und ins Wasser plumpste. Das Letzte, was man erkennen konnte, waren die weit aufgerissenen Augen eines Froschmannes, dann wurde das Bild endgültig schwarz, und der Ton verstummte.

Eine Weile sagte keiner etwas, dann konstatierte Paul: »Immerhin wissen wir, dass größere Renovierungsarbeiten geplant sind.«

»Toll, wirklich. Sehr hilfreich«, ätzte Lipaire.

»Moment«, meldete sich Lizzy. »Dann ergibt das doch einen Sinn, wenn sie sagen, dass sich die Leute das nicht mehr leisten können. Damit war gar nicht das Essen gemeint. Die wollen die kleinen Leute rausekeln. Also uns.«

»Stimmt.« Der Belgier hieb mit der Faust auf den Tisch.

»Die meisten werden verkaufen müssen, wenn die das durchziehen. Weil sie die Auflagen zur Renovierung nicht erfüllen können«, schlussfolgerte Lipaire.

»Ich versteh das nicht«, warf Karim ein. »Sie soll sich doch eigentlich für uns einsetzen, oder?«

»Moment. Ich habe ja auch was aufgeschnappt«, erinnerte sich Paul. »Nicht viel, das geb ich zu, aber immerhin: Die Arnaque wird mit irgendeinem Posten belohnt, wenn es so weit ist, hat der andere gesagt.«

»Aha. Und was soll das bedeuten: *wenn es so weit ist?*«, fragte Lipaire.

»Das weiß ich doch nicht. Du bist doch der große Denker.«

»Ich? Nun ja, ich vermute, dass sie belohnt wird, wenn ... also, wenn es eben an der Zeit ist.«

»Na, schönen Dank, jetzt ist ja alles klar.«

»Wahrscheinlich, wenn die Superreichen hier alles übernommen und umgebaut haben und niemand anderes mehr reindarf«, mutmaßte Delphine. »Aber wirklich weiter bringt uns das auch nicht.«

»Moment: Einen entscheidenden Hinweis haben wir zumindest bekommen!«, warf Lipaire ein. Er blickte in fragende Gesichter. »Na, zählt doch mal eins und eins zusammen: Valmer ist mit von der Partie. Unser alter Bekannter, der schon letztes Mal mit den Vicomtes gemeinsame Sache gemacht hat. Was wiederum bedeutet, dass sie hinter der Sache stecken.«

Die anderen nickten. »Aber was haben sie vor? Sie stehen doch schon an der Spitze der Stadt«, überlegte Lipaire laut.

Sie grübelten still vor sich hin, da sagte Karim plötzlich: »Wenden wir uns doch an jemanden, der es wissen muss.«

»Ach, und wer soll das sein? Die Arnaque vielleicht?« Guillaume schüttelte den Kopf. »Ich glaube nicht, dass die uns irgendwas erzählt.«

Karim lächelte. »Die mein ich auch nicht. Es gibt noch jemanden, den wir fragen können: das Phantom.«

14

Mit einem Schlag war Guillaume Lipaire am nächsten Morgen wach. Er wurde so gut wie nie vom Klingeln seines Handys geweckt, was schlicht daran lag, dass er es normalerweise weder in Bettnähe aufbewahrte noch nachts angeschaltet ließ. Doch gestern Abend war er nach etwas zu viel Wein und Kir aus dem hervorragend sortierten Vorrat der Winklers in der *Rue des Voiliers* in voller Montur aufs Bett gefallen und offenbar sofort eingenickt. Ein fahler Geschmack im Mund verriet ihm, dass er vor dem Schlafengehen noch nicht einmal Zähne geputzt hatte. Das musste er schleunigst nachholen. Zunächst aber warf er seufzend einen Blick auf das Display seines Smartphones. Was gab es denn schon so Wichtiges in aller Früh? Die Küchenuhr zeigte gerade mal halb zehn. Er rieb sich die verquollenen Augen, hielt das Telefon so weit es ging von seinem Gesicht weg, dann gelang es ihm, die eingegangene Nachricht zu lesen:

Nicht verzagen, ihr befindet euch auf der richtigen Spur, aber ihr müsst selbst den Weg finden, der euch weiterbringt. Bonne chance. Ein Freund.

Lipaire rieb sich den Kopf, der ordentlich brummte, und stand ächzend auf. Wenn die Antwort auf ihre Nachricht auf seinem Telefon angekommen war, dann auch bei allen anderen. Und die würden, so wie er sie kannte, früher oder später bei ihm aufkreuzen. Schließlich war er so was wie der Kopf ihrer Truppe, das Zentrum, in dem die Fäden zusammenliefen. Also musste er sich schnellstens in einen einigermaßen zivilisierten Zustand bringen, um dieser Rolle gerecht zu werden.

Und seine Wohnung lüften – er hatte das Gefühl, dass sich in der stickigen Restluft mehr Alkohol und kalter Zigarilloqualm befanden als Sauerstoff. Also öffnete er das Fensterchen sowie seine Wohnungstür und betrat sein winziges Bad. Immerhin, seinem Spiegelbild sah man die letzte Nacht nicht an. Die solide Sonnenbräune, deren Erhalt er einen guten Teil seiner Zeit widmete, sorgte stets für eine adrette Erscheinung. Er zupfte den Kragen seines Poloshirts zurecht, spritzte sich ein bisschen Wasser ins Gesicht und putzte sich die Zähne. Gerade als er die Bürste in den Becher zurückstellte, ging die Türglocke. Guillaume streckte den Kopf aus der schmalen Badtür und sah in Karim Petitbons Augen.

»Mann, du siehst aber ganz schön zerknautscht aus!«, grüßte der junge Mann.

»Danke fürs Kompliment. Ich finde auch, dass du deine besten Tage hinter dir hast. Als Kind warst du wirklich mal ein Süßer.«

»Ich mein ja nur, die Augenringe ...«

»... vergehen im Lauf des Tages wieder.«

»Wie auch immer: Ich hab gerade 'ne Message gekriegt, mach mal dein Handy an, das musst du dir durchlesen.«

»Schon passiert, ich bin bestens informiert.«

Karim zog die Stirn kraus. »Echt? Du hast um die Zeit schon dein Telefon an?«

Guillaume nickte souverän, verließ das Bad und ging zur schmalen Küchenzeile, um sich einen Kaffee zu machen. »Rund um die Uhr erreichbar, wenn was Wichtiges ist. Auch eine Tasse?«

»Okay. Aber mit viel Milch, bitte, ja?«

Lipaire wusste, dass Karim seinen deutschen Kaffeegewohnheiten nichts abgewinnen konnte. Für ihn hingegen war eine

Tasse aus der guten alten Filtermaschine zum gelungenen Start in den Tag einfach unerlässlich.

»Ich mach gleich eine ganze Kanne, die anderen kommen ja bestimmt auch noch vorbei.«

Er füllte den Tank der Maschine mit Leitungswasser. Dazu war er vor zwei Wochen übergegangen. Eine Weile hatte er nur stilles Mineralwasser einer teuren Marke verwendet, um den Chlorgeschmack zu vermeiden, den das Wasser in Port Grimaud leider aufwies. Doch angesichts der Ebbe in seinem Portemonnaie hielt er es für vertretbar, darauf vorübergehend zu verzichten. Es würden auch wieder bessere Zeiten kommen.

»Was hältst du von der Nachricht?«, wollte Karim wissen und nahm auf einem Küchenstuhl Platz.

Guillaume zuckte die Achseln. »Schwer einzuschätzen.«

Als die Glaskanne sich, begleitet vom typischen Röcheln der Maschine, mit dem bräunlichen Gebräu gefüllt hatte, trafen Delphine und Quenot ein. Sie hatte den Belgier zufällig in einem Garten werkeln sehen und kurzerhand mitgebracht. Weil er kein Handy besaß, musste man ihn in solchen Fällen immer extra hinzubitten. Die beiden nahmen auf den letzten verbliebenen Klappstühlen Platz, Lipaire versorgte sie mit Kaffee. Quenot ließ sich von Karim die Nachricht des Phantoms vorlesen.

»Sag mal, hättest du nicht für Paul mal ein Handy übrig, das du nicht mehr verkaufen kannst?«, flüsterte Guillaume währenddessen Delphine zu.

Die wollte eben antworten, da drehte Paul sich zu ihnen und erklärte mit funkelnden Augen: »Wenn ich ein Handy brauchen würde, hätte ich mir längst eines besorgt. Aber es würde mich nur bei der Arbeit stören. Und schließlich haben wir uns noch immer problemlos gefunden, oder?«

Guillaume hob beschwichtigend die Hände.

»Guten Morgen, meine Lieben!« Lizzy Schindler trat durch die offen stehende Tür. »Dachte ich mir doch, dass ich euch hier finde.«

Karim stand auf und bot ihr seinen Platz an, die alte Dame setzte sich, und Lipaire schenkte ihr ungefragt eine Tasse Kaffee mit Milch und viel Zucker ein. Lizzy war die Einzige unter all seinen Freunden, die seinen Kaffee schätzte, was er ihr hoch anrechnete.

»Wo ist denn der Hund?«, fragte Delphine stirnrunzelnd.

»Ach, den hab ich heut mal daheim gelassen. Er hat die ganze Nacht gebellt, und jetzt ist er müde. Keine Ahnung, was der gerade für eine Phase durchmacht. Vielleicht sind's die Wechseljahre ...«

»Bei einem Rüden?«, fragte Paul ungläubig.

Lizzy zuckte die Achseln und nippte an ihrem Kaffee. »Bin ja keine Tierärztin.«

»Also, was sagt uns die Botschaft jetzt?« Delphine hielt mit fragendem Blick ihr Telefon hoch.

»Erst mal, dass wir auf der richtigen Spur sind, oder?«, vermeldete Paul freudig.

»Schon, aber das ist auch alles«, gab sich Lizzy weniger euphorisch. »Ich verstehe nicht, warum er uns nicht einfach klar und deutlich sagt, was die Vicomtes vorhaben.«

»Vielleicht ist es doch jemand von uns«, überlegte Delphine laut.

»Oder er weiß es schlichtweg nicht«, gab Guillaume zu bedenken.

»Nicht immer gleich ablenken, man könnte sonst meinen, dass du es bist.« Mit zusammengekniffenen Augen fixierte Delphine ihn.

Karim, der mangels weiterer Stühle auf dem Boden saß,

winkte ab. »Das wüsste ich aber. Vielleicht braucht das Phantom uns ja, um für sich selber rauszufinden, was die vorhaben.«

»Oder er spielt Katz und Maus mit uns«, sagte Delphine genervt. »Er will, dass wir nach seiner Pfeife tanzen, und lacht sich heimlich ins Fäustchen.« Wieder warf sie Guillaume einen finsteren Blick zu.

»Wenn das so ist, kriegt er mal mein Fäustchen zu spüren, wenn ich ihn treffe«, piepste Quenot mit seiner Mäusestimme und ballte seine mächtige Pranke.

»Phantome lassen sich aber doch schlecht hauen. Meistens schlägt man bei denen daneben«, warf Lizzy mit verschmitztem Grinsen ein. »Ich weiß eh immer noch nicht, warum er über alles so gut informiert ist, was wir reden. Irgendwie hört er uns doch immer noch ab, glaube ich.«

»Das stimmt, aber darüber müssen wir uns ein andermal Gedanken machen«, fand Guillaume. »Die Frage, die sich uns jetzt und heute stellt, ist doch: Nehmen wir die Herausforderung an und decken auf, was die Vicomtes wirklich im Schilde führen, oder nicht?«

»Natürlich nehmen wir sie an. Wir sind schließlich die Unverbesserlichen!«, tönte Karim euphorisch und erntete dafür ein Nicken der anderen.

Nur Delphine schien alles andere als überzeugt. Sie nahm einen großen Schluck Kaffee und verzog das Gesicht. »Aber wie sollen wir das denn rausfinden, hm? Wir können ja schlecht zu ihnen gehen und sie fragen. Wir kommen nicht mal in ihre Nähe, dazu kennen sie uns zu gut.«

»Du hast völlig recht, meine Liebe«, stimmte Guillaume ihr zu. »Dieser Zug ist abgefahren, wir müssen einen anderen Weg finden. Am besten wäre es, wenn wir irgendeinen Superreichen hätten, der in der Stadt investieren will. Einen, der so interessant ist, dass ihn die Vicomtes nicht mehr von der Angel lassen wollen und ihn in ihre Pläne einweihen.«

»Ah ja, dann müssen wir ja nur unsere Adressbücher nach ein paar Milliardären durchsuchen, und dann rufen wir einen von denen an«, gab Paul spöttisch zurück.

Guillaume sah zu Lizzy. »Hast du vielleicht irgendeinen Verflossenen, der ...?«

Die alte Dame lächelte milde. »Wenn ich noch einen hätte, den ich anzapfen könnte, dann säße ich nicht hier bei schlechtem Filterkaffee, sondern würde drüben in Saint-Trop' am Hafen meinen ersten Kir Royal des Tages bestellen und warten, bis die bei Hermès ihren Laden aufsperren.«

Wieder nickten die anderen.

Nach einer Weile meldete sich Karim zu Wort: »Wenn nur Jacky da wäre. Sie könnte eine reiche Investorentochter spielen. Mit ein bisschen Make-up und einer anderen Brille würde sie niemand mehr erkennen. Sie ist so talentiert, ihr kauft man einfach alles ab!«

Guillaume seufzte. Was das Schauspieltalent von Jacqueline Venturino anging, war der Junge allein mit seiner Meinung. Dass er in dieser Hinsicht etwas betriebsblind war, konnte er ihm aber nicht verdenken. »Da sie nun mal nicht da ist, bräuchten wir einen anderen Schauspieler, der das übernehmen kann. Lizzy, hast du da was im Portfolio?«

»Ach, denen, die ich kenne, nimmt man schon längst keinen reichen Investor mehr ab«, sagte sie in entschuldigendem Ton. »Der Zahn der Zeit macht eben vor niemandem halt.«

»Moment«, meldete sich da Delphine und sprang auf. »Ich hab eine Idee! Es gibt hier im Ort jemanden, der es gewohnt ist, vor großem Publikum zu sprechen und Märchen zu erzählen.«

»Der Bürgermeister?«, mutmaßte Paul.

Sie fuchtelte aufgeregt mit den Händen. »Der auch, aber den können wir nicht brauchen. Nein, ich denke da an jemanden, der flunkern kann, ohne rot zu werden!«

Karim sah zu Lipaire. »Etwa Guillaume? Aber wir haben doch gesagt, dass keiner von uns …«

Lipaire wollte eben protestieren, da rief Delphine: »Unsinn, ich meine den Pfarrer, *putain*!«

»Der *putain*! Ich meine, der Pfarrer, klar!«, stimmte Quenot ihr zu. »Der kann den Leuten wirklich alles verkaufen.«

»Aber der macht bei so was doch nie und nimmer mit«, winkte Madame Lizzy ab.

»Könnte sein, dass ich da das eine oder andere Argument in petto habe, das ihn von einer Kooperation überzeugen könnte«, widersprach Guillaume ihr mit verschmitztem Grinsen.

15

Sie fanden den Abbé im Park vorn an der Chaussee, die zum Strand führte. Der breite Grünstreifen diente als eine Art Puffer zwischen der belebten Straße und dem ruhigeren Wohnquartier, war von Oleanderbüschen, ein paar Eukalyptusbäumen und alten Oliven bewachsen. Die großen Rasenflächen waren zu dieser Jahreszeit sogar noch ansehnlich grün. Ringsherum wurde die Anlage von einem Zaun begrenzt, damit Hundebesitzer hier ihre Vierbeiner sorglos laufen – und leider auch ihre Häufchen machen – lassen konnten.

»Vorsicht vor den Tretminen!«, riet Madame Lizzy ihnen, als sie das Türchen aufzog. »Da ist immer alles furchtbar verschissen, weil's eh keiner aufhebt.«

Lipaire verkniff sich einen Kommentar darüber, dass auch sie nur äußerst selten ein entsprechendes Tütchen mit sich führte. Um eine Ausrede, warum man die Ausscheidungen ausnahmsweise auch mal liegen lassen dürfe, war sie nie verlegen.

Quenot hatte sich bereit erklärt, auf dem Rückweg von der Kirche, wo sie niemanden angetroffen hatten, den Hund aus Lizzys Wohnung zu holen und mit ihm in die Grünanlage zu kommen. Im Pfarrbüro hatten sie nämlich die Auskunft bekommen, der Geistliche gehe dort um diese Uhrzeit normalerweise seinem Frühsport und einigen meditativen Übungen nach.

Was Lipaire und die anderen jedoch sahen und hörten, als sie den Pfarrer an einem der fest installierten Trimm-dich-Geräte erblickten, wirkte ganz und gar nicht wie Meditation: Er hing kopfüber an einer Reckstange, an der er sich mit den Knien eingehakt hatte, und zog immer wieder seinen Oberkörper hoch, die Hände hinter dem Nacken verschränkt. Dabei stöhnte er vernehmlich zu der Musik, die aus einem kleinen Lautsprecher auf der Parkbank schepperte. Er trug Camouflage-Shorts mit der neongelben Aufschrift GYMN, dazu ein knappes, durchgeschwitztes Muskelshirt. Die in der Luft baumelnden Füße steckten in klobigen Basketballstiefeln. Um den Kopf hatte er ein Stirnband mit asiatischen Schriftzeichen gebunden.

»Lasst bitte erst mal mich reden, okay?«, flüsterte Lipaire den anderen zu. Erst jetzt erkannte er den Song, der da aus der kleinen Box dudelte: *Sympathy for the devil* von den Rolling Stones. Der Pfarrer war derweil so in sein Work-out vertieft, dass er noch gar keine Notiz von seinen Zuschauern genommen hatte.

»*Bonjour*, Hochwürden, das ist aber eine Überraschung, Sie hier zu sehen!«, begann Lipaire, als sie sich bis auf wenige Meter genähert hatten.

Der Abbé zuckte derart zusammen, dass er um ein Haar den Halt verloren hätte. »Trifft sich gut. Könnt ihr mir mal helfen, ich hab einen Krampf in der rechten Wade.«

Mit vereinten Kräften halfen sie ihm vom Reck. Wieder zurück auf der Erde und in aufrechter Position, wirkte er zwar noch ein wenig wackelig, fing sich aber schnell, grüßte nickend, bedankte sich für die Hilfe und eilte zur Parkbank, um die Musik – inzwischen lief *Highway to hell* von AC/DC – abzustellen und sich mit einem Handtuch das schweißnasse Gesicht zu trocknen. Dabei fielen Lipaire zum ersten Mal die Tattoos auf, die unter dem Shirt des Pfarrers hervorblitzten. Es schien sich dabei zumindest um Motive aus dem Alten Testament zu handeln: Eine ziemlich finstere Schlange am Baum der Erkenntnis, der Leibhaftige im Fegefeuer mit bunten, züngelnden Flammen, dazu eine Kreuzigungsszene, ergänzt um einige Bibelverse. Wo sich der Abbé die wohl hatte stechen lassen, fragte sich Guillaume. Gab es im Vatikan vielleicht einen Tattoo- und Piercingladen für Priester?

»Ja, auch wir sind nur Menschen. Und als solche haben wir die Pflicht, auf den Körper zu achten, mit dem Gott der Herr uns beschenkt hat. Den einen reicher, die andere üppiger«, sagte der Abbé und warf dabei einen Blick auf Delphine, die heute eine knallenge weiße Leggings zu einem aus der Form geratenen Top trug.

Bevor sie etwas erwidern konnte, stellte sich Lipaire vor sie und stemmte die Hände in die Hüften: »Heute wohl zu viel unchristlichen Hardrock gehört, wie?«

»Ich … ja, vielleicht«, erwiderte der Pfarrer kleinlaut.

Guillaume warf Delphine einen triumphierenden Blick über die Schulter zu, doch die zuckte nur die Achseln.

»Danke jedenfalls für die Hilfe mit dem Krampf. Magnesiummangel, erblich«, brummte der Geistliche schließlich ächzend und rieb sich den Unterschenkel.

»Ich wärme mich vor meinen Übungen immer auf, da kann ich Ihnen mal ein paar Tipps geben, wenn Sie wollen. Wobei ich mich auf die neuralgischen Punkte Bauch, Beine, Po konzentriere, auf die Männer ab einem gewissen Alter achten sollten. Kommt recht gut an bei den Damen«, flüsterte Guillaume dem Abbé in konspirativem Ton zu.

»Soso, verstehe. Nun, ich will euch nicht weiter aufhalten, ihr habt sicher zu tun.«

In diesem Moment bog Quenot mit dem Hund um die Ecke. Der Belgier hatte die Leine lässig um die Schultern hängen, der falsche schwarze Pudel trottete behäbig neben ihm her. Doch auf einmal schien Leben in den Vierbeiner zu kommen, und er rannte mit Karacho auf sie zu. Allerdings war es nicht Madame Lizzy, die er freudig begrüßte, sondern den Abbé. Er wuselte auf ihn zu und begann, die Wade des Priesters wie verrückt anzurammeln.

»Könnt ihr das unterbinden?«, maulte der. »Scheint ja regelrecht besessen, das Vieh.«

»Ja, Herr Pfarrer, Sie wissen ja, wie das ist mit des Pudels Kern«, sagte Lipaire augenzwinkernd.

»Keine Ahnung, wovon du sprichst. Aber wenn die kleine Bestie hier nicht aufhört, bekommt sie vier Fäuste und ein Halleluja zu spüren!«

»Mann, das ist doch ein Filmtitel! Schade, dass Jacqueline nicht da ist …«, murmelte Karim versonnen.

Quenot legte den Hund wieder an die Leine, die er an Lizzy weitergab. Dann postierte er sich neben dem Pfarrer. »Ich kann Ihnen ein paar Nahrungsergänzungen verkaufen. Mixt ein ehemaliger Kamerad von mir selbst. Gutes Zeug.« Demonstrativ blähte er seine Muskeln auf.

»Selbst gemixt? Danke, ich verzichte. *Au revoir.*«

»Wir würden gern noch mit Ihnen über ein klitzekleines Anliegen sprechen, wo wir schon mal hier sind«, ließ Lipaire sich jedoch nicht abwimmeln.

»Da müsst ihr schon zu meinen Sprechzeiten kommen, ich bin hier nämlich nicht als Pfarrer, sondern privat. Sieht man das nicht?«

»Aber ein Pfarrer ist doch immer im Dienst«, protestierte Lizzy, die einige Mühe hatte, den Hund vom Bein des Priesters fernzuhalten.

»Heutzutage haben wir nur noch für Notfälle Bereitschaftsdienst«, vermeldete der Pfarrer geschäftsmäßig. »Für alles andere sind unsere Sprech- und Beichtzeiten da.«

»Wenn das so ist: Es handelt sich um einen Notfall«, sagte Guillaume im Brustton der Überzeugung.

»Etwa eine Letzte Ölung?«

»Nein, wir wollen beichten, Abbé. Eine … Notbeichte sozusagen«, vermeldete Karim.

»Eine … das gibt es nicht.« Der Pfarrer war jetzt sichtlich genervt.

»Dann sind wir eben die Ersten, die das machen«, erwiderte Karim und nickte den anderen zu.

»Man muss sich schon ein bisschen an die Gepflogenheiten halten, *putain*!«, schimpfte der Geistliche.

Da sie jedoch ungerührt stehen blieben, lenkte er schließlich ein: »Na gut, wir treffen uns in einer Viertelstunde in der Kirche. Nein, lieber eine halbe, dann kann ich wenigstens noch duschen. Und jetzt macht euch endlich vom Acker, *putain*!«

—

16

In der Kirche bot der Abbé – mit Soutane und Römerkragen –
wieder den gewohnten Anblick, was auf Guillaume gleich beruhigend wirkte. So kannte er ihn, so hatte er bisher geschäftlich
mit ihm verkehrt, so wirkte er irgendwie berechenbarer als mit
Muskelshirt und Tätowierungen. Ein bisschen erinnerte ihn der
Geistliche immer an Don Camillo, auch wenn er hoffte, dass er
etwas weniger verschlagen war als das filmische Vorbild.

»Nun, meine Lieben, was habt ihr euch denn von der Seele zu
reden?«, begann der Pfarrer salbungsvoll. Offenbar hatte er mit
seinem Klamottenwechsel gleich auch noch seine Persönlichkeit geändert. Er war also wandelbar, womit er sich als Haupt-
darsteller ihres kleinen Impro-Theaters bestens anbot, konstatierte Lipaire zufrieden.

Guillaume überließ es den anderen, dem Abbé die Situation
zu erklären, und hielt sich im Hintergrund. Dabei beobachtete
er genau das Mienenspiel des Pfarrers, während ihm die Lage
erklärt wurde. Doch der Geistliche ließ sich nicht in die Karten
schauen. Als sie mit ihrem Bericht fertig waren, setzte Delphine
etwas theatralisch nach: »Ihre Schäfchen werden weniger,
Abbé.«

»Meine Schäfchen?«

»Ja. Die Alten, die einfachen Leute. Die, die Ihnen am Sonntag Ihre Kirche voll machen.«

Der Pfarrer legte die Stirn in Falten. »Voll ist die schon lange
nicht mehr.«

»Aber Sie wollen doch nicht, dass Ihnen der letzte Rest Ihrer Zielgruppe auch noch abhandenkommt«, legte Delphine nach.

Der Priester nickte. Nach einer Pause erklärte er: »Gut. Ich werde für sie beten.«

»Für wen?«

»Die Schäfchen.«

»Mann, haben Sie mir nicht zugehört?« Delphine wechselte jetzt in einen direkteren Ton. »Die werden den Löwen zum Fraß vorgeworfen, die Schäfchen, wenn keiner was unternimmt. Und dann haben Sie gar niemanden mehr, dem Sie in der Predigt die Leviten lesen können.«

Nun mischte sich Lipaire doch noch ein: »Da hat unsere liebe Delphine schon recht. Wir alle wollen, dass das Leben hier weitergeht wie bisher. Aber dazu müssen eben alle, die es angeht, den Hintern hochkriegen und handeln.«

»Und diese Leute seid ihr?« Der Pfarrer verzog die Mundwinkel zu einem spöttischen Grinsen.

»Nein. Also, schon. Auch. Und Sie.«

Das Grinsen verschwand. »Ich?«

Karim nickte. »Ja, wir müssen alle mithelfen.«

»Wie könnte da ausgerechnet ein Mann Gottes wie ich von Nutzen sein?«

»Wir brauchen Informationen über den genauen Plan der Vicomtes. Am besten von jemandem, der zu ihnen hingeht und sie ausspioniert.«

»Ach, und wie?«

Guillaume merkte, dass sich der Abbé allmählich für die Sache zu interessieren begann.

»Zum Beispiel, indem er sagt, er will in der Stadt einen Haufen Geld investieren«, erklärte Quenot.

Wieder nickte der Pfarrer nachdenklich. »Verstehe. Guter

Plan. Aber, meine Lieben, ich muss euch enttäuschen. So jemanden kenne ich nicht.«

»Wissen Sie, es müsste halt jemand sein, der sich darauf versteht, vor Publikum zu sprechen ...«, sagte Lizzy.

»Ein Schauspieler?«

Jetzt riss Guillaume der Geduldsfaden, und er verfiel in die persönliche Anrede. »Himmel, wir reden von Ihnen, Abbé!«

»Von mir?«

»Ja. Sie stehen doch jeden Sonntag auf einer Bühne, können geschwollen daherreden, verkaufen den Leuten hanebüchene Geschichten, sind bei einer vermögenden Firma angestellt – es ist, als hätten Sie sich um den Job beworben.«

»Also, ich bitte euch. Allein dieses Ansinnen: Täuschung und Betrug sind Laster, die ich mein Leben lang zu bekämpfen versuche. Und außerdem ... die Vicomtes kennen mich doch.«

»Woher denn? Wenn die irgendwas Wichtiges zu segnen haben, holen die doch gleich den Erzbischof.«

Der Pfarrer verzog das Gesicht, als Guillaume das sagte. Offenbar hatte er einen wunden Punkt getroffen. Fast tat er ihm leid, aber hier ging es um mehr als die Befindlichkeiten eines Geistlichen.

»Das ... ist leider wahr«, presste der schließlich hervor. »Ich habe mich anfangs auch darüber gewundert, dass sie für den Diener Gottes vor Ort offenbar keine Verwendung haben. Dennoch: Eine solche Scharade, wie ihr sie vorschlagt, geht gegen mein Berufsethos. Und wenn der päpstliche Nuntius davon erfährt, kann ich gleich meine Sachen packen und ins Elsass ziehen.«

Lipaire seufzte. Er verstand wirklich nicht, warum sich der Mann so zierte. Sonntag für Sonntag versprach er seinen Zuhörern, sie kämen garantiert ins Himmelreich, wenn sie nur großzügig genug spendeten, aber das hier ging ihm gegen die Berufsehre?

»Schade, aber wir haben natürlich Verständnis dafür«, lenkte Delphine da unerwartet ein.

Verständnis? Hatten sie das?

»Geht ihr doch schon mal vor, Guillaume und ich haben noch eine kleine ... private Sache mit dem Abbé zu klären.«

Eine private Sache? Jetzt bekam es der Deutsche mit der Angst zu tun. Die anderen blickten ihn ebenfalls fragend an, bevor sie sich umdrehten und Richtung Tür schlichen. Der Pfarrer folgte ihnen und bespritzte sie beim Hinausgehen großzügig mit Weihwasser. Als den Hund das Wasser traf, jaulte der kurz auf und schüttelte sich dann, worauf schwarze Tropfen in alle Richtungen flogen. Entsetzt blickte der Geistliche auf das Tier.

»Wir kümmern uns darum«, erklärte Guillaume schnell und drängte ihn dann wieder zum Altar.

»Was kann ich denn noch für euch beide tun?«, fragte der Pfarrer nun wieder genauso salbungsvoll wie zu Anfang. Er faltete die Hände. »Ein Ehegelöbnis?«

»Nein, nein!«, wiegelte Guillaume ab, und der Blick, den ihm Delphine zuwarf, zeigte ihm, dass er zu heftig reagiert hatte.

»Doch eine Beichte?«

Delphine übernahm das Wort: »Was wir Ihnen noch sagen wollten: Da Sie ja nun auf dem Pfad der Tugend wandeln, wie Sie sagten, würden Sie es vielleicht begrüßen, wenn wir Sylvie, Catherine und Colette Bescheid geben, dass Sie in Zukunft nicht mehr vorbeikommen können.«

Bei jedem der von ihr genannten Namen zuckte der Mann zusammen. Von seiner rosigen Gesichtsfarbe war kaum mehr etwas übrig, als er stammelte: »Ich ... weiß nicht, woher ... ich meine, warum ...?«

Doch Delphine war noch nicht fertig. »Und Sylvie soll dann auch gleich die doch ziemlich freizügigen Fotos löschen, die sie mir von Ihnen und ihr gezeigt hat, oder? Wobei: Schade eigentlich, sehr ... stimmungsvolle Aufnahmen.«

Beeindruckt, über welche Überredungskünste sie verfügte, konnte sich Guillaume ein Grinsen nicht verkneifen. Er war gespannt, mit welcher Ausrede der Pfarrer seinen Kopf nun aus der Schlinge ziehen würde.

Doch der sagte: »Nun ja, man könnte vielleicht doch noch mal ... Ich meine, es wäre ja für einen guten Zweck, nicht wahr?«

TEIL 4: DIE TÄUSCHUNG

17

»Mein Name ist François Barral, ich möchte …«

»Nein, Abbé, um Himmels willen, auf keinen Fall Barral!«
Delphine lief rot an. »Sie sollten sich wenigstens Ihren Rollen-
namen merken! Sie heißen François Barrique. Wie das Fass,
klar?«

Auch Guillaume Lipaire schüttelte den Kopf über die Unkon-
zentriertheit des Pfarrers, der auf seinem Stuhl hibbelte wie
ein Grundschüler, der seine Hausaufgaben nicht gemacht hat.
Sie hatten sich im Handyladen verabredet, um den Geistlichen
für seinen Undercovereinsatz bei den Vicomtes fit zu machen,
den er dank ihres »guten Zuredens« tatsächlich übernommen
hatte.

Das hieß: Er musste sich erstens mit seiner Rolle vertraut machen, zweitens würde er später noch von Paul mit einer Kugel-
schreiberkamera, diversen Mikrofonen und einem In-Ear-Laut-
sprechersystem verkabelt werden, die der Belgier aus seinem
»Fundus« zur Verfügung stellte. Delphine hatte versprochen, all
diese Komponenten auf einem Rechner zusammenzuschalten,
sodass man via Funktechnik immer wisse, was im Beisein des
Pfarrers gesprochen werde, und obendrein ein einigermaßen
aussagekräftiges Bild habe. Alle um Lipaire herum schienen
irgendwelches Agentenzeug zu besitzen. Er selbst war in tech-
nischen Dingen dagegen nicht sehr bewandert.

Der Abbé nickte eifrig. »Klar. François Barrique. Weiß ich
doch. Ich bin der Frankreich-Repräsentant eines Konsortiums

aus russischen Oligarchen, griechischen Reedern und amerikanischen Hedgefonds-Managern. Wir wollen im großen Stil in Port Grimaud investieren, denn wir sehen Potenzial hier und erwarten uns perspektivisch Steuererleichterungen.«

»Stimmt«, erwiderte Delphine nun etwas versöhnlicher. »Klingt fast, als würden Sie den Schwachsinn selber glauben.«

»Aber wie soll ich mich denn als der legitimieren, der ich vorgebe zu sein?«

»Wie jetzt?« Delphine sah ihn fragend an. »Können Sie sich auch ein bisschen weniger schwurbelig ausdrücken?«

»Er möchte wissen, wie er sich ausweisen soll«, erklärte Guillaume. »Eine berechtigte Frage, Abbé, aber darum haben wir uns bereits gekümmert. Man wird Sie zum vereinbarten Zeitpunkt erwarten.« Sie hatten dem Phantom per SMS die Eckpunkte ihres Plans mitgeteilt, worauf es anbot, sich um eine Ankündigung des vermeintlichen Investors zu kümmern. Wie er oder sie das anstellen wollte, wussten sie nicht, sie mussten sich einfach darauf verlassen.

»Aber nicht, dass ich als zwielichtige Figur rüberkomme. Das würde nämlich meinem Karma schaden«, gab der Geistliche zu bedenken.

»Karma? Ist das nicht eine ganz andere Baustelle als die Ihre?«, wollte Guillaume erstaunt wissen.

»Ach, die Grenzen sind da heute fließend. *Panta rhei.*«

Delphine schnaubte. »Können wir dann mal wieder französisch reden?«

»Sicher.« Lipaire legte ihr eine Hand auf den Unterarm. »Abbé, Sie werden bestens beleumundet sein.«

»Das soll Französisch sein?«, wunderte sich Delphine.

»*Pardon.*«

»Schon besser.«

»Und der liebe Gott hält doch sowieso seine schützende Hand über Sie, oder?«

»Gut. Mein Auftrag lautet dann also, herauszufinden, was die Vicomtes mit unserem geliebten Städtchen vorhaben, *n'est-ce pas?*«

»Ich hätt's nicht schöner sagen können«, stimmte Lipaire dem Pfarrer zu, und Delphine ergänzte: »Wenn Sie und Ihre Oligarchen im Hintergrund da im großen Stil investieren sollen, müssen die Vicomtes Ihnen gegenüber schließlich die Hosen runterlassen.«

Der Pfarrer sah sie stirnrunzelnd an.

»Die Karten auf den Tisch legen«, bot Guillaume eine alternative Formulierung an, die dem Abbé sichtlich mehr behagte.

»Was genau soll ich denn sagen, wenn ich ankomme?«

»Das müssen Sie spontan entscheiden. Aber keine Sorge, wir sind ja immer bei Ihnen.« Lipaire deutete auf das technische Equipment, das Delphine mit einer Rolle Heftpflaster auf ihrem Tresen bereitgelegt hatte. »Wir hören, was gesprochen wird, sehen Ihre Gesprächspartner und können Ihnen ins Ohr flüstern, was Sie sagen sollen.«

»Als würde der Heilige Geist auf Ihren Schultern sitzen«, ergänzte Delphine.

»Und ich gehe in meinem normalen Anzug hin?«

»Nein, wo denken Sie hin!« Guillaume schüttelte den Kopf. »Damit nimmt man Ihnen doch höchstens einen Finanzbeamten ab, keinen Finanz*investor*.«

Der Pfarrer zuckte die Achseln. »Ich habe aber nur den einen. Und mag ihn auch.«

»Aber er ist viel zu pfaffenmäßig«, gab Delphine zurück. »Lizzy müsste jeden Moment eintrudeln. Sie hat einen ganzen Schrank voller hängen gebliebener Sachen von ihren ... Besuchern. Es haben sich anscheinend über die Jahrzehnte wahre Schätze angesammelt. Da findet sich bestimmt was Schickes für Sie!«

Der Geistliche hob skeptisch eine Augenbraue.

»Wird schon«, beruhigte Lipaire. »In Stilfragen vertrauen wir mal schön den Damen.«

»Gut. Wer fährt mich?«

»Wer Sie fährt?«

»Na, ein Finanzinvestor braucht ja wohl einen Chauffeur.«

»Die kennen uns doch!« Lipaire dachte nach. »Aber Sie haben recht. Laufen ist zu popelig, eine *Mobylette* oder ein Roller haben auch zu wenig Stil. Und welcher Finanzmogul kommt schon mit dem Fahrrad? Nein, Sie müssen selber fahren.«

»Aber ich habe gar keinen Wagen.«

»Das stellt zwar ein kleines, aber nicht unlösbares Problem dar.« Lipaire ging im Geiste bereits die fahrbaren Untersätze seiner Mieter durch, die er sich für diesen Einsatz »ausleihen« könnte.

»Und wenn mich doch jemand bringt? Ich … fahre normalerweise nicht.«

Delphine musterte ihn. »Haben Sie etwa keinen Führerschein?«

»Doch, schon«, wand sich der Pfarrer. »Aber keinerlei Praxis seit … dreißig Jahren.«

»Ach, das verlernt man nicht. Und Guillaume findet bestimmt was Nettes für Sie.«

»Aber unbedingt mit Automatik, ja?«, bat der Priester. »Und nicht ganz so riesig.«

Lipaire hob die Hände. »Ich werde sehen, was sich machen lässt. Aber ich bin schließlich kein Autoverleih …«, sagte er und eilte nach draußen.

Zwanzig Minuten später betrat er zufrieden pfeifend wieder den Handyladen. Er hatte etwas gefunden, was dem Pfarrer bestimmt passen würde. Der war inzwischen von Delphine verkabelt worden. Der Belgier, mittlerweile auch eingetroffen, zeigte stolz auf den Priester, der mit ausgestreckten Armen wie eine Kleiderpuppe im Raum stand. Tatsächlich konnte man an ihm weder Kamera noch Ohrstöpsel oder Mikrofone erkennen. Guillaume war beeindruckt. »Gut gemacht«, lobte er die beiden.

»Jetzt fehlt noch Lizzy mit den Klamotten. Wann wollte sie denn kommen?«, fragte Delphine, als sie dem Pfarrer an einem fleischfarbenen Kabel herumzupfte, das unter seinem Hemd heraushing.

Lipaire sah schulterzuckend auf die Uhr. »Eigentlich müsste sie schon da sein. Karim wollte ihr beim Tragen der Kleider helfen.«

»Na ja, dann können wir inzwischen noch ein bisschen üben.« Delphine stellte sich mit verschränkten Armen vor den Pfarrer. »Name?«

»François Barrique. Völlig blöd bin ich ja auch nicht.«

»War ja nur ein kleiner Test.«

»Über die Familienstrukturen der Vicomtes wissen Sie Bescheid, Abbé?«, hakte Guillaume nach.

»Einigermaßen, denke ich. Es gibt da den alten Patriarchen, Chevalier Vicomte, seine Tochter Marie führt die Geschäfte und hat das Heft in der Hand. Auch, was die Veränderungen hier im Ort angeht.«

»Vor Marie müssen Sie sich in Acht nehmen. Die ist gerissen«, mahnte Delphine.

»Das bin ich auch, verlasst euch drauf.«

»Na ja, aber ... wie soll ich das sagen«, begann Delphine und überlegte offenbar, wie sie fortfahren sollte, »sie hat's eben richtig drauf. Mehr als ... andere, verstehen Sie?«

Die Stirn des Abbé bewölkte sich.

»Sie ist sogar schlauer als wir«, vermeldete Paul. »Und das will schon was heißen!«

»Bitte keine Verallgemeinerungen«, protestierte Guillaume. »Jedenfalls sind da auch noch ihre Kinder, ein Neffe und ihr Halbbruder Henri. Bei ihm müssen Sie keine allzu großen Sorgen haben, er ist nur Krimiautor.«

Der Geistliche nickte mitleidig. »Verstehe. Ein eher schlichtes Gemüt also.«

»Jetzt hör endlich auf zu ziehen, Hundi!«, hörten sie da auf einmal ein Schimpfen mit unverkennbar österreichischem Einschlag. Lizzy Schindler ließ die Leine los, und sofort rannte der Pudel in den Laden, als sei der Leibhaftige hinter ihm her. Dann machte er sich wieder am Hosenbein des Priesters zu schaffen. Diesmal jedoch packte ihn Lipaire am Halsband und zog ihn mit sanfter Gewalt weg.

»Komm, Louis, du kriegst was Schönes zum Knabbern von mir«, kam Delphine ihm zu Hilfe. Sie holte aus einer Schublade einen mächtigen Kauknochen heraus, den sie neulich vorsichtshalber im Supermarkt mitgenommen hatten, falls sich der Hund ihrer Färbeaktion widersetzen würde. Sofort wuselte das Tier auf Delphine zu, schnappte sich den Knochen und verzog sich wohlig grummelnd in eine Ecke.

»Toll, Delphine.« Guillaume klatschte in die Hände. »Du sorgst nicht nur für unser leibliches Wohl, jetzt fütterst du auch noch den Hund.«

»Essen und Trinken hält Leib und Seele zusammen! Bei denen auch.«

»Da kann ich nur zustimmen. Eine schöne, barocke Vorstellung, die auch uns Katholiken nicht abhold ist«, vermeldete der Pfarrer.

Lizzy setzte sich.

»Sag mal, wo hast du eigentlich Karim gelassen?«, wollte Paul von ihr wissen.

»Der dürfte gleich da sein. Hat ziemlich schwer zu tragen, ich hab ein bisserl mehr mitgenommen, damit wir was zum Aussuchen haben.«

Einige Augenblicke später traf der junge Mann ein. Er war unter dem Berg Kleidung, den er vor sich hertrug, kaum zu erkennen. Zusätzlich baumelten so viele Umhängetaschen an seinem Körper, dass er fast zu breit war, um sich durch die schmale Ladentür zu zwängen.

Nachdem ein Leopardensakko ebenso abgelehnt worden war wie eines in Schlangenlederoptik und auch das Modell in rosafarbenem Brokat keinen Anklang gefunden hatte, einigten sich doch alle auf das schwarze Jackett des Pfarrers, das aber mit allerlei Accessoires aus Lizzys Fundus aufgemotzt wurde: An den Fingern des Priesters prangten gleich mehrere Siegelringe aus chinesischer Produktion, am Handgelenk blitzte eine nicht besonders gut gefälschte Rolex. Unter dem Sakko, von dessen Revers Delphine geistesgegenwärtig das goldene Kreuz entfernt hatte, trug er ein knallgelbes Hemd mit spitzem 70er-Jahre-Kragen, das, wie Lizzy vehement beteuerte, aus dem Privatbesitz des jungen Alain Delon stamme. Dazu hatten sie dem Pfarrer Smoking-Schuhe aus schwarz-weißem Lackleder verpasst. Die aber waren leider so klein, dass der Gang des Geistlichen etwas ungelenk wirkte.

Zu guter Letzt wurde der Abbé noch über und über mit einem ziemlich aufdringlichen Männerparfüm eingesprüht.

In Lipaires Augen wirkte der Pfarrer jetzt allerdings eher wie ein zweitklassiger Lude aus Sankt Pauli. Und er roch auch so. Dennoch musste er zugeben, dass das Outfit mit der Persönlichkeit des Geistlichen erstaunlich gut harmonierte.

»Lasset uns nun noch ein Gebet sprechen, bevor unser Abenteuer beginnt«, sagte der Abbé auf einmal und bat alle, sich im Kreis aufzustellen, was in der Enge des Lädchens nicht ganz einfach war. Sie warfen sich vielsagende Blicke zu, denn sie befürchteten, dass das Ganze eine Weile dauern würde.

»Schließt die Augen und nehmt euch an den Händen«, forderte sie der Pfarrer feierlich auf. Guillaume fasste Delphines ziemlich feuchte Hand, auf der anderen Seite streckte ihm Paul seine rissige Pranke entgegen.

»Lieber Gott, bitte mach, dass alles gut geht«, murmelte der Abbé. »Amen.«

»Amen«, antworteten die anderen im Chor, überrascht von der Kürze des Gebets.

Die Pfarrer heutzutage waren auch nicht mehr aus dem gleichen Holz wie früher …

18

Lipaire war nervös, als sie sich an einer Anlegestelle unweit der Kirche auf das Wassertaxi begaben. Um sich zu beruhigen, schaute er auf den Kanal. Das Glitzern des Sonnenlichts auf den sanften Wellen hatte ihn schon immer entspannt. Auch heute funktionierte es, denn augenblicklich wurde ihm klar, dass, wenn etwas schiefgehen sollte, der Pfarrer in Erklärungsnot war, nicht sie.

»Wird das nicht auffallen?« Lizzy zeigte auf die Aufschrift *Coche d'Eau*, die an dem Boot prangte.

Karim hatte es aus dem Depot geholt, wo inzwischen alle fünf Schiffe standen. Die Schlüssel dazu hatte er noch nicht abgegeben – und er hatte auch nicht vor, das so schnell zu ändern.

»Ich meine: Jetzt, wo es den Service ja gar nicht mehr gibt?«, ergänzte die alte Dame.

Karim nickte. »Stimmt, daran hab ich nicht gedacht. Aber das haben wir gleich.« Mit diesen Worten drehte er die Schilder mit der offiziellen Bezeichnung einfach um. »So, jetzt ist es nur noch ein Schiff, das zufälligerweise aussieht wie die Wassertaxis. Als es die noch gab.«

Delphine runzelte die Stirn, sie war offenbar nicht überzeugt, dass das ausreichen würde. Doch Guillaume nickte ihr aufmunternd zu. Sie hatten sowieso keine Wahl. Außerdem war das Schippern auf den Kanälen an sich nicht verboten. Noch nicht, jedenfalls. Und sie würden alles dafür tun, dass das auch so blieb.

»Wo beziehen wir Position?«, fragte Quenot, der eben auf das Boot stieg, worauf das bedrohlich zu schaukeln begann. Lizzy griff mit einer Hand an die Reling, die andere hielt sie schützend über den Hund, der nicht sehr seefest wirkte.

»Je näher wir der Villa der Vicomtes kommen, desto besser, das hast du doch selbst gesagt. Wegen der Funkverbindung.«

»Aber wir müssen auch die Batterie vom Boot im Auge behalten. Die Kähne werden ja nicht mehr geladen, und ich bin schon auf Reserve«, mahnte Karim. »Wenn es zu wenig wird, kommen wir nicht mehr zurück.«

Die Suche nach einem passenden Platz dauerte dann doch eine ganze Weile, denn immer wieder gab es Gründe, die gegen den Liegeplatz sprachen, den sie gerade anfuhren: Mal war er vom Haus der Vicomtes zu gut zu sehen, mal war der Empfang zu schlecht ... Schließlich hatten sie vor einem zurzeit nicht bewohnten Haus im Schatten einer Pinie doch noch einen einigermaßen geschützten Platz ausfindig gemacht. Das Anwesen der Vicomtes lag von dort aus Luftlinie keine hundert Meter entfernt.

Paul baute am Heck des Bootes zusammen mit Delphine das Equipment auf, das aus einem Laptop und einer Antenne bestand, die ein wenig aussah wie die, die früher auf Röhrenfernsehern gestanden hatten. Irgendwann drangen erste Geräusche aus dem Lautsprecher des Computers.

»Ich hör was!«, rief Karim begeistert.

»Aber was soll das sein?«, fragte Lizzy und streichelte dabei dem Hund übers Fell. Dem Tier hatte die Bootsfahrt offenbar zugesetzt, denn es lag ungewöhnlich still und mit heraushängender Zunge auf ihrem Schoß.

Paul zuckte die Achseln. Auch Guillaume konnte die Laute

nicht zuordnen. Es klang wie ein abgehacktes Brummen, unterbrochen von einer Art Scharren ... »Da stimmt doch was nicht mit der Verbindung«, knurrte er.

»Unsinn, die ist okay, ich muss nur noch ...« Delphine verstummte, da nun auch ein Bild auf dem Display erschien. Endlich erklärten sich auch die Geräusche. Auf dem Laptop war verwackelt ein Armaturenbrett und durch die Windschutzscheibe eine der engen Straßen des Örtchens zu sehen. Immer wieder bremste das Fahrzeug ab, dann preschte es mit durchdrehenden Reifen und unter lautem Motorengeheul wieder los.

»Ist das Auto kaputt?«, fragte Karim.

Lipaire winkte ab. »Ach wo, der Typ kann einfach nicht fahren. Ich hab das Beste organisiert, was mir zurzeit zur Verfügung stand.« Das Beste war in diesem Fall ein schwarzer Mercedes gewesen, allerdings nur eine ziemlich abgetakelte C-Klasse. Aber was sollte man machen? Die Zeiten waren schlecht.

»Ich kann euch hören«, schepperte es da aus dem Lautsprecher. Offenbar funktionierte die Verbindung in beide Richtungen.

In diesem Moment bekamen sie mit, dass ihnen vom Ufer aus ein paar Leute winkten und ihnen etwas zuriefen.

»Ich glaube, die meinen uns«, sagte Lizzy.

»Nein, wir fahren nicht«, rief Lipaire.

»Doch nicht?«, tönte es aus dem Lautsprecher. »Soll ich umkehren?«

»Ich meine nicht Sie, Abbé. Wir haben hier potenzielle Taxigäste.«

Quenot griff sich ein Stück Karton, das an Deck herumlag, und zog einen Edding aus seiner Cargohose, mit dem er etwas darauf schrieb. Lächelnd hob er das improvisierte Schild hoch: *Betriebsfart* stand darauf.

Guillaume schnalzte mit der Zunge. »Das wird zumindest die

Lehrer abhalten.« Dann legte er seinen Zeigefinger auf die Lippen, denn sie konnten sehen, dass der Pfarrer nun am Anwesen der Vicomtes vorgefahren war, wobei es angesichts seines Fahrstils eher ein Vorhüpfen war.

»*Pardon*, mein Chauffeur ist leider erkrankt, ich bin das Autofahren nicht mehr gewohnt«, hörten sie den Pfarrer sagen, und Lipaire nickte den anderen zu. Der Mann machte seine Sache ganz gut.

Gebannt verfolgten sie, wie der Geistliche von einem Bediensteten hineingeführt wurde.

»Mein lieber Mann, die haben ja ganz schön was machen lassen«, hauchte Delphine.

Tatsächlich: Lipaire erkannte das Haus kaum wieder. »Schauen Sie sich ruhig ein bisschen um«, rief er ins Mikrofon, und augenblicklich änderte sich die Perspektive. Offenbar hatten die Vicomtes einige Wände eingerissen und die Räume mit den Nebenhäusern verbunden. Der Pfarrer durchschritt eine Art Empfangshalle mit schweren Teppichen. An der Wand hingen dunkle Ölgemälde, auf denen, wenn Guillaume sich nicht irrte, die Hausherren selbst abgebildet waren. Überall waren Fahnen mit Wappen aufgestellt, was wohl einen staatstragenden Eindruck vermitteln sollte. Lipaire musste eingestehen, dass das seine Wirkung nicht gänzlich verfehlte.

»Es war ja schon immer das größte Haus hier«, sagte Karim mit großen Augen, »aber jetzt sieht es aus wie … also wie …«

»… ein Palast«, vollendete Paul seinen Satz.

»Das ist wohl der Sinn dahinter«, ergänzte Guillaume, ohne den Blick vom Bildschirm zu lösen, auf dem nun zu erkennen war, wie der Pfarrer vor einer zweiflügligen Tür haltmachte. Eine ganze Weile passierte nichts. Lipaire spürte, wie hinter der Ungeduld ein weiteres Gefühl aufkeimte: die Furcht, dass ihre kleine Scharade aufgeflogen war. Doch da erschien ein Mann in einer roten Livree, öffnete die Tür und sagte: »Ihre Fürstin bitten zur Audienz.«

Delphine sah zu Guillaume und tippte sich an die Stirn. Er nickte ihr zu.

»Sehr wohl«, hörten sie da die Stimme des Pfarrers, eigentlich mehr ein Hauchen. Offenbar verfing diese Wichtigtuerei bei ihm. Er wurde durch einen kurzen Gang geführt, dann öffnete sich eine weitere Tür zu einer Art Arbeitszimmer mit ausladendem Schreibtisch.

Sie hielten den Atem an. An dem Tisch saß Marie Vicomte de Haut Grimaud, wie sie sich inzwischen nennen ließ.

»Salope«, presste Delphine hervor, und Lipaire konnte ihr diese Beleidigung nicht verdenken.

»Guten Tag, Monsieur«, sagte die selbst ernannte Fürstin.

»Guten Tag, Madame ... also, Princesse. Mein Name ist ...« Er stockte.

»Merde«, entfuhr es Delphine. »Wenn er jetzt wieder Barral sagt, sind wir erledigt.«

»Ja?«, sagte die Fürstin.

»Barr...ique«, riefen alle gleichzeitig, was den Pfarrer aber noch mehr aus dem Konzept zu bringen schien.

»Nicht alle auf einmal«, presste er hervor. »Ich verstehe nichts.«

»Pardon?« Die Fürstin kniff die Augenbrauen zusammen.

Das war's, dachte Guillaume. Doch in diesem Moment entspannte sich die Miene der Adligen. »Verzeihen Sie, ich sehe, Sie haben ein Hörgerät. Ich versuche, deutlicher zu sprechen.«

»Ich habe ... ach so, ja, genau. Barrique ist mein Name.« Im letzten Moment hatte der Pfarrer die Kurve gekriegt.

»Guten Tag, Monsieur Barrique.«

»Gelobt sei Jesus Christus«, erwiderte er.

Paul klatschte sich mit der flachen Hand an die Stirn.

»Wie bitte?«, fragte Marie Vicomte verwirrt.

»Ach ... das ... das sage ich immer so. Mein ... Vater war Priester, müssen Sie wissen.«

Guillaume konnte der Frau trotz der schlechten Übertragung durch die Kugelschreiber-Kamera ansehen, dass sie es schon jetzt bereute, diesen Termin wahrgenommen zu haben. Dennoch behielt sie die Contenance und bat ihr Gegenüber, Platz zu nehmen. »Ich habe nicht viel Zeit, aber vielleicht können Sie mir in kurzen Worten schildern, was wir für Sie tun können, Monsieur.«

Jetzt kam es darauf an.

»Oh, *Madame la Princesse*, wir gedenken, etwas für Sie zu tun. Meine ... Partner sehen nämlich eine große Zukunft in Port Grimaud. Wir möchten hier im größeren Rahmen investieren.«

Ein erstes, zaghaftes Lächeln umspielte die Lippen der Frau. Das war genau der Ton, den man bei ihr anschlagen musste.

»Hatten Sie an eine bestimmte Summe gedacht?«

Guillaume musste sich erneut ein Lachen verkneifen. Diese Fürstin ließ keinen Zweifel daran, worum es ihr ging. Doch den Pfarrer schien die Frage auf dem falschen Fuß zu erwischen. »Wie viel, ja, das ist natürlich eine gute Frage. Und eine berechtigte dazu.« Er machte eine Pause. »Hm, was wohl die anderen dazu meinen?«

Delphine drehte sich zu Lipaire um. »Die anderen?«, flüsterte sie.

»Die anderen?«, fragte Marie Vicomte.

»Ich ... denke nur laut.«

Jetzt fiel der Groschen. »Er meint uns!«, entfuhr es Karim. »Wie viel soll er sagen?«

»Viel«, antwortete Paul.

»Sehr hilfreich«, kommentierte Delphine. »Eine Milliarde?«

»Spinnst du?« Lizzy zeigte ihr den Vogel. »Ich hatte mit einigen reichen Menschen zu tun, aber so viel hatten nicht mal die.«

»Es müsste eine nennenswerte Summe sein, damit sie denken, dass das wichtige Partner werden«, warf Guillaume ein.

Der Pfarrer echote: »Ich dachte an eine nennenswerte Summe, die uns zu Ihren wichtigsten Partnern macht.«

Maries Miene entspannte sich. »Ihre Solvenz wurde uns bereits in schillernden Farben geschildert.«

»Das freut mich. Wir haben ja auch sehr interessante Leute in unserem Kreis. Ich sage nur russische Reeder und griechische Oligarchen.«

»Ach ja? Ich dachte immer, es sei umgekehrt.«

»Wie? Ach so, das denken viele, aber, wie soll ich sagen ...«

Da ertönte aus dem Lautsprecher eine Männerstimme. »Marie, das hast du nun von deinem ganzen einschüchternden Brimborium hier drin. Es macht die Leute ganz wuschig. Eine Nummer kleiner hätte es nicht getan?«

Der Pfarrer fuhr herum, und mit ihm auch das übertragene Bild. An der hinteren Wand des riesigen Büros, direkt vor einem schweren Wandteppich, saß eine Gestalt, die nun aufstand und auf die Kamera zukam.

»Du meinst, so klein wie du, Henri?«, hörten sie Maries Stimme.

»Der Schriftsteller«, flüsterte Quenot.

Guillaume nickte. Sie kannten ihn alle. Der Halbbruder von Marie Vicomte, leidlich erfolgreicher Autor von Kriminalromanen und wahrscheinlich der Normalste seiner Familie. Wenn man bei dieser verkommenen Sippe überhaupt von normal reden konnte.

»*Bonjour*, Monsieur Barrique«, sagte Henri Vicomte und stellte sich neben Marie.

Der Abbé kam nicht dazu, den Gruß zu erwidern, denn Marie ergriff bereits wieder das Wort. »Wie stellen Sie sich Ihr Engagement bei uns denn genau vor?«

»Das kommt ganz darauf an, was Sie vorhaben«, konterte der Geistliche.

Die Adlige ließ sich jedoch nicht so leicht aus der Reserve locken und schwieg.

»Ich meine, planen Sie ein Casino? Wollen Sie vielleicht auch einen eigenen Flughafen errichten? Das wäre bestimmt sinnvoll, wenn man auf eine solvente Kundschaft setzt. Und die wird kommen, denn ich nehme an, Sie haben auch vor, den Aufenthalt hier steuerlich interessant zu machen.«

»Verdammt, Abbé, bringen Sie die doch nicht noch auf Ideen«, zischte Guillaume.

»Oh, natürlich, das tut mir leid.«

»Was tut Ihnen leid?« Marie schien verwirrt.

»Na, Sie haben sicher eigene Pläne.«

»Oh, kein Grund, sich zu entschuldigen. Das sind Vorschläge, über die es sich nachzudenken lohnt.« Sie wechselte einen Blick mit ihrem Halbbruder.

»Aber Sie haben bestimmt viel bessere, nicht wahr?«, hakte der Geistliche ein.

»Na endlich, ich dachte schon, er fragt nie danach«, kommentierte Delphine.

Sie sahen, wie die Adlige den Pfarrer an einen Tisch winkte. Als er sich näherte, erkannten sie, dass darauf ein Modell mit mehreren Fischerhäuschen stand. »So könnte die Zukunft aussehen.«

»Bücken Sie sich, Abbé«, brummte Lipaire, der wegen des Kamerawinkels kaum etwas von dem Modell sehen konnte. Als die anderen ihn grinsend anblickten, fügte er hinzu: »Bitte erspart mir anzügliche Priester-Witze.«

Nun veränderte sich das Bild, und das Modell wurde bildfüllend. Es zeigte eine klassische Häuserzeile von Port Grimaud. Alle Gebäude waren weiß, nur drei in der Mitte waren farbig.

»Wir werden die Häuser zusammenfassen, um größere Einheiten daraus zu machen. Diese beengten Wohnverhältnisse, die jetzt dort herrschen, schrecken Investoren Ihrer Größenordnung ja nur ab.«

»Das werden sich die meisten doch gar nicht leisten können«, kommentierte der Pfarrer, für Guillaumes Geschmack etwas zu mitfühlend. Doch Marie Vicomte entging dieser Unterton offensichtlich. Sie hatte wohl nicht oft mit empathischen Menschen zu tun.

»Richtig. Damit sollte es möglich sein, schon vor ... nun ja, jedenfalls schon bald die Klientel hier auszutauschen und qualitativ anzupassen. Wir alle wünschen uns doch ein höheres Niveau in unserem Lebensumfeld, nicht wahr? Und die Solvenz unserer Bürger ist sicher der richtige Hebel, um hier anzusetzen.«

Zum ersten Mal war nun auch der sonst so eloquente Pfarrer sprachlos. Genau wie die übrigen Mitglieder ihrer kleinen Undercoveraktion. Diese unverhohlen ausgesprochene Großmannssucht verschlug ihnen den Atem.

»Geht es hier also nur um den schnöden Mammon?«, polterte der Abbé auf einmal los.

Einen Moment lang herrschte Totenstille, auf dem Bildschirm genauso wie auf dem Boot. Dann lachte Henri laut. »Monsieur Barrique, Ihr Humor ist tatsächlich genauso köstlich, wie man sich erzählt.«

Marie stimmte in das Lachen ein, und schließlich auch der Pfarrer.

Das war knapp gewesen. Langsam wurde die Sache brenzlig, das spürte Guillaume geradezu körperlich, wie ein Brummen, das sich ... Moment, das Brummen war real. Er wandte den Kopf: Ein Boot steuerte direkt auf sie zu. Und zwar nicht irgendeines. »*Putain*, Polizei«, entfuhr es ihm, worauf er den Pfarrer sagen hörte: »Polizei?«

»Darüber müssen Sie sich keine Sorgen machen«, beruhigte Marie Vicomte, »wir werden unsere eigene Exekutive haben.«

»Aber wir sind doch immer noch in Frankreich, Madame.«

Guillaume blickte zwischen dem Boot und dem Laptop hin und her. Er wollte unbedingt noch die Antwort dieser Möchtegernfürstin hören, bevor er sich dem Problem widmete, das sich von Steuerbord näherte.

»Nicht mehr lange«, erklärte die Adlige. »Wir sind im Besitz einer Urkunde, die uns ... gewisse Befugnisse verleiht. In Kürze werden Sie mehr darüber erfahren. Wir haben Unterstützung von aristokratischen Kreisen im ganzen Land. Aber das bleibt unter uns, nicht wahr, Monsieur?«

»Natürlich. Beichtgeheimnis«, rutschte dem Priester heraus, worauf er ein gekünsteltes Lachen anstimmte, in das Marie und Henri einfielen.

Zu gern hätte Lipaire den Geistlichen nachfassen lassen, doch nun machte das Boot mit der echten Exekutive an ihrem Wassertaxi fest. Die anderen standen ruckartig auf, um den Blick auf den Laptop zu versperren, da fragte eine näselnde Stimme: »Brauchen Sie Hilfe?«

»Commissaire Marcel!«, erwiderte Lipaire mit überschwänglicher Freundlichkeit. »Wie überaus nett von Ihnen, dass Sie fragen, aber nein, wir brauchen keine Hilfe.«

»Wir brauchen keine Hilfe«, schallte es auch aus dem Laptop, was den Polizisten etwas verwunderte. »Ich habe ja verstanden«, sagte der verschnupft.

»Doch, brauchen wir, wir haben Ziele, die weit über den Ort hinausgehen«, tönte da Marie.

»Was denn nun? Soll ich helfen oder nicht«, fragte der Commissaire.

Der Hund, der den Polizisten die ganze Zeit schon angeknurrt hatte, begann nun, wie wild zu bellen. Das schien tatsächlich Wirkung zu zeigen, denn der Commissaire erschrak und stieß sich wieder vom Wassertaxi ab. »Vielleicht sollten Sie erst einmal Ihre Bestie im Zaum halten. Sie wissen ja, wo Sie mich finden. Ach, übrigens: *Betriebsfahrt* wird ganz anders geschrieben.«

Alle blickten zu Paul, der lediglich mit den Achseln zuckte. Dann sahen sie dabei zu, wie der Polizist unter heftigem Gebell hektisch wendete. Lipaire machte sich im Geiste eine Notiz. Vielleicht würden sie die Hundephobie des Kommissars einmal für ihre Zwecke nutzen können. Er wollte den kleinen Kläffer schon loben, da sprang der jedoch mit einem gewaltigen Satz dem Beamten hinterher und plumpste ins Wasser. Alle stürzten zur Reling und versuchten, den nun von seiner eigenen Courage überraschten Vierbeiner wieder an Bord zu hieven. Bedröppelt schaute er zu ihnen herauf.

»Louiiiiis«, kreischte Lizzy und beruhigte sich erst, als Delphine das Tier mit einem beherzten Griff herausfischte und auf den Arm nahm. Rinnsale grauschwarzen Wassers tropften dabei von seinem Fell herunter, das nun deutlich heller war als vor dem Bad. Schnell wickelte ihn Delphine in eine der Decken, die auf dem Boot herumlagen.

»Ich nehm ihn gleich mit zu mir und leg ihn trocken«, sagte sie und machte Guillaume Zeichen, die er nicht wirklich verstand, die aber wohl etwas mit der abgewaschenen Farbe zu tun hatten.

Da hörten sie aus dem Lautsprecher, wie der Pfarrer sich verabschiedete. »Bei dem Lärm kann man sich ja auch nicht richtig konzentrieren«, erklärte er.

»Finden Sie? Es ist doch sehr ruhig hier«, erwiderte Marie. »Ich schreibe Ihnen noch eine Nummer auf, die Sie anrufen können, wenn es etwas gibt. Dürfte ich wohl?« Sie streckte die Hand aus.

Lipaire hielt den Atem an, als der Geistliche ihr den Kugelschreiber reichte. Doch sie schien nichts zu bemerken, kritzelte etwas damit aufs Papier und legte den Stift auf den Schreibtisch. Nun sahen sie auf dem Bildschirm nur noch die Decke, hörten aber, wie eine Tür geöffnet wurde.

»Oh, *papa*, wie schön, dass du dich zu uns gesellst. Darf ich dir Monsieur Barrique vorstellen?«

Die beiden begrüßten sich, worauf der Alte raunte: »Da sind ja meine Manschettenknöpfe.« Alle Köpfe ruckten zu Lizzy, die mit der Zunge schnalzte. »Weiß ich doch nicht im Detail, wo die Sachen her sind, die bei mir vergessen wurden.«

Wieder war es Henri, der die Lage klärte: »Verzeihen Sie unserem Vater, er ist manchmal etwas indisponiert.«

»Verstehe, dann gehe ich mal«, sagte der Abbé, doch in diesem Augenblick rief Marie. »Warten Sie bitte noch.«

Sie erstarrten.

Marie Vicomte fuhr fort: »Sie haben Ihren Stift vergessen, Monsieur Barrique.«

Alle entspannten sich wieder. »Ist doch ganz gut gelaufen«, fasste Paul ihre Aktion zusammen, da hörten sie aus dem Lautsprecher, wie der Pfarrer sagte: »Gesegnet sei der Herr, *au revoir*.«

19

»*Merde*, mit dem niedrigen Akkustand komme ich niemals zurück ins Depot. Und dann kriegen sie mich auch noch dran, weil ich mir das Ding einfach so geholt habe«, jammerte Karim, kurz nachdem sie ihren vorübergehenden Liegeplatz unter der Pinie verlassen hatten und in einen der Kanäle abbogen. »Die verknacken mich wegen Diebstahl und stellen mir wahrscheinlich noch das Abschleppen in Rechnung. Wenn die jemals wieder jemanden einstellen – ich bin's sicher nicht!«

»Dass die Jugend immer gleich so schwarzsehen muss.« Lizzy Schindler schob sich lächelnd die Sonnenbrille ins Haar. »Weiß doch niemand, dass du das Boot genommen hast. Wir lassen das Ding einfach irgendwo liegen. Wenn's jemand braucht, wird er es sich schon holen.«

Quenot schüttelte den Kopf. »Finde ich nicht gut, ein solches Verhalten ist völlig unmilitärisch.«

»Dann passt es eh, wir sind schließlich keine Soldaten. Zum Glück«, gab die alte Dame kampfeslustig zurück. »Ich hab allerdings mal einen gekannt, das war ein General, glaub ich.«

»Ein andermal, Lizzy«, unterbrach sie Lipaire. »Hast du denn kein Ladekabel dabei, Junge?«

»Doch, klar, das ist immer hier hinten in der Kiste, wieso?«

»Na, dann können wir das Boot doch einfach irgendwo auftanken, oder?«

»Willst du ein Verlängerungskabel aus deinem Fensterchen zum Kanal legen, oder wie?«

»Um Himmels willen, dann müsste ich es ja selber zahlen. Nein, ich kenne einen Ort, an dem es kostenlosen Strom gibt. Wie viel Akku haben wir denn noch?«

»Knappe fünf Minuten«, gab der Junge nervös zurück.

»Das dürfte reichen, ist gleich hier um die Ecke.«

Lipaire nannte ihm ein leer stehendes Haus, das auf eine Renovierung wartete, dessen Stromvertrag aber anscheinend nie gekündigt worden war. Auch Trinkwasser gab es dort zum Nulltarif, wie er und ein paar Alteingesessene im Ort wussten. Der Fischer etwa bearbeitete da regelmäßig sein Boot mit dem Hochdruckreiniger.

Karim machte am Steg des Hauses fest, da fiel Guillaumes Blick auf das Gewirr aus langen Kabeln und Mehrfachsteckern, die von der besagten Steckdose abgingen. Anscheinend hatten inzwischen schon ziemlich viele Leute von der kostenlosen Stromtankstelle Wind bekommen und nutzten diese ausgiebig – was man ihnen angesichts der rasant steigenden Energiepreise kaum verdenken konnte.

Karim entnahm einer Metallkiste am Heck das Ladekabel, da fiel sein Blick ebenfalls auf den Kabelsalat. »Putain, was ist das denn für ein Gewirr? Außerdem bloß zweihundertzwanzig Volt.«

»Und was brauchst du?«, fragte Lipaire.

»Na ja, einen Powercharger habe ich nicht erwartet, aber wenigstens Starkstrom ...«

»Also hast du kein passendes Kabel?«

»Doch, das schon. Aber so viele, wie da schon dranhängen, haut es uns entweder ruckzuck die Sicherung raus, oder es fängt gleich alles an zu schmoren. Außerdem lädt das doch nur im Schneckentempo.«

»Papperlapapp, Strom ist Strom«, befand Guillaume lapidar

und ließ sich das Kabel geben. Er suchte nach einer einigermaßen vertrauenerweckenden Mehrfachdose, zog die restlichen Stecker darin kurzerhand heraus, um die Performance ein wenig zu erhöhen, und stöpselte das Boot ein. »Läuft, Karim. Bald haben wir wieder Saft!«, rief er nicht ganz ohne Stolz, dieses Problem so schnell, effektiv und noch dazu zum Nulltarif gelöst zu haben.

»Super, laut Ladestandsanzeige ist der Akku in vier Tagen, drei Stunden und siebenundvierzig Minuten voll.«

Lipaire kratzte sich nachdenklich am Kopf und bückte sich noch einmal, um nun auch das Verlängerungskabel, an dem alle weiteren hingen, aus der Dose zu ziehen. »Autsch!« Das Ding war verdammt warm. Er legte es auf den Boden und schob den Bootsstecker direkt in die Wanddose. »Und jetzt?«

»... sind es nur noch zwei Tage, sieben Stunden und sechzehn Minuten.«

»Siehst du? Wir müssen das Ding ja nicht voll laden. Und wir haben schließlich genug zu besprechen.«

»Das stimmt allerdings«, pflichtete ihm Delphine bei. Sie setzten sich auf die Bänke, auf denen sonst die Fahrgäste Platz nahmen. Lipaire streckte die Beine aus.

»Also, so schlecht hat er seine Sache ja gar nicht gemacht, der Pfaffe«, fand Lizzy.

»Schon, aber das nächste Mal suchen wir uns vielleicht doch jemanden, der noch souveräner lügen kann«, wandte Delphine selbstkritisch ein. Schließlich war das mit dem Pfarrer ihre Idee gewesen.

»Den Bischof vielleicht?« Guillaume grinste in die Runde.

»Immerhin haben wir die Informationen bekommen, die wir wollten«, sagte Karim. »Und die sollten uns ganz schön zu denken geben!«

»Allerdings«, fand auch Delphine. »Die Vicomtes machen ernst. Aus ihrem Spaß-Fürstentum wollen sie einen richtigen Staat machen, mit eigenen Gesetzen und eigener Polizei! Dann ziehen sie bei uns Einheimischen die Daumenschrauben noch fester an, damit sie uns alle loswerden und irgendwann nur noch Superreiche herkommen.«

Lipaire nickte. Sie hatte es auf den Punkt gebracht. »Das Leben, wie wir es kennen und lieben, hört damit auf – und wir sitzen auf der Straße. Das ist für uns alle schlichtweg existenzbedrohend«, sagte er in ernstem Ton.

Paul hob die Hand. »Also, streng genommen nicht für alle.«

Lipaire schüttelte den Kopf. »Falls du da von dir redest, machst du dir völlig falsche Vorstellungen, fürchte ich.«

»Ach ja? Eine Gärtnerei werden sie wohl brauchen. Blumen machen ein Haus erst richtig schön, auch bei diesen stinkreichen Typen. Kann euch also nur noch mal anbieten, bei mir anzuheuern.«

»Jetzt mach aber mal halblang«, sagte Delphine forsch. »Im Moment ist dein Betrieb nicht viel mehr als eine runtergekommene Bruchbude.«

»Ich stehe ja auch erst am Anfang ...«

»Und dein Hasch und Gras wird dir in Zukunft auch keiner mehr abkaufen«, konstatierte Lizzy. »Beim Jetset wird gekokst.«

Sie blickten die alte Dame eine Weile an, doch keiner fragte nach.

Quenot hob schließlich die Hände. »Okay, ich helf euch ja!«

Karim hingegen schien nicht überzeugt. »Ach kommt, wir sind doch schon mal an den Vicomtes gescheitert. Wieso sollten wir das jetzt auf einmal schaffen? Und vor allem: wie?«

Mit gravitätischem Nicken antwortete Guillaume: »Das werden wir uns jetzt mal fein säuberlich überlegen.«

»Dein Wort in Gottes Ohr«, murmelte Delphine. Sie hielt den Hund noch immer in die Decke gehüllt. Bisher hatte er sich von seinem Sprung ins Wasser erholt und geschlafen, jetzt aber reckte er seinen ziemlich hell gewordenen Kopf hervor. Sie zog schnell die Decke ein wenig höher, damit Lizzy die Farbe nicht sehen konnte. Bis jetzt war sie noch nicht dazu gekommen, ihn nachzufärben.

»Wir brauchen einfach noch jemanden, der uns hilft. Ganz allein kommen wir nicht weiter!«, fand Karim.

Guillaume musste ihm recht geben. »Stimmt. Ohne das Phantom werden wir nicht zum Ziel gelangen.«

»Ich meine nicht das Phantom. Ich meine Jacky. Sie hatte bei unserem letzten Coup doch auch immer die besten Ideen.«

Das sah Guillaume zwar ein wenig anders, protestierte aber nicht. Er wusste ja, woher die verklärte Sichtweise des jungen Mannes kam.

»Was, wenn wir sie einfach mal anrufen und ihr alles erzählen?« Ohne eine Antwort abzuwarten, zog er sein Handy aus der Hosentasche und wählte eine Nummer.

20

Während der folgenden Minuten hatte Karim gut zwanzig Mal vergeblich versucht, bei Jacqueline Venturino anzurufen. Seufzend setzte er sich neben die anderen auf eine der Bänke und legte sein Telefon neben sich. »Wahrscheinlich hat sie gerade viel um die Ohren in New York.«

»Bestimmt«, erwiderte Guillaume nickend.

»Vielleicht ist sie in einem Casting oder so«, überlegte er weiter.

»Ja, ein Casting. Das wird's sein«, stimmte Delphine zu. »Sonst würde sie doch bestimmt gleich abheben, wenn sie deine Nummer sieht.«

»Eben«, murmelte Karim. »Oder es liegt an der Zeitverschiebung.«

Paul sah auf seine Armee-Armbanduhr. »Nein, das kann es nicht sein. Aber wenn sie ausgegangen ist oder so ...«

»Müssen wir eben selber hirnen«, konstatierte Lizzy. »Ist ja eh nicht gesagt, dass Jacky überhaupt wieder nach Europa zurückkommt, oder?«

Karim wirkte immer verzweifelter.

Delphine versuchte sich an einer anderen Erklärung. »Hast du die richtige Nummer?«

»Wenn sie sie nicht geändert hat, schon.«

»Ich probier's auch mal«, bot Lipaire an, zog sein Mobiltelefon heraus und drückte eine Kurzwahltaste, stellte auf Lautsprecher und legte das Handy in die Mitte.

Karim zog erstaunt die Brauen hoch. »Du hast sie als Favorit abgespeichert?«

»Euch alle.«

»Ach so, dann ...«

Es dauerte zwar eine ganze Weile, bis der typisch amerikanische Wählton erklang, doch bereits nach dem zweiten Mal wurde der Anruf angenommen, und Jackys beschwingte Stimme drang aus dem Lautsprecher: »Guillaume, bist du das wirklich? Wie cool, endlich von dir zu hören, du treulose Tomate!«

»Stören wir dich, bist du im Stress?«

»Ach was, gar nicht, ich freu mich total, dass überhaupt mal jemand Nettes anruft.«

Karim zog die Stirn kraus.

»Wo bist du gerade?«

»Auf meinem Taxi«, rief Karim aus dem Hintergrund. »Wir müssen Strom nachladen. Alle sind da, nur du hast mir ... also uns noch gefehlt!«

»Ah, *salut*, Karim! Schaltet doch mal das Video an, damit ich euch sehen kann!«

Guillaume warf Delphine einen ratlosen Blick zu. Die gab den immer noch erschöpft wirkenden Louis in Lizzys Arme und nahm Lipaire das Telefon ab, zwinkerte ihm grinsend zu und drückte auf dem Display herum. Dann erschien zu einem sphärischen Geräusch das Bild von Jacqueline Venturino, die in einem kleinen, kärglich eingerichteten Zimmer auf einem schmalen Bett saß. Ihre Brille war ihr ein Stück nach unten auf die Nase gerutscht, in ihre Haare hatte sie ein Tuch gebunden. Sie hielt eine große Kaffeetasse mit der Aufschrift NYC in beiden Händen und lächelte in die Kamera.

Delphine lehnte das Handy gegen ihre Handtasche, die anderen gruppierten sich im Halbkreis darum.

»Mensch, alle da, wie cool ist das denn! Wie geht's dir, Lizzy, alles klar?«

»Na sicher, schlechten Leuten geht es immer gut, Kleines! Und du? Hoffentlich lässt du es richtig krachen im Big Apple. Man ist schließlich nur einmal jung, hörst du? Lass bloß nix anbrennen. Und du weißt ja: *Whatever happens in New York, stays in New York!*«

Lipaire, der verwundert war über die Englischkenntnisse der alten Dame, entging nicht der eiskalte Blick, den Karim ihr zuwarf. Seine Lippen bebten.

Jacqueline winkte lächelnd ab: »Paul, dich vermisse ich auch total, ehrlich! Ich hätte mich gern mal gemeldet oder dir ein paar Fotos geschickt, aber du hast ja immer noch kein Handy, oder?«

»Nein, geht auch ohne. Schön, dich zu sehen, Jacky.«

»Stimmen die Gerüchte, dass du eine Gärtnerei übernommen hast, wo du im großen Stil Hasch anbauen willst? Dann wird's ja Zeit, dass ich komme und das Zeug ein bisschen unter die Leute bringe, oder?«

»Das mit der Gärtnerei stimmt, das mit dem Hasch nicht. Noch nicht.«

»Aber dass du kommst, wird trotzdem Zeit«, rief Karim dazwischen.

Für einen Augenblick entstand eine peinliche Stille, doch Jacky ging auch über diese Bemerkung nonchalant hinweg. »Und, Delphine, was ist bei dir so los?«

»Frag nicht«, antwortete die. »Ich kann Lizzy nur zustimmen: Genieß dein Leben, bevor du irgendeinen nörgelnden, furzenden Typen an der Backe hast, der dir nur den ganzen Tag vorschreiben will, was du zu tun und zu lassen hast.«

Jacky lachte schallend.

»Sind ja nicht alle Männer so«, zischte Karim.

»Was hast du denn da für einen Hund im Arm, Lizzy? Ist der neu? Um Himmels willen, ist was mit Louis Quatorze passiert?«

Noch bevor Lizzy etwas sagen konnte, antwortete Delphine: »Nein, das ist schon unser kleiner Louis. Ist nur ins Wasser gefallen.« Sie streichelte dem eingemummelten Tier demonstrativ über den Kopf und zog dabei die Decke noch ein wenig mehr über ihn.

»Er sieht aber ganz anders aus. So fleckig.«

»Ach was, das ist sicher nur die Übertragung«, schaltete sich Lipaire ein. »Verzerrt die Farben. Und wie geht's dir so in der großen weiten Welt?«

Jacky zögerte kurz, bevor sie weitersprach. Guillaume glaubte sogar, ein kleines Seufzen zu vernehmen. »Gut«, sagte sie dann aber. »Interessante Stadt, könnt ihr euch ja denken. Aber wenn ich euch da so sitzen sehe, alle zusammen, da könnte ich schon wehmütig werden.«

Lipaire wunderte sich ein wenig, dass die junge Frau Karim bei ihrer kleinen Begrüßungsrunde ausgelassen hatte. Ob das Absicht war?

Der Junge jedenfalls hatte es auch bemerkt: Er saß mit hochrotem Kopf da und machte ein trauriges Gesicht. »Wir brauchen dringend deine Hilfe, Jacky. Ohne dich kommen wir nicht weiter«, presste er schließlich hervor.

»Echt? Wobei denn?«

»Hat dein Vater dir nichts von den Veränderungen in Port Grimaud erzählt?«, fragte Lipaire.

»Hm, wir reden nicht so oft. Aber doch, ein bisschen was weiß ich. Die Vicomtes scheinen dem Städtchen ja richtig gutzutun. Wer hätte das gedacht, oder? Nach allem, was war ...«

Lipaire blickte in die Runde. Die Gesichter der anderen verrieten, dass sie die Einschätzung der jungen Frau ganz und gar nicht teilten.

»Ist doch cool, dass endlich was passiert und der Mief auszieht. Mein Vater ist jedenfalls ganz angetan. Er hat gemeint, dass er sich total für den Ort einsetzt. Merkt ihr auch was davon?«

»Kann man so sagen«, antwortete Delphine bitter.

»Wie jetzt?«

Lipaire erklärte ihr in groben Zügen, wie die Veränderungen sich aus ihrer Sicht darstellten. Als er endete, war Jacqueline baff.

»Wow, so hört sich das ja völlig anders an. Klingt gar nicht gut!« Sie sah alarmiert aus.

»Du sagst es.«

Auf einmal stellte sie ihre Kaffeetasse ab und ballte die rechte Hand zur Faust: »Wenn das kein Fall für die Unverbesserlichen ist! Wisst ihr, was? Ich lass euch nicht hängen, ich komm heim.«

Karim riss die Augen auf und saß mit offenem Mund da. Er wirkte genauso perplex wie alle anderen.

»Aber Jacky, du kannst doch nicht einfach alle Zelte abbrechen. Wir wollten dich doch eigentlich nur was fragen«, erwiderte Delphine.

»Jetzt lass sie doch machen, was sie will, sie ist schließlich schon erwachsen«, zischte Karim.

»Keine Sorge, Delphine, das passt schon. Ich bin übermorgen da.«

Lipaire konnte nicht glauben, was er da hörte.

»Aber Mädchen, hier im Kaff ist doch der Hund begraben. Bleib lieber noch drüben!«, meldete sich nun auch Lizzy.

»Wer weiß, ob du überhaupt einen Flug bekommst«, sagte

Lipaire. »Für heute könnten wir ja einfach mal zusammen überlegen, was wir machen könnten, um ...«

»Ich hab schon einen Flug«, vermeldete Jacqueline Venturino
mit einem verschmitzten Grinsen.

»Wie ... hast du denn den so schnell gekriegt?«, fragte Karim
aufgeregt. Er strahlte übers ganze Gesicht.

Jacky lachte. »Den hatte ich schon gebucht. Um ehrlich zu
sein: Ich bin durch hier und will schon seit längerer Zeit nach
Hause. Wollte euch eigentlich überraschen, aber jetzt kommt es
eben anders. Stellt schon mal eine schöne Flasche Rosé kalt für
unsere Wiedersehensparty, okay?«

21

Guillaumes Glieder fühlten sich schwer an, als er mit Delphine und dem Hund den Handyladen betrat. Es war ein aufregender Tag gewesen, und mehr noch als ihre eigenen Anstrengungen hatte ihm die Erkenntnis zu schaffen gemacht, die sie während dieses Tages gewonnen hatten. Auch wenn sie sich alle über die Rückkehr von Jacqueline Venturino freuten: Über der Zukunft seiner geliebten Wahlheimat Port Grimaud schwebte mehr denn je ein großes Fragezeichen. Auch wenn er gelernt hatte, im Augenblick zu leben, ohne allzu weit nach vorn oder hinten zu blicken, belastete ihn diese Unsicherheit doch mehr als gedacht.

»Alles klar bei dir?« Delphine hatte ein feines Gespür für die Gemütslage ihrer Mitmenschen.

»Sicher, wieso fragst du?«

»Guillaume, komm, hier brauchst du nicht den starken Mann zu spielen. Schau dich mal um, meine Welt bricht auch gerade auseinander.« Sie deutete auf die halb leeren Regale, die sie umgaben.

»Du hast recht. Aber es ist wirklich ... alles in Ordnung.«

»Dann eben nicht«, schloss sie mit geschürzten Lippen. »Du musst selber wissen, ob du reden willst.«

»Sicher. Danke ... trotzdem.«

»Dann kümmern wir uns mal um den kleinen Racker hier.« Sie zeigte auf den Hund, den sie Lizzy mit dem Verweis abgenommen hatten, dass sie sich nach dem anstrengenden Tag bestimmt ausruhen müsse. Die alte Dame hatte wenig Gegenwehr gezeigt, sie schien sogar erfreut darüber, heute Abend mal nicht Gassi gehen zu müssen. Auch wenn es Guillaume und Delphine gewundert hatte, konnte ihnen das nur recht sein. Denn was hätten sie schon sagen sollen: *Wir wollen ihn mitnehmen, weil ihm nach dem Sprung ins Wasser auch noch die restliche Farbe auszubleichen droht?*

So standen sie nun in der winzigen Toilette, die zu dem Ladengeschäft gehörte, und sahen zu, wie sich das schmale Waschbecken langsam mit Wasser füllte.

»Ich färb mir hier auch manchmal die Haare, in der Mittagspause.« Delphine richtete den Blick weiter starr auf den Wasserstrahl. »Da hab ich meine Ruhe.«

Guillaume hob den Kopf und betrachtete die Frau.

»Rück schon raus mit der Sprache«, sagte die nach einer Weile.

»Pardon?«

»Na, du starrst mich so an. Was willst du wissen?«

»Ich dachte nur … Was ist eigentlich deine natürliche Haarfarbe?« Auf dem Fenstersims lag eine Tube mit der Aufschrift *Dunkelbraun.*

»Das wüsstest du wohl gern, was?«

»Ich …« Er fühlte sich ein wenig ertappt.

Delphine grinste nur. »Willst du eine Schürze? Die Farbe geht schlecht wieder ab.«

»Außer bei Hunden, oder?«

Sie lachten und griffen sich den Vierbeiner, der wenig erfreut schien, an diesem Tag noch ein zweites Bad nehmen zu müssen. Aber Delphine hielt ihn mit eisernem Griff fest, während sie sein Fell mit Wasser benetzte.

Lipaire stand interessiert daneben und schob die Hände in die Hosentaschen. »Wie geht's eigentlich deinen Kindern? Wissen Sie schon … davon?«

Sie seufzte. »Nein, das schieb ich noch vor mir her. Und deinen?«

»Hm?«

»Deinen Kindern. Wie geht's denen?«

Er blickte sie prüfend an, während sie etwas vom Shampoo, dessen Aufschrift *Kraft, Vitalität und Glanz für empfindliches Haar* versprach, auf dem Fell des Hundes verteilte. Er hatte ihr noch nie von seinen Kindern erzählt. Ob Paul geplaudert hatte?

»Falls du dich fragst, woher ich das weiß: So wie du mit Kindern umgehst, war's klar, dass du selbst welche hast.«

»Oh.«

Sie schwiegen eine Weile.

»Und?«, fragte sie irgendwann.

»Und was?«

»Deine Kinder.«

Er atmete tief ein. »Es geht ihnen gut. Glaube ich.«

Sie nickte. »Keinen Kontakt?«

»Schon lange nicht mehr.«

»Dachte ich mir schon. Sonst hättest du bestimmt mal was gesagt.« Sie begann nun, das Shampoo in das Hundefell einzumassieren, worauf es sofort mächtig zu schäumen begann. Der Vierbeiner machte keinen Mucks, begann aber, leicht zu zittern. »Warum rufst du sie nicht mal an?«

Er atmete tief ein. Sollte er wirklich mit ihr darüber reden? Jetzt und hier? Er war selbst erstaunt darüber, wie die Antwort auf diese Frage ausfiel. »Es ist zu viel vorgefallen. Zu viel Zeit vergangen. Ich will ihr Leben nicht – wie soll ich sagen …«

»… durcheinanderbringen?«

Wieder betrachtete er sie von der Seite. Sie schien genau zu wissen, was er fühlte. »Ja, das meinte ich.«

Delphine nickte.

»Du bist eine gute Beobachterin. Psychologisch, meine ich.«

Sie spülte den Schaum vom Fell des Hundes, was dieser nun doch mit einem leisen Wimmern quittierte. »Und das überrascht dich?«

»Nein, ganz und gar nicht«, log er.

Jetzt griff sie sich die Tube mit der Farbe. »Schwarz hab ich nicht, aber bei mir fällt dieser Braunton hier immer sehr dunkel aus. Komm schon, du musst jetzt auch mit anpacken.«

Er gab sich einen Ruck und griff nach dem Hund, der glitschiger war, als er gedacht hatte. Immer wieder rutschte er ihm aus den Händen, während Delphine die Farbe ins Fell einmassierte.

»Ich finde, Kinder sind das Wichtigste im Leben«, erklärte sie unvermittelt. »Manchmal das Einzige, weswegen es sich überhaupt lohnt, morgens aufzustehen.«

»Und dein Mann?«

Delphine rollte nur mit den Augen.

Er räusperte sich. »Eine Frau wie du hätte was Besseres verdient.«

Ruckartig wandte sie den Kopf und blickte ihn an. »Jetzt bin ich aber platt. Ich dachte immer, du findest mich doof, weil ich nur eine kleine Dicke bin, die nichts aus sich macht.«

Lipaire fühlte sich ertappt, wollte das aber nicht auf sich sitzen lassen. »Mon Dieu, nicht doch, meine Liebe. Du bist sehr … apart.«

»Apart?« Sie lachte schallend. »Also apart hat mich noch niemand genannt, das lass ich mir gern gefallen.«

»Nein, wirklich. Ich bewundere dich.«

»Schade, ich wollte dir gerade glauben, aber jetzt übertreibst du.«

Wieder entglitt ihm der Hund, der seine Freiheit umgehend dazu nutzte, sein nasses Fell zu schütteln, worauf dunkle Tropfen in alle Richtungen spritzten. Die Fliesen im Bad sahen aus, als hätten sie Sommersprossen. »Oh nein, das tut mir leid, Delphine, ich helfe dir nachher, das wieder wegzuwischen.«

Sie machte nur eine wegwerfende Handbewegung. »Darum müssen sich dann die Vicomtes kümmern, wenn sie meinen Laden schon so unbedingt haben wollen. Aber ich glaube, es reicht jetzt auch. Ich spüle ihn nur noch einmal ab.« Im Anschluss rubbelte sie den Hund mit ein paar Papierhandtüchern notdürftig trocken. Dann schaltete sie den Fön an, der einen Höllenlärm machte.

»Ich möchte das von vorher noch klarstellen«, rief Guillaume. »Die Einstellung, mit der du dein Leben meisterst, nötigt mir Respekt ab. Ich versuche, etwas Ähnliches auch Karim vorzuleben, aber manchmal muss ich ein bisschen schauspielern. Du hingegen ...«

»Meinst du, dass mir immer alles leichtfällt? Dann bin ich wohl eine bessere Schauspielerin, als ich dachte.«

Da sie sich nicht weiter über den Fön hinweg anbrüllen wollten, sagten sie nichts mehr, bis sie fertig waren. Mit zusammengezogenen Brauen betrachteten sie ihr Werk.

»Sieht irgendwie, wie soll ich sagen ...«, begann er.

»Braun aus?«, vollendete Delphine den Satz.

»In der Tat. Denkst du, Lizzy wird was merken?«

»Ach, wir sagen einfach, das ist vom Schock«, schlug sie vor.

»Schock?«

»Na, weil er ins Wasser gesprungen ist.«

Guillaume wiegte den Kopf hin und her. »Ich weiß nicht. Vielleicht können wir mit dem Salzwasser argumentieren. Das bleicht doch aus, oder?«

Delphine nickte begeistert. »Ich sehe, du kennst dich aus. Genau so machen wir's.« Sie hob den falschen Louis aus dem

Waschbecken, der sich sofort unter ein Schränkchen verkroch. »Bringst du den Kleinen zu seinem Frauchen? Ich müsste nämlich dringend heim und nach meinen Mädchen schauen.«

»In Ordnung, ich kümmere mich solange um unseren Herrn Pfarrer«, antwortete er, als er sah, dass der Abbé vor dem Ladenfenster mit dem Mercedes angehüpft kam. Dann blickte er an sich hinab: Er sah aus, als habe er den Tag als Anstreicher verbracht. »Und ich glaube, ich sollte mich vorher noch umziehen.«

TEIL 5: DER EINBRUCH

22

Zwei Tage nach ihrer Aktion mit dem Pfarrer und dem anschließenden Färben des Hundes klingelte Lipaires selten genutzter Wecker früh am Morgen. Immerhin war er nicht der Einzige, der zu dieser unchristlichen Zeit aufstehen musste, die anderen traf es ebenso, denn sie wollten alle gemeinsam Jacqueline vom Flughafen Nizza abholen. Sie würde dort, nach einem Zwischenstopp in Paris, um kurz nach halb elf landen.

Lipaire hatte überlegt, welches Auto er sich dafür ausleihen könnte, musste aber enttäuscht feststellen, dass ihm nichts Passendes zur Verfügung stand, das ihnen und Jackys Gepäck Platz geboten hätte. Nicht einmal, nachdem Lizzy ihre Teilnahme an der Fahrt wieder abgesagt hatte, weil sie angesichts der Wettervorhersage befürchtete, es könne ihr und dem Hund auf der Fahrt entschieden zu heiß werden. Denn alle anderen bestanden darauf, mitzukommen, um das so lange fehlende Mitglied der »Unverbesserlichen« zurück in der Heimat zu begrüßen.

Doch schließlich hatte Paul eine passable Lösung gefunden: den Lieferwagen, den er zusammen mit dem Grundstück erstanden hatte. Dabei handelte es sich nicht um irgendein alltägliches Modell, sondern geradezu um eine französische Ikone, den Citroën HY 50, jenen legendären Wellblechtransporter, der sage und schreibe dreiunddreißig Jahre lang gebaut und ausgiebig von Handwerkern genutzt worden war. Inzwischen dienten die selten gewordenen Modelle meist nur noch als mobiler Imbiss oder rollende Cocktailbars rund um den Erdball.

Quenots Exemplar mit sechs Sitzen und zusätzlicher Fensterreihe im Laderaum hingegen befand sich noch im Originalzustand aus den frühen Siebzigerjahren: Auf das taubenblaue, ziemlich matt gewordene Blechkleid waren zahlreiche Blumen aufgemalt, die Lipaire ein wenig an die Pril-Werbeaufkleber seiner jungen Jahre erinnerten. Zusätzlich stand auf beiden Seiten in geschwungenen gelben Lettern der Schriftzug *Frères Martin – Pépinière à Grimaud*, darunter der Hinweis *Plantes et Fleurs en gros et au détail*.

Lipaire und die anderen hatten dieses ziemlich altersschwach daherkommende Gefährt skeptisch begutachtet. Und das nicht nur, weil es weder über ein Radio noch über eine Klimaanlage verfügte und die Sitze an durchgesessene Draht-Gartenstühle erinnerten, sondern vor allem, weil es nicht mehr machte als fünfundsiebzig Sachen. Auch wenn Quenot steif und fest behauptete, bergab könne der Citroën gut und gern neunzig Stundenkilometer fahren, vorausgesetzt, die Windverhältnisse stimmten. Bei der Strecke, die sie vor sich hatten, würde die Fahrt also locker zweieinhalb Stunden dauern. Lipaire hatte obendrein größte Zweifel, ob sie mit dem Vehikel überhaupt am Flughafen *Nice – Côte d'Azur* ankommen würden.

Mangels Alternativen hatte er irgendwann eingelenkt, jedoch darauf bestanden, als Letzter abgeholt zu werden, um wenigstens ein bisschen länger schlafen zu können. Die Fahrt entlang der Küstenstraße hatte er dann sogar ein wenig genossen. Er kam nicht allzu häufig raus aus Port Grimaud, vor allem jetzt, da sein Porsche nicht mehr da war. Die Strecke nach Nizza war aber auch spektakulär: auf der einen Seite gesäumt von weitläufigen Stränden, die flach ins türkisblaue Meer ausliefen, auf der anderen von in der Sonne leuchtenden Häuschen an den Hängen, mal herrschaftlich mit Stuck verziert, mal pastellfarben angestrichen. Dazwischen immer wieder hoch aufragende Palmen und mächtige Pinien. Was hier einfach nur eine Straße von A nach B war, hätte woanders ein eigenes Kapitel in einem Reiseführer bekommen.

Aus Karims tragbarem Lautsprecher drangen sommerliche Rhythmen, und so kamen sie schließlich gut gelaunt am Flughafen an.

Paul parkte den Lieferwagen direkt in der »Kiss and Fly«-Zone des modernen Terminalgebäudes und sorgte mit seinem Gefährt umgehend für fröhliche Gesichter. Sympathisch waren diese alten Kisten ja, das musste Guillaume ihnen lassen. Die Leute strömten herbei und fotografierten den Oldtimer aus allen möglichen Blickwinkeln.

»Pauls Karre wird heute Abend der neue Instagram-Star der Côte d'Azur sein«, mutmaßte Karim, als sie zusammen Richtung Eingang schlenderten. Jackys Maschine war eben erst gelandet, sie hatten also noch ein paar Minuten. Guillaume gab am Stand der berühmten Konditorei *La Tarte Tropézienne* im Terminal einen Kaffee aus. Die Stimmung war gelöst, alle freuten sich auf das bevorstehende Treffen. Lipaire war gespannt, welche Lösung Jacky ihnen für ihr Problem präsentieren würde. Über seine Kaffeetasse hinweg beobachtete er Karim, der sich ständig seine Hände an der Hose abwischte. Der Gute war offensichtlich ziemlich nervös und blickte neidvoll auf den Blumenstrauß, den Paul als Willkommensgeschenk mitgebracht hatte.

Zehn Minuten später war es dann endlich so weit: Sie standen im Wartebereich, reckten jedes Mal, wenn die automatische Schiebetür sich öffnete, die Köpfe, um zu sehen, ob es Jacqueline war, die gerade hindurchlief. Doch die ließ ziemlich lange auf sich warten. Als sie schon fürchteten, sie habe die Maschine verpasst, hörten sie ein Pfeifen, und endlich erblickten sie sie.

Die junge Frau hatte drei große Taschen auf einen Kofferwagen geladen, den sie fröhlich winkend vor sich herschob, ließ ihr Gepäck dann aber einfach stehen und rannte mit ausgebreiteten Armen auf ihre Freunde zu. Guillaume trat einen Schritt zurück und gab Karim einen Schubs. Er wollte, dass Jacky den Jungen als Ersten begrüßte. Sein Plan ging auf: Sie küsste ihn dreimal und drückte ihn ausgiebig, woraufhin er grinste wie ein Honigkuchenpferd. Als sie alle anderen mit derselben Intensität herzte, zeigte sein Lächeln jedoch schon leichte Risse.

Guillaume musterte die junge Frau, die Paul gerade so stürmisch umarmte, dass der fast die Blumen fallen ließ. Sie war ein wenig blasser als sonst – kein Wunder, hatte sie doch einige Monate ohne die wohltuende Sonne Südfrankreichs auskommen müssen. Außerdem hatte sie ein paar Kilo zugelegt, was ihr wirklich gut stand. Ansonsten strahlte sie noch immer dieselbe herzerfrischende Verplantheit aus, die sie so an ihr mochten.

»Einen schönen Gruß von Lizzy sollen wir dir ausrichten«, sagte Guillaume, als sie bereits auf dem Weg nach draußen waren. Karim lief ein paar Schritte hinter ihnen und schob ächzend den Gepäckwagen. »Ihr ist es ein wenig zu heiß heute.«

»Oh, danke! Geht's ihr gut?«

»Sie freut sich wie gewohnt ihres Lebens, auch wenn sie schon wieder pleite ist.«

»Echt jetzt, die ganze Kohle ist weg? Wie hat sie das denn in so kurzer Zeit geschafft?«

»Ach, das geht manchmal schnell«, gab Guillaume vage zurück.

Als sie das Auto erreichten, lachte Jacky lauthals los. »Wo habt ihr das Ding denn her? Ist das jetzt unser Einsatzmobil? Scheinen ja harte Zeiten zu sein …«

Quenot zuckte die Achseln, sperrte den Wagen auf und verlud zusammen mit Karim Jackys Gepäck.

Als sie die Rückfahrt antraten, saß Delphine auf dem Beifahrersitz, auf den Guillaume großmütig verzichtet hatte. Karim hatte sich zwischen ihn und Jacky in die Mitte der Rückbank gezwängt.

Paul beschloss in einem Anflug von Kühnheit, die Autobahn zu nehmen, um die Fahrzeit ein wenig zu verkürzen. Inzwischen brannte die Sonne unerbittlich vom wolkenlosen Himmel, und obwohl die Klappfenster des Citroëns geöffnet waren, war es schon nach zwanzig Minuten stickig und unerträglich heiß im Auto. Delphine hatte bereits den Kopf zur Scheibe geneigt und schnarchte vernehmlich. Quenot schien das alles nichts auszumachen, er hatte den Blick konzentriert auf die Straße vor sich gerichtet und schimpfte immer wieder über die Leute, die ihr Gefährt, das mit nicht mal achtzig Sachen unterwegs war, anhupten oder nach dem Überholen schnitten. Auch Guillaume fühlte eine bleierne Müdigkeit in sich aufziehen, aber bevor ihn diese übermannte, wollte er noch wissen, ob Jacky tatsächlich schon eine Idee hatte, wie sie ihr Problem lösen konnten.

»Also, dann schieß mal los, meine Liebe, wie machen wir's?«, rief er Jacqueline zu, um die Fahrgeräusche zu übertönen. Doch Karim versetzte ihm nur einen Rempler und legte den Zeigefinger an die Lippen. Jacky hatte sich an ihn gelehnt und schlief tief und fest.

23

Die steile Straße hinauf bis knapp unterhalb des *Château de Grimaud*, jener markanten und weithin sichtbaren Burgruine, die den mittelalterlichen Ort am Hügel dominierte, absolvierte der betagte Transporter nur unter deutlich hörbaren Qualen. Vom Motor war streckenweise nur noch ein klägliches Wimmern zu hören, und ihre Geschwindigkeit sank fast bis auf Schritttempo.

Als Quenot den altersschwachen Citroën-Bus schließlich vor Jacquelines Elternhaus anhielt, schlief die noch immer an Karim angelehnt, der die Nähe des Mädchens zwar sichtlich genoss, inzwischen jedoch etwas verkrampft dasaß.

Lipaire war gespannt auf das Anwesen des Bürgermeisters, das von manchen gar ehrfürchtig als Villa bezeichnet wurde. Deren Lage zumindest verhieß das Beste vom Besten in *Grimaud Village*: am Hang unter dem Wahrzeichen des Städtchens, anschließend an einen kleinen Pinienwald und, so viel sah er trotz des geschlossenen Eisentors, mit spektakulärem Blick über die Dächer des mittelalterlichen Ortskerns über Port Grimaud hinaus auf den gesamten Golf, bis hinüber nach Sainte-Maxime und Saint-Tropez. Er konnte sich nicht vorstellen, dass man als Bürgermeister so viel verdiente. Ob Jacquelines Mutter mit ihren Filmen so viel Geld gemacht hatte, dass sie sich das leisten konnte? Vielleicht hatte die Familie aber auch geerbt. Oder hatte der Bürgermeister am Ende doch dunkle Geschäfte am Laufen?

»Oh, das ging ja schnell.« Jacqueline gähnte und rieb sich die schläfrigen Augen.

»Schnell, also ich weiß nicht ...«, antwortete Guillaume und massierte seinen schmerzenden Nacken.

Doch Karim stimmte der jungen Frau gleich eifrig zu. »Ist wie im Flug vergangen!«

»Könnte sein, dass ich ein klein wenig eingenickt bin. Jetlag wahrscheinlich«, rechtfertigte sich Jacqueline.

»Vielleicht solltest du dich erst mal ausruhen«, schlug Lipaire vor. Auch er hätte jetzt ganz gut ein Mittagsschläfchen vertragen.

»Nein, bitte, ihr müsst unbedingt mit reinkommen.«

Delphine, die schon eine Weile länger wach war, drehte sich begeistert zu Jacky um. »Meinst du, deine Mutter ist auch da? Ich wollte sie schon immer mal kennenlernen. Ist ja ein richtiger Star.«

»Aber sie hat doch schon so lange nichts wirklich Großes gedreht ...«

Delphine schüttelte den Kopf. »Ihre früheren Filme sind toll genug! Wenn ich nur an *Die Sonne unter der Haut* denke ...«

Jacqueline zuckte die Achseln und wechselte das Thema. »Wie du meinst. Sagt mal, wollen wir nicht Lizzy fragen, ob sie auch dazukommen will? Wäre doch toll, wenn unsere Truppe nach so langer Zeit mal wieder vollzählig ist.«

»Ich könnte sie abholen«, schlug Quenot vor. »Jetzt, wo der Motor gerade so schön schnurrt ...«

Guillaume lachte auf. »Du meinst wohl: jault.«

»Sei doch nicht immer so negativ. Also, raus mit euch, ich fahr wieder.«

So standen einige Augenblicke später Lipaire, Delphine und Karim vor Jackys Haus und drückten auf den Klingelknopf. Es dauerte, bis sich das Tor elektrisch öffnete und den Blick auf eine leicht abschüssige, gepflasterte Einfahrt freigab, die zu einem hübschen, ein ganzes Stück unterhalb am Hang liegenden Haus führte. Davor stand ein rotes Peugeot-Cabrio aus den Siebzigerjahren. Die Haustür öffnete sich, eine schlanke Frau Anfang fünfzig mit langem, blondem Haar trat daraus hervor. Sie trug ein blaues Sommerkleid, hatte eine große Sonnenbrille auf der Nase und war barfuß. Als sie Jacky erblickte, breitete sie ihre Arme aus und rief: »Mein Engel, wie schön, dass du zurück bist!«

»*Maman*, endlich!« Jacky lief zu ihr und drückte sie innig.

Lipaire und die anderen hielten sich im Hintergrund, bis sich Mutter und Tochter ausgiebig geherzt hatten.

»Wen hast du uns denn da mitgebracht, Kind?«, fragte Jackys Mutter schließlich und blickte mit einer Mischung aus Skepsis und Überraschung auf die bunt gemischte Truppe. »Bekannte aus New York? Filmleute?«

»Ich hab dir doch gesagt, dass ich von Freunden abgeholt werde.«

Die Frau rang sich ein Lächeln ab. »Ach, das ist ja ... schön.«

Karim machte einen Schritt nach vorn und streckte ihr die Hand entgegen. »*Bonjour*, Madame Venturino! Ich bin Karim Petitbon. Es freut mich ... außerordentlich, also, dass Sie uns in Ihrem Haus empfangen. Ist eine große ... Ehre für mich. Beziehungsweise ... uns.« Während er das sagte, senkte er den Kopf so tief, dass es schon einer Verbeugung gleichkam.

Jacqueline blickte ihn mit gerunzelter Stirn an.

Ihre Mutter dagegen schien ihre anfängliche Skepsis bereits überwunden zu haben. »Willkommen in unserem Haus. Mein Name ist jedoch Dallarmé. Ich habe meinen Mädchennamen behalten. Unter dem kennt man mich nun mal.«

Karim lief knallrot an und trat einen Schritt zurück.

Als Nächstes machte Delphine der Frau ihre Aufwartung. »Madame, es ist mir ... ich bin ...«

»Jaja, Autogramme gibt's nachher. Jetzt kommt mal rein.«

Guillaume schüttelte kaum merklich den Kopf. Die ganze Welt schien auf einmal vor irgendjemandem buckeln zu wollen, ob vor den falschen Fürsten unten oder der Ex-Schauspielerin hier oben. Er selbst hegte keine solchen Anwandlungen, weswegen er erhobenen Hauptes auf die Hausherrin zuging, sich vorstellte und sie dreimal auf die Wange küsste. Madame Dallarmé hatte gegen das forsche Auftreten eines attraktiven, selbstbewussten Mannes offensichtlich nicht das Geringste einzuwenden. Er sog den Duft ihres Parfüms ein – Mimose und Orangenblüte, wenn ihn nicht alles täuschte, allerdings deutlich wahrnehmbar begleitet von Alkohol. Nicht schlecht, eine solche Fahne zu so früher Stunde.

Der Eingangsbereich war großzügig und führte direkt ins Wohnzimmer, wo ein riesengroßer Fernseher lief. Auf einer nicht sonderlich bequem aussehenden, hellen Ledercouch lag eine achtlos hingeworfene Decke, auf einem Tischchen davor stand ein halb volles Rotweinglas neben einer angebrochenen Flasche. Die Hausherrin griff nach der Fernbedienung und schaltete den Ton aus. »Ich habe nur gerade ein bisschen durchs Programm gezappt.«

Guillaume bezweifelte das, denn es war eindeutig sie selbst, die da in dem Film zu sehen war. Delphine blickte hingerissen zwischen Bildschirm und der Frau hin und her.

»Geht doch auf die Terrasse, und ich hol uns schon mal was zu trinken«, schlug Madame Dallarmé vor. Jacky nickte ihr zu und führte die Freunde durch eine der großen Balkontüren hinaus. Dabei schaute sich Guillaume im weitläufigen Wohnzimmer um: Es war großbürgerlich eingerichtet, hatte Marmorboden und eine Glasfront mit dem wirklich spektakulärsten Ausblick, den man hier im Städtchen bekommen konnte. Sicher war es nicht besonders gemütlich, aber der Zweck war wohl ein anderer: Man wollte den Besuchern zeigen, wie weit man es im Leben gebracht hatte.

Dennoch war ihm Madame Dallarmé sympathisch. Sie schien gern mal alle fünf gerade sein zu lassen. Und was sprach schon gegen einen kleinen Rausch am Vormittag?

»Hoppla!« Er war gegen Delphine gerempelt, die mit offenem Mund im Wohnzimmer stand, als sei das eine Museumsführung. »Nach dir, meine Liebe.«

Die Terrasse hielt, was das Wohnzimmer versprach. Unterhalb der schmiedeeisernen Brüstung lag schließlich eine der schönsten Buchten Europas. Fand zumindest Guillaume Lipaire. Sie nahmen auf Metallstühlen Platz, die um einen langen Esstisch mit Steinplatte standen, eine ausladende Markise schützte vor der Sonne.

Jacquelines Mutter kam mit zwei Flaschen Crémant.

»Soll ich Gläser holen, verehrte Madame?«, bot Karim an, doch Madame Dallarmé schüttelte nur den Kopf. »Jacky macht das schon.«

Die stand seufzend auf und murmelte im Gehen: »Stets zu Diensten, *verehrte Madame* …«

Als sie alle ein Glas hatten, stießen sie gleich mehrmals an, wobei Jacquelines Mutter jedes Mal ihr Glas in einem Zug leerte, um es sich danach umgehend wieder vollzugießen. Nach einer Weile fragte die Schauspielerin, der man den Alkohol jetzt doch deutlich anmerkte: »So, meine Kleine, jetzt erzähl mal: Wie viele Rollen konntest du in den Staaten abstauben, hm?«

Ihre Tochter lächelte sie unsicher an. »Aber ich war doch auf der Akademie. Und ich werde ja auch weiter in Cannes studieren, also werd ich erst mal gar keine Rollen haben, *maman*.«

»Ich hab dir immer gesagt: Geh gleich nach Hollywood, nicht

nach New York! Überhaupt, wie ihr das heute macht, verstehe ich nicht. Ich hatte immer Rollen, als ich noch auf der Schauspielschule war.«

»Ist heutzutage eben anders, *maman*. Sag mal, hast du eine Kleinigkeit zu essen da? Ich hab echt Kohldampf.«

Madame Dallarmé zuckte die Achseln. »Aline hat heute ihren freien Tag ...«

»Ich könnte Ihnen ja ein bisschen zur Hand gehen«, bot sich Delphine an. »Ein paar *canapés* können wir bestimmt auch ohne Haushälterin zaubern.«

Jackys Mutter zuckte die Schultern. »Warum nicht?«

Konnte auch nicht schaden, wenn Delphine ihre Kochkompetenz einbrachte, fand Lipaire. Als die beiden im Haus verschwunden waren und sie nur noch zu dritt um den Tisch saßen, fragte er, nach einem kräftigen Schluck Crémant: »Also, was hast du dir überlegt, als Lösung für unser Problem?«

Sie seufzte.

»Jetzt lassen wir Jacky doch erst mal ankommen, Guillaume«, mahnte Karim in fürsorglichem Ton.

»Das ist sie doch schon vor fast drei Stunden.«

»Ich meine die Seele und so.«

Die junge Frau schnaufte vernehmlich. »Ich sitze direkt neben euch, das habt ihr schon mitbekommen, oder? Mein Problem ist eher, dass ich noch keine Ahnung habe, wie wir vorgehen sollen. Obwohl ich wirklich ernsthaft nachgedacht habe. Den ganzen Flug über eigentlich.«

Nun war es Guillaume, der seufzte. Er hatte, angestachelt von Karim und den anderen, tatsächlich gehofft, dass die junge Frau eine Idee haben würde, wie sie den Niedergang ihres Städtchens verhindern konnten. Musste also wieder er selbst ran.

Vom Haus her waren jetzt Stimmen und ein energisches Bellen zu hören, kurz darauf stürmte der nunmehr braun gefärbte Hund auf sie zu und umrundete mehrmals den Tisch. Dahinter betraten Paul und Lizzy, je mit einem Sektglas in der Hand, die Terrasse. Nach einer herzlichen Begrüßung und mindestens zehn weiteren Runden um den Tisch, wobei alle dezent drüber hinweggingen, dass der Louis-Quatorze-Nachfolger gleich mehrmals am Eisengeländer sein Beinchen hob, ließ sich die alte Dame auf einen Stuhl sinken. Auch Paul nahm Platz. Der Hund, von seinen Runden um den Tisch offenbar ein wenig erschöpft, suchte sich im Schatten von Jackys Stuhl ein gemütliches Plätzchen und ließ sich bereitwillig von ihr streicheln.

»Sagt mal, was ist denn mit Louis Quatorze passiert?«

Lipaire hielt den Atem an und blickte zu Paul und Karim. Er hätte in Lizzys Abwesenheit genügend Zeit gehabt, Jacky bezüglich der Sache mit Louis und dem Kniff mit dem Ersatzhund zu briefen. Doch nun war es zu spät. »Ich weiß gar nicht, was du meinst«, versuchte er, die Angelegenheit zu retten.

Doch Jacqueline ließ nicht locker. »Er hat sich irgendwie ziemlich verändert, oder?«

»Ach, meine Kleine, wir alle verändern uns. Jeden Tag«, begann Lizzy in gelassenem Ton, was Guillaume ein wenig beruhigte. Dann sagte sie unvermittelt: »Aber das hier ist doch eh nicht mehr derselbe Hund.«

Guillaume verschluckte sich und musste heftig husten. Karim und Paul blickten mit weit aufgerissenen Augen zu Lizzy.

Jacky dagegen verstand überhaupt nichts mehr. »Wie jetzt?«

Noch bevor die anderen etwas erwidern konnten, erklärte die Österreicherin: »Na ja, irgendwas ist mit meinem Louis passiert. Ich glaub bei Paul auf dem Gelände, oder? Ist ja selber schuld, immer hat er seine Schnauze überall reinstecken müssen. Das hier ist also nicht mehr Louis Quatorze, sondern Louis Quinze.«

Guillaume konnte nicht glauben, was er da hörte. Lizzy wusste also Bescheid?

»Jetzt schaut nicht so.« Die alte Dame blickte einen nach dem anderen an. »Ich bin doch nicht bescheuert. Aber ich wollte nix sagen, weil ihr euch so viel Mühe gegeben habt. Ich find das wirklich nett von euch. Und der neue ist auch ein Lieber. Aufgewecktes Kerlchen.«

»Du ... ich ... wir ...«, stammelte Karim.

»Könnte mir das jemand mal näher erklären?«, bat Jacky.

»Später«, krächzte Guillaume. Er war wie benommen.

»Aber jetzt hört bitte auf mit der Färberei und so«, fuhr Lizzy seelenruhig fort. »Das Fell von Louis Quinze ist schon ganz struppig, nicht dass er am Ende noch Neurodermitis oder Schuppenflechte bekommt.«

Karim, Paul und Guillaume nickten wie in Trance.

»So, jetzt will ich aber endlich wissen, was du dir für unseren Einsatz überlegt hast, Schätzchen.« Lizzy nahm einen großen Schluck Sekt und sah Jacky erwartungsvoll an.

Die hob entschuldigend die Hände. »Lizzy, so leid es mir tut, ich hab keinen blassen Schimmer.«

»Na, wenn ich das gewusst hätte, dann hätte ich den alten Chevalier ein bisschen mehr ausgefragt.«

Wieder gingen die verwunderten Blicke aller Anwesenden zur betagten Österreicherin.

»Du hast ihn getroffen?« Guillaume kam aus dem Staunen gar nicht mehr heraus.

»Freilich. Gestern erst. Vorn, beim *Cabinet Médical*.«

»Bei der Hausarztpraxis?«

»Ja, da lungert er neuerdings ab und zu mal in seinem Elektrorollstuhl rum, obwohl er ja selber einen ganz anderen Arzt hat, der zu ihm ins Haus kommt. Wahrscheinlich will er einfach ein paar von den Damen klarmachen. Wobei, auf mich ist er schon noch am meisten scharf, glaub ich.«

Lipaire musste grinsen. Er selbst kam immer mal wieder bei der kleinen Praxis vorbei, vor der, im Schatten der kleinen Arkaden an der *Place des Six Canons*, die Leute mangels Wartezimmer auf Monoblockstühlen im Freien saßen. Tatsächlich fand auch er fast immer jemanden, mit dem er ein kurzes Pläuschchen über Gott und die Welt halten konnte, wenn es sein Terminkalender erlaubte. Was zum Glück meistens der Fall war.

»Jedenfalls hab ich draußen gewartet, weil ich mir meine Krampfadern mal wieder untersuchen lassen wollte«, fuhr Lizzy fort. »Und da hat der Chevalier versucht, mit mir anzubandeln.«

Sie schauten sich vielsagend an.

»Ich hab ihm aber die kalte Schulter gezeigt, da hat er angefangen, ein bisschen anzugeben, der alte Aufschneider.« Sie winkte theatralisch ab.

»Wie denn?«, wollte Jacky wissen.

»Na, ihr habt doch sicher auch schon die Plakate fürs große Fest gesehen, das in Port Grimaud steigen soll, oder?«

Lipaire nickte. Die ganze Gegend war inzwischen damit zugepflastert. »*Port Grimaud en Fête*« sollte am kommenden Samstag im Ortskern des Lagunenstädtchens mit einem großen Rahmenprogramm, einer Oldtimerrallye, einer kleinen Segelregatta, musikalischen Überraschungsgästen und einem riesigen Feuerwerk über dem Golf von Saint-Tropez steigen.

»Eben. Und bei diesem Fest wird anscheinend die Urkunde der Öffentlichkeit präsentiert. Ihr wisst schon, die, die wir gefunden haben. Dann wird er König oder Fürst, oder was weiß ich, hat er gefaselt. Der hat doch nicht mehr alle beisammen. Und ich soll auch kommen, zur Zeremonie.«

Sie sahen sie mit offenen Mündern an.

»Jetzt schaut ihr schon wieder so. Ich hab natürlich abgesagt. Schließlich bin ich nicht irgendeine Mätresse, die sich von einem falschen Monarchen einladen lässt!«

Guillaume beugte sich vor. »Warum wollen sie denn da die Urkunde präsentieren?«

Lizzy zuckte die Achseln. »Keine Ahnung, interessiert mich nicht.«

»Aber mich.«

»Er hat nur gemeint, dass jetzt alles wasserdicht ist. Für mich hat das alles keinen Sinn gemacht, was der Zausel geredet hat.«

Guillaume hätte gerne nachgehakt, aber da ertönte Delphines Stimme: »So, eine winzige Kleinigkeit für zwischendurch.« Sie kam mit einer riesigen silbernen Platte voller appetitlicher *canapés* auf die Terrasse. »Von Prominentenhand belegt.«

Lipaire stellte erfreut fest, dass die Häppchen jedoch eindeutig Delphines Handschrift trugen.

Hinter ihr wankte Madame Dallarmé durch die Schiebetür, in der einen Hand eine Magnumflasche Champagner und in der anderen den unvermeidlichen Cassislikör. »Und dazu ein schöner Kir Royal. Mein zukünftiger Leinwandstar kommt schließlich nicht jeden Tag aus Amerika heim, stimmt's?«, verkündete die Schauspielerin, die nun noch undeutlicher sprach, wankte zu ihrer Tochter und drückte ihr einen dicken Schmatz auf die Wange.

24

Jacky schloss die Tür zu ihrem Zimmer hinter sich und presste ihr Ohr dagegen. Nach ein paar Sekunden wandte sie sich den anderen zu. »Ich wollte nur sichergehen ... aber *maman* scheint unten zu bleiben.«

Sie hatten die gesamte Häppchenplatte verspeist und dazu ordentlich Kir Royal getrunken – außer Paul, der zu Guillaumes Unverständnis noch immer nichts für Alkohol übrighatte. Nun hatten sie sich zurückgezogen, um in Ruhe reden zu können. Wahrscheinlich brauchte Madame Dallarmé sowieso ein ausgiebiges Nachmittagsnickerchen.

»Schön hast du es hier.« Lipaire ließ demonstrativ seinen Blick schweifen. Es war ein wirklich nettes Zimmer mit geschmackvoller Einrichtung, wenn auch bedeutend kleiner als alle anderen Räume, die sie bisher im Haus gesehen hatten. Keiner von ihnen wohnte auch nur annähernd so elegant wie die Tochter des Bürgermeisters. Dennoch war ihr Zimmer nicht für diese Personenzahl ausgelegt: Lizzy und Delphine hatten auf dem Bett mit dem geblümten Bezug Platz genommen, Quenot kauerte an der Wand, die mit Filmplakaten tapeziert war, während Guillaume selbst an einem winzigen Sekretär saß und versuchte, auf dem zugehörigen Hocker eine bequeme Haltung zu finden. Nur Karim ging unruhig herum, schaute sich alles genau an, studierte die Büchersammlung und blieb schließlich vor einem altertümlich wirkenden Plakat stehen. Es zeigte einen jungen, dunkelhäutigen Mann mit schwarzen Haaren, der auf einem fliegenden Teppich stand. *Der Dieb von Bagdad* stand in großen Lettern darunter.

Karim grinste. »Findest du den toll, Jacky?«

»Den Film?«

»Nein, ich meine den Typen.« Er nahm die gleiche Haltung ein wie der junge Mann auf dem Plakat. Guillaume musste zugeben, dass eine gewisse Ähnlichkeit zwischen den beiden bestand.

»Sabu?«, fragte Jacqueline.

»Ach, du kennst ihn?«

Sie lachte. »Nein, der ist schon lange tot. Der Film ist ein Klassiker, aber der Schauspieler hatte nur eine kurze Karriere, dann ging's bergab, und er ist an 'nem Herzinfarkt gestorben, kurz bevor er vierzig geworden ist.«

»Oh …« Er rückte etwas von dem Plakat ab.

Guillaume seufzte. Hatte der Junge denn gar nichts von dem behalten, was er ihm versucht hatte beizubringen? Da waren wohl noch mal ein paar Extralektionen fällig. »Du wohnst wirklich sehr schön, Jacqueline«, sagte er, um die peinliche Stille zu beenden. »Das wunderbare Haus in dieser Lage … Warum machst du denn überhaupt deinen Nebenjob?« Die anderen nickten, als hätten sie sich genau dieselbe Frage gestellt.

»Ich will eben unabhängig sein. Nützt mir ja auf Dauer nichts, wenn meine Eltern Geld haben. Also für die Zukunft, meine ich. Klar, mein Vater würde mir gern mehr geben, weil er denkt, er könnte Bedingungen daran knüpfen.«

Guillaume nickte. Er hatte Respekt vor Menschen, die sich nicht einfach ins gemachte Nest setzten, sondern versuchten, ihren eigenen Weg zu gehen.

»So, nachdem wir jetzt über alte Filme und schöne Wohnungen geplaudert haben, können wir vielleicht zum Thema kommen, oder?«, schlug Delphine in gewohnt pragmatischem Ton vor. Sie hatte recht: Alle waren daran interessiert, dass sie vorankamen. Obendrein, wo ihnen die Bummelfahrt mit dem unbequemen Transporter noch in den Knochen steckte. »Also, was hat Chevalier Vicomte denn genau von dem bevorstehenden Festtag erzählt, Lizzy?«

Die alte Dame zog die angemalten Brauen nach oben. »Hab ich doch schon gesagt. Dass er da dann König oder Fürst werden wird.«

»Ist er doch schon«, warf Paul ein und verschränkte die Arme, wobei er an ein schmales Regal mit Büchern stieß, von denen einige zu Boden fielen. Bevor er sich bücken konnte, um sie wieder aufzuheben, war Karim bereits zur Stelle, um sie einzusammeln.

»Ja, das vielleicht schon.« Lizzy schien nachzudenken. »Aber es klang irgendwie anders ... so ernsthaft, wie er es gesagt hat.«

Delphine tippte sich an die Stirn. »Der Alte kann doch nicht mal die Leute auseinanderhalten, die neben ihm stehen.«

»Er hat noch was gesagt«, fuhr Lizzy fort. »Über die französische Flagge.«

»Die französische Flagge?« Jacky blickte die Österreicherin fragend an.

»Ja, ab dem Tag wird die Trikolore nicht mehr über Port Grimaud wehen, oder so.«

Eine Weile war es still, alle schienen über die Worte nachzudenken. Alle bis auf Karim, der ein paar der Buchtitel aus dem Regal mit seinem Handy abfotografierte.

»Der hat doch nicht mehr alle Zacken in der Krone«, schloss Delphine schließlich.

Doch Lizzy protestierte: »Da wäre ich vorsichtig mit so einem Urteil. Er hat sich beispielsweise noch an sehr viele Details erinnert, von damals. Zum Beispiel, als wir in diesem Fischer-boot ...«

»Ja, das glauben wir sofort«, unterbrach Guillaume sie. »Die Frage ist nur: Was meint er? Was sollte sich denn Gravierendes ändern? Also im Vergleich zu dem, was wir sowieso schon wissen.«

»Ich habe da mal einen Film gesehen ...«, begann Jacqueline, worauf Delphine die Augen verdrehte. Jacky hob die Hand. »Lass mich mal ausreden. In dem Film, also da spaltet sich ein Mini-Staat von einem großen ab. Ist zwar eine Komödie, in der lauter lustige Sachen passieren, weil die dann plötzlich für alles verantwortlich sind. Aber was, wenn die Vicomtes genau das auch vorhaben? Wenn sie sich offiziell von Frankreich loslösen wollen? Klingt doch fast so, oder?«

Endlich beteiligte sich auch Karim an der Diskussion: »War nicht neulich auch so eine Delegation von einem Mini-Staat da? Hat mir ein Kollege erzählt. Der musste sie nämlich herumschippern.«

»Stimmt!« Paul schlug sich mit der Hand gegen die Stirn. »Deswegen war doch alles gesperrt. Wegen der Prinzessin aus Seborga.«

»Ja, und ich hab inzwischen mal nachgeforscht«, erklärte Lipaire. »Das ist ein kleines Städtchen in Italien, gleich hinter der Grenze, gar nicht weit von hier. Die behaupten, nicht zum italienischen Staatsgebiet zu gehören. Die italienische Regierung lässt sie aber machen, ich glaub, die nehmen die nicht ernst.«

»Wie bei uns«, kommentierte Lizzy.

»Ja, wie bei uns.« Jacqueline setzte sich neben sie aufs Bett. »Aber in dem Film war das so: Wenn erst mal die Unabhängigkeit ausgerufen ist, dann müssen sich die anderen Länder dazu verhalten. Dann geht's ans Eingemachte.«

»Wie Nordzypern«, warf Paul ein, der sichtlich darum bemüht war, sich so wenig wie möglich zu bewegen, um keine weiteren Schäden anzurichten. »Das ist ja türkisch. Obwohl die Insel zu Griechenland gehört. Ich hatte mal einen Kameraden, der kam von da, der hat mir das erzählt, da wurde sogar richtig gekämpft. Jedenfalls gibt es da eine Grenze mit Kontrollen und allem. Nur anerkannt wird es von niemandem.«

»Du kennst dich aus, das haben wir verstanden.« Guillaume räusperte sich. »Was wir festhalten können, ist: Das alles sind Staaten, die de facto als solche funktionieren, aber keine wirkliche Relevanz haben, weil es ihnen an der Anerkennung anderer Länder fehlt. Letztlich fast wie bei uns. Was aber, wenn die Vicomtes mehr wollen? Wenn sie Ernst machen wollen? Sie haben immerhin die Urkunde.«

»Gilt die denn?«, wollte Paul wissen.

Jacqueline nickte nachdenklich. »Gute Frage, Paul. Ist das Ding relevant? Können sie damit ihren Anspruch begründen und ... weiß Gott was durchsetzen?«

Die junge Frau erntete allgemeines Schulterzucken.

Guillaume stieß die Luft aus. »Wenn wir doch nur jemanden hätten, der uns da weiterhelfen könnte.«

Da hellte sich Jackys Miene auf. »Ich glaube, ich weiß, wer unsere Fragen beantworten kann ...«

Lipaire wollte nachfragen, was Jacky mit ihrer nebulösen Andeutung gemeint hatte, da hörte man von unten Geräusche, und kurz darauf rief eine Männerstimme: »Jacqueline, ich bin's. *Bienvenue à la maison, ma puce!*«

»Na also, da kommt ja schon unser Experte«, sagte die junge Frau grinsend und ging nach draußen. Die anderen folgten ihr langsam, warteten aber oben, während Jacky die Stufen hinabschritt.

Unten an der Treppe stand kein Geringerer als Pierre Venturino, der Bürgermeister von Grimaud. Mit ihm wollte Jacky also über die Angelegenheit sprechen? Lipaire hielt das für keine besonders gute Idee, beschloss aber, die junge Frau fürs Erste einfach machen zu lassen. Was blieben ihnen auch für Alternativen?

Venturino, der kleine, drahtige Mann trug wie immer Anzug, allerdings noch mit blau-weiß-roter Schärpe, die quer über dem Oberkörper verlief. Für Guillaume sahen diese Flaggenbänder immer ein wenig nach Misswahl oder Formel-1-Boxengasse aus. Der Bürgermeister begrüßte seine Tochter mit drei Küsschen auf die Wange, umarmte sie und klopfte ihr auf die Schulter.

»Salut, papa, steht dir gut, der Bart.«

Venturino wollte gerade antworten, als er die anderen auf der Treppe erblickte. »Haben wir Handwerker im Haus?«

»Aber papa, das sind doch meine Freunde, die mich vom Flughafen abgeholt haben.«

Er senkte den Kopf und sah über seine getönte Brille hinweg zu ihnen. »Ach ja? Schade, dass sie schon gehen müssen.«

Jacky versetzte ihm einen Rempler in die Rippen. »Komm, wir setzen uns alle auf die Terrasse, und du erzählst, was es Neues im Städtchen gibt.« Sie gab ihrem Vater noch ein weiteres Küsschen auf die Wange.

»Wo ist denn Céline?«

»Maman hat sich vorher hingelegt, sie war etwas müde«, erklärte sie und schob ihren Vater Richtung Terrassentür.

Er atmete tief ein. »Verstehe.«

Die anderen stiegen die Treppe hinab und folgten Tochter und Vater nach draußen.

Dort entstand eine peinliche Stille, die Guillaume mit den

Worten durchbrach: »Es ist uns eine Ehre, bei Ihnen zu Gast sein zu dürfen, *Monsieur le Maire*.«

Venturino nickte nur. Ob er sich an Karims und Guillaumes Besuch in der *Mairie* vor einigen Tagen erinnerte, war nicht zu erkennen.

Jacqueline stellte zwei eisgekühlte Flaschen Rosé auf den Tisch. Im Haus des Bürgermeisters wurde ganz schön viel Alkohol konsumiert, konstatierte Guillaume erstaunt.

Als Venturino halbherzig mit ihnen angestoßen hatte, lehnte sich Jacky zu ihrem Vater über den Tisch, legte ihm ihre Hand auf den Arm und sagte mit zuckersüßer Stimme: »Du, *papa*, meine Freunde haben mir erzählt, was für eine wichtige Position du inzwischen hast. Viel mehr als nur Bürgermeister. Und einmalig in ganz Frankreich, stimmt das?«

Zum ersten Mal lächelte Pierre Venturino und richtete sich auf. »Nun, da liegen sie nicht ganz falsch. Mein Einfluss ist beträchtlich gewachsen. Wenn man bedenkt, dass Port Grimaud ja Privatbesitz ist, kann ich als Bürgermeister jetzt doch die Geschicke unseres Küstendörfchens ganz anders mitbestimmen.«

»Aber wenn es auf deinem Gemeindegebiet ein Fürstentum gibt, dann bist du ja ein richtiger Diplomat! Ein Botschafter Frankreichs, ach was, ein Sonderbeauftragter der Republik.«

Lipaire grinste in sich hinein. Jacqueline wusste genau, welche Knöpfe sie bei ihrem Vater drücken musste. »Das ist ja quasi bilaterale Diplomatie, Respekt«, versuchte sich Guillaume an einer Bekräftigung.

Venturino winkte mit gespielter Bescheidenheit ab. »Bilateral stimmt so nicht ganz, beim Fürstentum handelt es sich ja nach wie vor um französisches Staatsgebiet.«

»Aber wenn Port Grimaud irgendwann doch mal von Frankreich unabhängig wäre, wirst du dort dann vielleicht Botschafter auf Lebenszeit, *papa*.«

»Oder Hofmarschall«, warf Delphine ein.

Venturino lächelte die offensichtliche Beleidigung einfach weg. »Nun, ich könnte mir vorstellen, ein solches Amt in Würde zu bekleiden. Und ich hätte dann auch nicht den Ärger mit den ständigen Wahlen. Zurück in die Verwaltung und dort wieder Bußgeldbescheide wegen unbezahlter Abwasserrechnungen schreiben? *Non, merci!*«

Lipaire horchte auf. Interessant, worin die Tätigkeit des sich nun so weltmännisch gebenden Bürgermeisters anscheinend vor seiner Amtsübernahme bestanden hatte. Damit hatte er das viele Geld sicher nicht verdient.

»Stimmt, blödes System, mit dieser Demokratie und so. Immer hat man bloß Scherereien damit«, stimmte ihm Madame Lizzy zu, und Guillaume hätte nicht sagen können, ob sie es ironisch meinte.

Delphine setzte ein breites Lächeln auf. »Aber mal ehrlich, Monsieur, wenn ich Sie da mit Ihrer Trikolore-Schärpe sehe, sind Sie doch ein Mann der Republik. Kein Diener von irgendwelchen Adeligen.«

»Nun, als Diplomat stünde ich im Dienste der Republik.«

»Würde das nicht zu … Verwicklungen führen? Mit anderen Ländern vielleicht?«, hakte Delphine nach.

Venturino rutschte unruhig auf seinem Stuhl hin und her. »Das … könnte sein, ja. Und unter Umständen gingen meine kommunalen Versorgungsansprüche verloren, das wäre problematisch für meine Altersvorsorge.«

»Fazit: Es ist besser, alles bleibt so, wie es ist, oder?«, schlussfolgerte Jacky.

Bürgermeister Venturino strahlte seine Tochter an. »Ich sehe, dein Auslandsaufenthalt hat dir richtig gutgetan. Du besitzt auf einmal den Blick für politische Zusammenhänge. Früher hat dich so etwas ja gar nicht interessiert. Vielleicht trittst du doch noch in meine Fußstapfen, statt in die deiner Mutter.« Dann genehmigte er sich einen ausgiebigen Schluck Rosé, um schließlich gönnerhaft fortzufahren: »Du liegst völlig richtig, *ma puce*. Der Status quo ist für alle Beteiligten das Beste: für uns als Gemeinde, für die *République Française*, für die Einwohner von Grimaud und Port Grimaud, aber eben auch für die Familie Vicomte. Allein, was es die kosten würde, eine eigene Staatsverwaltung samt Polizei und Diplomatie aus dem Boden zu stampfen. Und weil sie das natürlich wissen, haben sie sich ja letztlich auch auf unseren Deal eingelassen.«

Guillaume und die andern blickten sich an. Jetzt wurde es spannend.

»Einen Deal?«, platzte Delphine heraus.

Hektisch schaute Guillaume zu Venturino. Ob der weiterreden würde, wenn man ihn so direkt fragte? Er hätte es für besser gehalten, die Informationen weiterhin etwas subtiler aus ihm herauszukitzeln.

»Wow, ein Deal, wie cool!«, meldete sich da Jacky. »Zwischen dir, den Vicomtes und dem *Président de la République*?«

Venturino wirkte sichtlich geschmeichelt. »Wenn man so will ... ja.«

»Hammer! Warst du dafür im *Palais de l'Élysée*?«

»Das nicht direkt, es gab mehr ... Videokonferenzen und so.«

»Toll, erzähl doch mal von diesem Deal.«

Der Bürgermeister hüstelte, wandte sich nach allen Seiten um und sprach ein wenig leiser: »Er besteht darin, dass die Vicomtes eben nicht auch noch den letzten Schritt gehen und einen eigenen Staat ausrufen. Das haben sie uns signalisiert. Im

Gegenzug lassen wir sie mit ihrem Fürstentum innerhalb Frankreichs gewähren. Ein gutes Arrangement, wie ich finde.«

Das fand Guillaume ganz und gar nicht. Dennoch war interessant, was sie vom Bürgermeister alles erfuhren.

Da schaltete sich Delphine wieder ein: »Und wenn sich die Vicomtes nicht an die Abmachung halten, würden Sie die Ausrufung eines richtigen Fürstentums ja sicher verhindern. Also, im Sinne der Republik und der Bürgerinnen und Bürger von Grimaud, stimmt's, Herr Bürgermeister?«

Venturino nickte ihr gravitätisch zu. »Ich würde natürlich mein politisches Gewicht in die Waagschale werfen, aber wahrscheinlich wäre es nicht ganz einfach, das zu verhindern. Formal haben die Vicomtes das Völkerrecht auf ihrer Seite. Die Familie hat die Urkunde von anerkannten Staatsrechtlern prüfen lassen, und sie ist wohl vollumfänglich gültig. Das wissen sie selbst, das wissen wir als Gemeinde, und das weiß der französische Staat. Daher unsere, sagen wir, Appeasement-Politik, unsere *Entente Cordiale*, um eine Eskalation zu vermeiden und den Status quo zu bewahren.«

Karim und Delphine sahen sich mit hochgezogenen Brauen an.

»Diese gottverdammte Scheißurkunde«, brach es auf einmal piepsend aus Paul heraus, der bislang nur still dagesessen und an seinem Daumennagel herumgekaut hatte.

»Sehr rustikal ausgedrückt, aber in der Sache muss ich Ihnen da wohl zustimmen.« Quenot blickte stolz in die Runde, dann redete Venturino weiter: »Das Dokument ist ja leider letztes Jahr unter mysteriösen Umständen wieder aufgetaucht und ist nun in der Welt. Unumstößlich. Wir müssen uns als Gemeinde und Republik also dazu verhalten.«

Lipaire seufzte tief. Hätten sie die Urkunde nicht ausgegraben, stünden sie jetzt nicht alle vor schier unlösbaren Problemen. Und ihr Leben, wie sie es kannten, wäre nicht in Gefahr. Denn was der Bürgermeister allem Anschein nach nicht wusste, war, dass die Vicomtes eben doch planten, sich als souveränen Staat anerkennen zu lassen. Das immerhin war der Schluss gewesen, den sie aus dem ziehen mussten, was der alte Chevalier Vicomte zu Lizzy gesagt hatte. Dann wäre nichts mehr wie bisher, sie alle würden nicht in Port Grimaud bleiben können. Diese Ausrufung eines eigenen Kleinstaates mussten sie verhindern, um jeden Preis. Nur wie?

»Jetzt mal ganz blöde gefragt: Wenn die Urkunde nicht – oder sagen wir – nicht *mehr* da wäre, wäre alles wieder wie vorher?«, fragte da Paul und schaute drein, als habe er eben die Weltformel entdeckt.

»Ja, das kann man so sagen«, bestätigte der Bürgermeister. »Aber sie ist nun mal da, und die Familie wird sie auch sicher nicht mehr hergeben wollen.« Er klang, als rede er mit einem begriffsstutzigen Grundschüler.

»Das werden wir schon sehen!«, murmelte Lipaire.

»Wie bitte?«, hakte Venturino ein.

»Nichts, ich sagte, dem muss man wohl ins Auge sehen«, gab Lipaire zurück.

»Wo ist denn die Urkunde gerade so?«, fragte Lizzy nonchalant.

Der Bürgermeister setzte bereits zu einer Antwort an, zögerte dann aber. »Das ... darf ich Ihnen keinesfalls sagen. Es handelt sich bei Ihnen allen ja schließlich nur um schlichte, ich meine ... normale Bürger.«

»Und Bürgerinnen«, ergänzte Delphine.

»Exakt. Und als solche sollten Sie gar nicht wissen ...« Er schüttelte den Kopf. »Ich habe mich wohl etwas verplappert.

Deswegen muss ich Sie hiermit alle auf strengste Geheimhaltung verpflichten. Nicht auszudenken, wenn davon etwas an die Öffentlichkeit dringen würde.«

»Ach was, jetzt machen Sie sich mal nicht gleich ins Hemd«, gab Lizzy schnoddrig zurück. »Ich kenne so viele pikante Geheimnisse über weitaus höhere Herren als Sie, da könnte ich ganze Bücher schreiben drüber. Aber ich kann schweigen wie ein Grab, keine Sorge.«

Auch die anderen versicherten mehr oder weniger nachdrücklich, dass sich Venturino durchaus auf ihre Diskretion verlassen könne.

»Gut«, versetzte der Bürgermeister schließlich zähneknirschend, »dann wenden wir uns den schönen Dingen zu. Ich werde mal nach meiner Frau sehen. Und dann muss ich bei der Polizei anrufen. Irgendjemand hat einen schrecklichen alten Schrotthaufen direkt vor unserer Einfahrt abgestellt.«

Guillaume wartete noch einen Augenblick, bis der Bürgermeister außer Hörweite war, dann stieß er einen Fluch aus. »*Putain!* Das darf doch alles nicht wahr sein.«

Paul hieb ihm auf die Schulter. »Stimmt, das ist eine Frechheit. Mein HY ist kein Schrott, sondern ein Oldtimer.«

»Ist das alles, was dir dazu einfällt? Du machst es dir ja schön einfach! Woher haben sie denn die Urkunde, hm?«

»Na, aus dem Brunnen in Gassin, das weißt du doch.«

»Himmel, aber wer hat sie dorthin gebracht?«, fragte Lipaire.

»Na, der Architekt, der alte Roudeau.«

»Ich meine nicht die Urkunde, ich meine die Vicomtes.«

Jetzt verstand der Belgier und blickte betreten zu Boden.

»*Merde*«, flüsterte Karim. »Dann sind wir schuld, wenn die hier einen eigenen Staat ausrufen und die Monarchie einführen.«

Delphine nickte langsam. »Sieht leider so aus. Andererseits ...«

»Andererseits was?« Jacqueline kniff die Augen zusammen. »Raus mit der Sprache, Delphine.«

Diese ballte ihre Rechte zur Faust. »Wenn wir das verbockt haben, müssen wir es auch wieder geradebiegen.«

Lizzy lachte auf. »Ach, und wie wollen wir das machen, Teuerste? Soll ich mich an den französischen Staatspräsidenten heranmachen? Man weiß zwar, dass der auf ältere Frauen steht, aber ich glaube, ich passe nicht ganz in sein Beuteschema.«

»Ich glaube nicht, dass uns das weiterbringen würde«, widersprach Delphine. »Nein, ich meine: Wenn es die Urkunde ist, die den Vicomtes das alles ermöglicht, dann muss sie eben wieder verschwinden.«

»Du meinst ...« Paul bekam große Augen. »Das Ganze noch mal? Nur andersrum?«

Delphine sagte nichts, was Antwort genug war. Eine Weile blieb es still. Sie hingen ihren Gedanken nach, die auf eine einzige Frage hinausliefen. Karim war es, der sie schließlich stellte: »Und wie?«

»Ach, das kann doch nicht so schwer sein.« Pauls Stimme war noch höher als sonst, was seine Aufregung verriet. »Damals haben wir doch auch die ganzen Rätsel gelöst ...«

Delphine unterbrach ihn sofort. »Bitte, nicht noch mal eine Schatzsuche. Das halte ich kein zweites Mal aus.«

In diesem Moment klingelten ihre Handys gleichzeitig in dem Ton, der das Eintreffen einer neuen Textnachricht ankündigte. Erschrocken schauten sie sich an, dann konnten sie gar nicht schnell genug ihre Telefone aus den Taschen kramen.

»Das Phantom?«, sprach Jacqueline das aus, was alle dachten. »Ist es etwa wieder aktiv?«

»Stimmt, das weißt du ja noch gar nicht.« Karim hielt sein Handy hoch. »Es hat sich vor ein paar Tagen wieder gemeldet. Einfach so. Und seitdem immer wieder.«

»Aha, und was ...?«

»*Das Dokument befindet sich in Grimaud Village, 679, Route Nationale*«, las Delphine vor.

»Woher weiß er oder sie ...?«, begann Jacqueline, doch Delphine winkte ab: »Wir haben aufgehört, uns darüber Gedanken zu machen. Aber die Infos sind immer hilfreich.«

»Route Nationale 679? Das ist die Hauptstraße, die mitten durchs Zentrum führt.« Paul kratzte sich am Kopf. »Was soll denn da sein?«

Keiner wusste eine Antwort darauf.

»Vielleicht ein Auto, in dem irgendwas deponiert ist«, mutmaßte Karim.

Jacky wiegte den Kopf hin und her. »Könnte sein.«

»Ja, meinst du? Gute Idee, oder?« Karim strahlte. »Vielleicht hat das Phantom das Ding ja schon für uns geklaut, und wir sollen es jetzt abholen.«

Ächzend richtete sich Guillaume aus seiner unbequemen Haltung auf. »Es gibt nur eine Möglichkeit, das herauszufinden ...«

25

Sie waren froh, als sie sich im Ortskern wieder aus Pauls Transporter herausschälen konnten. Zum ersten Mal waren sie in Vollbesetzung damit unterwegs gewesen, und auch wenn das nur ein paar Hundert Meter waren, nannte Guillaume das Gefährt im Geiste nur noch »die Sardinenbüchse«.

Nach kurzer Fahrt also waren sie auf einem kleinen Platz direkt neben der Hauptstraße angekommen. Er wurde von einer Häuserzeile gesäumt, in seiner Mitte stand ein Springbrunnen.

»Nicht schon wieder ein Brunnen«, ächzte Delphine.

»Meinst du, wir müssen den wieder auseinandernehmen?« Paul blickte in den Laderaum seines Fahrzeugs. »Ich hab gar nicht das richtige Werkzeug dabei. Kann aber was holen.«

»Sieht jedenfalls ziemlich ... symmetrisch aus«, fand Karim.

Guillaume schaute sich um. Konnte das sein? »Aber es ergibt doch gar keinen Sinn, dass die Vicomtes die Urkunde wieder in einen Brunnen einmauern. Wenn sie so wichtig für sie ist, werden sie sie an einem sichereren Ort deponiert haben.«

Jacqueline zuckte die Achseln. »Und welcher sollte das sein? Hier im Heimatmuseum werden sie sie kaum ausstellen.« Sie nickte in Richtung des steinernen Baus an der hinteren Seite des Platzes.

»Fragen wir doch mal da drüben nach der genauen Hausnummer, d'accord?« Lipaire zeigte auf die gläserne Eingangstür des Gebäudes an der Stirnseite. Darüber stand in großen Lettern *Office de Tourisme*.

Sie gingen hinein, und der junge Mann hinter dem Tresen hob kurz den Kopf, bevor er sich wieder in den Bildschirm seines Computers vertiefte.

»Kundschaft, junger Mann«, rief Lizzy ihm zu.

Wieder blickte er mit müden Augen auf. »Hunde sind hier drin nicht erlaubt.«

»Aber Zocken während der Arbeitszeit schon?« Delphine blickte demonstrativ auf den Bildschirm.

Schnell schaltete der Mann ihn aus und erhob sich. »Was kann ich für Sie tun?« Sein Ton war nun höflicher, wenn man ihm auch die Anstrengung anmerkte, die ihm das abverlangte.

»Route Nationale 679«, rief ihm Paul zu. »Wo wäre das genau?«

Als Antwort hob der Mann den Finger und deutete auf das Museum gegenüber.

»Also doch.« Guillaume nickte den anderen zu, und sie verließen das Tourismusbüro. Bevor sie draußen waren, konnte er sich ein »Danke für die zuvorkommende Behandlung!« nicht verkneifen.

»Die deutschen Touristen sind mir die liebsten«, lautete die Erwiderung. »Immer in Eile!«

»Was hat er noch gesagt?«, wollte Paul wissen, als alle wieder draußen waren.

»Nichts Wichtiges. Wir wissen jetzt also, dass es sich ums Museum dreht. Vorschläge?«

»Jetzt mal nur ganz verrückt gedacht …« Delphine machte eine Pause, bis alle sie gespannt ansahen. »Wie wär's, wenn wir reingehen?«

Lachend betraten sie das *Musée du Patrimoine*, wie auf dem roten Schild mit weißen Lettern am Eingang stand. Guillaume hatte seine Zweifel, dass sie ausgerechnet im Heimatmuseum etwas finden würden, aber versuchen mussten sie es. Irgendwas hatte sich das Phantom sicher dabei gedacht, sie hierher zu lotsen. Außerdem sah er so das Museum mal von innen, an dem er schon unzählige Male vorbeigefahren war.

»War von euch schon mal jemand hier?« Er erntete Kopfschütteln und Schulterzucken auf die Frage. Schien nicht gerade ein Besuchermagnet zu sein, zumindest, was die Einheimischen anging.

»Ah, *mesdames et messieurs, bienvenue* in unserem wunderbaren Museum!« Erschrocken starrten sie den Mann an, der in der schmalen Eingangshalle stand und die Arme ausbreitete. »Ich hatte Sie erst in einer halben Stunde erwartet, aber sei's drum.«

»Sie haben uns … erwartet?« Paul ballte die Fäuste. Er schien zu denken, dass sie in eine Falle getappt waren.

Jacky, die, wie sie alle, wusste, wie kurz die Lunte des Belgiers in solchen Situationen sein konnte, legte ihm beruhigend eine Hand auf die Schulter, was Karim mit düsterem Blick zur Kenntnis nahm.

»Jetzt … sind wir aber schon früher da«, sagte die junge Frau und legte einen Finger an ihren Nasenflügel – ihr altes Erkennungszeichen. Die anderen vollführten die Geste ebenfalls, nur Lizzy war damit beschäftigt, Louis Quinze im Zaum zu halten, der heftig an der Leine zerrte.

»Eben. Nun sind Sie ja schon da.« Der kleine Mann wirkte mit seinem Backenbart und dem Tweed-Anzug selbst wie ein Ausstellungsstück. Er stellte sich als Museumsleiter vor und sagte mit einem Lächeln: »Irgendwie habe ich mir den Lions-Club Toulon zwar ganz anders vorgestellt, aber sei's drum.«

»Ach den … Dingsklub, natürlich.« Guillaume räusperte sich. »Das hören wir öfter. Wir sind eben eine ganz besondere Vereinigung.«

»Offenbar. Wenn Sie gestatten, würde ich trotz Ihrer verfrühten Ankunft gleich mit der Führung beginnen, auch wenn das meine Pläne ein klein wenig durcheinanderbringt.«

»Wir können auch wieder gehen, wenn wir unpassend kommen«, erwiderte Lizzy gereizt.

Alle blickten sie entsetzt an, doch der Mann hob beschwichtigend die Hände: »*Mais non*, so war das nicht gemeint. Ich freue mich ja, Sie heute herumführen zu dürfen. Mein Name ist übrigens Nicolas Carillon.«

»Dann lassen Sie uns keine Zeit verlieren, Monsieur Carillon!« Lipaire machte eine einladende Handbewegung, und der Mann setzte sich in Bewegung.

»Unser Heimatmuseum war einst eine Ölmühle«, begann er sofort.

Guillaume blickte sich um und nickte: Die grob gemauerten Wände, die Terrakottaböden, die wuchtigen Holzdecken – das passte. Nur standen hier inzwischen keine Pressen mehr, sondern Möbel, die die Besucher in die Provence einer längst vergangenen Zeit entführen sollten. Dazwischen waren historisch gekleidete Puppen aufgestellt, die wohl für noch mehr Realismus sorgen sollten, auf Lipaire aber genau den gegenteiligen Effekt hatten.

»Bisschen unheimlich, findest du nicht?«, flüsterte ihm Delphine ins Ohr, der es offenbar genauso ging. Sie schienen immer mehr auf einer Linie zu sein, freute er sich.

»Alles, was Sie hier sehen, sind Zeugnisse des bürgerlichen, ja bäuerlichen Lebens der Region«, dozierte Carillon, als sie die Treppe hinaufstiegen und einen Raum mit einem riesigen gemauerten Kamin betraten, auf dem altes Kochgeschirr drapiert war. In der Mitte stand ein massiver, reich gedeckter Holztisch. Es wirkte, als seien die ehemaligen Besitzer vor vielen Jahren

hier nur kurz aufgestanden, dann aber nie wiedergekommen.
»Man darf bei alldem jedoch nicht vergessen, dass die Region zudem eine reiche und viel zu wenig wertgeschätzte aristokratische Geschichte in sich trägt. Auch im Museum werden wir dem künftig mehr Rechnung tragen.«

»Ach ja?« Delphine zog eine Augenbraue hoch.

»Ja, Madame. Die royale Vergangenheit ist mitunter viel spannender als diese schnöden Zeugnisse gewöhnlichen Lebens. Wir sollten stolz sein, dass wir einst bedeutende Familien hier beherbergten. Wussten Sie zum Beispiel, dass Fürst Rainier III. von Monaco in jungen Jahren in Grimaud oft seine Ferien verbracht hat? Ein echter Grimaldi.« Er flüsterte den Familiennamen, als spreche er von einer Stradivari oder einem Gemälde von Picasso.

Delphine und Paul zogen die Schultern hoch.

»Sehen Sie? Leider war mein Vorgänger an diesem Teil der Historie nicht wirklich interessiert – was dazu führte, dass kaum jemand etwas davon weiß, wie man ja auch an Ihnen merkt, aber ich gedenke, das zu ändern. Vor allem, da wir in unserer Gegend erfreulicherweise ein Wiedererstarken dieser noblen Kreise verzeichnen dürfen.«

Ein paar Sekunden herrschte Stille, dann brach es aus Delphine heraus: »Erfreulicherweise? Echt jetzt? Was genau soll daran erfreulich sein?«

Lipaire antwortete, auch wenn die Frage nicht an ihn gerichtet war. »Da hast du recht, meine Liebe.«

»Eben! Wer, wenn nicht wir, wüsste besser …«, setzte sie an.

»… dass es ganz und gar nicht erfreulich ist, dass diese große Zeit vorbei ist. Es ist sogar sehr traurig«, ergänzte Lipaire.

Endlich schien Delphine verstanden zu haben, denn sie nickte nur.

»Ah, ich sehe, ich habe hier Gleichgesinnte vor mir.« Carillon rieb sich die Hände. »Was muss das doch für ein Leben hier gewesen sein, als die Burg noch in voller Blüte stand und nicht nur ein kärgliches, verfallenes Mahnmal auf einem Hügel war.«

Da kam Guillaume ein Gedanke. Erst war er sich unsicher, ob er es riskieren sollte, tat es dann aber einfach. »Erst neulich habe ich mit Monsieur Valmer genau darüber gesprochen. Er sieht es genauso.«

Der Museumsleiter hob den Kopf, seine Augen verengten sich. »Sie kennen Valmer?«

»Aber natürlich! Guter Mann. Einer unserer Besten.«

»Ja, zweifellos. Wir verdanken ihm viel.« Carillon rückte etwas näher und senkte seine Stimme. »Kennen Sie denn dann auch die Vicomtes?«

Mit einem Grinsen im Gesicht drehte sich Guillaume zu seinen Gefährten um. »Ich darf wohl sagen, dass wir«, er machte eine ausladende Handbewegung, »in ihrem Haus ein- und ausgehen.«

Karim hatte Mühe, ein Lachen zu unterdrücken, fing sich aber schnell wieder.

Der Museumsleiter fuhr ehrfürchtig fort: »Ach ja, ich hatte bislang nur ein Mal das Vergnügen, dort zu Gast zu sein, nämlich, als ich von ihnen beauftragt wurde, meine Expertise als Staatsrechtler einzubringen, um ein wichtiges Dokument zu prüfen.«

Guillaume fand es drollig, wie der Mann einerseits versuchte, möglichst diskret zu sein, andererseits stolz all das ausplauderte, was sie wissen wollten. Den perfiden psychologischen Tricks eines Guillaume Lipaire hatte eben niemand etwas entgegenzusetzen. »Oh, Sie meinen die ... Urkunde?«

Carillons Mund klappte auf. »Sie ... wissen davon?«

»Aber natürlich. Wir waren maßgeblich an ihrer Wiederbeschaffung beteiligt.« Er merkte, wie sehr die anderen seine kleinen Insiderspäßchen erheiterten. Er hoffte nur, sie würden weiterhin Contenance bewahren und sie nicht verraten.

»Ich verstehe.« Der Museumsleiter kratzte seinen Backenbart. »Ich würde Ihnen das historische Dokument natürlich gerne zeigen, aber ich habe den Vicomtes fest versprochen, es strengstens unter Verschluss zu halten.«

Guillaume nickte und drehte sich zu den anderen. »Seht ihr, bei Monsieur Carillon ist die Urkunde bestens aufgehoben.« Dann wandte er sich wieder an den Museumschef. »Wir hatten ja schon das Glück, das Schriftstück in Händen halten zu dürfen.«

»Zwar nur kurz, aber immerhin«, ergänzte Delphine.

»Das war eine feuchtfröhliche Nacht«, versuchte sich nun auch Karim an einem Scherz, wurde aber von einem strengen Blick Guillaumes in die Schranken verwiesen. Sie würden noch alles vermasseln, wenn sie nicht aufpassten.

Er übernahm wieder: »Ich kann nur für Sie und die Vicomtes hoffen, dass Sie das wertvolle Papier gut verwahrt haben.«

»Certainement, Monsieur. Es ist im sichersten Tresor der Stadt untergebracht.«

»In der Bank?«, fragte Jacky.

»Wo denken Sie hin? Hier im Museum, im Kontor genauer gesagt. Seit über hundert Jahren werden in diesem Tresor wichtige Dokumente gelagert.« Bei diesen Worten setzte er sich in Bewegung. »Kommen Sie!« Sie folgten ihm in den nächsten Raum, eine altertümliche Mischung aus Büro und Freizeitraum mit einem hölzernen Sekretär, einem Klavier, ein paar Truhen – und einem massiven schwarzen Geldschrank, auf den der Museumsleiter zeigte. »Hier ist alles so sicher wie in Abrahams Schoß.«

Sie traten einen Schritt näher. Es handelte sich um einen jener antiquierten Tresore, wie Lipaire sie aus Westernfilmen kannte. Er wollte gerade fragen, wer alles die Kombination kenne, da riss sich Lizzys Hund los, der ohnehin die ganze Zeit kaum zu bändigen gewesen war, stürmte auf den Mann zu, sprang an ihm hoch und wedelte dabei mit dem Schwanz. Carillon bückte sich und nahm ihn auf den Arm. »Na, du bist ja ein ganz Lieber. Erinnerst mich ein bisschen an unseren Gaston.«

Paul und Guillaume tauschten irritierte Blicke. »Ihren … Gaston?«, fragte der Belgier.

»Ja, ist vor Kurzem vor dem Supermarkt verschwunden, der kleine Racker. Sah ganz ähnlich aus wie dieser, nur … heller.« Er ging auf Lizzy zu und gab ihr den Vierbeiner zurück.

In das betretene Schweigen hinein ertönten von unten laute Rufe.

»Ich fürchte, das gilt mir. Darf ich?«

Guillaume nickte. »Gehen Sie nur, Monsieur Carillon. Wir sind ohnehin durch mit unserer Führung.«

Kaum war der Mann aus dem Raum verschwunden, zischten alle wild durcheinander.

»Los, lasst uns das Ding rausholen«, schlug Delphine vor, doch Jacky erinnerte sie daran, dass man dafür die Kombination brauchte.

»Ich trag das mitsamt dem Tresor raus«, schlug Paul vor. Guillaume tippte sich entnervt an die Stirn.

»Sagt mal: Wo genau habt ihr den Hund eigentlich her?«, wollte Lizzy wissen.

Sie kamen nicht dazu, ihr zu antworten, denn von unten donnerte die Stimme Carillons: »Könnten Sie bitte schnellstens herkommen?«

Sie sahen sich an, zuckten die Achseln und gingen zur Treppe. Schon auf dem Weg hinunter sahen sie, dass der Museumsleiter aufgeregt mit einer Gruppe älterer Herren redete, die immer wieder zu ihnen heraufblickten. Als sie den Treppenabsatz erreicht hatten, stürmte Carillon auf sie zu. »Wissen Sie, wer das ist?« Er zeigte auf die Männer, die meisten in Anzügen mit Krawatte und Einstecktuch. Sein Gesicht hatte hektische rote Flecken bekommen.

»Der Fanklub von Brigitte Bardot?«, riet Delphine.

Doch Carillon war offensichtlich nicht nach Scherzen zumute. »Das ist der Lions Club Toulon.«

»Nein!«

»Doch!«

»Oh«, entfuhr es Lizzy.

Carillon funkelte sie an. »Ja, oh! Wie erklären Sie sich das?«

Guillaume atmete erleichtert aus. »Gut, dass Sie da sind, meine Herren, wir haben uns schon Sorgen gemacht.«

Der Museumsleiter schnaubte. »Wenn das der Lions Club ist, wer sind dann bitte Sie? Rotarier etwa?«

Sie sahen sich an, zuckten die Achseln und erklärten wie aus einem Munde: »Nein. Wir sind nur die Unverbesserlichen.«

26

Als sie wieder in Pauls klapprigem Lieferwagen saßen und zurück zum Haus der Venturinos fuhren, um Jacqueline abzuliefern, die inzwischen so müde war, dass sie kaum noch die Augen offen halten konnte, war die Stimmung durchwachsen. Sie hatten sich zu sechst samt Hund auf die beiden Dreierbänke gequetscht. »Cool, dass wir jetzt wissen, wo die Urkunde ist, oder?«, versuchte Karim, Optimismus zu verbreiten. Einen Optimismus, der sich bei Guillaume jedoch im Moment so gar nicht einstellen wollte.

Er drehte sich zu ihm um und erklärte: »So wie ich das sehe, haben wir jetzt vor allem zwei neue Probleme. Nummer eins: Wie kommen wir ins Museum?«

»Es gibt da einen Film, da kriecht ein dressierter kleiner Affe durch ein Lüftungsrohr und macht von innen die Tür auf«, merkte Jacqueline an, erntete dafür allerdings nur Stirnrunzeln. Lediglich Karim strahlte sie wie immer an.

Ob sie die Fähigkeiten der jungen Frau überschätzt hatten?

»Ich mein ja nur«, sagte sie dann und klang dabei ein wenig beleidigt.

Lipaire seufzte. »Nachdem wir nicht über ein dressiertes Äffchen verfügen, dürfte sich das etwas schwierig gestalten. Und Paul passt leider in kein Lüftungsrohr.« Er grinste.

»Willst du mich jetzt mit einem Affen vergleichen, oder was?«

»Nein, natürlich nicht«, beruhigte ihn Guillaume, der nicht wollte, dass die Stimmung kippte.

»Wir könnten natürlich Louis ins Rohr kriechen lassen, aber ...«

»Aber der kann keine Türen öffnen«, fiel Delphine Lizzy ins Wort.

Die zuckte die Achseln und streichelte dem Hund auf ihrem Schoß über den Kopf, was der sich gern gefallen ließ.

»Ich könnte Dynamit besorgen«, erklärte Paul.

»Spinnst du?«, antworteten ihm Lipaire und Delphine gleichzeitig.

»Was denn?« Jetzt war offenbar auch der Belgier eingeschnappt. »Wenn alles nur immer blöd ist, was von mir kommt, sag ich eben gar nichts mehr. Als Chauffeur bin ich aber schon noch recht, oder?«

»Ach Quatsch, Paul«, versuchte sich Delphine an ein wenig Diplomatie, »aber was soll es denn bitte bringen, wenn wir das Museum in die Luft jagen?«

»Moment, nicht das Museum, nur die Tür. Mit Plastiksprengstoff kann man da tolle Sachen machen. Ich sag bloß: kontrollierte Explosion. Haben wir auch bei der Legion immer wieder eingesetzt.«

»Lasst es uns doch einfach mit dem guten alten Dietrich versuchen!«, schlug Guillaume vor.

»Ist das ein Freund von dir aus Deutschland?«, fragte Karim.

Als Guillaume ihm in knappen Worten erklärt hatte, worum es sich bei einem Dietrich handelte, schaltete sich Lizzy Schindler wieder ein. »Das sind ja alles nette Vorschläge, aber wieso probieren wir es nicht einfach mit dem guten alten Schlüssel, hm?« Damit zog sie umständlich einen mächtigen Schlüsselbund aus der Hosentasche und hielt ihn Guillaume unter die Nase.

Der war baff. »Du hast ... ich meine, wo hast du denn den her?«

»Hab ich mir ausgeliehen, als der Museumsdirektor mir den Louis zurückgegeben hat.«

»Aber warum hast du das denn nicht gleich gesagt?«, fragte Delphine verwundert.

»Na, weil ihr mich nicht ausreden lasst.«

»Das ist echt der Hammer, Lizzy«, jubilierte Karim.

Doch die alte Dame winkte nur nonchalant ab. »Ach was, das war doch kaum der Rede wert. Mir stehen eigentlich schon immer alle Türen offen.«

Sie lachten, bis Lipaire zu bedenken gab: »Das ist zwar wirklich ein toller erster Schritt, aber das zweite Problem ist damit noch nicht gelöst.«

»Was für ein Problem denn jetzt schon wieder?«, fragte Karim.

»Das zweite, Karim«, antwortete Lipaire. »Und damit auch das kniffligere.«

»Und welches soll das sein?«

»Wie wir in den Tresor reinkommen, stimmt's?«, mutmaßte Delphine.

»Völlig richtig, meine Liebe«, stimmte Lipaire ihr zu.

Karim ließ den Kopf hängen. »*Putain*, das ist auch wieder wahr!«

»Lizzy, du hast den Tresorschlüssel nicht zufälligerweise in deiner anderen Hosentasche?«, fragte Jacky mit einem Augenzwinkern.

»Leider nicht. Aber, meine Kleine, du brauchst dringend ein paar Stunden Schlaf, glaube ich. Das dadrin war doch ein Tresor mit Zahlenschloss.«

Karim zuckte mit den Schultern. »Kann doch jedem mal passieren, dass er so was übersieht.«

Lizzy lachte versonnen. »Um die Zahlenkombination herauszubekommen, hätte ich schon ein bisschen Zeit mit dem Direktor allein gebraucht.«

»Ich kann mich um den Tresor kümmern«, bot Paul unvermittelt an.

»Du?«

»Ja, ich! Probleme damit?«

»Aber nicht mit Dynamit!«, mahnte Lipaire mit erhobenem Zeigefinger.

Quenot grinste schief. »Vertraut mir, ich weiß, was ich tue.«

27

»Früher war auf dich noch Verlass!«, fauchte eine helle Stimme aus dem Dunkel, als Guillaume und Delphine auf dem Platz vor dem Heimatmuseum ankamen. Sie hatte sich netterweise bereit erklärt, ihn mit ihrem Twingo abzuholen, wobei sie sogar schon eine gute halbe Stunde früher vorbeigekommen war als ausgemacht. Deswegen hatten sie noch etwas getrunken und sich ein wenig verplaudert. Aber ein Blick auf die Uhr zeigte ihm, dass es gerade mal elf Minuten nach eins war. Kein Grund also für Paul, ihn mitten in der Nacht so anzupampen.

»Alles gut, jetzt beruhig dich mal wieder«, zischte er daher in die Dunkelheit zurück, denn vom Belgier war nichts zu sehen.

»Wo ist sie denn hin, deine geliebte Pünktlichkeit, die du uns immer predigst, hm?«, hörten sie ihn weiterschimpfen. Wie ein Schachtelteufel tauchte er auf einmal aus dem Dunkel hinter dem Springbrunnen auf. Er war gänzlich schwarz gekleidet und hatte sich das Gesicht mit Tarnfarbe beschmiert. Diese Marotte kannten sie ja bereits von früheren Nachteinsätzen ihrer Gruppe.

»Wo sind denn die anderen alle?«, wollte Guillaume wissen.

»Keine Ahnung. Ich hab nur Lizzy noch im Transporter sitzen. Hab ihr gesagt, dass wir sie holen, wenn's richtig losgeht. Sie kann ja draußen aufpassen. Und Karim und Jacky werden schon noch kommen, denk ich mal.«

»Ach, bei denen macht es dir wohl nichts aus?«

»Bei denen bin ich es gewohnt, bei dir nicht.«

»Ich war schuld, ich habe ihn aufgehalten«, entschuldigte sich Delphine.

Doch noch immer war der Belgier mit seiner Moralpredigt nicht am Ende. »Eine solche Aufgabe verlangt nach Präzision, *putain.*«

In dem Moment bog Karim mit seinem kleinen Elektroroller – wie gewohnt ohne jegliche Beleuchtung – auf den Dorfplatz ein und stellte sein Gefährt am Brunnen ab. »Wartet ihr schon lange?«

»Schlechtes Thema im Moment«, raunte Lipaire dem Jungen zu und verdrehte die Augen in Richtung Paul. »Hast du eine Ahnung, was mit Jacky los ist?«

»Hab ich, allerdings«, sagte er strahlend. »Ich hab extra vorher noch mal bei ihr angerufen, alles durchgesprochen und gefragt, ob alles okay ist. Für alle Fälle, wisst ihr?«

»Klar. Guter Vorwand, um ihre Stimme zu hören, stimmt's?«, flüsterte Lipaire ihm mit einem Augenzwinkern zu.

Karim lächelte ertappt und zuckte die Achseln.

Guillaume nickte ihm zu. »Passt schon. Halt dich ran, Kleiner! Mach dich unentbehrlich bei ihr. Ach, da ist sie ja.«

Jacquelines Motorroller knatterte auf den Platz. Als sie den Helm abnahm und abstieg, sagte sie: »Mann, ich komm mir vor wie Larry Daley!«

Sie sahen sie ahnungslos an.

»*Nachts im Museum*, nie gesehen? Absoluter Filmklassiker. Mit Ben Stiller als Nachtwächter Larry Daley.«

»Doch, den kenn ich!«, vermeldete Karim erfreut. »Mit dem Pharao und Präsident Washington auf dem Pferd, stimmt's? Könnten wir ja mal zusammen anschauen, wenn du magst.«

»Roosevelt, Karim. Es war Theodore Roosevelt«, korrigierte Jacky.

»Könnte jemand noch schnell Madame Lizzy holen?«, bat Lipaire.

»Klar, kann ich machen, wo ist sie denn?«, fragte Karim, und Paul zeigte auf den Transporter, der direkt um die Ecke am Straßenrand parkte.

»Aber der Hund bleibt diesmal im Auto, bitte sorg dafür, d'accord?«, rief Guillaume dem Jungen noch hinterher.

Der reckte den Daumen nach oben und verschwand in der Dunkelheit.

Als er mit der alten Dame zurückkam, verkündete Paul in militärischem Tonfall: »Ich übernehme heute die Leitung des Einsatzes.«

Guillaume ließ ihn gewähren.

»Dich brauchen wir, um Schmiere zu stehen, Lizzy. Setz dich hier auf die Bank, und gib uns sofort auf dem Handy Bescheid, wenn sich was Verdächtiges tut, okay?«

»Aber du hast doch gar kein Handy«, merkte Lizzy an.

Der Belgier schürzte die Lippen. »Das ist … richtig. Ich nicht, aber die anderen. Und bitte: Du darfst deinen Posten auf keinen Fall verlassen, klar?«

»Eh klar.« Lizzy nahm auf der Bank Platz.

»Guillaume, ich brauche den Schlüsselbund.« Paul streckte seine Hand aus, und Guillaume legte ihn seufzend hinein. Dann sah der Belgier von einem zum anderen, um schließlich mit wichtiger Miene zu verkünden: »Wir machen jetzt noch einen Uhrenvergleich.«

»Wer hat denn heut noch 'ne Uhr?« Karim zückte sein Handy.

»Gut, dann … eben Handyvergleich.«

Delphine seufzte. »Das sind Funkuhren. Auf all unseren Handys wird also immer dieselbe Zeit angezeigt. Ist nur die Frage, ob deine Kinderuhr da richtig geht.«

»Kinderuhr?« Quenot schob den Ärmel seines Overalls nach oben, wodurch seine große olivfarbene Armee-Uhr sichtbar wurde. »Das ist eine Tactical Watch, vom Marktführer für solche Präzisionsdinger. Damit kann man im Dschungel und in der Wüste überleben. Und im ewigen Eis.«

»Echt? Kann man damit auch Popcorn zubereiten und Cola zapfen, wenn man Hunger und Durst bekommt, und noch ein wärmendes Feuerchen machen, oder wie?«, ätzte Delphine.

»Bei mir ist es 1.22 Uhr«, ging Guillaume dazwischen.

Die anderen nickten. Paul drehte an der Krone seiner Uhr herum und nickte schließlich auch. Dann gab er ihnen ein Zeichen, ihm zu folgen.

Nachdem sie fast alle Schlüssel am Bund durchprobiert hatten, öffnete sich tatsächlich die Tür zum Museum. Lipaire wollte gerade an Paul vorbei ins Innere treten, da wurde er von dessen muskulösem Arm daran gehindert.

»Stopp«, flüsterte der Belgier. »Wir müssen erst die Lage sondieren.«

»Gute Idee«, fand Delphine, holte ihr Handy aus der Handtasche und schaltete die Lampe an.

»Bist du irre? Sofort ausmachen!«, rief Paul entsetzt.

Erschrocken ließ Delphine das Telefon wieder zurück in die Tasche gleiten.

Quenot deutete in den Korridor, an dessen Wand einige winzige rote Lichtlein leuchteten.

»Bewegungs- und lichtsensible Sensoren«, erklärte er bestimmt.

»Wow«, merkte Jacky begeistert an. »Das ist ja wie in den ganzen *Heist*-Filmen.«

»Welcher Film heißt wie?«, fragte Delphine verwirrt.

»Nicht heißt. *Heist*. Filme über geniale Einbrüche. In *Oceans*

Twelve, da tanzt der Meisterdieb durch ein Gewirr von solchen Sensoren durch, zu richtig cooler Musik.«

»Hab ich auch gesehen«, bekräftigte Karim begeistert.

»Also, wenn ich noch was dazu sagen dürfte ...«, setzte Lipaire an, doch ein »Pssst!« von Paul ließ ihn innehalten.

»Ich will doch nur sagen, dass ...«

»Alles hört auf mein Kommando, klar?«

Lipaire wollte noch etwas einwenden, aber Pauls erhobener Zeigefinger ließ ihn verstummen. Sollte der Belgier doch ein bisschen an der Wand vorbeitänzeln. Er würde derweil schweigen und ihm dabei zusehen, wie er sich lächerlich machte.

Quenot reichte Delphine seinen riesigen Rucksack, der offenbar ziemlich schwer war, wie man an ihrer Reaktion erkennen konnte. Dann atmete er tief ein, schloss die Augen, pustete die Luft hörbar aus, faltete die Hände, um seine Finger knacken zu lassen, und machte sich ans Werk. Den Blick immer auf die kleinen Lämpchen gerichtet, arbeitete er sich zentimeterweise vor, wobei er manchmal die Beine stark anwinkelte, als steige er über ein unsichtbares Hindernis, nur um sich im nächsten Moment wieder zu bücken und sich kriechend fortzubewegen. Lipaire dachte an das, was Jacky eben von dem Film erzählt hatte, und versuchte, sich eine passende Melodie zu dem vorzustellen, was ihr Freund da gerade aufführte. Er landete in Gedanken jedoch immer wieder bei der Einlassmusik, zu der Elefanten und Clowns in der Zirkusmanege begrüßt wurden.

Dabei musste er anerkennen, dass sein belgischer Freund gelenkiger war, als er gedacht hätte. Nur wirkte er durch seine schiere Muskelmasse eben auch plump wie ein Grizzlybär. Man merkte ihm zudem die Anstrengung deutlich an, über sein Gesicht rannen Bäche von Schweiß. Doch schließlich hatte er es geschafft und stand auf der anderen Seite der Lämpchen. »Ich muss jetzt nur noch den elektrischen Schaltkasten für die Laser-sicherung finden, dann könnt ihr nachkommen.«

»Ich helf dir.« Ohne ein weiteres Wort lief Guillaume hinterher.

Paul zuckte zusammen. »Nein, bist du verrückt? Bleib stehen!«, fiepte er aufgeregt und legte die Hände auf die Ohren, als erwarte er jeden Moment eine dröhnende Sirene, doch da hatte ihn Guillaume schon erreicht. Mit weit aufgerissenen Augen und offen stehendem Mund starrte Quenot ihn an. »Was ... hast du ... getan?«

»Ich bin zu dir gelaufen, und nichts ist passiert.«

»Du hast vielleicht einen stummen Alarm ausgelöst. Mit den Lichtsensoren!«

»Kommt schon! Worauf wartet ihr?«, rief Guillaume den anderen zu, die sich nicht vom Fleck rührten. »Es gibt keine Lichtsensoren! Und ich habe mitgezählt: In die Lichtschranken oder Laser-Was-weiß-ich wärst du eben mindestens viermal reingelatscht.« Er zog sein Handy und leuchtete an die Wand, auf der sich das Höhenprofil der Berge in der Provence abzeichnete. Die roten Punkte waren nichts als kleine Lämpchen, die die jeweils höchsten Erhebungen markierten, und nicht wie von Paul angenommen irgendwelche Sicherheitssensoren.

Jetzt setzten sich die anderen zögerlich in Bewegung.

»Hättest du ja gleich sagen können«, maulte Quenot und ließ sich von Delphine seinen Rucksack zurückgeben.

»Du hast mich ja nicht ausreden lassen«, gab Lipaire schulterzuckend zurück.

Dann machten sie sich auf den Weg nach oben, wo, wie sie wussten, der Tresor stand. Lipaire war froh, dass er nicht allein im Schein der Taschenlämpchen durch die Räume schleichen musste, die ihm im Zwielicht vorkamen wie eine Geisterbahn:

Immer wieder erschrak er, wenn irgendwo eine der seltsamen Puppen aus dem Dunkel auftauchte. Als er auf der knarzenden Holztreppe gegen eine Ritterrüstung auf dem Zwischenabsatz stieß und diese laut scheppernd gegen die Wand kippte, setzte sein Herz einen Schlag aus, und die anderen warfen ihm tadelnde Blicke zu. Nun begann er selbst, vor Anspannung heftig zu schwitzen, schließlich waren sie unterm Strich nichts anderes als Einbrecher, die sich mit gestohlenem Schlüssel Zugang zu einem Museum verschafft hatten. Die Aktion konnte sie allesamt in Teufels Küche bringen. Respektive hinter Gitter. Er hoffte inständig, dass Madame Lizzy ihre Aufgabe mit dem Schmierestehen ernst nahm.

Oben angekommen, stellte Quenot seinen Rucksack vor dem Tresor ab, und die anderen gruppierten sich um ihn herum, um ihm zu leuchten. Guillaume konnte kaum glauben, was der Belgier alles aus seiner olivgrünen Wundertüte herauszog und fein säuberlich auf den Boden vor sich legte: eine mächtige Akkubohrmaschine, einen batteriebetriebenen Winkelschleifer, dazu einen Schweißbrenner samt Schlauch und kleiner Gasflasche, eine Schutzbrille, ein Stethoskop, ein Paar weiße Baumwollhandschuhe, einen Hammer nebst Meißel, ein Brecheisen, zwei Stangen Dynamit, ein Feuerzeug, eine Flachbatterie und dünne Kabel sowie einen rechteckigen Block, der ein wenig wie Fensterkitt aussah und von dem Lipaire befürchtete, dass es sich um Plastiksprengstoff handelte. Kein Wunder, dass Delphine so geächzt hatte, als sie den Rucksack halten musste.

Quenot jedenfalls war in seinem Element. »So, Zeit für die Wahl der Waffen«, murmelte er und rieb sich die Hände.

»Ähm, kleiner Antrag, Paul!«, meldete sich Delphine zu Wort.

Der Belgier, der aus seinem Rucksack nun auch noch eine

Stirnlampe geholt, auf seinem Kopf platziert und eingeschaltet hatte, wandte sich ihr mit fragendem Blick zu. »Was denn?«

Sie hielt schützend die Hand vor Augen. »Könnten wir es vielleicht als Erstes mit dem Stethoskop probieren, bevor wir hier alles auseinandernehmen oder uns selbst in die Luft jagen?«

Alle nickten eifrig. Quenot zuckte die Achseln. »Von mir aus okay.«

Damit schnappte er sich das Stethoskop, steckte sich die beiden Bügel in die Ohren, drückte das Vorderteil auf die Panzertür und drehte mit der anderen Hand wie wild am Einstellrad des Geldschranks. Dabei machte er ein verkniffenes Gesicht.

»Kann man dir irgendwie helfen?«, bot Guillaume nach einer Weile an, doch Quenot schüttelte energisch den Kopf und flüsterte: »Ihr müsst still sein, sonst höre ich nichts.«

Als sich auch nach mehreren Minuten noch nichts tat, meldete sich Delphine zu Wort. »Lass mich doch mal probieren. Meine Kinder sagen immer, ich hätte Ohren wie ein Luchs, vor allem, wenn sie nachts heimlich Youtube schauen.«

»Muss man nicht irgendeine Reihenfolge beachten, nach dem Motto *dreimal rechts, zweimal links, einmal rechts* oder so?«, fragte Jacky.

»Woher weißt du das denn?«, fragte Karim interessiert.

Sie lächelte ihn an. »Fernsehen bildet eben.«

»Wenn ihr's sowieso alle besser wisst: bitte!« Verschnupft zog sich Quenot das Stethoskop aus den Ohren und hielt es Delphine hin.

Die nahm es und begann ebenfalls, am Rädchen zu drehen. Dann jedoch hielt sie inne. »Sag mal, Paul, worauf muss ich denn achten?«

»Hm?«

»Na, was würde ich im Stethoskop hören, wenn ich die richtige Zahl erwische?«

»Ein ... Knacken. Denke ich.«

»Aha.« Delphine setzte ihren Versuch fort. »Da! Da war gerade ein Knacken, ich hab's genau gehört«, rief sie nach einer Weile begeistert aus.

»Ich auch!«, schloss sich Karim an, Jacky stimmte ihm kopfnickend zu. Auch Guillaume war es gewesen, als hätte er etwas ...

»Tut mir leid, wenn ich lange stehe, dann machen meine Gelenke immer Geräusche.«

Alle Köpfe wandten sich ruckartig um. Lipaire hielt seine Lampe in die Richtung, aus der die Stimme gekommen war. Im Lichtschein stand Lizzy Schindler.

»Lizzy, du sollst doch draußen warten, falls jemand kommt«, zischte Paul.

Sie hob entschuldigend die Schultern. »Ich wollte ja nur wissen, was ihr gerade so macht. Außerdem sind draußen so Halbstarke mit ihren Motorrollern gekommen. Die haben mich angeschaut, als wären sie auf einen schnellen Aufriss aus, aber für so was bin ich nicht zu haben, wer glauben die denn, dass sie sind?«

Quenot seufzte, Lipaire hingegen grinste in sich hinein. Lizzy war einfach eine Klasse für sich.

»Vielleicht sollten wir eine der anderen Möglichkeiten aus deinem Zauberkasten ausprobieren?«, schlug Jacqueline vor.

Quenot nickte, zog sich eine Schutzbrille auf und setzte den Winkelschleifer an. Damit verursachte er nicht nur einen derartigen Lärm, dass sich die anderen die Ohren zuhielten, es stiegen auch blaue Rauchschwaden vom Panzerschrank auf, und glühende Funken sprühten kometengleich durch den Raum.

Als er das Gerät stoppte, war lediglich der Lack an einigen Stellen abgeschliffen. Auch mit der Bohrmaschine hatte Paul nicht mehr Erfolg, Krach und Gestank hielten sich dafür aber immerhin in Grenzen. Das Problem beim Schweißbrenner schließlich stellte die leere Gasflasche dar.

»Okay, hilft nix, dann kommt jetzt der Plastiksprengstoff zum Einsatz. Ihr könnt schon mal aus dem Zimmer gehen, ich klebe noch das Päckchen an und ziehe die Kabel bis auf den Korridor. Von dort aus zünden wir dann.«

Mit einem Blick zu den anderen versicherte sich Guillaume, dass auch ihnen das etwas zu weit ging. »Meinst du wirklich, dass das nötig ist, kannst du nicht noch irgendwas …?«

»Was denn?«

»Ich weiß auch nicht. Etwas weniger … Martialisches.«

»Willst du das Ding mit 'ner Nagelfeile öffnen?«

Paul hatte wohl recht, und ein zweites Mal würden sie hier nicht so einfach reinspazieren können. Also lenkte Guillaume ein.

Sie gingen alle vor die Tür, kurz darauf folgte der Belgier, zwei Mini-Kupferkabel und die Flachbatterie in der Hand. »Okay, haltet euch die Ohren zu. Du zählst, Guillaume. Ich zünde bei drei. Und drückt uns die Daumen, dass ich die Menge richtig ausgerechnet habe.«

»Bitte was?«, rief Lipaire.

»Drei«, versetzte da Lizzy, Quenot schloss den Stromkreis, und nach Sekundenbruchteilen ertönte drinnen im Raum ein amtlicher Rums. Sie sahen sich an und nickten Paul beeindruckt zu. Alle schienen überrascht zu sein, dass sie noch lebten.

Im selben Moment hörte man von draußen gedämpft das Bellen eines Hundes.

Lizzy seufzte. »Das ist mein neuer Louis. Er hat sich wohl ein bisschen erschrocken, der Kleine.«

»Der wird uns noch alle verraten«, unkte Karim.

Delphine stellte sich vor die alte Dame. »Wenn der Knall nicht die Polizei alarmiert hat, dann sicher nicht das Hundegebell. Komm jetzt, wir holen uns die Urkunde, und dann nichts wie raus hier!«

»Das gibt's doch nicht!« Jacqueline sprach aus, was alle dachten, als sie vor dem Tresor standen. Der Sprengsatz hatte für ordentliche Schmauchspuren gesorgt, das Schloss war jedoch noch immer intakt.

»Bleibt uns nur noch das Dynamit.« Quenot hielt frustriert die beiden Stangen hoch. »Aber das könnte Kollateralschäden geben.«

»Nein, das geht zu weit«, protestierte Guillaume.

»*Merde, merde, merde!*« Paul trat wütend gegen den Panzerschrank, und zwar so heftig, dass das Einstellrad gleich mehrere schnelle Umdrehungen auf einmal machte.

»Lass doch, Paul, das alles führt nur dazu, dass ...« Delphine kam nicht dazu, ihren Satz zu Ende zu sprechen, denn wie in Zeitlupe schwang jetzt lautlos die Geldschranktür auf.

Lipaire konnte es kaum glauben. Er rieb sich die Augen, tat einen Schritt auf den Kasten zu – als mit einem Schlag das Licht anging.

»Wenn Sie bitte mitkommen würden, *mesdames et messieurs!*«

28

Die grellen Lampen blendeten sie derart, dass sie die Augen zusammenkneifen mussten. Sie saßen um einen großen Tisch, und die Fragen der Männer prasselten in einer Geschwindigkeit auf sie ein, dass sie kaum Zeit hatten zu antworten.

»Es sieht nicht gut für Sie aus. Also, was wollten Sie mit dem Schriftstück?«

Eine Vernehmung bei der Polizei wäre womöglich angenehmer verlaufen als das hier. Doch Guillaume und seine Freundinnen und Freunde saßen nicht in einem offiziellen Verhörraum, sondern im Büro des Heimatmuseums. Und wurden behandelt wie Verbrecher, die auf frischer Tat ertappt worden waren.

Genau genommen waren sie das natürlich auch, räumte Guillaume gedanklich ein. Gerade in dem Moment, als sich durch einen seltsamen Zufall der Tresor wie von Zauberhand geöffnet hatte. Keine Frage, sie hatten gegen weiß Gott wie viele Gesetze auf einmal verstoßen. Dennoch gab es keinen Grund, sie so hart anzugehen. Zumindest fehlte ihren Gegenübern die rechtliche Legitimation dazu. Denn ein Museumsleiter, zwei Aushilfs-Sicherheitsmänner, die eigentlich für den städtischen Bauhof arbeiteten und bestimmt nur wegen ihrer Respekt einflößenden Statur für diese Aufgabe hier ausgewählt worden waren, sowie der Bürgermeister von Grimaud ergaben noch keine autorisierte Staatsmacht. Dennoch fügten sie sich, denn es galt, um jeden Preis eine Auslieferung an die echte Polizei zu verhindern.

»Siehst du, es waren doch Sicherheitssensoren«, flüsterte Paul ihm zu, doch Guillaume winkte nur ab.

»Wir haben beschlossen, Sie fürs Erste nicht an die Polizei zu übergeben. Wir selbst werden uns Ihrer annehmen.« Pierre Venturino klang genauso staatstragend, wie wenn er einen neuen Spielplatz einweihte oder Feiertagsreden hielt.

»Das ist sehr freundlich von Ihnen, Herr Bürgermeister.« Lizzy klimperte mit den Wimpern, was Venturino offensichtlich irritiert zur Kenntnis nahm.

»Wir übergeben sie nicht der Polizei?« Der Museumsleiter schien überrascht. »Aber diese Subjekte sind hier eingebrochen, haben das Andenken eines kulturellen Gedenkortes beschmutzt, haben versucht …«

»Jetzt mach mal halblang, Nicolas. Es ist ja nichts passiert«, herrschte ihn Pierre Venturino an.

»Nichts passiert? Hast du gesehen, wie unser historischer Tresor jetzt aussieht?«

»Das alte Ding? Die gibt es an jeder Ecke. Sei mal lieber froh, dass ich, ich wiederhole, *ich* die Sache vereitelt habe, wegen der diese Herrschaften hier gekommen sind. Schließlich liegt die Urkunde noch immer im Tresor. Und Teil unseres Deals war: keine Polizei.«

Jacqueline sprang von ihrem Stuhl hoch. »Deal? Was soll das heißen, *papa*? Hast du uns an diesen Typen da verhökert?«

»Ich muss doch sehr bitten«, protestierte Carillon.

»Jetzt beruhigen wir uns alle mal.« Venturino warf einen demonstrativen Blick auf die zwei Hünen, die sich mit verschränkten Armen und ausdruckslosen Gesichtern rechts und links der Tür postiert hatten. Sie schienen wirklich wie gemacht für diesen Job.

Doch Jacqueline ließ sich davon nicht beeindrucken. »Willst

du uns alle von denen verdreschen lassen, *papa*? Was soll das? Was hast du mit diesen Typen überhaupt zu schaffen?«

»Das sollte ich wohl eher dich fragen.«

»Ich hab aber zuerst gefragt.«

»Nicolas ist ein alter Schulfreund.«

»Ich meine die Vicomtes, *papa*.«

»Pscht!« Der Museumsleiter legte seinen Zeigefinger an die Lippen. »Nicht so laut.«

Delphine verdrehte die Augen. »Ist doch niemand von denen da. Oder meinen Sie, Adlige haben so eine Art Supergehör? Und fliegen gleich durchs Fenster und ...«

»Madame, ich habe verstanden«, unterbrach Carillon ihren sarkastischen Einwurf. »Aber unterschätzen Sie niemals die Macht der Aristokratie.«

»Das passiert uns kein zweites Mal«, gab sie zurück.

Die anderen nickten.

»Zweites Mal?« Der Bürgermeister hatte den Blick auf seine Tochter geheftet, doch die schwieg.

»Nun ja, es wäre mir gar nicht recht, wenn die Vicomtes, wie soll ich sagen ...«, Carillon knetete seine Hände, sodass die Glieder vernehmlich knackten, »also, es könnte einen falschen Eindruck erwecken, wenn die Fürstenfamilie glaubt, ihre Besitztümer wären bei mir nicht sicher.«

Ein flüchtiges Lächeln huschte über das Gesicht des Bürgermeisters. »Na also, Nicolas, bist du jetzt zur Vernunft gekommen? Es wäre für deine Zukunft womöglich hinderlich.«

Carillon erwiderte nichts.

»Gut, dann können wir unsere kleine nächtliche Zusammenkunft ja getrost auflösen.« Der Bürgermeister klatschte in die Hände. »Und du, meine Liebe«, wandte er sich an Jacqueline, »wirst dich in Zukunft von diesen Subjekten hier fernhalten.«

»Du kannst mir gar nichts verbieten. Ich bin schließlich keine zwölf mehr.«

»Das nicht. Aber du kennst vielleicht den alten Spruch mit den Füßen unter dem Tisch, nicht wahr? Und dazu gehört auch, dich nicht mit halbseidenen Hausmeistern, verkrachten Handyfledderern, abgerutschten Society-Sternchen, arbeitslosen Dschunkenlenkern und militaristischen Haschbrüdern einzulassen.« Er blickte sie einen nach dem anderen an, als er das sagte.

Keiner kommentierte das, nur Paul stellte eine Frage: »Mit was für Leuten treibst du dich denn herum, Jacky?«

»Der Bürgermeister meint uns, du Riesenbaby«, zischte Delphine und verdrehte die Augen.

Jacqueline hob die Hand. »Lass gut sein, Delphine. Paul hat schon recht. *Papa* kann eigentlich nicht euch meinen. Denn ich habe noch nie mit so gutherzigen Menschen, so verlässlichen Freunden und überhaupt so wunderbaren Leuten zu tun gehabt wie mit euch.«

Karim strahlte übers ganze Gesicht, und auch die Frauen schienen gerührt.

»Ach, Kindchen, du bist auch was ganz Besonderes.« Lizzy streichelte ihr über den Arm. »Und das will was heißen, wenn man von einem wie dem da abstammt.«

Der Bürgermeister zog eine Schnute und schüttelte den Kopf. »Bitte, wir wollen doch nicht die Contenance verlieren, Madame Schindler.«

»Von einem korrupten Beamten lassen wir uns gar nichts sagen«, spie ihm Delphine entgegen, doch Venturino ließ den Anwurf einfach an sich abtropfen.

»Siehst du: kein Umgang für dich, Jacqueline. Also, wenn du weiterhin von deinem Zimmer aus auf den Golf von Saint-Tropez blicken möchtest und ich dir auch in Zukunft Studium und Leben finanzieren soll, dann sei jetzt bitte vernünftig.«

»Ich schaff das auch ohne dich. Dann ziehe ich eben zu ...«, begann sie, worauf Karim sich in seinem Stuhl aufrichtete, »... Paul.« Karim riss die Augen auf.

Der Belgier blickte erschrocken drein. »Also, ich hab ja gerade sehr viel zu tun, mit der Gärtnerei und so, und Platz gibt's bei mir auch nicht viel.«

»Verstehe, Paul, macht nichts. Dann wohne ich eben von nun an bei Delphine.«

»Bei mir? Jacky, du bist natürlich immer willkommen. Aber ganz ehrlich, mein Haus ist eh schon so voll, und mein Alter ...«

»Na, dann halt ...«

Lizzy wartete den nächsten Namen gar nicht erst ab. »Zu mir kannst du jederzeit, wir rücken einfach zusammen. Bloß wenn ich Herrenbesuch habe, müsstest du halt für ein paar Stunden mit dem Hund raus. Noch besser bis zum Frühstück.«

Hilfe suchend blickte Jacqueline Guillaume an, der kaum merklich den Kopf schüttelte.

Jetzt schlug Karims Stunde. »Du kannst doch mit zu mir.« Er versuchte, es möglichst beiläufig klingen zu lassen, doch sein Körper bebte bei den Worten.

»In dein ... Kinderzimmer?« Man konnte Jacqueline anhören, dass sie von dem Vorschlag wenig begeistert war.

Doch ihr Vater nahm ihr die Antwort ab. »Hast du eigentlich gehört, was ich gerade gesagt habe? Du wirst dich in Zukunft von diesen Leuten fernhalten und weder in irgendwelche Kinderzimmer noch in Sozialwohnungen oder Stundenhotels einziehen. Und was euch betrifft: Wenn ihr nicht wollt, dass ich euch bei den Vicomtes hinhänge, dann lasst ihr die Finger von meiner Tochter, klar?«

Guillaume fühlte sich nun doch zu einer Reaktion genötigt. »*Monsieur le Maire*, wir hatten bisher wenig Berührungspunkte, aber ich habe Ihre Arbeit immer respektiert.« Die anderen blickten ihn von der Seite an, als wollten sie fragen, ob das stimme, doch er ignorierte ihre Blicke. »Aber was hier gerade passiert, was Sie unterstützen, das ist Beihilfe zur Selbstabschaffung.«

»Bitte was?«

»Beihilfe zur Abschaffung von Port Grimaud. Die Vicomtes benutzen die Menschen. Das liegt in ihrer DNA, das haben Leute wie sie jahrhundertelang getan.«

»Ich muss doch sehr bitten«, protestierte Carillon. »Diese Aussage zeugt von großem historischen Unverständnis.«

»Ach, halt doch die Klappe, wenn sich Erwachsene unterhalten«, fuhr ihn Lizzy an, und der Mann zog den Kopf ein.

»Sehen Sie, Herr Bürgermeister«, fuhr Guillaume fort, »auch uns haben die Vicomtes benutzt. Ja, auch Ihre Tochter. Haben uns ein Rätsel aufgezwungen, das es zu lösen galt, einen Hoffnungsschimmer vorgegaukelt auf eine hellere Zukunft, ein sorgenfreieres Leben, haben mit unseren Ängsten und Träumen gespielt.« Er wurde kurz von Delphines Schniefen unterbrochen, von dem er nicht wusste, ob es echt oder gespielt war. Trotzdem beflügelte es ihn. »Glauben Sie, bei Ihnen wird das anders laufen? Auch Sie haben Träume und Ziele, bestimmt berechtigte, wenn ich das so sagen darf. Sie haben das Städtchen hier zu neuer Blüte geführt. Und auch Port Grimaud ist unter Ihrer Regentschaft erblüht.« Er horchte seinen Worten kurz nach. Hatte er zu dick aufgetragen? Egal, der Zweck heiligte die Mittel. »Aber wenn Sie den Ort an die Vicomtes ausliefern, wird Ihr Name aus den Geschichtsbüchern getilgt. Wenn Sie für die Familie nicht mehr von Nutzen sind, und alles deutet darauf hin, dass das bald der Fall sein wird, dann sind Sie nur noch Zaungast in einer Stadt, die mal die Ihre war.« Guillaume hielt inne, um durchzuatmen. Seine Rede schien Wirkung zu zeigen, denn die atemlose Stille im Raum war geradezu körperlich spürbar. Da schob er nach: »Wenn es so weit ist, wenn die Vicomtes Sie fallen lassen, werden Sie froh sein, Freunde wie uns zu haben.«

Jetzt kam wieder Leben in die Miene des Bürgermeisters. »Freunde? Dass ich nicht lache! Mit Halunken wie euch will ich nichts zu tun haben.«

Merde, dachte Guillaume, den letzten Satz hätte er sich sparen sollen.

»Und was machen wir jetzt?« Paul blickte in die Runde, die Frage war offenbar an alle Anwesenden gerichtet.

Carillon räusperte sich. »Ich werde jemanden abstellen, der den Tresor bewacht, bis die Urkunde am Samstag zur feierlichen Enthüllung abgeholt wird.« Erschrocken hielt er sich eine Hand vor den Mund. »Oh, da hab ich wohl schon wieder zu viel gesagt. Na, macht nichts, ihr könnt sowieso nichts mehr dagegen ausrichten.«

»Und ihr verhaltet euch mucksmäuschenstill, bis alles über die Bühne ist, klar?« Venturino hob drohend seinen Zeigefinger.

Da stieß Jacqueline einen überraschten Laut aus. »Woher wusstest du überhaupt, dass wir heute Nacht hier sind?«

»Woher ich … nun, du hast eben einfach zu laut telefoniert in deinem Zimmer.«

Die junge Frau kniff die Augen zusammen. »Ich glaub dir kein Wort. Spionierst du mich aus?«

»Mach dich nicht lächerlich. Und jetzt seht zu, dass ihr rauskommt. Alle – bis auf Jacky. Du kommst nämlich schön brav mit nach Hause, *ma puce*!«

29

Karim und Lipaire saßen auf der kniehohen Brüstung der Brücke, die über den Wassergraben vor dem bewachten Hauptportal von Port Grimaud führte. Es war kurz nach Mittag, und die Sonne hatte die Steine angenehm aufgeheizt. Zuvor waren sie beim einzigen Bäcker des Ortes gewesen, der in einer winzigen Backstube fantastisches Brot und köstliche Kuchen machte, und hatten sich altbackenes Baguette geholt, das sie nun ins Wasser warfen. An dieser Stelle standen immer die größten Meeräschen und Doraden und warteten auf die Snackreste oder zur Hälfte gegessene Eiswaffeln.

Immer, wenn Karim und Guillaume etwas wirklich Ernstes zu besprechen hatten, kamen sie hierher. Heute hatten sie sich nach langer Zeit wieder einmal an diesem Ort verabredet, denn Karim, den Lipaire immer noch als eine Art Ziehsohn betrachtete, hatte am Telefon außergewöhnlich niedergeschlagen gewirkt.

Hinter ihnen wurde das Portal gerade mit Girlanden und Vicomte-Wappen für den Tag des feierlichen Festakts geschmückt, außerdem fuhren ständig Transporter mit Lautsprecherboxen, Bühnenelementen, Stühlen und Tischen für den Marktplatz vorbei.

Zwei Tage waren vergangen seit ihrem gnadenlos missglückten Einbruch ins *Musée du Patrimoine* in Grimaud und dem anschießenden »Verhör« durch Museumsleiter und Bürgermeister.

Karim warf energisch ein großes Stück Baguette in den Kanal, nicht ohne jedoch vorher noch beherzt davon abzubeißen. Dieses Weißbrot war sogar noch eine Wucht, wenn es ein oder zwei Tage alt war. »Werde ich also doch bei Paul anfangen müssen. Bei Gluthitze im Dreck wühlen und Unkraut jäten, ein Albtraum. Aber besser als arbeitslos. Von irgendwas müssen *maman* und ich schließlich leben.«

Diese Aussage versetzte Guillaume einen Stich ins Herz. Der Junge sorgte schon seit Jahren hingebungsvoll für seine Mutter, ohne je darüber zu klagen. Lipaires Kinder hingegen hatten den Kontakt zu ihm schon vor Jahren abgebrochen.

»Von Jacky habe ich auch nichts mehr gehört, seit ihr Vater ihr den Umgang mit mir verboten hat.«

»Mit uns allen, Karim.«

»Aber für euch ist es nicht so schlimm.«

»Auch wieder wahr.«

»Was meinst du denn, wie es bei dir weitergeht, Guillaume?«

Lipaire stieß hörbar die Luft aus. »Mal sehen, wie lange ich mit meinen Vermietungen und den paar letzten Aufträgen als Hausverwalter noch über die Runden komme.«

Karim nickte bedrückt.

»Wenn alle Stricke reißen, muss ich wohl zurück nach Deutschland, so hart das für mich auch werden wird.«

Karim riss die Augen auf. »Nach … Deutschland? Ich meine, spinnst du? Was wird dann aus mir, hm?«

Es rührte Guillaume, dass dem Jungen so viel an ihm lag. Er legte ihm väterlich eine Hand auf die Schulter und sagte leise: »Du hast dein Leben noch vor dir, Karim. Du bist jung, für dich gibt es so viele Möglichkeiten. Du musst sie nur nutzen. Ich hab dir beigebracht, was ich konnte. Aber ich …« Er verstummte, um das Unaussprechliche nicht auch noch in Worte fassen zu müssen.

»Du?«

»Na ja, vielleicht suche ich mir irgendwo ein betreutes Wohnen, die Damen dort freuen sich bestimmt über einen Zuwachs meines Kalibers.«

»Dein Zuhause ist doch hier, Guillaume!«

Lipaire seufzte.

Karim blickte ihn aus traurigen Augen an. »Wir haben es vielleicht auch nicht anders verdient.«

»Wahrscheinlich nicht. Weil wir einfach unverbesserlich blöde sind.« Lipaire schüttelte über seine eigene Dummheit den Kopf, als er auf einmal etwas Kaltes, Feuchtes an seiner Wade spürte. Er schaute nach unten und entdeckte Lizzys inzwischen ziemlich gescheckt wirkenden Pudel, der seine Schnauze an seinem Bein rieb. Dahinter stand, wie immer in schrillen Glitzerklamotten, Louis' Frauchen.

»Na, Lizzy, geht's gut?«

Die alte Dame zuckte die Achseln. »Besser als euch, wie's aussieht.«

»Könnte kaum deprimierender sein.«

Lizzy schüttelte den Kopf. »Jetzt hört aber mal auf! Davon geht doch die Welt nicht unter.«

»Die Welt, die wir kennen und lieben, schon«, gab Lipaire zurück.

»Papperlapapp. Ich hab schon ganz andere Sachen erlebt. Das Leben geht weiter! Und meistens besser, als man denkt.«

»Wie denn? Wir stehen da wie begossene Pudel.«

Wie aufs Stichwort begann der Hund zu bellen.

»Sucht euch doch zwei nette, reiche Frauen.«

Die beiden Männer ließen die Köpfe hängen. »Wir sind einfach zu nichts zu gebrauchen«, murmelte Karim, während er dem Hund den Hals kraulte.

»Das ist mir zu traurig, hier. Da geh ich lieber, sonst brauch ich noch Antidepressiva ...« Lizzy wurde vom Klingeln der Handys unterbrochen.

Mit gerunzelter Stirn blickten sie sich an.

»Moment, wenn wir alle drei gleichzeitig eine Nachricht bekommen, heißt das doch ...«, begann Karim, und Guillaume vervollständigte: »... dass sich das Phantom meldet!«

Karim wollte das Telefon herausholen, doch Guillaume hielt seine Hand fest. »Das Phantom hat uns die letzten Male auch nichts gebracht.«

Der junge Mann blickte ihn ernst an. »Du hast recht.« Damit zog er seine Hand zurück.

»*Hattet ihr nicht mal ein Motto, ihr, die Unverbesserlichen? Einer für alle und alle für einen?*«, begann Lizzy, von ihrem Display abzulesen.

»Aber wir wollten doch nicht ...«, begann Karim, aber die alte Dame ließ ihn nicht ausreden: »Ich bin eben neugierig. Ihr doch auch, oder?«

Sie grinsten und zogen nun auch ihre Mobiltelefone heraus.

Wo sind euer Optimismus und euer Kampfgeist geblieben? Ein Freund, ging die Nachricht weiter.

Guillaume schnalzte mit der Zunge. »Der hat leicht reden.«

»Man könnte fast meinen, er sitzt neben uns, so gut kann er unsere Gedanken erraten«, sagte Karim und blickte sich um.

»Oder sie!«, hörten sie da eine vertraute Stimme rufen. Delphine lief mit großen Schritten durchs Portal auf sie zu. »Was sagt man jetzt dazu?« Sie stemmte die Hände in die Hüften und hielt ihr Telefon hoch.

Lizzy winkte ab. »Bloß nicht schon wieder irgendwelche Rätsel. Die kann ich schließlich auch noch machen, wenn ich in zehn, fünfzehn Jahren mal ins Altersheim ziehe.«

Da piepsten die Handys erneut.

Seid ihr nicht selbst schuld an der Situation? Und jetzt bedauert ihr euch.
Wollt weglaufen wie Kinder, die im Supermarkt ein Glas Cornichons hin-
untergeworfen haben? Ich hätte mir mehr von euch erwartet. Seid ihr nur
Tagediebe, die den ganzen Tag auf der Brücke sitzen und Zeit vergeuden?
Ein Denkmal wird man euch so nicht errichten, schade.

Lipaire zog die Brauen hoch. Die SMS hatte einen völlig anderen Ton als die bisherigen.

»Na toll, jetzt können wir uns auch noch beschimpfen lassen«, brummte Delphine.

Vom Parkplatz aus kam Paul mit ein paar Gartenutensilien
angelaufen, vor dem Wärterhäuschen fuhr ein heller Motorroller vor.

Karim sprang auf. »Jacky!«

Sie hatten sich gerade vollzählig auf der Brücke versammelt,
als sich das Phantom mit einer weiteren Botschaft an sie wandte: »*Jacqueline und Karim, wollt ihr denn nicht, dass eure Kinder mal stolz*
auf euch sind?«, las Delphine von ihrem Display ab.

Die beiden liefen knallrot an. Quenot grinste, da fuhr Delphine fort: »*Paul, willst du deinem nächsten Partner denn keine Helden-*
geschichte präsentieren?«

Nun war es der Belgier, der irritiert dreinblickte.

»*Lizzy, ein tolles Abenteuer mehr zieht sicher auch bei den Männern*«,
las Karim.

»Als ob ich das nötig hätte«, schimpfte die alte Dame.

»Über dich schreibt er auch noch was, Delphine.« Lipaire verlas laut den Rest der Nachricht: »*Delphine, die Geschichte der Rettung*
von Port Grimaud wäre doch ein toller Filmstoff – mit Madame Dallarmé
und dir in den Hauptrollen.«

Die Angesprochene machte große Augen.

»Nur zu dir ist ihm nichts eingefallen«, bemerkte Karim.

Guillaume zuckte enttäuscht die Achseln.

»Ich schreib ihm zurück«, erklärte Delphine. »Was haltet ihr von: *Hilft ja nichts, wir kommen nicht weiter.*«

Sie erntete einhelliges Nicken, also tippte sie die Antwort ein.

Die Reaktion ließ nicht lange auf sich warten: »*Aber ihr nennt euch doch* DIE UNVERBESSERLICHEN!«

Jacqueline sprang auf. »Und wenn er ... sie recht hat? Wer außer uns sollte das Unmögliche möglich machen?«

»Also, wenn das wirklich Stoff für eine Verfilmung wäre? Vielleicht könnte ich wirklich auch eine Rolle spielen«, stimmte Delphine ein.

»Ich wär auch dabei, falls ihr einen Fahrer oder so braucht«, meldete sich Karim.

»Na, und ich spiel mich selbst, was meint ihr?«, fragte Lizzy in die Runde.

Delphine grinste. »Wer sonst?«

»Dann werd ich auf meine alten Tage noch Filmdiva!«

»Und ich mach die Special Effects, okay?«, schlug der Belgier vor.

»Klar, Paul, das kriegen wir hin«, erklärte Jacky lachend.

»Hm, und ich?«, meldete sich Guillaume zerknirscht, der sich nun tatsächlich ein wenig übergangen fühlte.

»Du bist der Regisseur, wie in Wirklichkeit auch.« Jacky grinste ihn an.

Der Vorschlag gefiel ihm. »Ihr meint also, wir können es doch noch mal packen?«

»Nur wir!« Jacky ballte ihre rechte Hand zur Faust. »Zusammen. Einer für alle, alle für einen!«

Wieder kam eine Nachricht: *So hört sich das schon besser an!*

Jacqueline hatte Feuer gefangen. »Also, es gilt. Wie gehen wir vor?«

Sie blickte in leere Gesichter. Eine Minute sagte keiner etwas, dann murmelte Guillaume: »Das ist unser Problem. Wir haben keine Ahnung, wie man so einen Coup aufzieht.«

Jacqueline ließ nicht locker. »Ich hätte vielleicht eine Idee, wo wir uns Anregungen holen könnten.«

»Ach, und wo?«

»Was haltet ihr davon, wenn wir uns zusammen ein paar Filme ansehen?«

30

Pauls Wohnung in der Sozialsiedlung von Gassin, jenem spektakulären Dorf auf einer Bergkuppe oberhalb von Port Grimaud, war klein, gemütlich und, das musste Guillaume zugeben, deutlich geschmackvoller eingerichtet als seine eigene. Wenn man es genau betrachtete, war sie tatsächlich im engeren Sinne eingerichtet, während seine *gardien*-Bude einfach nach und nach mit zweckmäßigen Möbeln befüllt worden war. Bilder oder andere Dekorationsobjekte suchte man bei Lipaire vergeblich. Zweckmäßig war ihm aber allemal lieber als der fast schon zwanghafte Hang des Belgiers zur Begrünung und Verschönerung seines Lebensumfeldes: Überall standen Blumen herum, was bei einem Gärtner ja noch einigermaßen naheliegend war, aber der ganze Krimskrams – Kerzenständer, Etageren oder Glasschalen mit irgendwelchen Kugeln darin – ergab für ihn überhaupt keinen Sinn, außer dass sich darin der Staub fing. Obwohl in dieser akribisch aufgeräumten Wohnung kein einziges Staubkörnchen zu erblicken war.

»Toll, wirklich ganz toll, was du aus diesen paar Quadratmetern gemacht hast. Du hast einfach ein Händchen fürs Schöne!« Jacqueline blickte sich anerkennend um, was der Belgier mit einer wegwischenden Handbewegung quittierte: »Ach, das bisschen ...«

Delphine schüttelte den Kopf. »Stell dein Licht nicht immer so unter den Scheffel. Wir könnten stattdessen auch in Guillaumes Rumpelkammer sein.«

»Jetzt mach aber mal halblang.« Lipaire hob drohend seinen Zeigefinger. »Immerhin war mein Domizil für viele unserer Treffen gut genug.«

»Ja, aber nur, weil Paul so weit weg wohnt«, stimmte Lizzy mit ein.

»Ich finde, Jacqueline hat recht, es ist ... wunderhübsch hier.« Karims Wangen leuchteten.

Guillaume verdrehte die Augen. Der Junge lernte es wohl nie, wie man sich bei Frauen interessant machte. Dann versuchte er, das Gespräch auf den eigentlichen Grund ihres Hierseins zu lenken. »Hast du den Beamer organisiert?«

Der Belgier nickte.

»Aber dafür ist die Wohnung schon ein bisschen zu klein, oder?«, gab Karim zu bedenken.

Quenot schüttelte den Kopf. »Nein, das Ding ist samt Leinwand im Gemeinschaftssaal installiert. Brauchen wir ... also, die anderen hier, für den Bingoabend.«

Guillaume klatschte in die Hände. »Worauf warten wir dann noch? *On y va!*«

Zur Bestätigung gab Louis Quinze, der inzwischen fast wieder zu seiner natürlichen Fellfarbe mit den schwarz-weißen Flecken zurückgekehrt war, ein Bellen von sich, und sie verließen die Wohnung.

Der Gemeinschaftssaal von *Nouveau Gassin* war nicht gerade das Schmuckstück der um einen zentralen Platz errichteten Wohnanlage, wenngleich Guillaume es respektabel fand, dass der Architekt Gilbert Roudeau überhaupt einen solchen Ort für die Bewohner in die Siedlung integriert hatte.

Laut Paul wurde der rege angenommen, wenn auch Bingoabende wohl eher ein Vergnügen für die Älteren darstellten. Die bisherigen Besucher störten sich vermutlich auch nicht an der Pfarrsaal-Atmosphäre samt schlichten Resopaltischen und Linoleumboden.

Gegenüber der Eingangstür befand sich eine Reihe großer Fenster, die alle offen standen. Ein altes Männchen mit eingefallenen Wangen und grauer Haut schlurfte von dort aus auf sie zu.

»Antoine, der Hausmeister«, stellte Paul ihn vor.

»Bonsoir, Kleiner«, erwiderte das Männchen und drückte Paul einen Schlüssel in die Hand. »Hab euch extra noch gelüftet, vorher war wieder der Yogakurs mit den alten Damen drin. Danach herrscht immer dicke Luft.«

Sie lächelten freundlich, nur Lizzy zog kritisch die Brauen zusammen.

»Mach alles aus, wenn du gehst, ja?« Ohne eine Antwort abzuwarten, schlurfte der hagere Mann davon. »Und sperr ab, nicht dass wir wieder besoffene Jugendliche drin haben morgen früh.«

Quenot reckte den Daumen nach oben.

»Geht aber recht locker zu bei euch«, kommentierte Guillaume.

»Ja, so ist das hier. Früher gab's auch Filmabende.« Pauls Stimme hallte in dem Raum wider. »Bud-Spencer-Streifen und so. Da kamen auch manchmal Leute aus dem alten Dorf zum Zuschauen.«

Guillaume rümpfte die Nase. »Verstehe, Hochkultur.«

Der Belgier zuckte die Achseln.

»Wo ist eigentlich Delphine abgeblieben?«

Alle schauten sich suchend um, da stieß die Gesuchte die große Schwingtür auch schon mit dem Hinterteil auf, wobei sie zwei Körbe und ein Tablett balancierte. »Geht schon, bemüht

277

euch nicht«, sagte sie, worauf alle auf sie zustürmten und »Lass dir doch helfen« oder »Das kann ich doch nehmen« riefen.

»Was hast du denn da Feines mitgebracht?«, wollte Guillaume wissen.

»Na, im Kino muss man doch ein bisschen was knabbern, oder?«

»Ein bisschen was?« Mit großen Augen betrachtete Jacqueline das mitgebrachte Essen, eine Best-of-Auswahl der beliebtesten Kino-Snacks mit Popcorn, Nachos samt verschiedenen Dips, Lipaires Lieblingschips mit Geschmacksrichtung *Poulet Rôti* sowie diverse Nüsschen und getrocknete Früchte.

»Paul, könntest du draußen die Getränke holen, die hab ich nicht mehr geschafft.« Damit stellte Delphine ächzend ihre Speisen auf einem der Tische ab.

Als er die verschiedenen Sorten Softdrinks, die Bierdosen und zwei Flaschen Rosé samt Plastikbechern abgestellt hatte, griffen alle zu und nahmen dann an einem der Tische Platz.

Jacqueline hatte inzwischen ihren Laptop an den Beamer angeschlossen. »Ich habe hier eine Auswahl der wichtigsten Filme zu unserem Thema zusammengestellt.« Sie hielt ein paar DVDs hoch. »Womit sollen wir anfangen? Ich hätte zum Beispiel *Über den Dächern von Nizza*, *Der große Eisenbahnraub*, *Rififi* ...«

»Den kenn ich, der ist toll«, kommentierte Delphine, während Lizzy hinzufügte: »Ich hab mal den Regisseur kennengelernt, der war auch nicht verkehrt.«

Jacqueline fuhr ungerührt mit ihrer Aufzählung fort: »*Topkapi*, *Ocean's Twelve*, *The Italian Job*, dann eine Folge aus der *Fantomas*-Reihe, wo Louis de Funès ...«

»Das schaffen wir doch niemals alles an einem Abend«, gab Guillaume zu bedenken.

»Schon klar. Ich würd immer an die entsprechenden Stellen

springen, die uns als Inspiration dienen könnten.« Damit löschte sie das Licht und legte den ersten Film ins Laufwerk, auf Delphines Wunsch *Rififi*.

Darin bohrte sich eine Diebesbande eine halbe Stunde lang durch die Decke eines Juweliergeschäfts. Guillaume hatte keine Ahnung, wie ihnen solch eine Präzisionsarbeit jemals gelingen sollte, noch dazu, wo der Tresor ja im Obergeschoss stand. Er zweifelte bereits den Sinn des ganzen Abends an. Doch Karim jubelte: »Cool, so was müssen wir unbedingt auch machen. Tolle Wahl, Jacky. Wie geht der Film denn aus?«

»Sie sterben alle«, antwortete die junge Frau kleinlaut.

»Vielleicht doch lieber einen anderen Streifen«, schlug Paul vor.

So legte Jacqueline eine DVD nach der anderen ein, sie sahen, wie akribisch die darin agierenden Banden ihre Coups vorbereiteten, wie sie Besitzer von Tresorschlüsseln auskundschafteten, beobachteten gebannt, wie in *The Italian Job* der Boden unter einem Tresor weggesprengt wurde, worauf dieser mehrere Stockwerke nach unten in ein Kellergeschoss mit direktem Zugang zu den Kanälen von Venedig krachte, was Paul mit den Worten »So wär's natürlich auch gegangen« kommentierte. Einmal brachen sie ab, als bei *Ocean's Twelve* ein ganzes Haus angehoben wurde, eine Aktion, die sie aufgrund des unüberschaubaren Aufwands für sich von vornherein ausschlossen. Als Jacqueline nach der Einbruch-Szene in einen Palast in Istanbul den Film *Topkapi* anhielt, ertönten hinter ihnen plötzlich protestierende Stimmen: »He, wir wollen wissen, wie's weitergeht! Lass mal laufen, Mädchen!«

Erschrocken drehten sie sich um – und sahen, dass sich inzwischen ein gutes Dutzend Menschen zu ihnen gesellt hatte. Einer von ihnen telefonierte gerade: »Ja, Valérie, wenn ich es dir doch sage: Heute ist Filmabend, wie früher. Komm auch. Und bring Jacques und die anderen mit.«

»Aber ...« Guillaumes Einwand wurde von Paul sofort abgewürgt: »Toll, damals war immer super Stimmung.«

Delphine schnappte sich die Snackplatte und ging damit zu den Neuankömmlingen, was die mit großem Hallo begrüßten.

Nun wurde es allerdings etwas schwieriger, jeweils nur die einschlägigen Stellen der Filme zu zeigen, doch Karim stellte sich zu Jacqueline und täuschte mal technische Probleme vor, mal spoilerte er »aus Versehen« den Schluss, sodass niemand mehr Lust hatte, weiterzuschauen.

»Das machst du gut«, flüsterte ihm die junge Frau ins Ohr.

»Ja, findest du?«

»Ja. Hast dich ganz schön gemacht, während ich weg war.«

Lipaire beobachtete die Szene genau und nahm mit Genugtuung zur Kenntnis, dass Jacky bei dem Gespräch ihre Hand auf Karims Arm legte. Daher sah er großzügig darüber hinweg, dass das Publikum immer weiter anwuchs und die Leute nun damit begannen, die meist schon ziemlich in die Jahre gekommenen Filme kritisch zu kommentieren.

»Die müssten ein Täuschungsmanöver einbauen, 'ne hübsche Frau auf der Straße, die den Verkehr aufhält oder so«, lautete zum Beispiel ein Vorschlag, den Guillaume sich gedanklich notierte.

Als erneut die Tür aufging und ein Mann hereinkam, bemerkte Lipaire eine Veränderung bei seinem Freund Paul. Er rutschte unruhig auf seinem Stuhl hin und her, spielte mit seinen Händen und blickte immer wieder zu dem Neuankömmling hinüber. »Kennst du den?«

»Ich? Wen? Ich kenn hier niemanden.« Pauls Antwort kam schnell und klang fahrig.

»Aha.«

»Was: aha?«

»Nichts. Bring ihm doch mal was zu trinken«, meinte Lipaire.

»Ich?«

»Wer sonst?«

Delphine beugte sich zu ihnen herüber. »Sieht gut aus.«

»Wer?«

»Was denkst du denn? Der, den du die ganze Zeit anstarrst.«

Obwohl sie ihn nun alle bearbeiteten, sich endlich zu ihm zu gesellen und ihm etwas zu trinken und zu essen zu bringen, ließ Paul sich nicht breitschlagen.

»Vielleicht sollten wir demnächst noch so einen Abend veranstalten«, schlug Guillaume vor. »Aber dann eher mit Liebesfilmen.«

»Ja, unbedingt wieder mehr Filmabende«, rief da einer der Zuseher. »Und jetzt hört auf mit dem Gequatsche, wir wollen weiterschauen.«

Es wurde eine lange Nacht, und einmal, als sie sich nicht entscheiden konnten, welchen Film sie als Nächstes abspielen sollten, kam aus dem Dunkel des inzwischen fast voll besetzten Saales der Vorschlag: »Kleiner Tipp: Wie wäre es mit *Inside Man*? Das ist einer der besten und ... inspirierendsten Filme dieser Art.«

Guillaume blickte mit zusammengekniffenen Augen in die Dunkelheit, konnte aber niemanden erkennen. Dennoch war er sich sicher: Die Stimme kam ihm bekannt vor. »Wer hat das gerade gesagt?«, fragte er an Paul gewandt.

»Hast du nicht gehört: Ich kenn hier niemanden.«

»Aber du wohnst doch hier.«

»Trotzdem, dieses Nachbarschaftsding ist nicht so meins, weißt du doch.«

»Vielleicht sollte es das werden …« Bei diesen Worten blickte Guillaume wieder in Richtung des Mannes, der vorhin hereingekommen war und Paul so nervös gemacht hatte.

Den letzten Film, den Jacqueline dabeihatte, *Bank Job*, ließen sie schließlich bis zum Schluss durchlaufen. Alle freuten sich, dass darin in eine Bank eingebrochen wurde, in deren Schließfächern kompromittierende Fotos einer Adelsfamilie lagerten.

Als sie, müde und voller Eindrücke, die nun erst einmal sortiert werden mussten, gegen drei Uhr nachts den Filmabend beendeten, war der Saal noch immer zur Hälfte gefüllt.

»Nächste Woche wieder?«, fragte einer der Gäste im Hinausgehen.

Bevor Guillaume ihm erklären konnte, dass dies eine einmalige Sache gewesen war, antwortete Delphine: »Ja, das machen wir ab jetzt regelmäßig. Aber nächstes Mal bringen alle was zu essen und zu trinken mit, klar?«

TEIL 6: DER PLAN

31

Es war gerade mal kurz nach halb elf am nächsten Morgen, als Lipaire mit Lizzy in Gassin eintraf. Beunruhigt blickten sie sich an.

»Was ist denn los?«, rief ihnen Delphine schon von Weitem entgegen, doch Guillaume wusste auch nicht, was für ein Notfall es war, zu dem Paul sie einbestellt hatte. Der Belgier hatte ihn um Viertel vor zehn aus süßen Träumen gerissen und ihn mit sich überschlagender Stimme aufgefordert, alle zusammenzutrommeln. Es sei dringend und dulde keinen Aufschub. Dann hatte er einfach aufgelegt.

Da in Port Grimaud glücklicherweise gerade Markt war, konnte sich Guillaume die klapprige Ape von Ulrich, einem ebenfalls deutschstämmigen Mittfünfziger, ausleihen. Ulrich hatte sich im Hinterland von Saint-Tropez vor Jahren als Imker selbstständig gemacht und fuhr nun regelmäßig mit dem dreirädrigen Gefährt nach Port Grimaud, um dort seinen Honig zu verkaufen. Lipaire musste ihm hoch und heilig versprechen, spätestens gegen eins, zum Ende des Marktes, wieder damit zurück zu sein. Mit der Ape war er zu Lizzy gebrettert, die sich neben ihn auf die enge Sitzbank der Kabine gezwängt hatte. Louis Quinze hatte auf der Ladefläche Platz nehmen müssen, was ihm mit zunehmender Fahrt und wachsendem Tempo allerdings immer besser gefallen hatte.

Oben angekommen, rannten sie in den Innenhof der Wohnanlage, wo sie den Belgier im Gespräch mit Karim und Jacky vorfanden. »Paul, was ist denn passiert?«, rief Lipaire schon von Weitem.

»Was passiert ist?«, polterte Quenot ohne vorherigen Gruß los. »Das habe ich den anderen gerade schon zu erklären versucht: Wir müssen den Saal aufräumen, sonst reißt mir Antoine den Kopf ab.«

»Der Hausmeister?«, fragte Guillaume.

Paul nickte.

»Das ist dein Notfall?« Lipaire war fassungslos.

»Du hast ja keine Ahnung, wozu Antoine fähig ist.«

»Dieses schmächtige Männlein?« Lizzy schüttelte lachend den Kopf.

»Der kann einem das Leben hier oben zur Hölle machen«, sagte Paul mit sichtlicher Besorgnis im Blick.

»Ist ja auch egal. Versteht sich von selber, dass wir noch aufräumen«, erklärte Delphine. »Aber das nächste Mal bitte etwas weniger dramatisch, d'accord?«

Paul brummte eine unverständliche Antwort.

Jetzt übernahm Delphine das Kommando: »Also, wir brauchen auf jeden Fall mal mindestens einen Müllsack, und wenn du uns vielleicht noch Putzsachen aus deiner Wohnung holst, kann das auch nicht schaden. Na ja, und wenn wir noch Zeit hätten, die Fenster zu putzen, wär's auch nicht verkehrt.«

»Die waren aber schon vorher so dreckig«, wandte Karim ein, doch Jacky stimmte Delphine zu: »Klar, das können wir doch machen, als kleines Dankeschön.«

»Ja, stimmt eigentlich«, korrigierte sich Karim.

Als Paul die Saaltür aufsperrte, war Guillaume dann doch ein wenig geschockt angesichts des Chaos, das sie und vor allem die zahlreichen spontanen Besucher am Vorabend hinterlassen hatten: Über den gesamten Raum lagen Essensreste,

Taschentücher, leere Bierdosen, Trinkbecher und Erdnuss-schalen verteilt, die Tische und Stühle standen kreuz und quer durcheinander. Die Luft, eine Mischung aus Nacho-Salsa, Alkoholgeruch, kaltem Rauch und sonstigen Ausdünstungen, war zum Schneiden. »Na, Mahlzeit!«, brummte er und suchte den Raum nach der Aufgabe ab, die er am liebsten übernehmen würde. Respektive am wenigsten ungern. Irgendetwas Organisatorisches vielleicht, das … da! Auf einem Tisch direkt neben dem Eingang stand ein Körbchen, das bis zum Rand mit einer erstaunlichen Menge Geldscheine und Münzen gefüllt war.

»Sagt mal: Habt ihr das da schon gesehen?« Er deutete auf seine Entdeckung.

Die anderen, die auch noch die Lage zu sondieren schienen, schüttelten die Köpfe. Bis auf Delphine.

Die erklärte nicht ganz ohne Stolz: »Das Körbchen stand vor dem Damenklo herum, da hab ich es genommen und mit ein bisschen Geld drin neben den Eingang gestellt. Als Spendenbox, quasi. So was kennen die Leute doch. Gestern Abend hab ich dann gar nicht mehr dran gedacht.«

»Und was machen wir jetzt mit der Kohle?«, fragte Karim.

»Na ja, wir betrachten es als Spende für unsere Organisation, oder? Das, Leute, wird die Kriegskasse der Unverbesserlichen!«, schlug Jacky vor.

»Gute Idee.« Guillaume klopfte der jungen Frau auf die Schulter. »Während ihr aufräumt und ein bisschen sauber macht, zähle ich das Geld, damit wir einen Überblick über die Summe bekommen.«

»Wieso ausgerechnet du?«, fragte Lizzy.

»Ich habe in meiner Apotheke immer die Abrechnungen gemacht. Ich kenne mich da aus.«

»Soso«, sagte Delphine grinsend, »und wer, meinst du wohl, macht das bei mir im Laden? Meine Buchhaltungsabteilung?«

»Ach, Delphine, du weißt doch, wie ich das meine«, gab Guillaume sanft zurück. »Ich stelle mich ja immer so ungeschickt an bei ... körperlichen Arbeiten. Weil ich einfach nicht so vielseitig talentiert bin wie zum Beispiel ... du, meine Liebe.«

Delphine zog die Brauen hoch. »Jaja, Guillaume, du und dein sprichwörtlicher Charme, mit dem du glaubst, dir alles erlauben zu können.«

Und tatsächlich: Schon im nächsten Augenblick kam die Bestätigung in Form eines Achselzuckens von Delphine, gefolgt von dem Satz: »Von mir aus, ich nehm mir jetzt jedenfalls erst mal den Boden vor.«

Na also. Lipaire zog sich lächelnd einen Stuhl heran, leerte den Inhalt des Korbs vorsichtig auf den Resopaltisch und begann damit, die Geldscheine auf kleine Häufchen zu sortieren. Nachdem er einige Fünfer und Zehner alle in derselben Richtung gestapelt hatte, runzelte er die Stirn. Ganz unten im Korb sah er etwas Grünes hervorblitzen. Er schob ein paar Münzen und andere Scheine beiseite und zog schließlich fünf Hunderteuroscheine heraus, die von einer Büroklammer zusammengehalten wurden. Guillaumes Mund wurde vor Aufregung ganz trocken, er konnte kaum glauben, was er da in Händen hielt. Dann las er die Worte, die mit Kugelschreiber auf den obersten Geldschein geschrieben waren: *Für bevorstehende Aufgaben – ich zähle auf euch. Ein Freund.*

»Kommt mal her, das müsst ihr euch ansehen!«, rief Lipaire.

»Was denn? Hat jemand seinen Abfall da–« Delphine verstummte, als sie die Scheine erblickte. Auch die anderen machten große Augen.

»Ich dachte, das ist eine Sozialsiedlung hier«, kommentierte

Lizzy. »Vielleicht müsste ich mich doch öfter hier oben aufhalten ...«

Guillaume schüttelte den Kopf. »Nein, schaut, die Notiz!«

Sie beugten sich über die Geldscheine.

»Das heißt ja, dass das Phantom gestern Abend hier war!«, sprach Karim aus, was wohl alle dachten.

»Aber wer von denen war es, *putain*?«, fragte Quenot mit geballter Faust.

»Vielleicht dein Hausmeister«, mutmaßte Lizzy, und Delphine bemerkte: »Oder der smarte, gut aussehende Typ, der dir so gefallen hat.«

»Schwachsinn.«

»Ich mein ja nur, weil sich das Phantom immer so gewählt ausdrückt und so. Mir persönlich gefällt so was ja«, schob Delphine als Erklärung nach.

»Oder es ist jemand, der sich eigentlich an mich ranmachen will, aber so schüchtern ist, dass er sich als Phantom ausgibt«, murmelte Lizzy mit nachdenklichem Gesicht. Auf die skeptischen Blicke ihrer Freunde antwortete sie nur: »Hat es alles schon gegeben, braucht ihr gar nicht so zu schauen.«

Paul stieß die Luft aus. »Und wenn doch jemand von uns, ich meine ...«

»Wenn jetzt die gegenseitigen Verdächtigungen wieder losgehen, geh ich lieber gleich zurück nach Amerika!«, seufzte Jacky, woraufhin Karim ein »Bloß nicht!« entfuhr.

Guillaume winkte ab. »Wer von uns sollte es denn auch sein? Die Damen würden sicher nicht mit *Freund*, sondern mit *Freundin* unterschreiben, du, Paul, hast deine geradezu legendären Orthografieprobleme, und Karim ist eh über jeden Zweifel erhaben, bliebe also nur noch ...«

»Du«, kommentierte Lizzy trocken.

»Eben. Also, dann lasst uns mal ganz in Ruhe weiterarbeiten, und ich widme mich wieder den schnöden Zahlen«, beendete Guillaume das Thema.

Delphine warf ihm einen forschenden Blick zu. »Nicht so schnell. Würde das nicht erklären, warum das Phantom immer so gut über uns Bescheid weiß?«

Guillaume zuckte nur mit den Schultern und wandte sich wieder seiner Tätigkeit zu. Während sie weiterwerkelten, unterhielten sie sich über die Filmszenen, die sie gestern gesehen hatten. Da es ihnen unmöglich schien, die Urkunde aus dem Museum zu stehlen, blieb als einzige Möglichkeit, sie sich dann zu beschaffen, wenn sie ihr sicheres Nest kurzzeitig verlassen musste, also für den Festakt nach Port Grimaud transportiert wurde.

Paul rieb sich die Hände. »Genau, wir sprengen den Transporter.«

»Ach, und das Begleitpersonal bitten wir, vorher auszusteigen, oder wie?«, bemerkte Jacqueline spitz.

Delphine stimmte ihr zu. »Können wir nicht so was machen wie diese Damentruppe da in dem *Ocean's*-Film?«

»Genau. Frauenpower!«

»Na, Gentlemanverbrecher mit angegrauten Schläfen dürfen ruhig auch dabei sein«, räumte Delphine ein.

Guillaume nahm das als Kompliment, schließlich passte diese Beschreibung geradezu perfekt auf ihn, und er fuhr sich über die wie immer akkurat sitzenden Silberlocken. Auch er brachte einer Lösung, die nicht mit Gewalt, sondern mit Cleverness zu tun hatte, die meiste Sympathie entgegen.

»Sagt mal, ich will euch ja nicht runterziehen, aber wenn wir gar nicht wissen, wann und wie dieser Transport abläuft, können wir auch nicht wirklich planen, oder sehe ich das jetzt irgendwie falsch?«, gab Jacky nach einer Weile zu bedenken, während sie mit Karims Unterstützung die zahllosen Fenster der großen Glasfront putzte.

Madame Lizzy nahm sich einen Stuhl, um sich ein wenig auszuruhen. Sie hatte bereits alle Tische vom Müll befreit. »Wo unsere Kleine recht hat, hat sie recht.«

Lipaire brauchte jetzt auch dringend eine Pause. »Ich geh mal ganz kurz nach draußen, um ... etwas zu erledigen, vielleicht kommt in der Zwischenzeit ja die Erkenntnis.«

Die anderen sahen ihn fragend an, doch er verließ wortlos den Saal. Er war inklusive der Spende des Phantoms auf das sensationelle Ergebnis von 573 Euro und 85 Cent gekommen, musste sich jetzt aber unbedingt bei einem Zigarillo auf einer sonnigen Bank entspannen, um dann frisch erholt die Probezählung anzugehen, die dann hoffentlich zum exakt selben Ergebnis führte.

Als er nach einer Viertelstunde den Saal wieder betrat, um sich erneut seiner verantwortungsvollen Aufgabe zu widmen, wirkten alle auf einmal regelrecht aufgescheucht.

»Hallo? Könnte ich mal erfahren, was los ist?«, rief Guillaume in das Stimmengewirr hinein.

»Was los ist? Das weißt du doch selbst am besten«, sagte Lizzy mit eiskaltem Blick.

»Aber echt! Nicht ganz so scheinheilig, *mon ami*«, stimmte Paul ein. »Jetzt mal Karten auf den Tisch.«

Delphine hingegen sah ihn mit einem schwer zu deutenden Lächeln an.

»Um dich mal zu zitieren, Guillaume: *Vielleicht kommt die Erkenntnis, wenn ich draußen bin*«, meldete sich Jacky zu Wort. »Und schwupps, ist sie auch schon da!«

»Putain, jetzt redet halt, was gibt's denn?«

»Na, schau doch mal auf dein Handy!«

Er ging zu seinem Zähltisch, wo er sein Telefon eben hatte liegen lassen, und folgte Jackys Anweisung. Eine Nachricht war eingegangen. Das Phantom hatte sich gemeldet. »So, mal sehen, was ich da ... ich meine, was das Phantom da geschrieben hat!« Ihm entging nicht das Funkeln in den Augen von Delphine, als er diesen bewussten Versprecher vom Stapel ließ.

Aus gegebenem Anlass der Ablauf von Port Grimaud en Fête:

8:30 Uhr Abholung Urkunde im Musée du Patrimoine durch Sicherheitsfirma Sécurité Grimaldine in gepanzertem Wagen und speziellem Transportcase für die gerahmte Urkunde.

Anschließend Fahrt auf erst kurz vorher festgelegter Route nach Marines de Cogolin, innerer Hafen, eskortiert von zwei nicht gepanzerten Begleitfahrzeugen.

Ankunft im Hafen, Umladung auf die Comtesse.

9:30 Abfahrt der Comtesse und Einfahrt in den Hafen von Port Grimaud.

9:50 Ankunft am Kai zwischen Marktplatz und Kirche, Entladung vor dem Festpublikum. Transport zu Fuß zum Podium.

10:00 Uhr feierliche Enthüllung und Präsentation der Originalurkunde auf dem Marktplatz vor Festgästen und Publikum. Offizielle, völkerrechtlich verbindliche Ausrufung des souveränen Staates »Principauté de Port Grimaud«. Verlesen und Übergabe der Unabhängigkeitserklärung an französische Gesandtschaft.

Na, reicht euch das an Informationen? Enttäuscht mich nicht! Euer Freund.

»Und, was hast du uns sonst noch zu sagen?«, kiekste Quenot, als Lipaire wieder von seinem Telefon aufsah.

»Ich? Ich habe euch gar nichts zu sagen. Und das Phantom wird schon wissen, wann es Zeit ist, sich wieder zu melden«, gab sich Lipaire nebulös. »Und jetzt an die Arbeit, wir haben keine Zeit zu verlieren!«

32

»Ich sehe immer noch nicht ein, warum ich die Assistentin spielen muss.« Jacqueline hatte während der gesamten Fahrt in Pauls Blumenlaster über die Rollenverteilung bei ihrer kleinen Tour lamentiert, doch Guillaume war hart geblieben. »Klar, dass Paul den Bodyguard gibt, leuchtet mir ein, aber ...«

»Aha, nur weil ich ein bisschen stärker gebaut bin, traut man mir nichts anderes zu, oder wie?«, maulte der Belgier vom Steuer seines Lieferwagens aus, worauf Guillaume der jungen Frau einen Blick zuwarf, der so viel heißen sollte wie: *Siehst du, wohin das führt?*

Das schien nun auch sie einzusehen, denn sie holte ein Klemmbrett aus ihrer Tasche. »Na schön. Womit kann ich dienen, Chef?«

Guillaume warf einen kritischen Blick auf ihr Requisit. »Ein Klemmbrett? Wirklich?«

»Wenn schon Assistentin, dann richtig.«

Als sie das Gelände der Sicherheitsfirma in dem kleinen Industriegebiet zwischen Port Grimaud und Cogolin betraten, deutete Lipaire mit dem Finger auf den Zaun, der es von dem danebenliegenden Betrieb abgrenzte.

»Schaut mal, der Schrottplatz da drüben könnte uns womöglich nützlich sein.«

Die beiden anderen nickten, auch wenn Guillaume ihnen anmerkte, dass sie nicht so recht wussten, was er meinte.

Dann betraten sie das Büro, das in einem kleinen Flachdachbau untergebracht war. Neben der Eingangstür hing ein verstaubtes Schild mit der Aufschrift *Sécurité Grimaldine*. Der kleine Raum, der sie empfing, bestand aus mehreren Stühlen, die vor einem monströsen Schreibtisch standen, an dem eine Frau mit Hornbrille und dicken Gläsern saß, die ihre Augen riesig erscheinen ließen.

Guillaume lächelte den anderen zu. Eine Frau, es hätte nicht besser laufen können. Jacqueline hingegen verdrehte bei seinem siegessicheren Blick die Augen.

»*Bonjour, Mademoiselle*«, begann er süßlich, »was für einen tollen Betrieb Sie doch haben. Ich denke, bei Ihnen sind wir genau richtig.«

Die riesigen Augen blickten ungerührt zurück. »Aha. Was suchen Sie denn?«

Lipaire setzte sich und bedeutete Jacqueline, es ihm gleichzutun. Paul baute sich wie vereinbart hinter ihnen auf. »Bitte beachten Sie Vitali gar nicht«, fuhr Lipaire fort, weil die Dame nicht wie erwartet gefragt hatte. »Aber auch meine eigene Sicherheit ist mir wichtig.« Keine Reaktion. »Wie auch immer, wir benötigen einen Transport für ein wertvolles Gemälde, das in Kürze in meinen Privatbesitz übergehen wird. Eine Auktion, falls es Sie interessiert.«

Die Frau sah gelangweilt aus, notierte sich aber etwas auf einem Block.

»Ich habe viel Gutes über Ihre Firma gehört, wie auch über die Diskretion, die Sie solch heiklen Transporten angedeihen lassen. Uns würde nun interessieren, welche Fahrzeuge Sie einsetzen und wie Sie das Bild zu verpacken gedenken. Geld spielt in diesem Fall keine Rolle, falls ich das noch nicht erwähnt hatte.«

Nun endlich schien das Eis gebrochen, denn die Frau zeigte

ihnen stolz Fotos von ihrer Fahrzeugflotte in einer Broschüre. Guillaume fragte jedes Mal nach, ob der jeweilige Sicherheitstransporter am Samstag noch verfügbar sei, was die Frau stets bejahte – mit einer Ausnahme. »Nein, der ist an diesem Tag leider verplant. Unser neuestes Modell.«

»*C'est dommage*, aber das kann man wohl nicht ändern«, erwiderte Guillaume und machte sich im Geiste eine Notiz, was allerdings gar nicht nötig gewesen wäre, denn Jacqueline schrieb die ganze Zeit schon eifrig auf ihrem Klemmbrett mit. »Ich darf doch davon ausgehen, dass Sie das Gemälde nicht einfach so in den Transporter legen, nicht wahr?«

»Natürlich nicht, wo denken Sie hin?« Die Frau erhob sich und ging zu der Wand hinter dem Schreibtisch. Daran lehnte ein hüfthohes Gebilde, das mit einem dunkelgrünen Samtüberwurf verhangen war. Sie zog den Stoff hoch, und zum Vorschein kam eine quadratische Kiste aus dunkelbraunen Holzplatten und Metallprofilen als Kanten.

»Normalerweise haben unsere Transportbehälter keine so repräsentative Umverpackung. Aber wir brauchen diese für eine besondere Veranstaltung kommenden Samstag. Natürlich können wir auch für Sie eine solche Spezialanfertigung produzieren lassen.«

Guillaume winkte ab. »Das wird nicht nötig sein. Isabelle, kannst du dir draußen ein Bild von den Fahrern machen, während ich hier die Details kläre?«

Jacqueline erhob sich und säuselte: »Aber mit dem allergrößten Vergnügen, Chef.«

Zehn Minuten später traf er mit Paul am Wellblechtransporter ein, den sie sicherheitshalber einen halben Kilometer entfernt am Heliport geparkt hatten.

»Und, warst du erfolgreich?«, fragte Lipaire, als Jacqueline ebenfalls zurückkehrte.

»Kann man so sagen.« Sie zog eine Uniformmütze aus ihrer Handtasche und setzte sie Quenot auf. »Passt wie angegossen. Gut, dass du im Verhältnis zu deinem Körper so einen kleinen Kopf hast.«

»Aber ich ...«

»War als Kompliment gemeint, Paul. Jedenfalls tragen das die Mitarbeiter der Firma bei ihren Einsätzen.«

Lipaire nahm die Mütze vom Kopf des Belgiers und betrachtete sie. »Und die haben sie dir einfach so gegeben?«

»Ach, die Details würden jetzt zu weit führen«, antwortete Jacqueline. »Das sind so Assistentinnen-Aufgaben, nichts, womit du dich als Chef rumschlagen musst.«

33

Seit einer halben Stunde fuhr Delphine schon in ihrem Twingo über die kurvigen und hügeligen Straßen unterhalb des Dorfes Grimaud. Ihr Beifahrer war in den letzten Minuten etwas still geworden. »Wenn du kotzen musst, sag rechtzeitig Bescheid, Karim.«

»Spinnst du?«, protestierte der junge Mann. »Das letzte Auto, in das ich gekotzt habe, war das meiner Erzieherin in der *école maternelle*.«

»Siehst aber ein bisschen blass aus um die Nase.«

»Dann fahr halt nicht wie eine ...«

»Wie eine was?«

»Nicht so schnell und kurvig eben.«

»Ich würde ja geradeaus fahren, wenn nicht irgendwelche Idioten Kurven in die Straße gebaut hätten.«

»Sehr lustig.«

»Ja, find ich auch«

»Da!« Karim schrie so laut, dass Delphine das Steuer vor Schreck verriss.

»Kannst du mich nicht warnen, bevor du so losbrüllst?«

»Aber da ist, was wir suchen.«

»Ja, ich hab's auch gesehen.« Sie hielt den Wagen an und stieg aus.

Karim folgte ihr. »Passt doch wunderbar.«

Sie begutachteten die Baustelle vor ihnen. Eigentlich war es gar keine mehr, sondern eine dieser Straßenbaumaßnahmen, die von der Verwaltung begonnen und irgendwann halb fertig wieder abgebrochen worden waren. Davon gab es mehr als genug in der Gegend. Nun kündeten nur noch das nicht wieder zugeschüttete Loch in der Fahrbahn und die Schilder drum herum davon, dass hier einmal Arbeiter damit beschäftigt gewesen waren, die Straße zu sanieren.

»Sollen wir die Warnschilder wirklich mitnehmen? Könnte gefährlich für die Autos hier sein.«

Delphine schaute sich um. »Ach, das Sträßchen ist ja so wenig befahren, da kommt kaum jemand vorbei. Und die Anwohner haben sich schon dran gewöhnt.«

Karim schien nicht überzeugt. »Aber wenn doch jemand Fremdes hier durchfährt? Das Loch sieht man schlecht. Nicht dass noch etwas passiert.«

»Das sichern wir nachher noch.«

Der junge Mann zuckte die Achseln, und sie begannen, die rot-weißen Warnbaken abzubauen, was deutlich leichter ging, als sie anschließend in den Twingo zu packen. Delphine musste das Rolldach öffnen, aus dem ihre Beute zur Hälfte herausragte.

»Sieht komisch aus«, kommentierte Karim.

»Geht ja auch nicht darum, einen Schönheitspreis zu gewinnen.«

»Wie du meinst.« Karim zwängte sich auf den Beifahrersitz, der wegen der Fracht kaum noch benutzt werden konnte.

»Ich sichere das jetzt noch«, rief Delphine, ging noch einmal zu dem Loch und stellte die letzte verbliebene, längst erloschene Warnlaterne davor. »So kann nichts mehr passieren«, sagte sie, als sie wieder einstieg.

Sie waren noch keine zweihundert Meter gefahren, da vernahmen sie hinter sich das Quietschen von heftig bremsenden Reifen, dem ein lautes Scheppern folgte.

Die beiden blickten sich mit großen Augen an, zuckten mit den Schultern, und Delphine drückte das Gaspedal durch.

34

»Hey, komm meinem Boss bloß nicht zu nahe.« Paul Quenot schob sich zwischen den Verkäufer des Autohauses, einen smarten Jüngling in einem etwas zu engen Anzug, der ängstlich an dem Hünen hinaufschaute.

Sofort ging Guillaume dazwischen: »Mein Angestellter ist heute etwas übereifrig, verzeihen Sie ihm. Er war früher, ich betone: *früher*, mein Bodyguard. Inzwischen ist er aber für andere Dinge zuständig, etwa für die genaue Inspektion und das Aufmaß von Transportern, die ich zu kaufen gedenke.« Obwohl er das alles zu dem Verkäufer mit den akkurat zurückgegelten Haaren sagte, war die Botschaft an Quenot gerichtet, der das mit einiger Verzögerung auch endlich zu verstehen schien.

»Ach ja, sorry, Boss.« Damit trollte er sich in Richtung des weißen Kastenwagens, den sie sich gerade ausführlich hatten zeigen lassen.

»Moment, Vitali«, rief Jacqueline ihm hinterher, doch der Belgier blieb nicht stehen.

Guillaume beugte sich zu ihr und flüsterte: »Offenbar fremdelt er nicht nur mit seinem neuen Job, sondern auch noch mit seinem Namen.«

Sie nickte, lief ihm hinterher und drückte ihm ihr Klemmbrett und einen Kugelschreiber in die Hand. Dann gesellte sie sich wieder zu Lipaire, mit dem zusammen sie in den nächsten zwanzig Minuten den Verkäufer mit sämtlichen Fragen löcherte, die ihnen einfielen, um für ihren Freund Zeit zu gewinnen.

Als sie sogar Informationen eingeholt hatten wie: »Riecht denn das Interieur auch gut? Einige unserer Mitarbeiter sind da sehr empfindlich!«, kam Paul endlich von seiner Mission zurück.

Jacqueline atmete erleichtert aus. »Du warst aber ganz schön lang weg.«

»Ja, Gründlichkeit in der Planung wird von euch Zivilisten oft unterschätzt.«

»Zivilisten? Ich fürchte, ich verstehe nicht ganz.« Irritiert blickte der Verkäufer sie an.

Lipaire tippte sich lediglich mit dem Zeigefinger an die Stirn.

Der junge Mann nickte wissend. »Darf ich dann die Unterlagen fertig machen?«, fragte er mit Augen, in denen bereits die Eurozeichen zu leuchten schienen.

»Jaja, unbedingt.« Guillaume räusperte sich. »Melden Sie sich einfach per Mail, wenn Sie alles … fertig haben.«

»Aber das dauert keine halbe Stunde.«

»Zeit ist Geld, Monsieur, das wissen Sie doch. Wir hören voneinander.« Damit verließen sie das Autohaus.

»Nehmen Sie wenigstens einen Katalog mit«, rief ihnen der Verkäufer hinterher und drückte ihnen ein Heftchen in die Hand.

Lipaire nahm den Prospekt, blätterte ihn kurz durch und steckte ihn dann weg. »Danke. *Au revoir.*«

Nachdem sie ein paar Schritte gegangen waren, sagte Jacqueline: »Na, dann zeig mal, was du herausgefunden hast.«

Paul reichte ihr das Klemmbrett. Die junge Frau bekam große Augen und gab es an Lipaire weiter. Der seufzte. »Kannst du mir sagen, was das bedeuten soll?«

Auf dem Blatt war ein undurchdringliches Wirrwarr aus Linien, Pfeilen, Zahlen sowie Längen- und Flächenangaben aufgezeichnet.

Paul riss es ihm aus der Hand. »Ist doch ganz einfach. Also das ist ... jedenfalls ein wichtiges, na ja, also wahrscheinlich die Länge und ... hier ... ach, ich muss mir das daheim noch mal richtig anschauen.«

Guillaume verzog die Lippen zu einem spöttischen Grinsen.

»Du nimmst es ja leicht.« Jacqueline blickte ihn überrascht an. »Und woher bekommen wir jetzt unsere Infos?«

Da zog Guillaume den Katalog aus seiner Tasche, blätterte ihn auf und hielt ihn den anderen hin. »Zum Glück haben wir das!«

Auf der aufgeschlagenen Doppelseite prangte eine schematische Abbildung des Transporters mit allen Maßen auf den Millimeter genau aufgeführt.

»Scheint für Leute gemacht zu sein, die viel zu komplizierte Schaubilder malen«, sagte Guillaume und steckte den Katalog wieder ein.

35

Als Lipaire, Quenot und Jacky auf den Hof von Pauls Gärtnerei bogen, sahen sie Delphines Twingo bereits auf dem gekiesten Parkplatz stehen.

»Ah, die beiden waren offenbar erfolgreich!« Lipaire deutete auf die Straßenschilder, die aus dem offenen Dach des Kleinwagens herausragten. Paul parkte daneben ein, und die drei gingen auf das Häuschen zu, in dem sich früher das Büro befunden hatte. Da lief ihnen Lizzy Schindler entgegen. Sie winkte kurz, Lipaire hob ebenfalls eine Hand zum Gruß, da kam die alte Dame auch schon ins Straucheln, torkelte für zwei, drei Schritte, brach schließlich mit einem tiefen Stöhnen vor ihren Augen zusammen und blieb regungslos liegen.

»*Merde!*«, rief Jacky erschrocken, und alle drei rannten los.

»Was sollen wir machen, stabile Seitenlage?«, fragte Jacky aufgeregt, als sie sie erreichten.

»Nein, wir müssen erst den Puls kontrollieren«, erwiderte Lipaire.

»Lasst mich das mal machen, wir haben bei der Legion schließlich eine Notfallausbildung bekommen.« Paul kniete sich neben Lizzy auf den Boden und tätschelte ihr das Gesicht. »Lizzy, kannst du mich hören?« Keine Regung. Er tätschelte sie noch ein wenig heftiger, doch wieder blieb eine Reaktion aus.

»*Putain*, was ist denn mit ihr los?«, rief Jacky panisch. Jetzt kam auch noch Louis Quinze angelaufen, schnüffelte an seinem Frauchen herum und begann, herzzerreißend zu jaulen.

»Sogar der Hund merkt, dass etwas nicht stimmt«, flüsterte Lipaire nervös.

»Lizzy, komm doch endlich zu dir!« Dann verpasste Quenot ihr eine schallende Ohrfeige, woraufhin die Österreicherin die Augen aufschlug und empört ausrief: »Spinnst du jetzt? Du kannst mir doch keine derartige Watschen geben!« Sie rieb sich die Backe.

»Immerhin bist du jetzt wieder bei Bewusstsein! Aber ich wollte dir natürlich nicht wehtun.«

»Da seht ihr mal: Pauls Schläge wecken Tote auf!«, sagte Lipaire mit erleichtertem Lachen.

»Tot? So weit ist es noch lange nicht!« Jetzt rappelte sich Lizzy auf, erhob sich und klopfte sich den Staub von Leo-Leggings und Glitzershirt. »Ich hab doch bloß so getan, zum Üben. Ihr seid mir vielleicht so Spezialisten!«

Da packte Quenot sie kurzerhand an der Hüfte und wuchtete sie sich auf die Schulter. Lizzy strampelte mit den Füßen und protestierte: »He, was soll denn das jetzt wieder? Lass mich runter!«

»Du musst in den Schatten und dich ausruhen!«, erklärte Paul bestimmt.

»Aber ich sag es dir doch, es war nur eine Übung, du Riesenbaby.«

Delphine und Karim kamen aus der Tür des Häuschens gelaufen und klatschten in die Hände.

»Ganz große Klasse, Lizzy! Als hättest du es schon zigtausend Mal gespielt. Sogar unsere drei Ersthelfer hier hast du täuschen können.«

»Na ja«, gab Lizzy grinsend zurück, die von Paul inzwischen in einen weißen Monobloc-Sessel gesetzt worden war, »manchmal war das der einzige Weg in ... gewissen Situationen, wenn ihr versteht, was ich meine! Ich hab durchaus ein bisschen Übung in so was.«

36

Karim hatte die Fahrt von der Gärtnerei in den Jachthafen von *Marines de Cogolin* sehr genossen, auch wenn die Strecke nicht einmal drei Kilometer betrug. Aber er war als Sozius auf Jackys Motorroller unterwegs gewesen – und sie selbst hatte ihn dazu aufgefordert, er solle sich besonders gut festhalten, da er keinen Helm aufhatte. Er hatte sich natürlich nicht zweimal bitten lassen und sich eng an sie geschmiegt.

Nun stiegen sie ab und sahen auf das Hafenbecken der neben Port Grimaud gelegenen Marina. Im direkten Vergleich zu ihrem eigenen Lagunenstädtchen wirkte sie wie ein hässliches Entlein. Das war auch einer der Gründe, wieso Karim bislang fast nie hier gewesen war. Hatte man sich einmal für Port Grimaud entschieden, gab es letztlich keine Notwendigkeit mehr, nach *Marines de Cogolin* zu kommen. Objektiv gesehen jedoch war es hier wirklich nicht schlecht, musste er zugeben, ein geruhsamer Jachthafen im Golf von Saint-Tropez. Nur eben anders: Die Marina wurde statt der kleinen bunten Häuschen von einem großen Appartementkomplex dominiert, der terrassenförmig anstieg und sich im Halbkreis entlang des Hafenbeckens erstreckte.

»Okay, also hier wird wohl die *Comtesse* anlegen«, mutmaßte Karim, während er auf einen Bereich an der Kaimauer zeigte, der bereits mit Flatterbändern abgesperrt war und in etwa die Ausmaße der mondänen Holzjacht der Vicomtes besaß.

»Genau.« Jacky nickte. »Das heißt, wir müssen uns um die

Parkplätze in diesem Bereich hier kümmern. Lass mich mal zählen ...«

»Neun«, kam es wie aus der Pistole geschossen von Karim.

Jacky zwinkerte ihm zu. »He, Blitzmerker, oder wie?«

Der Junge zuckte die Achseln. »Und schau mal hier, ideal für uns, oder?« Er deutete auf den runden Kanaldeckel, der sich im Zentrum des mittleren Stellplatzes befand. Jacky hielt ihre rechte Hand hoch, Karim klatschte mit ihr ab. Dann machte er zur Sicherheit ein paar Fotos von der Szenerie.

»Fragt sich nur, ob wir wirklich genügend Fahrzeuge zur Verfügung haben«, sagte Jacky und kratzte sich am Kopf.

»Delphines Twingo, dein Roller, und den Rest wird Guillaume schon auftreiben. Notfalls muss ich mal bei unseren Nachbarn im Haus rumfragen, ob ich mir was leihen kann.«

Jacky nickte und setzte sich auf die Lehne einer Bank, von der aus man aufs Hafenbecken sah.

Karim nahm neben ihr Platz. »Sag mal, das mit der Mütze«, begann er nach einer Weile zögerlich, »wie hast du die denn jetzt eigentlich von dem Sicherheitstypen bekommen?«

»Hm, wieso?«, gab sich Jacky überrascht.

»Weil Paul so eine Andeutung gemacht hat, du hättest *alles gegeben* dafür.«

Sie grinste ihn an. »Das kann man wohl sagen.«

»Echt? Und was heißt das?«

»Voller Einsatz eben.« Ihr Lächeln wurde noch breiter.

»Wie jetzt, Einsatz, also, ich mein ...«

»Körpereinsatz.«

»Körper ... soll das heißen«, stammelte er ein wenig schockiert.

»Warum willst du das eigentlich so genau wissen, hm?«

»Weil ich ... eben interessiert bin.«

Jacqueline zwinkerte ihm zu. »An wem?«

»An meiner Umwelt.«

»Na sag schon!«, hakte sie nach.

»Auf jeden Fall schon mal nicht an den Wachleuten!«, sagte er und rutschte ein Stück näher zu ihr.

37

Guillaume trat eben aus dem Büro der Gärtnerei heraus und blinzelte in die Sonne. Neben ihm an der Leine ging der Hund, denn sie hatten sich darauf geeinigt, dass der keinesfalls mehr frei auf dem Gelände herumlaufen dürfe, um nicht das gleiche Schicksal zu erleiden wie sein Vorgänger. Lipaire hatte die letzte Stunde auf einer ziemlich durchgelegenen Chaiselongue im ehemaligen Kontor ein kleines Mittagsschläfchen gehalten, während der Rest seiner Truppe noch immer fleißig werkelte. Von so viel Leben war der Betrieb wohl schon lange nicht mehr erfüllt gewesen. Fast wie in einem Handwerkerhof hörte man aus allen Ecken die verschiedensten Geräusche. Während Delphine ihre Nähmaschine mitgebracht hatte, auf der sie gerade einen dicken Samtstoff bearbeitete, sägten Quenot und Karim einige Sperrholzplatten zurecht. Zuvor hatten sie bereits ein kleines Metallgestell zusammengeschweißt. Jacky, die sie losgeschickt hatten, um noch ein paar kürzere Schrauben beim Baumarkt zu holen, knatterte mit dem Roller auf das Gelände und grüßte winkend zu Louis Quinze und Guillaume herüber. Nun begann auch schon wieder Quenots Handkreissäge loszukreischen.

Lipaire ging gemächlich auf Delphine zu, die ihre Maschine auf einem Holztisch im Schatten einer mächtigen Pinie aufgebaut hatte. Neben ihr saß Lizzy.

»Na, ihr beiden? Kommt ihr voran?«

»Geht so, der Samt lässt sich schwer nähen«, sagte Delphine, ohne zu ihm aufzublicken. Stattdessen starrte sie gebannt auf die Nadel, die sich im Stakkato hob und senkte.

»Du hast damit ja sicher keinerlei Probleme, so geschickt, wie du dich mit allem anstellst«, versuchte er sich an einem kleinen Kompliment, über das sich Delphine sichtlich freute.

»Na gut, ich werde jetzt mal ans Vermessen gehen«, verkündete Lizzy, griff sich das Maßband von Delphines Nähtisch und stand auf.

»Nimm doch mein Klemmbrett mit, darauf kannst du gut schreiben«, bot Jacky an, die in dem Moment ebenfalls zu ihnen stieß. »Ich hol's dir.«

Lizzy nickte.

»Wie wär's mit einer kleinen Kaffeepause?«, fragte Guillaume Delphine. »Paul hat so eine Kapselmaschine im Büro stehen.«

Sie sah ihn zweifelnd an. »Willst du mich fragen, ob ich dir einen mache, oder bringst du mir wirklich einen?«

»Delphine, was denkst du denn? Mit Milch und Zucker?«

»Aber natürlich«, sagte sie lächelnd. Guillaume entfernte sich, da rief sie ihm noch hinterher: »Lieb von dir, danke!«

Als er kurz darauf mit zwei Tassen Kaffee zurückkam, setzte er sich zu Delphine, und beide sahen amüsiert dabei zu, wie Lizzy mit dem Maßband erst Karims und dann Pauls Körpermaße akribisch ermittelte und auf einem Blatt notierte. Dann schnappte sie sich einen der rosafarbenen Plastik-Hula-Hoop-Reifen aus dem Fundus von Delphines Töchtern, durch die die beiden auf Geheiß der alten Dame mehrmals klettern mussten. Dazu gab sie ihnen genaue Anweisungen, wie man sich durch schlängelnde Bewegungen so schlank machen konnte, dass man sich auch in eigentlich längst zu eng gewordene Klamotten »hineintanzen« konnte.

»Wenn man uns so sieht, könnte man meinen, wir sind ein

Wanderzirkus und trainieren für die nächste Vorstellung«, sagte Delphine versonnen.

»Fehlen nur noch ein paar Löwen und Elefanten«, stimmte Lipaire ihr lächelnd zu.

38

Es war kurz nach Mitternacht, als Guillaume den klapprigen Toyota auf dem Parkplatz am Jachthafen von Cogolin abstellte. »In Deutschland hätte den schon vor zehn Jahren der TÜV einkassiert«, schimpfte er, als er die Tür zuschlug, woraufhin ein wenig Rost aus dem Radkasten rieselte.

»Kann eben nicht jeder so eine Luxuskarosse zur Verfügung haben wie ich«, hörte er da von einer Bank, die vor der Kaimauer stand.

»Ah, Delphine, *vraiment*, dein Twingo ist ein … Gesamtkunstwerk. Jedenfalls mit dir darin.«

»An Ende zählt doch nur, dass man hinkommt, wo man will, stimmt's?«

»Du hast wie immer so recht, meine Liebe.« Er setzte sich neben sie. »Oder darauf, den richtigen Parkplatz zu finden.« Dabei blickte er auf das Areal vor sich, das fast voll belegt war, die meisten Plätze mit Autos aus seinen Beständen. Respektive denen seiner Mieter.

»Wobei: So etwas ist natürlich auch nicht zu verachten.« Sie zeigte auf die Einfahrt, in die gerade eine große schwarze Limousine einbog, auf deren Motorhaube zwei kleine Fähnchen montiert waren.

Guillaume schüttelte den Kopf. Es war der Dienstwagen des Bürgermeisters, der damit stets herumfuhr, als wäre er der Staatspräsident persönlich. Allerdings freute sich Lipaire diebisch, dass Jacqueline versprochen hatte, ihn sich für ihr Vorhaben »auszuleihen«. Ohne das Wissen ihres Vaters natürlich. So leistete der unfreiwillig doch noch einen Beitrag für die richtige Seite.

Der Wagen belegte mehrere Parkplätze auf einmal, dann öffnete sich die Fahrertür. Karim stieg aus. Er trug die Uniformmütze, die Jacqueline bei der Sicherheitsfirma hatte mitgehen lassen. Delphine und Guillaume sahen zu, wie er um das Auto herumging, die hintere Türe öffnete, der Jacqueline Venturino genauso gravitätisch entstieg wie ihr Vater, wenn er mit der Limousine unterwegs war. Nur, dass sie es nicht so ernst meinte.

»*Merci*, Karim, Sie können gehen«, sagte sie mit emporgerecktem Kinn und winkte ihm mit dem Handrücken. Dann brachen die beiden in schallendes Gelächter aus.

Delphine applaudierte. »Du hast die herrschaftlichen Gesten von deinem Vater ja schon ganz gut drauf.«

»Danke, das sind die Gene.« Jacky verbeugte sich, und alle spendeten Applaus.

»Wo ist eigentlich …?« Karims Frage wurde von einem dumpfen Röhren unterbrochen. Ihre Köpfe ruckten herum.

»Das toppt euren Auftritt von eben leider um ein Vielfaches«, sagte Delphine und stand auf, um einen besseren Blick zu haben.

Die anderen taten es ihr gleich und wurden Zeuge, wie ein riesiger Rasentraktor in den Parkplatz einbog, die Mäharme hochgeklappt, was ihn im schummrigen Licht der Straßenlaternen wie ein überdimensionales Insekt wirken ließ. Hinter dem Steuer saß in Flecktarnhose Paul Quenot, dahinter Lizzy Schindler mit dem Pudel.

Delphine holte ihr Handy hervor und schoss ein Foto. »Das muss ich für die Ewigkeit festhalten.«

Als Quenot den vorletzten freien Parkplatz mit dem Ungetüm

zugestellt und Lizzy samt Hund heruntergehoben hatte, stapfte er auf sie zu. Ihre fragenden Blicke beantwortete er mit einem mürrischen: »Hauptsache, die Plätze sind belegt, oder?«

»Apropos belegt, da fällt mir was ein.« Delphine nahm einen Korb zur Hand und holte mehrere Sandwiches, eine Flasche Wein und ein paar Pappbecher hervor. »Esst, Leute, morgen wird ein anstrengender Tag.«

»Heute, wenn man es genau bedenkt.« Lizzy Schindler blickte auf ihre glitzernde Armbanduhr. »In gut vier Stunden geht es los.«

Jeder schnappte sich eines der Brote und goss sich Wein ein.

»Du denkst einfach an alles«, lobte Guillaume mit vollem Mund.

Sie stützten sich im Stehen an die aus mächtigen Steinen aufgeschichtete Hafenmauer, als wäre es eine Bar, und aßen und tranken schweigend. Nur das unaufhörliche Plätschern der Wellen, die sich am Kai brachen, war zu hören. Ihr Blick ging über die schwarze Wasserfläche hinüber nach Port Grimaud, das selbst um diese Zeit noch hell erleuchtet vom gegenüberliegenden Ufer funkelte. Auf dem Haus der Vicomtes hing die Rautenflagge mangels Wind schlaff herunter.

Irgendwann durchbrach Jacquelines Stimme die Stille. »Da drüben entscheidet sich morgen alles.«

Karim stellte seinen Pappbecher ab. »Was, wenn es nicht klappt?«

»Dann wird sich wohl einiges ändern«, raunte Delphine. »Aber ich hab mich schon umgeschaut. In Toulon gibt es einen ganz interessanten Leerstand.«

Ungläubig blickte Guillaume sie an. »Du willst nach Toulon?«

»Von Wollen kann keine Rede sein. Aber wer weiß, wie sich das hier entwickelt.«

»Leute, was ist denn das für eine Einstellung, vor dem entscheidenden Tag?« Lipaire blickte einen nach dem anderen an. »Wir sind bestens vorbereitet und ...«

»Ich heuere auf einem Containerschiff in Marseille an«, unterbrach ihn Karim.

Alle schauten ihn erstaunt an.

»Wenigstens Seefahrt. Also, irgendwie. Das mit dem Gärtnern ist nichts für mich, *pardon*, Paul!«

»Das ist doch jetzt nicht dein Ernst!« Jacqueline stemmte die Hände in die Hüften und baute sich vor ihm auf. »Du willst auf irgendeinem Seelenverkäufer rumschippern?«

»Du gehst doch sowieso nach Amerika.«

»Wie kommst du denn darauf?«

»Etwa nicht?«

»Nein, es hat nämlich gerade angefangen, mir hier wieder zu gefallen, falls du es genau wissen willst.«

»Ja? Wieso?«

Guillaume seufzte. Der Junge war wirklich schwer von Begriff.

»Weißt du«, fuhr Jacqueline fort, »ich bin auch nur ein Mädchen, das vor einem Jungen steht ...«

»... vor ihm steht und ... was?« Karim kratzte sich am Kopf.

»Nie *Notting Hill* gesehen?«, fragte Jacqueline und klang ein bisschen verzweifelt.

»Das ist in Amerika, oder?«

Die junge Frau warf Guillaume einen genervten Blick zu und gab auf.

»Was denn? Was hab ich jetzt wieder falsch gemacht?«, wollte Karim wissen.

»Ach, gräm dich nicht, Kleiner«, tröstete ihn Lizzy. »Das Leben bietet immer wieder Chancen, auch wenn einem mal was durch die Lappen geht. Das wird auch in Zukunft so sein, egal, wie es morgen ausgeht.«

»Warum seid ihr denn so mies drauf?« Paul schüttelte den Kopf.

»Nicht alle haben so eine goldene Zukunft vor sich wie du«, erklärte Delphine.

»Ach, was heißt schon golden? Ich freue mich, dass wir morgen mal wieder einen Einsatz haben.«

Guillaume fühlte sich gezwungen, etwas Motivierendes zu sagen. »Freunde, wir sind bestens vorbereitet. Besser als die Vicomtes. Die rechnen nicht mehr mit den Unverbesserlichen, und das wird ihnen zum Verhängnis werden.«

»Glaubst du wirklich?« Karim schien noch zu zweifeln.

»Ich glaube nicht, ich weiß. Diesmal lassen wir uns nicht in die Suppe spucken, diesmal spucken wir.«

Lizzy verzog das Gesicht. »Kein schönes Bild.«

»Ja, aber ihr wisst, wie's gemeint ist. Ihr ...«

»Gehst du eigentlich zu deinen Kindern nach Deutschland, wenn's nicht klappt?« Mit diesem Satz nahm der Belgier seinem Freund den Wind aus den Segeln.

»Du hast Kinder?« Jacqueline war überrascht, und auch an der Reaktion von Lizzy merkte man, dass sie das nicht gewusst hatte.

»Das ist ... kompliziert.«

»Das ist das Leben doch immer.« Die junge Frau warf einen Blick auf Karim.

Quenot knüllte seinen Pappbecher zusammen und warf ihn ins Meer. »Also, du musst dich auf jeden Fall wieder bei denen melden. So oder so.«

»Ich werde nicht bei ihnen auftauchen und sie um Geld anbetteln«, gab Lipaire entschlossen zurück. »Bevor wir uns hier verquatschen, sollten wir alle nach Hause gehen und uns noch mal schlafen legen, damit wir morgen fit sind.«

Jacqueline klatschte in die Hände. »Wilhelm hat recht. Lasst uns Geschichte schreiben und diesen Vicomtes zeigen, wozu die kleinen Leute fähig sind, die sie so geringschätzen. Wir werden nicht schweigend in der Nacht untergehen. Wir werden nicht, ohne zu kämpfen, vergehen. Wir werden überleben. Wir werden weiterleben. Morgen feiern wir gemeinsam unseren Independence Day.« Bei dem letzten Satz überschlug sich ihre Stimme, und sie reckte kämpferisch die Faust in den Himmel.

Keiner sagte etwas, alle blickten sie entgeistert an.

»Kennt ihr das nicht? Die Rede aus dem Film?«

»Ein Film. Ja, dann ...«, sagte Delphine, »kann ja nichts mehr schiefgehen.«

TEIL 7: DER CLOU

39

In völliger Dunkelheit hielt Quenot mit seinem Citroën-Kasten-wagen vor Lipaires Wohnung. Guillaume war zur Überraschung aller schon wach, hatte sich bereits Filterkaffee gemacht, in seine alte Thermoskanne abgefüllt und wartete vor der Tür auf seine Freunde.

Sie fuhren in Richtung des kleinen Industriegebiets nahe des Heliports von Port Grimaud. Es waren nicht viele Worte seit ihrer Abfahrt gesprochen worden, alle waren nervös, ein wenig übernächtigt und hingen ihren Gedanken nach. Nur Lipaire und Paul waren hellwach. Lipaire, weil er zum ersten Mal den betagten Transporter steuerte, Paul, weil er sichtlich Angst um seinen fahrbaren Untersatz hatte. Weil Lipaire später allein da-mit fahren musste, bestand Paul darauf, unter seiner Aufsicht noch ein wenig zu üben.

»Zwischengas, du musst Zwischengas geben!«, mahnte er immer wieder, wenn Lipaire unter hörbarem Ächzen des Ge-triebes einen neuen Gang einlegte. Er ließ sich nicht anmerken, dass er keine Ahnung hatte, was Paul damit meinte.

Guillaume war froh, als sie endlich ihr erstes Ziel erreicht hatten: die Zentrale des Sicherheitsdienstes, der den Transport übernehmen würde – respektive den Schrottplatz daneben. Er schaltete das Licht am Citroën aus. Das Vorhängeschloss am Gittertor des kleinen Betriebs war selbst für einen leichten Bolzenschneider aus dem Billig-Baumarkt kein Problem. Als Guillaume durchgefahren war, schloss Quenot das Tor wieder und legte die Kette fein säuberlich darüber, nun allerdings ohne Schloss. Sie würden nur eine halbe Stunde brauchen, und der Platz wurde erst um zehn Uhr geöffnet. Zehn Uhr, hallte es in Guillaumes Kopf nach. Bis dahin würden sie wissen, ob ihr Coup von Erfolg gekrönt sein würde oder ob alles verloren war.

Er zwang sich, seine Gedanken wieder aufs Hier und Jetzt zu lenken: Von außen würde bestimmt niemand sehen, dass sich jemand unbefugt auf dem Schrottplatzgelände befand. Und ein alter HY war inzwischen zwar ein eher seltener, aber dennoch kein allzu ungewöhnlicher Anblick auf einem Autofriedhof. Schon am Vortag hatten sie alles ausgekundschaftet und eine perfekte Stelle für ihr Vorhaben gefunden. Quenot schnitt mit dem Bolzenschneider ein Loch in den Maschendrahtzaun, der den Schrottplatz von *Sécurité Grimaldine* trennte, schnappte sich das Werkzeug, das er drüben brauchte, und schlüpfte hindurch. Karim öffnete die hinteren Türen des Transporters und lud die zurechtgeschnittenen Sperrholzplatten sowie das eigens zusammengeschweißte Metallgestell aus, bugsierte die Sachen ebenfalls durch den Zaun und stellte sie neben dem Geldtransporter ab. Dass diese Hochsicherheitsfahrzeuge jeden Abend unverschlossen in einer offenen Halle geparkt wurden, hatten sie am Anfang kaum glauben können. Manchmal musste man eben auch Glück haben. Nun brachte Guillaume die Kiste zusammen mit dem eigens genähten Samtüberwurf zum Zaun, wo Karim sie in Empfang nahm, um sie ins Sicherheitsfahrzeug zu laden. Die würden sie während der Fahrt gegen die echte Kiste mit der Urkunde austauschen, die dann, gut versteckt, fürs Erste im Wagen verbleiben würde. Schließlich würden sie sie ein wenig später unbemerkt dort abholen, um sie ein für alle Mal zu vernichten. Ein perfekter Plan, und der Nachbau war ihnen wirklich gut gelungen: Er hätte sich selbst nicht zugetraut, sie vom Original zu unterscheiden. Guillaume musste schmunzeln beim Gedanken an die Vicomtes, die auf dem Marktplatz feierlich die in Samt eingepackte Kiste enthüllen würden – und auf nichts als den Asterix-Band mit dem sprechenden Titel *Gallien in Gefahr* stoßen würden, den er dort platziert hatte. Ein kleiner »Gruß« an die Adelsfamilie, den er sich nicht hatte verkneifen können.

Er ging zurück und setzte sich in den Citroën.

Am Werttransporter hatte sich Paul bereits in Position gebracht und machte sich mit einer Akku-Stichsäge am Fahrzeugboden zu schaffen. Das ging nicht ganz geräuschlos vonstatten, doch Lipaire blieb ruhig: Da sich in der direkten Nachbarschaft keine Wohnhäuser befanden, würde ihr Treiben niemandem auffallen. Derartige Geräusche waren ja nicht ungewöhnlich für einen Schrottplatz. Gute zehn Minuten saßen sie so da und warteten ab. Irgendwann tauchte schließlich Karim wieder am Zaun auf und kam mit schnellen Schritten auf sie zu.

»Wir können fahren. Paul meint, er kommt jetzt allein klar«, sagte er, als er eingestiegen war, und Lipaire startete den Motor.

Ihr nächstes Ziel war der Hafen von Cogolin, wo sie Karim und Jacqueline aussteigen ließen. Als Guillaume auf die vielen geparkten Autos blickte, die sie vor ein paar Stunden dorthin gebracht hatten, durchfuhr ihn ein warmer Schauer. Wieder einmal hatten sie alle zusammengeholfen – und mit vereinten Kräften würden sie heute bestimmt auch schaffen, was sie sich vorgenommen hatten. Scheitern war in dieser Sache schlichtweg keine Option.

Nachdem er das Auto verlassen hatte, zwängte sich Karim noch in einen schwarzen Overall, der so eng war, dass Jacky ihm helfen musste, um hineinzukommen.

»Ich glaube, wir hätten einen größeren besorgen sollen«, bemerkte Delphine, als sie aus der Frontscheibe zu den beiden hinübersah.

Doch Guillaume legte ihr kopfschüttelnd die Hand auf den Unterarm und erwiderte: »Wenn du Karim fragst, hast du das ganz wunderbar gemacht. Er freut sich doch immer, wenn ihm Jacky ein bisschen näherkommt.«

Delphine grinste ihn an. »Stimmt auch wieder. Du hast einen siebten Sinn für solche Sachen, glaube ich.«

Guillaume fühlte sich geschmeichelt. Er beugte sich ein Stückchen weiter zu ihr hinüber, und sie drehte ihm ihr Gesicht zu.

»Können wir jetzt dann mal zu meinem Einsatzort fahren? Ihr könnt doch auch ein andermal turteln, oder? Heute zählt nur unser Coup, Leute!«, ließ sich da Lizzy Schindler von der Rücksitzbank vernehmen.

Lipaire und Delphine blickten sich ertappt in die Augen, dann rutschte Guillaume wieder ganz nach links hinüber und startete den Motor. Er wusste selbst nicht recht, warum er eben für einen kurzen Augenblick die Konzentration verloren hatte. Schließlich mussten sie wirklich dringend nach *Grimaud Village* hinauf und dort die Straßenschilder, die Warnbaken und die Flatterleine in Position bringen.

Den Weg dorthin über schwiegen sie erneut, der alte Citroën-Motor röhrte an den steilen Stellen, die ins alte Dorf hinaufführten, ohnehin so laut, dass man kaum sein eigenes Wort verstanden hätte.

Endlich hatten sie ihr Ziel erreicht. Guillaume hielt an, schaltete den Warnblinker ein, und sie stiegen aus. Es gab nur zwei Wege, um vom Museum zum Hafen von Cogolin zu gelangen. Zumindest nur zwei, die Sinn ergaben. Und einen davon, die Straße, die hier an der Kreuzung nach rechts abging, würden sie nun kurzerhand sperren. Und zwar so, dass es möglichst echt und offiziell aussah. Dann würde, wenn alles nach Plan lief, der Sicherheitstransporter umdrehen und die andere Route nehmen – die, auf der dann Lizzy Schindler am vereinbarten Ort ihren Einsatz haben würde. Und während am Marktplatz von Port Grimaud alle ein Asterix-Heft präsentiert bekämen, würden sie in der Transportfirma die echte Kiste samt Urkunde holen und ein kleines Feuerchen damit veranstalten.

Lipaire und Delphine arbeiteten Hand in Hand, und schon nach ein paar Minuten hatten sie eine wirklich professionell aussehende Straßensperrung aufgebaut, die dem kommunalen Bauhof alle Ehre gemacht hätte. Sie klatschten lächelnd ab und lehnten sich an das Wellblech des Transporters.

»Gute Arbeit, Monsieur Lipaire!«, sagte Delphine.

»Das Kompliment kann ich nur zurückgeben, meine Liebe!«

»Kommt schon, weiter geht's, ich muss doch jetzt endlich auf meine Position«, drängte von drinnen wieder Lizzys Stimme. Auch der Hund bellte wie auf Kommando dreimal hintereinander.

Seufzend schloss Delphine die Klapptüren des Transporters, dann stiegen sie wieder ein.

Der Ort, an dem Lizzy und Louis Quinze den Wagen verließen, war gut ausgewählt – es handelte sich um eine Engstelle der Straße, was für den geplanten Einsatz der alten Dame geradezu prädestiniert war. Nur eines hatten sie nicht bedacht: Es gab weit und breit keine Bank, auf der sie einigermaßen bequem warten konnte, bis es so weit war. Denn das konnte durchaus noch eine Weile dauern.

»Willst du vielleicht einen von den Gartenstühlen haben, Lizzy?«, bot Delphine an.

»Ach was, die braucht ihr beiden doch. Fahrt nur, ich komm schon klar. Und konzentriert euch schön auf eure Aufgaben, nicht auf Nebendinge, gell?«

»Keine Sorge, das machen wir!«, beruhigte sie Delphine. »Und jetzt toi, toi, toi für deinen Auftritt, Lizzy!«

Die Österreicherin nickte und winkte ihnen zu, als sich der klapprige Wagen wieder in Bewegung setzte. Sie waren noch keine fünfhundert Meter gefahren, da verlas Delphine bereits die erste SMS, die sie eben von Paul bekommen hatte: »*Auf Pohsitjon.*«

Jetzt ging es richtig los.

40

Die Parkbucht vor dem Museum war leer. Als der Motor abgestellt war, erfolgte auch von Karim die Meldung, dass er und Jacqueline bereit waren. Delphine und Guillaume bauten inzwischen den Laderaum des HY zu einer Art mobiler Kommandozentrale um: Sie hatte zwei klappbare Gartenstühle mitgebracht, dazu einen kleinen ebenfalls faltbaren Bistrotisch, auf den sie ihren Laptop stellte. Die drahtlose Kamera, die sie an der Außenhaut des Wagens befestigt hatte, war bereits eingeschaltet. So konnten sie von drinnen verfolgen, was draußen vor sich ging.

Delphine verband ihr Handy mit dem tragbaren Computer. Guillaume saß derweil ein wenig unschlüssig herum, er wusste nicht genau, wobei er helfen sollte.

Da winkte ihn Delphine zu sich. »Jetzt kommt das Wichtigste.«

Guillaume verstand nicht, was sie meinte.

Bis sie nach ihrem Einkaufskorb griff und ihm mehrere in Folie eingewickelte Sandwiches entnahm, um sie neben dem Laptop aufzustapeln. »Holst du noch deinen Kaffee von vorhin? Ich hab nämlich nur Orangina dabei.« Damit zog sie aus dem Korb zwei bauchige Fläschchen hervor.

Mit der Thermoskanne setzte sich Guillaume auf seinen Stuhl, den Delphine noch mit einem geblümten Sitzkissen versehen hatte. Was mit der Einrichtung ihrer Einsatzzentrale passieren würde, wenn sie durch die Gässchen hinunter nach

Gassin fuhren, daran wollte er jetzt noch gar nicht denken. Ihm lief bereits jetzt das Wasser im Mund zusammen, als er auf die Sandwiches blickte. Wenn ihn nicht alles täuschte, handelte es sich dabei um die Sorte …

»Roher Schinken, getrocknete Tomate, Pinienkerne und grünes Pesto«, verkündete Delphine nicht ohne Stolz.

»Meine Lieblingssorte.«

»Das weiß ich doch«, flüsterte Delphine und lehnte sich in seine Richtung.

Guillaume sah ihr in die Augen. Sie strahlten heute besonders intensiv. Und das, obwohl es hinten im Transporter nicht sonderlich hell war. Er beugte sich ebenfalls nach vorn, verringerte den Abstand zu ihrem Mund noch ein Stück, nur noch ein paar Zentimeter, dann würden sie …

»Es geht los«, flüsterte Delphine.

»Ich weiß, meine Liebe. Es wird auch Zeit.«

Sie lachte. »Der Transporter ist gerade angekommen. Hast du es nicht gehört?« Damit wies sie auf den Bildschirm ihres Laptops.

Tatsächlich, das Auto der Sicherheitsfirma rangierte gerade rückwärts vor den Museumseingang. »Dann muss unser kleiner … Imbiss wohl noch warten«, sagte Guillaume in sachlichem Ton.

Delphine seufzte. »Der Imbiss, klar.« Dann schrieb sie eine SMS in die Gruppe: *Der Condor ist gelandet.* Sie fand das zwar etwas albern, aber Jacqueline hatte darauf bestanden, und so war das ihr verabredetes Anfangssignal. Von nun an würden sich alle genau zu dem Zeitpunkt melden, in dem ihr Part abgeschlossen war.

Gebannt sahen die beiden nun auf dem Bildschirm dabei zu, wie die Wachmänner aus dem Transporter ausstiegen und ins

Museum gingen. Derweil fuhren zwei kleine blaue Dacia-SUVs, ebenfalls mit der Aufschrift *Sécurité Grimaldine* und mit gelben Rundumleuchten auf dem Dach, neben den Werttransporter.

Guillaume kletterte nach vorn hinters Lenkrad und wartete auf Delphines Startsignal.

»*On y va!*«, sagte die schließlich nach einer Weile, und Guillaume ließ den Motor an. Er wartete kurz, bis der Sicherheitstransporter und die beiden SUVs losgefahren waren, und folgte ihnen dann in gemessenem Abstand. Wie erwartet fuhren sie ein Stück in Richtung ihrer Schein-Baustelle, bis Lipaire unterwegs den Blinker setzte und den Citroën in eine Parkbucht lenkte. Für eine Weile verloren sie den kleinen Konvoi aus den Augen.

Da vibrierte Lipaires Handy. Er griff danach und las die Nachricht. Sie kam von Jacqueline und lautete: *Na, ist der Adler schon vom Weg der Tugend abgekommen?*

Lipaire zog die Brauen hoch. Was, bitte, wollte sie denn damit sagen?

Doch Delphines Antwort ließ nicht lange auf sich warten: *Wenn du meinst, ob sie unsere Baustellenumleitung geschluckt haben: Wird gleich so weit sein.*

Da kamen die drei Autos auch schon in entgegengesetzter Richtung zurück.

»Bingo!«, rief Guillaume nach hinten. »Die Sache mit der Straßensperre haben sie schon mal gefressen.«

»*Parfait*«, kam als Antwort von Delphine. »Dann rufe ich per SMS mal Stufe zwei aus. Als Nächstes muss sich Paul bereit machen. Hoffentlich vermasselt es unser belgisches Riesenbaby nicht.«

»Hoffentlich, ja. Der hält sich wahrscheinlich sowieso gerade für Rambo persönlich«, sagte Lipaire mit einem Augenzwinkern.

41

Lizzy Schindler saß auf einem der Poller, die den schmalen Gehweg von der Fahrbahn abgrenzten. Sie hatte keine Probleme mit langen Spaziergängen oder Wanderungen – seit sie sich kein Auto mehr leisten konnte, war sie ohnehin auf die Kraft ihrer Beine angewiesen, und die hatten sie noch nie im Stich gelassen. Nur langes Stehen bereitete ihr Probleme, und diese vermaledeiten Krampfadern traten dann besonders deutlich hervor. Aber die Zeit, als sie noch kurze Kleidchen getragen hatte, war sowieso schon drei, vier Jahre vorbei. Also hatte sie sich für einen Moment hier niedergelassen und genoss die frische Morgenluft. In ihrem Leben hatte es nur wenige Tage gegeben, an denen sie schon derart früh wach gewesen war. Sie war ein Nachtschattengewächs, noch immer.

Doch wenn sie es genau betrachtete, musste sie zugeben, dass sie dadurch etwas verpasste. Wie das goldene Licht langsam die Fassaden erklomm und selbst in dieser auf beiden Seiten von hübschen Häuschen gesäumten Straße in der morgendlichen Kühle für ein warmes Gefühl sorgte, war berauschend. Sie ließ sich von der Stimmung mitreißen und streichelte liebevoll ihren Hund: »Mein kleiner Louis Quinze! Wie du wohl wirklich heißt? Der Quatorze fehlt mir schon, aber er war eben sehr alt, vielleicht war es das Beste für ihn, dass er schnell und überraschend gehen konnte ...« Nach einer Pause fügte sie an: »Vielleicht wäre es ja auch das Beste für mich, wenn ich so ganz plötzlich ...«

Da hörte sie, wie oben ein Wagen in die steile Straße einbog. Sie stand auf, kniff die Augen zusammen und entspannte sich wieder. Es handelte sich nicht um den erwarteten Lieferwagen, sondern um eine Mercedes S-Klasse. Ziemlich luxuriös ausgestattetes Modell, dafür hatte sie einen Blick. Sie setzte sich wieder und folgte der Limousine mit den Augen. Verwundert stellte sie fest, dass diese immer langsamer wurde und schließlich ihr gegenüber am Straßenrand in einer schmalen Parkbucht anhielt. Wegen der getönten Scheiben konnte sie jedoch nicht hineinschauen. Ihr Puls beschleunigte sich, als das Fenster heruntergelassen wurde. Würde etwa jemand von den Vicomtes am Steuer sitzen, um ihr mit eiskalter Miene mitzuteilen, dass das Spiel aus war? Dass sie einsteigen müsse und man sie weiß Gott wohin bringen würde, um sie womöglich zu foltern oder gar ...

Doch zum Vorschein kam ein gepflegt wirkender Mann, etwa in ihrem Alter, den sie noch nie in der Gegend gesehen hatte. Sein Haar war dicht und dunkel, das fiel ihr sofort auf. Zweifelsohne gefärbt, aber was machte das schon. Auf alle Fälle ein Mann, der auf sich achtete.

»Kann ich Ihnen helfen?«, fragte sie.

»Das wollte ich eigentlich gerade von Ihnen wissen, schöne Frau«, antwortete er, offenbar ein Schweizer, wie sie an seinem Akzent erkannte.

Sie lachte gekünstelt. »Ach, fahren Sie doch bitte weiter, ich habe ... zu tun.«

»Was denn, wenn ich fragen darf? Eine derart aparte Dame allein zu so früher Stunde ...«

»Ich habe eben meine Geheimnisse.« Ganz automatisch begann Lizzy, ihr Flirtprogramm abzuspulen, das vor allem darin bestand, keine Frage wirklich zu beantworten und sich stattdessen in Andeutungen zu ergehen, um das Gegenüber mit so vielen Fragezeichen zurückzulassen, dass dessen Neugier angestachelt wurde.

»Das glaube ich gern, Madame. Vielleicht lüften Sie mir gegenüber das eine oder andere bei einem Gläschen?«

Der Hund begann zu bellen, doch Lizzy achtete nicht darauf. Sie war nun voll in ihrem Element. »Ich trinke nur in guter Gesellschaft!«

»Nichts anderes hätte ich von einer Frau wie Ihnen erwartet. Ich bin sicher, wenn Sie mir die Chance dazu geben, werden Sie feststellen, dass ich durchaus in diese Kategorie falle.«

»Selbstverliebtheit gehört nicht gerade zu den besonders begehrenswerten Eigenschaften ... Herrschaft, jetzt halt endlich die Klappe.«

Erschrocken riss der Mann die Augen auf.

»Nicht Sie, der Hund.« Der schien sich gar nicht mehr beruhigen zu wollen. Vielleicht merkte er, wie hier gerade die Funken hin- und herflogen.

»Ich muss mich entschuldigen, vielleicht hatte ich das Gefühl, mich in Gegenwart einer so aufregenden Dame etwas interessanter machen zu müssen. Nun ja, Ihr Hund scheint von mir nicht gerade begeistert.«

»Der? Ach, der bellt nur wegen ...« Ja, warum eigentlich? Lizzy folgte dem Blick des Vierbeiners und entdeckte, dass oben bereits der Transporter um die Ecke gebogen war und nun auf sie zufuhr.

»Ach du liebe Zeit, jetzt hätte ich mich doch beinahe ablenken lassen«, murmelte sie, stand auf und ging, kaum dass sie auf der Straße stand, theatralisch zu Boden.

»Madame? Madame?« Lizzy hörte den Mercedesfahrer rufen, doch sie antwortete nicht. Hoffentlich würde der Typ ihnen nicht die Tour vermasseln, das würden ihr die anderen nie verzeihen. Und sie sich selbst genauso wenig.

Jetzt wurde die Fahrertür geöffnet, und Lizzy hörte das Klacken von Lederschuhen auf dem Kopfsteinpflaster. Gleichzeitig wurde auch das Dröhnen des Transporters immer lauter, der nur noch wenige Meter von ihnen entfernt sein konnte.

Sie spürte, wie ein erstaunlicher fester Griff sich um ihre Schultern schloss und ihre neue Bekanntschaft versuchte, sie von der Straße zu zerren. Sie murmelte etwas möglichst Unverständliches, als befände sie sich in einem fernen Dämmerzustand, bewegte scheinbar unkontrolliert die Arme und krallte sich im nächsten Moment an einem Kanaldeckel fest.

»Madame? Bitte kommen Sie doch zu sich! Es ist gefährlich, hier zu liegen.« Der Senior seufzte. »Es ist ein Fluch, wenn man eine solche Wirkung auf Frauen hat.«

Lizzy hätte beinahe laut losgelacht, doch auf einmal zog der Mann nicht mehr an ihren Schultern. Sie wartete ein paar Sekunden, dann blinzelte sie kaum merklich, um zu sehen, was um sie herum vor sich ging. Sie erkannte zwei Dinge gleichzeitig: Der Transporter war nun bei ihnen angekommen und hielt. Und ihr Retter lag ebenso auf der Straße wie sie.

»Ach du meine Güte!«, entfuhr es ihr, und sie setzte sich auf. Der Mann schnaufte schwer, er schien bewusstlos zu sein. Louis Quinze schleckte über sein Gesicht. »Aus! Hundi, hör auf!« Sie scheuchte den Vierbeiner von dem Mann weg, als sich die Fahrertüren der Begleitfahrzeuge öffneten und aus jedem ein Mann in Uniform ausstieg.

»Madame, ist alles in Ordnung bei Ihnen?«, fragte einer der beiden, als sie sich über sie beugten.

»Jaja, ich bin nur … hingefallen. Aber mein Begleiter …« Sie rappelte sich hoch. Sofort packten die zwei Sicherheitsmänner sie unter den Achseln, doch Lizzy schüttelte sie ab. »Ihm müsst ihr helfen, nicht mir. Mir geht's gut!«

»Wirklich? Von der Weite sah es aus, als hätten Sie einen Schwächeanfall.«

Lizzy lächelte geschmeichelt. »Ja, wirklich? Das freut mich.«

»Es ... freut Sie?« Verdutzt sah der eine Sicherheitsmann seinen Kollegen an.

»Dass es nicht so schlimm ist, wie es ausgesehen hat, meine ich. Aber jetzt helfen Sie endlich meinem ...« Sie überlegte kurz und beendete dann den Satz: »... meinem Mann.«

»Bien sûr, Madame«, beeilten sich die Sicherheitsmänner zu erwidern und hoben, einer an den Beinen, der andere unter den Achseln, den alten Herrn hoch. Sie trugen ihn ein paar Meter und blieben dann unschlüssig stehen.

»Ins Auto, auf die Rückbank«, dirigierte Lizzy die Männer.

Als sie den Bewusstlosen abgelegt hatten, kamen sie wieder zu ihr. »Können wir sonst noch etwas für Sie tun? Sollen wir einen Krankenwagen rufen?«

»Ach woher, ich fahre ihn selbst ins Krankenhaus, das geht schneller.« Sie blickte auf ihre Armbanduhr. »Und wir stehen, glaube ich, lange genug hier.«

»Wie meinen Sie das?«

»Ach, nichts. Fahrt mal weiter, ihr habt sicher noch wichtige Sachen zu tun. Ich bin für heute fertig.«

42

Als der Transporter mit einem Mal anhielt, verzog Paul die Lippen zu einem Grinsen. »Gut gemacht, Lizzy«, flüsterte er. Er saß nicht mal einen halben Meter von der Kiste mit der Urkunde entfernt in dem Lieferwagen, allerdings quasi unsichtbar. Wobei Sitzen eine allzu freundliche Umschreibung der verkrampften Haltung war, die er einnehmen musste, bis die alte Dame den Konvoi zum Stillstand bringen würde. Als er am frühen Morgen die zweite Sperrholzwand, die sie nach den exakten Maßen des Transporters gebaut hatten, vorn in den Laderaum eingepasst hatte, war er selbst erstaunt gewesen: Wenn man nicht wusste, dass nun vor der Rückwand des Transporters jener kleine Hohlraum entstanden war, in dem er gerade kauerte, würde man es nie und nimmer erkennen. Ihnen war eine perfekte Täuschung gelungen, was der von ihm geforderten militärischen Planung zu verdanken war.

Die hatte auch dazu geführt, dass der Austausch glattgelaufen war: Er hatte die Fahrt dazu genutzt, die Kiste mit der Urkunde gegen ihre Nachbildung auszuwechseln, indem er die Wand aufgeschoben, sich durch den entstandenen Spalt hindurchgezwängt und dann die beiden Boxen vertauscht hatte. Nun hockte er wieder in seinem Verschlag, den Behälter mit dem für sie alle so wichtigen Dokument neben sich. Selbst wenn jetzt einer der Sicherheitsmänner einen Kontrollblick in den Laderaum werfen würde, würde er alles in bester Ordnung vorfinden.

Natürlich hätten sie die Urkunde am liebsten gleich mitgenommen und schnellstens vernichtet, doch die Transportkiste war verschlossen – und deutlich zu groß, um sie aus dem Fahrzeug zu schaffen. Machte aber nichts, dank ihres unsichtbaren Hohlraums konnte sie erst mal hierbleiben, bis sie sie später holen würden, um dann ein kleines Freudenfeuer mit dem Dokument zu veranstalten.

Paul freute sich jetzt schon darauf, doch noch hatten sie es nicht geschafft, es fehlte noch der letzte Schritt, um ihren Plan zu vollenden – seine Flucht. Also lehnte er sich nach vorn und tastete mit den Fingerspitzen den Fahrzeugboden ab. »Ah, da bist du ja«, zischte er, als er den Rand des Lochs spürte, das er vorher ins Blech gesägt hatte. Er hatte es so passgenau wieder eingesetzt, dass es mit dem bloßen Auge kaum zu erkennen war, zumal jetzt, im Dunkel seines winzigen Kabuffs.

Als er das Metallteil anhob und zur Seite schob, hörte er von draußen Lizzys Stimme. Sie redete aufgeregt mit zwei Männern. Redete? Sollte sie nicht die Ohnmächtige spielen? Na ja, immerhin schien zu funktionieren, was sie tat. Denn ein Blick nach unten zeigte ihm, dass sie fast genau über dem Kanaldeckel gehalten hatten, in dem er nun verschwinden musste. Er setzte sich an den Rand des Lochs, ließ die Beine nach unten baumeln, stieß sich mit den Händen nach unten ab, glitt ein paar Zentimeter durch die Öffnung – und blieb stecken.

»*Putain de merde*«, fluchte er, lauter als beabsichtigt. Doch offenbar hatte ihn niemand gehört, denn von draußen vernahm er noch immer die drei Stimmen, wenn auch deutlich gedämpfter als gerade eben, bevor er sich im Loch verhakt hatte. Der Belgier versuchte verzweifelt, sich wieder nach oben zu drücken und seinen Körper dann mit Schwung hindurchzubefördern – vergeblich. Schlimmer noch: Er hatte das Gefühl, wie ein Korken in einer Weinflasche die Öffnung immer fester zu verschließen. Er begann zu schwitzen. Würde jetzt alles daran scheitern, dass er zu wenig ausgesägt hatte? Lizzy hatte ihn gewarnt. Moment: Lizzy! Sie hatte noch etwas gesagt: Mit Schlangenbewegungen habe sie sich schon öfter in zu enge Klamotten »hineingetanzt«. Ob er das vielleicht auch versuchen sollte? Was blieb ihm schon anderes übrig? Wenn der Wagen mit ihm in dieser Stellung wieder losfuhr, könnte das böse enden. Da hörte er von draußen, wie Madame Lizzy rief: »Fahrt ihr mal weiter.«

Sein Herz setzte einen Schlag aus, dann knöpfte er mit zitternden Fingern seine Jacke auf.

Als er sie ausgezogen hatte, begann er, schlängelnde Bewegungen zu machen. Er kreiste mit der Hüfte, wobei sich das scharfe Blech am Rande der Öffnung schmerzhaft in seine Haut bohrte. Doch er machte trotzdem weiter, streckte die Arme nach oben, fühlte sich wie Mata Hari, meinte, die Musik zu seinem Tanz hören zu können – als er unvermittelt nach unten durchrutschte und mit dem Hinterkopf aufs Kopfsteinpflaster schlug. Paul rieb sich den kahlen Schädel, da hörte er, wie hinter dem Transporter zwei Autotüren zugeschlagen und die Motoren angelassen wurden. Sofort streckte er seine Hand in den Innenraum, bekam das ausgesägte Blechstück zu fassen und verschloss den Fahrzeugboden damit. Dann rollte er sich herum, steckte seine Finger in die Löcher des Kanaldeckels und wuchtete ihn in einer fast übermenschlichen Kraftanstrengung auf. Er schob sich mit den Beinen voran in den Schacht, betete, dass der größer war als die Öffnung im Transporter, rutschte mühelos hinein und verschloss ihn in einer geschmeidigen Bewegung. Das letzte Stück des Kanaldeckels wurde von oben zugedrückt, als der Transporter mit dem Hinterrad darüberfuhr.

Keuchend klemmte Quenot in der senkrechten Röhre, die

Beine an die gegenüberliegende Wand gepresst, um nicht abzustürzen. Er brauchte fast eine Minute, um einigermaßen zu Atem zu kommen. Seine Kleidung klebte schweißnass an seinem Körper. *Das war knapp gewesen.* Als er rechts von sich eine Bewegung wahrnahm, fuhr er herum – und starrte direkt in die schwarzen Knopfaugen einer Ratte, die ihren Kopf aus einer Lücke im brüchigen Gestein herausstreckte. Offenbar war das Tier über die unerwartete Gesellschaft genauso erschrocken wie der Belgier, denn es rührte sich ebenso wenig. Es gab nicht viel, wovor Quenot Angst hatte, doch Ratten gehörten definitiv dazu. Er versuchte, das Tier zu verscheuchen, doch es blieb, wo es war.

»Hau ab«, rief er mit piepsiger Stimme. »Hau ab, sonst ...« Da fiel ihm ein, dass er seinen Auftrag ja noch gar nicht vollendet hatte. Er musste den anderen noch durchgeben, dass alles geklappt hatte, sonst würden sie Plan B in Kraft treten lassen. Mechanisch griff er in seine Jackentasche, um sein Leihhandy herauszuziehen, und erstarrte noch einmal mitten in der Bewegung. Er hatte keine Jacke mehr an. Sie lag im Transporter, der sich nun auf direktem Weg zum Hafen befand.

43

»Irgendwann musst du mir das Rezept für diese Sandwiches verraten, die sind wirklich ein Gedicht.« Guillaume presste die Worte aus seinem vollen Mund hervor. Aber bei Delphines kulinarischen Mitbringseln vergaß er seine Tischmanieren, da siegte die pure Gier. Nachdem der Transporter sie passiert hatte, konnten sie nur noch abwarten – oder etwas essen.

»Ich glaube, das behalte ich lieber für mich. Als Druckmittel.« Sie zwinkerte ihm zu.

Sofort hörte er auf zu kauen, kniff die Augen zusammen und blickte Delphine eindringlich an, die ihm hier in ihrer improvisierten Einsatzzentrale gegenübersaß. »Wozu brauchst du denn ein Druckmittel? Du kannst doch sowieso alles von mir haben.« Er zögerte. War es wirklich das gewesen, was er hatte sagen wollen?

Auch Delphine schien überrascht und musterte ihn nun ihrerseits. Bevor sie antworten konnte, piepte jedoch ihr Handy. Sie nahm es schnell und verkündete aufgeregt: »Lizzy hat geschrieben. Alles glattgelaufen. Sie fährt gerade runter nach Port Grimaud.«

»Sie fährt?« Guillaume legte sein Sandwich zur Seite und las ebenfalls die Nachricht auf dem Display.

»Verstehe ich auch nicht. Mit dem Taxi vielleicht?«

Er schüttelte den Kopf. »Glaube ich nicht.«

»Vielleicht hat sie eine Mitfahrgelegenheit gefunden.« Delphine grinste. »Das ist doch ihr Spezialgebiet.«

»Stimmt. Kann uns eigentlich auch egal sein. Hauptsache, unsere Aktion läuft sauber durch. Jetzt fehlt nur noch das Okay von Paul.« Guillaume spürte, wie seine Hände feucht wurden. Bisher war das alles nur ein Plan gewesen, eine Geschichte, die sie sich ausgedacht hatten. In ihren Köpfen war die zwar reibungslos abgelaufen. Aber insgeheim hatte er damit gerechnet, hatte erwartet, dass das in der Realität ganz anders sein würde, dass sie improvisieren müssten, scheitern würden. Doch nun ...

»Hat er schon geschrieben?«

»Wer?«

»Na, Paul.«

»Nein, das hättest du doch mitbekommen.«

Gebannt starrten sie auf das Display in der Hoffnung, dass jeden Moment die erlösende Nachricht des Belgiers eintreffen würde, doch das Handy blieb stumm. Als sich zehn Minuten und ein weiteres Sandwich später noch immer nichts getan hatte, sah Lipaire seine Befürchtungen bestätigt. »Da stimmt was nicht. Wusste ich doch gleich, dass irgendwas schiefgeht.«

»Ach, du wusstest das? War das nicht dein Plan?«

»Unserer. Und ausgeführt haben ihn andere.« Die Harmonie zwischen ihnen war mit einem Schlag verflogen.

»Sollen wir mal nach ihm schauen?«

Er blickte auf seine Armbanduhr und nickte. »Der Transporter muss längst durch sein. Lass uns fahren.«

Als sie in die Straße einbogen, auf der der Werttransporter gehalten hatte, sahen sie schon von Weitem den zur Hälfte offen stehenden Kanaldeckel. Sie blickten sich an, Lipaire gab noch einmal Gas und hielt mit quietschenden Reifen direkt neben dem Schacht. Dann sprangen sie aus dem Führerhaus und beugten sich darüber.

»Paul?«, zischte Guillaume, doch es kam keine Antwort.

»Quenot!«, brüllte Delphine, worauf Lipaire zusammenzuckte.

»Geht's nicht ein bisschen leiser?«

»Dann hört er uns doch nicht«, rechtfertigte sie sich, bückte sich und griff mit beiden Händen den Kanaldeckel. »Komm, wir machen ihn ganz auf. Pack mal mit an.«

Sie wuchteten das schwere Teil mit vereinten Kräften zur Seite. Guillaume fragte sich, wie es Paul allein überhaupt möglich gewesen war, das Ding zu bewegen. Als sie erneut in den Schacht blickten, gähnte ihnen nur schwarze Leere entgegen.

Delphine streckte die Hand aus und deutete hinein. »Schau mal.«

Jetzt sah er es auch: Auf halber Höhe befand sich in einem kleinen Loch eine leblose Ratte, deren Kopf unnatürlich weit nach hinten verdreht war. Angewidert verzog er das Gesicht. »Sieht verdammt nach Paul aus.«

»Also geht es ihm gut.«

»Aber wo ist er bloß?«

Sie erhoben sich wieder und schauten sich suchend um.

Delphine konnte sich ebenso wenig einen Reim darauf machen wie er selbst. »Lass uns schleunigst runterfahren.«

Ein paar Minuten fuhren sie schweigend, dann durchbrach Delphine die Stille: »Wusste ich doch, dass das Riesenbaby es vermasselt.«

Guillaume ließ das unkommentiert. Stattdessen schlug er vor, eine Nachricht an Karim und Jacky abzusetzen. »Schreib ihnen, dass Plan B in Kraft treten muss.«

Zweifelnd schaute ihn seine Beifahrerin an. »Meinst du wirklich? Vielleicht ist er nur …«

»Was? Was ist er nur?«, unterbrach Guillaume sie unwirsch. »Wir haben das klar definiert: Wenn das Okay fehlt, heißt es, dass der Notfallplan greift. Also, mach schon.«

»Zu Befehl, Chef.« Sie legte ihre Hand an die Stirn wie ein Soldat beim Salut. Als sie tippte, las sie laut mit: »Paul hat's vermasselt. Plan B tritt in Kraft. Wir kommen so schnell wie möglich zum Hafen.«

»Gut, jetzt müssen wir nur noch ... Moment. Was ist das denn?« Guillaume zeigte nach vorn, wo sich etwas sehr schnell die steile Böschung neben der Straße hinunterbewegte.

Delphine zuckte nur die Achseln. »Ziemlich viele Wildschweine unterwegs zu dieser Zeit.«

44

Jacky hatte die Augen geschlossen und reckte das Gesicht in die wärmende Sonne. Dennoch schlug ihr Herz ein wenig schneller als normal. Sie saß neben Karim auf der Bank an der Kaimauer und wartete darauf, dass dieser endlich ein Stück näher rückte, seinen Arm um sie legte und sie dann ... Ihr Handy vibrierte, sie zog es aus der Tasche, las die Nachricht und sprang unvermittelt auf. Karim sah sie erstaunt an.

»*Putain*, Delphine hat Plan B ausgelöst. Es geht los für uns!«

Karim riss die Augen auf. »*Merde!* Hat es der Belgier also doch versaut!«

Jacky warf ihm einen strengen Blick zu. »Wer sagt dir denn, dass es an ihm lag?«

»Ach komm, jetzt muss ich in den Kanal, dann ins Auto und da schnell noch die Urkunde austauschen! War ja eigentlich sein Job, und er hatte genügend Zeit dafür.«

»Aber dafür gibt es ja Plan B, für den Fall der Fälle.«

»Ja, nämlich für den beinahe unmöglichen Fall, dass er es nicht schafft, während der Fahrt das echte Dokument auszutauschen. Paul ist doch einfach zu tollpatschig für alles!«

»Spinnst du?«, rief sie und versetzte ihm einen Rempler mit dem Ellbogen. »Paul ist so vielseitig begabt, der kennt sich mit fast allem aus.«

Karim lachte ungläubig.

»Ja, da kannst du ruhig lachen. Aber von ihm könnten sich einige Männer mehr als nur eine Scheibe abschneiden. Er ist so ... lieb und gleichzeitig so zupackend. Er hat so viel Energie ...«

»Tss, gefällt er dir etwa, oder wie?« Karim funkelte sie misstrauisch an, doch damit kam er ihr gerade recht: »Ja, so ein Typ Mann gefällt mir schon. Er ist stark und groß, kann kräftig zulangen, wenn es nötig ist, aber hat auch ganz zarte Seiten.«

»Sag mal, hast du was mit ihm?«

Jacky lachte laut los. »Ich? Sag mal, Paul ist doch schwul!«

»Ich ... ach so ... ich meine«, stammelte er.

»Und jetzt zieh dich endlich aus!«

Wieder sah er verdutzt drein.

»Na, es geht doch los! Zieh deine Jacke aus, die brauchst du im Kanal ja wohl nicht«, erklärte sie grinsend. Dann lehnte sie sich zu ihm hinüber und küsste ihn zärtlich. »Viel Glück, Karim!«, hauchte sie.

Reglos starrte er sie an. Im Augenwinkel sah sie, dass sich die *Comtesse*, die mondäne Holz-Segeljacht der Vicomtes, bereits langsam ihrer Anlegestelle näherte.

»Na komm schon, ab ins Dunkel!« Sie zeigte auf den Kanaldeckel, neben dem sie ihren Roller geparkt hatte. »Verlass dich auf mich: Ich verschaff dir die Zeit, die du brauchst.«

»Aber mach nichts, was du später bereuen würdest, ja?«

»Keine Sorge!«, sagte sie und hauchte ihm einen weiteren Kuss zu.

Eifrig nickend setzte sich Karim in Bewegung, zog ächzend den schweren Deckel auf und kletterte hinein. »Und gib dir Mühe, ich will schließlich stolz auf dich sein!«, rief sie Karim noch zu, dann verschloss er sein Versteck.

Jacqueline stieg auf den Roller und startete den Motor, da sah sie, wie sich der Sicherheitstransporter und die beiden Begleitfahrzeuge näherten. Das war der Startschuss für ihren Einsatz.

Sie fuhr um die nächste Ecke, damit der Parkplatz frei war, behielt diesen aber weiterhin im Auge. Dann drehte sie den kleinen Benzinhahn um eine halbe Umdrehung nach links, bis er zu war, und ließ den Roller im Leerlauf ein paarmal ordentlich aufheulen, bis der kleine Konvoi eintraf. Der Werttransporter parkte rückwärts ein, die Begleitfahrzeuge drehten um und entfernten sich. Bingo. Genau so hatten sie es geplant.

Ihr Motor begann bereits zu stottern. Nun musste sie nur noch die paar Meter schaffen, um vor den Transporter zu kommen. Sie legte einen Gang ein, fuhr los, und direkt vor dem Wagen starb der Rollermotor ab. Sie betätigte ein paarmal ihren Starter, dann schob sie ihre Sonnenbrille hoch, machte einen Schmollmund und sah achselzuckend zu den Wachmännern im Transporter, die anscheinend schon von ihr Notiz genommen hatten. Mit lasziven Bewegungen stieg sie von der Sitzbank ab. Sie brauchte dabei nur an Brigitte Bardot in ihren frühen Filmen zu denken, und die Bewegungen kamen ganz von selbst. Dann bückte sie sich umständlich, als wolle sie etwas am Roller kontrollieren.

Kurz darauf öffneten sich die Türen des Transporters, und die Wachmänner kamen auf sie zu. Jacqueline strahlte sie an und winkte.

Der Beifahrer schob sich die Mütze aus der Stirn. »Mensch, wir kennen uns doch! Du warst doch neulich bei uns in der Firma. Konntest du denn die Mütze am Filmset brauchen?«

»Da wollte ich gerade hin.«

»Können wir dir helfen?«

»Ach, das wäre furchtbar nett.«

»Was gibt's denn für ein Problem?«

Jacqueline gab die Ahnungslose und zuckte die Schultern. Ganz im Stil der großen Filmdiven aus den Sechzigerjahren leckte sie sich verführerisch über die Lippen, bevor sie erklärte: »Irgendwie läuft der Motor nicht mehr. Kennt ihr euch damit etwa aus? Das wäre so super, ehrlich! Ich muss weg hier, habe mich gerade von meinem Freund getrennt.«

Die beiden sahen sich vielsagend an. »Na ja, wir sind … also, ich … bin sogar Mechaniker, eigentlich«, tönte nun der Fahrer und blies sich dabei ein wenig auf.

»Wow, ehrlich? Ich find Männer so toll, die sich mit Technik auskennen!«

»Ach ja? Dann wollen wir doch mal sehen, ob wir was für dich tun können. Wie heißt du denn eigentlich?«

»Ich? Jacqueline. Aber die meisten sagen Jacky zu mir.« Sie grinste in sich hinein. Das ging beinahe zu leicht.

Der Fahrer hockte sich hin und besah sich den Motor. Jacky stellte sich blitzschnell so vor den Benzinhahn, dass der Typ ihn nicht sehen konnte. Immer wieder warf sie nun einen Blick zum Boden unter dem Transporter, konnte aber nicht ausmachen, wie weit Karim mit seiner Aktion schon war.

»Lass den Roller doch bitte noch mal an!«, forderte sie der Beifahrer auf, und Jacky betätigte den Startknopf. Wieder orgelte der Anlasser ein wenig, der Motor kam jedoch – wenig verwunderlich – nicht in Gang.

Die Sicherheitsmänner warfen sich ratlose Blicke zu.

»Könnte der Anlasser sein«, mutmaßte der Fahrer, der Beifahrer aber widersprach ihm. »Unsinn, dann würde er ja nicht drehen. Das ist entweder die Zündung, oder das Ding kriegt keinen Sprit.«

Jacky erschrak. Die beiden schienen sich tatsächlich ein wenig zu gut auszukennen. Der nächste logische Schritt wäre der Benzinhahn. Wieder sah sie zum Transporter hinüber. Nein, Karim konnte seine Mission unmöglich bereits erfüllt haben.

»Ich hab aber gestern Abend extra noch vollgetankt«, sagte sie schnell. »Sogar mit Super 98 oder wie das heißt.«

»Kollege, wir sollten vielleicht auch mal wieder«, mahnte jetzt der Beifahrer, nachdem er einen Blick auf seine Armbanduhr geworfen hatte.

Der andere kratzte sich am Kinn, schien kurz zu überlegen, dann sagte er: »Er hat recht: Wir müssten tatsächlich mit unserer Arbeit weitermachen, aber mein Vorschlag wäre ...«

»Was habt ihr denn dadrin, in eurem coolen Auto? Diamanten?« Jacky blinzelte den beiden mit einem Doris-Day-Augenaufschlag zu.

Sie schüttelten die Köpfe. »Nein, leider nicht«, antwortete der Fahrer.

»Was denn dann? Habt ihr etwa den Laderaum voller Gold?«

Nun war es der Beifahrer, der ein wichtiges Gesicht aufsetzte. »Da würden wir nicht so viel reinbekommen, weißt du, das Zeug ist ja so schwer.«

»Dann ist es ein Kunstwerk, stimmt's?«

Der Mann wiegte den Kopf hin und her. »So was Ähnliches. Aber genauer dürfen wir dir das gar nicht sagen, *pardon*.«

»Stimmt, Geheimaktion«, bestätigte der andere und setzte seine Sonnenbrille wieder auf die Nase.

»Okay, das verstehe ich natürlich. Aber das ist ja so aufregend.« Sie jauchzte, fragte sich jedoch im selben Moment, ob das nicht eine Spur zu viel gewesen war. Die Sicherheitsmänner zuckten allerdings nur lächelnd die Achseln.

»Was machen wir denn jetzt mit meinem Roller?«

»Wir könnten ihn bei uns hinten einladen, wenn du willst, und ihn in eine Werkstatt bringen«, schlug der Fahrer vor, doch sein Kollege schränkte sofort mahnend ein: »Aber erst, wenn wir hier fertig sind.«

»Stimmt schon, erst müssen wir ausladen. Aber danach hätten wir ein bisschen Zeit.«

Da hörte Jacky das kratzende Geräusch des Kanaldeckels auf dem Asphalt. Danach ein Klacken, als falle er in seine Halterung.

»Hm«, machte sie daher und gab sich nachdenklich, »und wenn ihr es noch mal probiert, mit dem Anlassen? Männer können so was doch einfach besser.« Sie hasste sich selbst ein wenig für diese Aussage, aber im Rahmen der momentanen Rolle, die sie zu spielen hatte, war sie einigermaßen vertretbar. Aber nur da. Sie drehte den Benzinhahn nach rechts und deutete auf den Startknopf. Mit fachmännischem Blick drückte der Fahrer darauf, ließ den Anlasser eine Weile laufen, schließlich setzte sich der Motor nach ein paar Hustern in Gang.

»Ihr seid die Besten, Jungs, vielen Dank, auch noch mal für die Mütze!«, sagte Jacqueline strahlend, nahm wieder auf der Sitzbank Platz und fuhr ohne weitere Worte davon.

»Was ist denn jetzt mit später?«, rief ihr einer der Männer hinterher, doch sie hob nur die Hand, ohne sich umzudrehen.

Zwei Ecken weiter bog sie in eine enge Lücke zwischen zwei parkenden Autos ein, um zu warten. »*Formidable*«, flüsterte sie und machte eine Faust. Ihr kleines Ablenkungsmanöver war gelaufen wie am Schnürchen. Blieb nur zu hoffen, dass Karim seinen Part ebenso erfolgreich gemeistert hatte. Sie stieg ab und tastete sich ein Stückchen vor, um über die Autodächer hinweg zum Transporter und der *Comtesse* am Kai dahinter blicken zu können. Am Steuer stand Henri Vicomte und beäugte kritisch, wie die Männer die Transportkiste aus dem Laderaum holten, um sie über eine ziemlich wacklige Gangway auf die Jacht zu tragen. Kaum waren sie von Bord, legte das Schiff wieder ab, und Henri drehte den Motor hoch.

Als der Transporter kurz darauf an Jacky vorbeibrauste, duckte sie sich, zückte sie ihr Handy, schrieb die Meldung »Mission accomplished« an Delphine, um dann zum Kai zurückzufahren. Sie lief die letzten paar Meter bis zum Kanaldeckel, tippte mit dem Absatz dreimal darauf, machte eine kurze Pause, tippte dann doppelt und nach einer weiteren Weile ein letztes Mal. Das Zeichen, das sie vereinbart hatten, wenn die Luft rein war. Im nächsten Augenblick hob sich der Deckel, und Karim strahlte ihr entgegen.

Sie beugte sich zu ihm hinunter, und noch bevor er irgendetwas sagen konnte, küsste sie ihn. »Alles gut gegangen, mein kleiner Held?«, fragte sie mit sanfter Stimme und strich ihm über die Wange.

»Alles ... wunderbar, meine ... süße Jacky!«, stammelte der, da ließ sie eine laute Hupe gewaltig zusammenfahren. Jacky wandte den Kopf und blickte auf den chromglänzenden Kühlergrill einer schweren Limousine, der sich nur ein paar Zentimeter vor ihr befand. Darüber prangte ein Mercedes-Stern.

»He, geht's noch? Sehen Sie nicht, dass wir hier bei der Arbeit sind?«, schimpfte Jacky und stand auf. Sie hörte, wie Karim hinter ihr aus dem Kanal kletterte und ebenfalls zu poltern begann: »Was soll denn das, Sie hätten ja beinahe meine Freundin überfahren!«

Beim Wort Freundin lächelte sie ihn an.

Da öffnete sich die dunkel getönte Seitenscheibe des Wagens, dessen Motor noch immer vor sich hin blubberte. »Freundin? Ist es endlich so weit, ihr zwei?«, hörten sie da eine bekannte Stimme. Eine Sekunde später sahen sie ins Gesicht von Lizzy Schindler, die so tief hinter dem Lenkrad saß, dass sie kaum auf die Straße blicken konnte.

»Ich glaub, ich spinn, du bist das?«, versetzte Jacky erstaunt.

Lizzy lächelte stolz.

Auch Karim war offensichtlich baff. »Krasse Zwölf-Zylinder-S-Klasse, wo hast du die denn mitgehen lassen?«

»Der ist bloß geliehen«, erwiderte die alte Dame empört. »Von einem ... Bekannten. Den musste ich erst noch kurz beim Arzt abliefern, und nachher hole ich ihn vielleicht sogar wieder ab. Womöglich könnte was Ernstes draus werden. Dann hätte ich endlich mal wieder einen Mann mit einem richtig Großen.«

Jacky und Karim sahen sich erschrocken an.

»Wagen, meine ich natürlich. So viel ist schon mal sicher. Vielleicht hat er auch einen hübschen Geldbeutel, mal sehen. Und der Rest wird sich finden. So, und jetzt lasst mich mal einparken mit meinem neuen Schätzchen.«

Sie wichen zur Seite und ließen Lizzy passieren. Als sie ausgestiegen war – Louis Quinze zog es vor, weiter auf dem mit feinem Leder bezogenen Beifahrersitz zu verweilen und majestätisch aus dem Fenster zu schauen –, erzählten sie Lizzy, dass Plan B in Kraft getreten, aber ansonsten alles glattgelaufen war.

»Und bei dir?«, wollte Jacky von der Österreicherin wissen.

»Auch alles gut. Eine Weile sah es so aus, als würde ...« Lizzy hielt kurz inne. »Meine Güte, ich weiß gar nicht, wie der Mercedes-Besitzer eigentlich heißt. Na ja, das krieg ich schon noch raus. Jedenfalls hätte der beinah alles vermasselt, aber dann hab ich doch noch die Kurve gekriegt.«

»Und weißt du denn, was bei Paul schiefgegangen ist?«, fragte Karim.

Lizzy Schindler schüttelte den Kopf. »Nicht die leiseste Ahnung.«

»Umso besser, dass wir zwei es so gut hinbekommen haben!« Jacky legte ihren Arm um Karim.

Wieder röhrte ein Motor auf, und der HY bog um die Ecke.

Am Steuer saß Guillaume, neben ihm klammerte sich Delphine verkrampft an einen Haltegriff. Direkt hinter dem Mercedes kam der alte Transporter schließlich zum Stehen.

»Was für ein Idiot hat denn da seinen Luxusschlitten reingestellt! Geht's noch?«, hörte man Delphine drinnen schimpfen. Als sie ausstiegen, klärte Lizzy sie auf, worauf Guillaume fast zärtlich über die Karosserie des Mercedes strich und etwas von »Zuwachs in unserem Fuhrpark« murmelte. Dann erzählte Karim ihnen in schillernden Farben die Geschichte seines heldenhaften Einsatzes.

Guillaume nickte anerkennend. »Gut gemacht, Kleiner. Aber sagt mal, weiß irgendjemand was von Paul?«

Sie schüttelten die Köpfe.

»Ich wusste gleich, dass es mit dem Riesenbaby nichts wird. Bin bloß gespannt, wann und wo unser Aushilfs-Rambo wieder auftaucht!«, sagte Guillaume.

Jacqueline wollte eben zur Gegenrede ansetzen, da raschelte es im Gebüsch, das an den Hafen angrenzte und sich am kleinen Fluss Giscle bis zur Straße und dann die Hügel hinaufzog. Sie wandten die Köpfe.

»Wieder ein Wildschwein?«, fragte Lipaire, doch in diesem Augenblick brach Paul Quenot durch die Lücke zwischen zwei Oleanderbüschen. Er hatte wirklich etwas von Rambo, wie er da, verschwitzt und das Gesicht von Dornen und Zweigen verschrammt, aus der Wildnis zurück in die Zivilisation kam.

»Paul!«, rief Jacky aus.

Karim legte seinen Arm um ihre Taille.

Als der Belgier schließlich beim Transporter angekommen war, holte ihm Delphine eine der verbliebenen Orangina-Flaschen aus dem Citroën, die er in einem Zug austrank. Alle starrten ihn mit fragenden Augen an.

»Na los, jetzt sag schon, was war los, warum hat der Austausch nicht geklappt, hm?«, sprach Jacky als Erste die Frage aus, die ihnen allen auf den Nägeln brannte.

Paul schien verwirrt. »Wie, nicht geklappt? Wovon redet ihr denn?«

»Was ist schiefgelaufen?«, wollte Jacky wissen.

»Nichts.«

»Nichts?« Jacky war verwirrt.

Sie blickten sich alle entgeistert an.

»Jetzt sag schon. Ist doch auch gar nicht schlimm, schließlich hat Karim ja alles gegeben und die Kiste dann doch noch ausgetauscht«, ermutigte sie ihn.

Quenot schüttelte den Kopf. »Moment, ihr bringt da was durcheinander! *Ich* hab sie doch wie vereinbart ausgewechselt!«

»Ich aber auch!«, beharrte Karim. »Auf Delphines Kommando. Nachdem du dich nicht gemeldet hast.«

»Weil ich meine Jacke mit dem Handy im Transporter gelassen hab, aus Versehen.«

Karim schlug sich mit der flachen Hand gegen die Stirn. »Ganz vergessen, ich hab die rausgenommen, sie hängt noch im Kanal!« Er zeigte auf den Deckel.

»Moment, das würde ja heißen, dass ...«, begann Jacky, und alle blickten auf die hölzernen Masten der *Comtesse*, die eben Richtung Port Grimaud auslief.

45

Der Lärm in dem kleinen Transporter war ohrenbetäubend. Während Paul die scheppernde Blechkiste mit durchgedrücktem Gaspedal die Uferstraße entlang nach Port Grimaud steuerte, riefen alle wild durcheinander, um die Fahrgeräusche zu übertönen: »*Putain*, wir haben die Urkunde zweimal ausgetauscht, versteht ihr das jetzt endlich?« Guillaumes Stimme überschlug sich, als er mit dieser Erkenntnis gegen den Lärm anschrie. Schlagartig verstummten die anderen. »Alles, was wir gemacht haben, hat geklappt, kapiert?« Er machte eine Pause. »Und doch haben wir nichts erreicht.«

»Du meinst, alles war umsonst?« Karim blickte ihn aus feuchten Augen an.

»Das darf nicht sein!« Lizzy schüttelte kraftlos den Kopf und wirkte auf einmal so alt, wie sie wirklich war. Sie hielt ihren Hund fest umklammert. Der Vierbeiner hechelte mit heraushängender Zunge und blickte ängstlich zu seinem Frauchen.

Jacqueline vergrub ihren Kopf in den Händen. »Das kann doch nicht wahr sein. Haben wir echt schon wieder versagt?«

»Was heißt *wir*?« Delphine deutete mit dem Kopf in Richtung des Fahrersitzes.

Paul schien zu spüren, dass er gemeint war, denn er kiekste: »Ich hab das Ding ausgetauscht wie abgemacht. Wenn ihr nicht Plan B aktiviert hättet ...«

Guillaume hob die Hand. »Hört auf! Es bringt nichts, wenn wir uns gegenseitig die Schuld zuschieben.«

Plötzlich klatschte Delphine ihre Hände auf die Oberschenkel. »Nein! Ich geb nicht auf. Diese verdammten Vicomtes sollen nicht schon wieder gewinnen. Wir holen uns diese Urkunde und lassen sie ein für alle Mal verschwinden. Und wenn es das Letzte ist, was ich mache!«

»Aber was können wir denn noch tun?«, fragte Lizzy verzweifelt.

»Wir müssen improvisieren«, antwortete Jacqueline kämpferisch. »Das ist wie beim Film. Wenn das Drehbuch schlecht ist ...«

»Das Drehbuch war aber nicht schlecht«, protestierte Guillaume.

»Na gut, wenn das Drehbuch kein befriedigendes Ende hat, dann wird oft aus einer Improvisation was Neues entwickelt.«

Karim nickte heftig. »Ja, genau.«

»Ach, kennst du dich auf einmal mit so etwas aus?«, fragte Guillaume.

»Nein, aber ich finde, sie hat recht. So machen wir's. Haben wir denn genug Zeit, was Neues zu entwickeln?«

»Ach was, Zeit!« Delphine klopfte ihm auf die Schulter. »Jetzt zählen nur noch Taten. Wir fahren auf den Marktplatz, schnappen uns das Ding, wenn sie es ausladen, und dann ...«

Lipaire fiel ihr ins Wort. »Wir können nicht hinfahren, da ist alles abgesperrt, überall sind Massen von Leuten. Und das Fernsehen filmt uns, während wir zuschlagen.«

»Dann gehen wir eben eine Weile ins Gefängnis, wenn's sein muss«, schloss Jacqueline. »Für die gute Sache lohnt es sich. Wir vernichten die Urkunde und werden zu Helden des Volkes. Wir, die Unverbesserlichen!« Sie reckte die Faust in die Höhe, doch niemand tat es ihr gleich.

»Bei dir hakt's wohl.« Delphine tippte sich mit dem Zeigefinger an die Stirn. »Ich habe zwei Kinder daheim, ich kann nirgendwohin gehen, am allerwenigsten ins Gefängnis.«

In diesem Moment stoppte Paul den Wagen. »Wir sind da, alle raus!«, befahl er.

Quenot war durch das Portal bis kurz vor jene große Brücke gefahren, die ins Städtchen und weiter auf den Marktplatz führte, wo gleich das große Spektakel stattfinden sollte. Weiter hinein ging es heute nicht.

Delphine lief voraus und winkte den anderen. »Los, kommt schon.«

Mühsam drängten sie sich durch die immer dichter werdende Menge an Menschen, die mit Fähnchen, T-Shirts und Schildmützen in Grün und Weiß auf den Beginn der Zeremonie warteten.

Als die sechs Freunde endlich am Marktplatz angekommen waren, hielten sie erstaunt inne. »Mein lieber Herr Gesangsverein!«, entfuhr es Lipaire.

»Ich sehe gar keinen Chor.« Paul blickte sich suchend um.

»Das ist bloß eine deutsche Redensart. Ich will damit sagen, dass ich beeindruckt bin, was die Vicomtes auf die Beine gestellt haben.« Er wies mit dem Finger zur Mitte des Marktplatzes, auf dem ein in den Farben der Fürstenfamilie geschmücktes Podium errichtet worden war. Bis dorthin führte von der Anlegestelle, an der bis vor Kurzem noch die Wassertaxis festgemacht hatten, ein roter Teppich. Auf dem Podium saßen auf zwei thronartigen Stühlen Marie Vicomte und der alte Chevalier nebeneinander. Hinter ihnen standen die restlichen Familienmitglieder aufgereiht, die Guillaume nur allzu gut kannte: Maries Mann Lucas, ihre Tochter Isabelle, ihr Sohn Clément und ihr Neffe, der Lackaffe Yves. Nur Henri fehlte, er steuerte schließlich die *Comtesse*. Vor den künftigen Alleinherrschern schmetterte eine junge Frau die offizielle Hymne des Fürstentums ins Mikrofon.

Guillaume kniff die Augen zusammen. »Ist das nicht diese …?«

»Klar, das ist die vom Song Contest!« Jacqueline hüpfte immer wieder, um über die Köpfe einen besseren Blick auf die Sängerin zu erhaschen.

Karim nickte ehrfürchtig. »Da haben sie aber ganz schön tief in die Tasche gegriffen.«

Die Hymne endete, und das Publikum brach in Applaus aus.

Dann enterte ein Fernsehteam die Bühne, und sie konnten sehen, wie Marie Interviews gab. Die Bilder wurden auf eine große Leinwand neben der Bühne übertragen.

»Schau mal, Jacky, dein Vater.« Karim deutete aufs Podium.

»Ja, ich hab's gesehen«, brummte die junge Frau. »Und die Arnaque gleich dahinter. Tolle Gesellschaft, *papa*, gratuliere.«

Als hinter ihnen ein Signalhorn ertönte, fuhren sie erschrocken herum: Die *Comtesse* machte gerade an der Anlegestelle fest.

»*Merde*«, entfuhr es Paul. »Und jetzt?«

»Kommt, wir müssen näher ran«, zischte Lipaire.

Sie drängten sich weiter durch die Menschenmenge, die immer dichter wurde. Als sie nur noch etwa zwanzig Meter von der Segeljacht entfernt waren, gab es kein Durchkommen mehr. Sie reckten die Köpfe, um zu sehen, was am Kai vor sich ging. Paul hob Lizzy, die sich am schwersten tat, über die Menschen hinwegzusehen, kurzerhand mit einem Arm in die Höhe.

»Sie laden gerade die Urkunde aus«, keuchte sie.

Karim sprach aus, was alle dachten. »Das war's dann wohl.«

Da setzte der Belgier Lizzy ab, atmete tief ein und erklärte mit grimmigem Gesichtsausdruck: »Nein. Wir greifen zu.«

Sie verstanden nicht.

»Wenn sie auf unserer Höhe sind, breche ich durch die Menge«, präzisierte der Ex-Soldat. »Ihr folgt mir. Aber passt auf, könnte sein, dass hinter mir ein paar Passanten am Boden liegen.«

Jacky hob die Hand. »Paul, ich weiß nicht ...«

Der Belgier winkte ab. »Ich übernehme die Securityleute, und ihr holt euch die Kiste. Lizzy, du täuschst als Ablenkung wieder eine Ohnmacht vor. Verstanden?«

Delphine hob drohend den Zeigefinger. »Aber vermassle es nicht wieder, klar?«

»Ich hab gar nichts vermasselt, ich war nur ...«

»Hört auf zu streiten«, fuhr Guillaume dazwischen. »Dazu haben wir nachher noch genug Gelegenheit. Jetzt schnappen wir uns erst mal die Urkunde.«

Da ließ eine Stimme hinter ihnen ihr Blut in den Adern gefrieren: »Ihr schnappt euch gar nichts, ihr Dilettanten. Wir schnappen euch!«

Mit eingezogenen Köpfen drehten sie sich um und blickten in das grinsende Gesicht von Henri Vicomte.

»Surprise!«, sagte er und winkte zwei Securitymännern, die sich ihnen mit grimmigen Mienen näherten. Einer schnappte sich Karim und drehte ihm den Arm auf den Rücken, bis der junge Mann vor Schmerz aufschrie. Der andere langte in die Seitentasche seiner Cargohose und zog ein Gerät hervor.

»Ein Taser«, keuchte Paul.

»Was bitte?«, fragte Lizzy.

»Ein Elektroschocker.«

Guillaume nickte langsam. »Wehrt euch nicht. Ich will nicht, dass jemand verletzt wird.« Dann stellte er sich erhobenen Hauptes vor Henri. »Was gedenken Sie, nun mit uns zu tun?«

»Ich gedenke, euch erst mal aus dem Verkehr zu ziehen, damit ihr die Zeremonie nicht stören könnt. Mitkommen.«

Er ging voraus, der Security-Mann mit Karim direkt hinterher. Lipaire und die anderen setzten sich in Bewegung. Den Abschluss ihrer kleinen Prozession bildete der Typ mit dem Elektroschocker.

»Bringen Sie uns jetzt zur Polizei?« Jacquelines Stimme klang kraftlos. »Mein Vater ist ...«

»Der Bürgermeister, ich weiß.« Henri lächelte freundlich. »Und inzwischen ein Freund meiner Familie, wenn ich das so sagen darf. Aber nein, die Polizei wird momentan für wichtigere Aufgaben gebraucht. Ihr folgt mir erst mal ins Hotel.« Er zeigte auf das mehrstöckige Gebäude, das den Marktplatz auf der rechten Seite zum Kanal hin abschloss.

Ohne jede Gegenwehr trotteten sie hinter ihm her. Der Schreck, auf den letzten Metern doch noch gescheitert zu sein, saß tief und lähmte auch in Guillaume jeglichen Widerstandsgeist. Im Hotel stiegen sie die Treppe in den zweiten Stock hinauf, dann zog Henri Vicomte eine Schlüsselkarte und öffnete eine Tür. »Einer der Vorteile, wenn man Teilhaber dieses Etablissements ist«, beantwortete er ihre fragenden Blicke. Er ließ sie an sich vorbei in den Raum marschieren, dann trat er selbst ein. »Ihr haltet draußen Wache«, wies er die Sicherheitsmänner an, dann schloss er die Tür von innen.

Mit einer Mischung aus Verzweiflung und Furcht blickten sie den Adligen an. Delphine fand als Erste ihre Sprache wieder. »Was passiert denn jetzt mit uns? Bitte, ich habe Kinder, zwei Mädchen, die ...«

»Lass gut sein, meine Liebe.« Guillaume hob die Hand, und sie verstummte. »Die können uns gar nichts. Wir haben schließlich nichts getan.«

»Nichts?« Henri wirkte immer noch amüsiert. »Und der Einbruch in die Sicherheitsfirma? Die Sabotage am Auto?«

»Das ... na gut, dafür übernehme ich die alleinige Verantwortung. Delphine war ja nicht einmal dabei. Und sie hat auch von nichts gewusst.«

»Danke, Guillaume, aber ich stehe zu dem, was wir zusammen gemacht haben und ...«

Weiter kam sie nicht, denn draußen erklang nun eine Fanfare.

»Lasst uns das später erörtern. Jetzt genießen wir erst einmal gemeinsam die Zeremonie, ja?« Henri zeigte auf die offen stehende Balkontür. »Ich habe maßgeblich an der Planung des Festaktes mitgewirkt, wie ich in aller Bescheidenheit anmerken darf. Dass ich weiß, wie man die Massen unterhält, trauen mir meine Familienmitglieder wenigstens zu. In diesem Sinne: nach euch. Vom Balkon hat man einen tollen Blick.«

Keiner von ihnen rührte sich. Sie hatten keine Lust, ihre Niederlage auch noch live miterleben zu müssen.

Doch Henri bestand darauf. »Das war keine Bitte. Raus jetzt!«

Widerwillig trotteten sie auf den Balkon. Immerhin: Von hier hatte man wirklich eine tolle Aussicht, das musste Guillaume zugeben: Man konnte das Wasser und den Marktplatz sehen.

Dort ergriff in diesem Moment Henri Vicomtes Halbschwester Marie das Wort. Die Lautsprecher übertrugen ihre Ansprache, die von den Umstehenden mit begeistertem Klatschen begleitet wurde, obwohl Marie trotz des feierlichen Anlasses eher kühl und distanziert wirkte.

»Sie alle werden heute Zeugen der Geburt eines neuen Staates«, erklang ihre schneidende Stimme aus den Lautsprechern. »Von diesem Tag werden Sie noch Ihren Enkeln erzählen.«

Applaus brandete auf. Delphine warf Guillaume einen Blick zu, in dem alle Verachtung für die Adelsfamilie lag, die sich im Laufe der letzten Monate bei ihr angesammelt hatte. Dann führte sie ihre Hände zum Hals und tat so, als würde sie sich selbst würgen, wobei sie lustige Grimassen schnitt. Jacqueline lachte, und auch Karim konnte sich ein Grinsen nicht verkneifen. Guillaume wertete das als gutes Zeichen, dass sie alle aus dieser Sache nicht völlig deprimiert herausgehen würden.

»Wir werden verlässliche Partner für unsere Freunde in Europa und im Rest der Welt sein«, versprach Marie.

»Welche Freunde denn?« Lizzy blickte Henri böse an. »Entweder hatten Sie Angestellte oder Leute, die von Ihnen abhängig waren. Aber Freunde? Ich hatte viele, ich kenne mich da aus.«

»Aber bitte, da tun Sie uns unrecht.« Henri hatte noch immer sein süffisantes Grinsen von vorhin auf. »Vergessen Sie nicht die Menschen, die in unserer Schuld stehen.«

Guillaume hätte beinahe gelacht, denn er fand das eine wirklich zutreffende Bemerkung.

»Aber wir werden auch eine starke Stimme sein«, rief Marie in den Jubel der Umstehenden hinein, die wie wild ihre Fähnchen schwenkten. »Es wird ein echtes Privileg darstellen, hier zu wohnen, Sie können stolz darauf sein, zu diesem auserwählten Kreis zu gehören.«

»Ja, klar.« Delphine lachte bitter auf. »Höchstens die, die es sich noch leisten können. Wir sind dann schon lange weg.«

Sie nickten niedergeschlagen, hoben jedoch gleich wieder neugierig die Köpfe, als Marie erklärte: »Viele hatten Zweifel an unserem Vorhaben, auch an verantwortlichen Stellen hat man uns nicht immer ernst genommen. Das war ein Fehler. Denn wir haben das Dokument, das uns diesen Schritt heute ermöglicht, sorgfältig prüfen lassen. Wir wollten sicher sein, dass uns niemand unser Recht streitig machen kann. Ausgewiesene Experten haben zahlreiche Gutachten erstellt, eine Prüfung auf Herz und Nieren durchgeführt und kamen schließlich zu dem

Schluss, dass unsere Ansprüche unanfechtbar sind.« Das Kreischen der Menge nahm frenetische Züge an.

Diese Schafe beklatschen ihren eigenen Untergang, dachte Lipaire.

»Unsere Ansprüche sind rechtens. Und das Dokument, das diese belegt, wird nun enthüllt und zum ersten und einzigen Mal der Öffentlichkeit präsentiert werden. Isabelle, bitte.« Marie Vicomte drehte sich nicht um, als ihre Tochter sich gemessenen Schrittes zu der festlich geschmückten Transportbox begab, die Lipaire, Jacqueline und Paul erstmals im Büro der Sicherheitsfirma gesehen hatten. Und die heute immerhin zwei von ihnen schon in Händen gehalten hatten.

Doch zwei waren in diesem Fall einer zu viel gewesen, dachte Guillaume bitter und sog scharf die Luft ein, als Isabelle den Samtüberwurf zur Seite schob und die Box öffnete, was von der Kamera auf die Leinwand übertragen wurde.

Die Menge vor dem Podium verstummte.

»Hier sehen Sie die Grundfeste, auf der unser Fürstentum ruhen wird«, rief Marie Vicomte ins Mikrofon, und ihre Stimme zitterte vor Begeisterung. Mit großen Augen blickte sie auf die Menschen vor sich, die keinen Mucks mehr machten. Offenbar hatte sie sich deutlich mehr Begeisterung erhofft. Die Stille wich einem Raunen, das sich schnell ausbreitete und nach und nach in ein nervöses Lachen überging.

Damit hatte die selbst ernannte Fürstin wohl nicht gerechnet, denn sie blickte verunsichert zu ihrem Vater, zum Bürgermeister und Madame Arnaque. Erst dann drehte sie sich um – und erstarrte. Ebenso wie alle anderen auf dem Podium, während sich die johlende Menge davor gar nicht mehr beruhigen wollte.

Guillaume rieb sich die Augen, denn auch er konnte nicht glauben, was er da sah: In der Box prangte in einem pompösen Bilderrahmen nicht wie erwartet die Urkunde, sondern ein Plakat. Eines, das Lipaire kannte. Er selbst hatte es vor einigen Tagen noch »verschönert«: das Bildnis von Marie Vicomte und ihrem Vater, das er mit einem Hitlerbärtchen und Teufelshörnern verziert hatte.

Fantasierte er sich nur einen glücklichen Ausgang der Geschichte zusammen, um der grausamen Wirklichkeit zu entfliehen? Guillaume wandte sich um und sah, dass die anderen genauso ungläubig dreinblickten. Sogar der Hund schien zu merken, dass hier etwas nicht stimmte, und ließ ein leises Jaulen vernehmen.

»Aber wie ...?« Lipaire musste sich räuspern, seine Stimme war belegt. »Wie ist das nur möglich?« Er erntete nur Achselzucken von seinen Mitstreitern.

»Ach, mir hat das Bild gleich so gut gefallen.« Wie von der Schnur gezogen wandten sie die Köpfe und blickten Henri Vicomte an, der genüsslich lächelnd hinter ihnen stand. »Ich fand es wirklich sehr gut getroffen. Ist der Künstler etwa einer von euch? Würde mich nicht wundern.«

Keiner sagte etwas.

Damit ließ Henri sie auf dem Balkon stehen und ging nach drinnen.

»Was zur Hölle ist hier los?«, kiekste Paul an Lipaire gewandt.

»Woher soll ich das denn wissen?«, entgegnete der.

»Aber das Bild da, das ist doch von dir.«

»Ja, schon, aber ...«

Er wurde unterbrochen vom gleichzeitigen Piepsen all ihrer Handys. Benommen von den sich überschlagenden Ereignissen holten sie ihre Telefone heraus und blickten auf die Displays, auf denen eine Nachricht stand: *Warum steht ihr da draußen wie die*

Ölgötzen herum? Kommt rein und lasst uns anstoßen, es gibt schließlich was zu feiern. Ein Freund.

Vorsichtig, als bewegten sie sich auf einer rutschigen Eisfläche, betraten sie wieder das Hotelzimmer. Dort stand Henri, in der einen Hand sein Mobiltelefon, in der anderen eine Flasche Champagner. Der Hund sprintete an ihnen vorbei und hüpfte schwanzwedelnd an den Beinen des Mannes hoch.

»Sie sind …?«, war alles, was Guillaume herausbrachte.

»Was dachtet ihr denn? Und ich glaube, so lange, wie wir uns kennen, können wir ruhig zum Du übergehen.«

»Du bist …?«, kam es da von Delphine. Dann wandte sie den Kopf, blickte Lipaire an und sagte: »Dann bist du also doch nicht …?«

Der Deutsche schüttelte den Kopf. »Enttäuscht?«

Sie grinste. »Eher erleichtert.«

Henri, der inzwischen den Champagner auf sieben Pappbecher verteilt hatte, hob einen an und sprach einen Toast: »Ihr seid vielleicht die Unverbesserlichen. Aber ich bin noch viel unverbesserlicher.« Als er den Becher wieder abgestellt hatte, sagte er: »Jetzt habe ich eine Überraschung für euch.«

»Noch eine?«, ächzte Delphine.

Doch Henri grinste nur, holte seine lederne Aktentasche und entnahm ihr ein vergilbtes Dokument. Eines, das sie alle nur zu gut kannten. Lipaire verschlug es den Atem, als Henri ein Feuerzeug herauszog, die Schriftrolle in einer Ecke anzündete und dann lichterloh brennend in den Sektkühler fallen ließ. Erneut hob er seinen Pappbecher und erklärte feierlich: »Vive la République!«